U0115622

可爱过敏原

My youth is yours

稚楚 著

湖南文艺出版社
HUNAN LITERATURE AND ART PUBLISHING HOUSE

博集天卷
CS·BOOKY

目 录

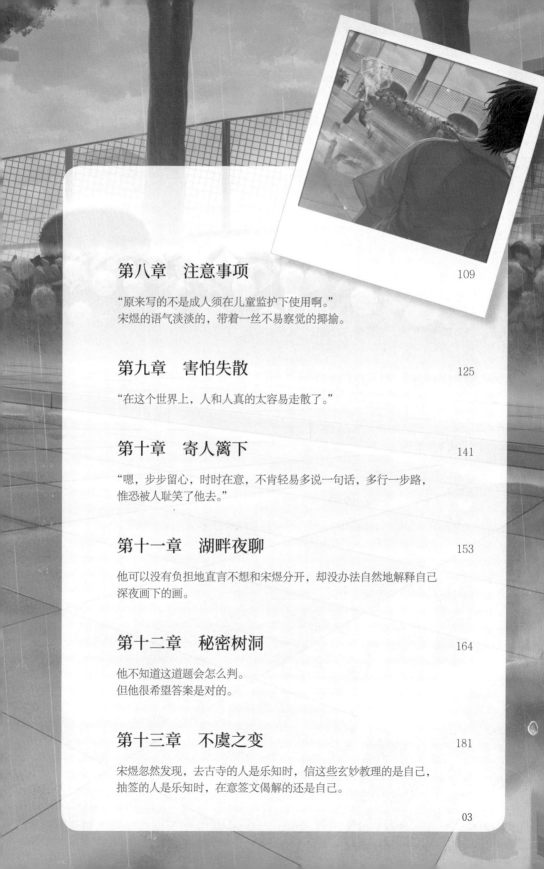

他曾经写下的

　　无人知晓的话，

　　　　也得到了回应。

第一章
流年不利

开学典礼的当天，这个乐知时保守了两年的秘密，全校都知道了。

雨后的空气闻起来像一片沾了泥的香樟叶。

乐知时被跳上床的橘猫踩了一脚，迷糊间睁开眼，惊觉睡过头了。

明明一年也迟到不了几次，偏偏在开学第一天出状况，实在倒霉。听见楼下蓉姨叫他，乐知时忙应了几声，猫又从他肚子上踩过去，轻飘飘跳到床下，他也飞快洗漱换衣服，抓起书包就往外跑。

"闹钟没响？"林蓉从容涮出牛奶杯，"快吃早餐，昨天卤牛肉的汁拌了米粉，蛮好吃的。"

乐知时此时已经一溜烟蹿到玄关，哪里还顾得上吃早饭。

"开学典礼前不上早自习，我就忘记定新的闹钟了。蓉姨，宋煜哥哥呢？"

家里的小博美啪嗒啪嗒跟在他屁股后头，乖乖坐在地上看他换鞋。

"你哥早走了，今天不是开学典礼嘛，好像说他今天值日来着，高三生还要值日的吗？"林蓉把杯子放好，擦干净手上的水转过身，"你们初中部的开学典礼应该还是跟高中部一起吧……"一回头，乐知时都开了门，博美疯狂挠他的腿不让他走。

林蓉着急喊住他："乐乐！不能不吃早饭！"

乐知时蹲下来揉了一下狗狗的头，又亲了一口，赶时间离开。"我去买米粑，蓉姨拜拜。"

"别乱吃东西！"

出了家门，乐知时骑着车径直奔向小区外的早餐摊位，之前一直卖米粑的婆婆今天没出摊。之前乐知时就听她说腰疼，估摸着得休息几天，下次见到一定要多买点。隔壁的牛肉粉店倒是飘着香味，大老远就闻到炖煮入味的牛杂香气。

"乐乐，过早[1]了没？来吃粉啊。"牛肉粉店的老板从大汤锅里提起盛着米粉的漏勺，勺下的热汤跟白绸缎似的，扬起来又落下去。

"我要迟到了陈叔，明天吃！"乐知时停下车快步跑进便利店，来不及做选择，他直接拿了袋米面包付钱离开，这是乐知时在便利店能买到的少数自己可以吃的零食。

昨晚下了一整夜的雨。这座城市的雨向来不温柔，总伴随电闪雷鸣，害他一晚上都没有睡好。记得刚到宋煜家的第一晚，也是这样的暴雨，闪电撕裂夜空。雷一响，他就吓得哭了出来，直往宋煜的房间里跑，爬到宋煜床上去。

从那时开始，他本能地开始依赖这个和他没有血缘关系的哥哥。

乐知时的父亲乐奕和宋煜的父亲宋谨是一起长大的密友。

乐家老人早逝，在侨居英国之前，乐奕几乎就是宋家编外人员，吃也一起，住也一起。乐奕喜欢极限运动，一次攀岩时他遇到英国女孩 Olivia（奥利维娅），俩人陷入热恋，生下了可爱的乐知时。但幸福的时光太短，十一年前夫妻俩在阿尔卑斯山滑雪，意外遭遇雪崩，双双遇难。

一夜之间，乐知时失去了父母。连飞往英国将他接回来的宋谨，都不知道应该如何向一个三岁的孩子去解释这一切。

那时候的乐知时抓着宋谨的袖子，只会甜甜地叫 uncle（叔叔），不懂什么是死亡，什么是寄养。他被带回宋家，从此就在江城生了根。

路口的红灯迫使乐知时刹住单车。早上起得太猛，人还有点飘乎乎的，视线盯着红灯上的光点，思绪一跳一跳的，分散开来。昨晚做的梦在脑海里只剩下破碎的剪影，好像自己变作小小一团，跟在宋煜的屁股后头打转，连中文都说不利索，只会缠人。

---

1. 过早：湖北方言，即吃早饭。

林蓉总用吃醋的语气揶揄乐知时，说他第一个学会的中文词竟然是哥哥。

不过宋煜打小寡言，对谁都不冷不热。好在宋煜虽然不怎么搭理乐知时，却也不会赶他走，任他缠着。只是等他们大了，开始上小学了，乐知时的混血长相就越发打眼。

宋煜本就出挑，又跟着个洋娃娃牌拖油瓶，几乎每天都要应付关于他家事的八卦询问。时间一长，宋煜实在没了耐心，正好后来搬了新家，离开之前的学区和小学同学，他就在升初中之后定下三大条约：

在外不许叫哥哥。

不许一起上学或回家。

不能让别人知道你住在我家。

起初乐知时根本无法接受。宋煜升初中和他分开对他的打击就够大了，更别提不能叫哥哥的事。但他一向是个唯宋煜马首是瞻的孩子，守规矩第一名。毕竟比起不被搭理，在外保持距离还是能接受的。

在乐知时心里，宋煜就像是一个永远立在前面的标杆，从蹒跚学步起他就在后面追逐。宋煜六岁时，他三岁，跟着哥哥跌跌撞撞跑出门，去看搬家的蚂蚁；宋煜十岁时，他七岁，第一次和哥哥一起上小学，在公交车上开心到唱歌却被捂住嘴；宋煜十五岁时，他十二岁，站在大太阳底下举着小电风扇，卖雪糕的老爷爷给了他一个板凳，让他可以坐着等哥哥出考场。他还记得那天他吃了三根冰棒，宋煜并没有发现，并且为了他放弃坐学校大巴，他们打车去吃了小龙虾。

那天的小龙虾特别大，他吃了23个，其中有15个是宋煜给他剥的，因为被嫌弃动作太慢。他记得自己反驳："虽然我剥得慢，但是我很会藏对吧，你的同学都没有看到我。"

宋煜却不以为然："可我一眼就看到了，所以你藏得一点也不好。"

乐知时一直坚持认为自己很擅长隐藏，包括在外和宋煜的关系，后来他也不得不承认，宋煜是对的。

"绿灯了，走吧。"

路人的声音打断他的思绪，看了眼时间，乐知时踩上踏板加速，单薄的身体弓起，努力蹬车。九月初的风还是暖热的，烘着周身，把夏季校服衬衫吹到鼓起，乐知时微卷的棕发在阳光下泛出点金色，蓬松柔软。

一路狂飙到学校，刚停好单车，望见门口查岗的大部队，他隐隐感觉自己好像忘了什么。

"乐乐！"肩膀猛地被拍了一下，乐知时吓得回过头，是他的铁哥们兼同桌蒋宇凡。

乐知时的姓氏特殊，很多人第一眼看都会念成快乐的乐而不是音乐的乐。出错频率之高让他直接多了一个小名——乐乐。不光是家人，身边关系不错的同学朋友也都这么叫。

得逞之后蒋宇凡一脸得意，摸了一把自己刚被老妈逼着推干净的小平头。"你今天怎么也踩着点来学校啊？"

"睡过了。"乐知时拉着蒋宇凡往校门赶，"门口好多人啊。"

蒋宇凡老神在在。"越是不上早自习啊，迟到的人就越多。"远远看见戴袖章的值日生，他检查了一下校服，顺便瞟了一眼乐知时。

"哎，等等，"蒋宇凡一把抓住他，"乐，你的名牌呢？"

脚步飞快的乐知时忽然惊醒，摸了摸自己的胸口，果然空荡荡一片。

"糟了。蓉姨每次洗衣服的时候都会把名牌取下来，我今天走得急忘了这茬儿了。"

"那怎么办？"蒋宇凡踮着脚往门口瞅，"我×，圆规也在。"

圆规是他们初中部教导主任的外号，因为长得干瘦又高，为人一丝不苟，大家都这么叫。

乐知时更急了，圆规是出了名的较真儿，连女生改校服裙都要记下来通报。今天又撞上开学典礼，没准他一会儿也要上通报名单。

他扯过书包带企图挡一挡。"蒋宇凡你帮我遮一下。"

"行，没准能糊弄过去。"

蒋宇凡挡住他半边身子，两人连体婴似的快步移动到校门口，企图从一群接受检查的学生中蒙混过关。

圆规的嗓子很尖。"那个同学把校服领子翻出来啊，一会儿开学典礼会有录像的，要传到学校官网的。你们的形象就是我们培雅的形象，知道吗？"

乐知时双手攥紧书包带，贴着蒋宇凡埋头往前挪动。

"你这个裤子怎么回事？"

"老师，我校服裤子没干，我穿了条差不多的……"

"两条校裤都不够你换洗的吗？！"

乐知时的头埋得更低，并且已经准备好了道歉的话。

"站住。"

他吓得跟只被点了穴的兔子似的，一下子顿住脚步，可还是不敢抬头。

不是我，一定不是我。

"说的就是你。"

圆规走近了些，旁边站着跟着他检查的值日生。"短发的那个女生，你名牌呢？哪个班的？"

乐知时刚松了口气，又听见圆规说："说过无数次了上学的时候必须佩戴学生名牌，很难做到吗？还有谁没戴？"

还有我。

乐知时浑身僵硬，好像突然出现一只怪异的大手把他从人群里给揪了出去，提溜到圆规跟前，还指出自己胸前没有别名牌的那块布料。

神经最紧绷的瞬间，手臂竟然真的被拽住。心猛地一提，乐知时下意识道歉："对不起……"

可下一秒，那只手便沿着手臂线条向下，抓住了他的手，在紧贴的学生队伍里分开他的手指。一枚带着温热体温的金属片被塞进手里。

说起来很玄，但光凭手乐知时就认出了这是谁，他抬起头，果然看见一张冷淡又熟悉的面孔。

对方穿着高中部制服，手臂戴着红色袖章，阳光直射下眉头微皱。

不是别人，正是和他同住一个屋檐下的"哥哥"。

乐知时的眼睛微微睁大了些，浅色瞳仁在阳光下琥珀珠一样通透。看见宋煜，他浑身起了层电，下意识想开口，可下一秒又条件反射地把到了嘴边的"哥"生生咽了回去。

视线相触，宋煜松了手，眼神瞥开，目光漠然，仿佛他们之间真的只是值日学长和违规学弟的关系。他扫了眼手表，从口袋里拿出笔准备记迟到名单。

周围人的注意力还在圆规和被训的女生身上，没有人发现这隐秘的交接。乐知时低头看着手里的名牌，上面刻着"培雅初中部乐知时"八个字。赶在圆规发现前，乐知时赶紧将名牌别在衬衫前襟上。

手刚放下，就看到一双精明的眼扫过他。乐知时抬起头冲圆规笑，他天生无辜相，一双纯良至极的狗狗眼，虽说外貌红利不是哪儿都通吃，但这张漂亮脸蛋的确很难让人狠下心苛责。

"差点就迟到了啊。"话虽如此，圆规还是放行，"进去吧。"

"嗯。"乐知时乖巧点头，"谢谢主任。"

学校钟楼正好敲了钟。他忍不住回头，人群中的宋煜水杉一样颀长，就像是漫画里出场时会闪闪发光的那类人。

时间不多了，开学典礼前全班要先在教室里集合。乐知时不想再迟到，拼命往教室跑，可蒋宇凡觉得蹊跷。"不是，乐知时你站住！我都看到了！"

"要迟到了，要迟到了。"乐知时呼呼往前跑，心跳贼快。

蒋宇凡追得上气不接下气。"别……别打岔，老实交代，你的名牌怎么会在宋煜手上？"

"可能……是他捡的吧。"

"捡的？"

这么小也能捡到？

"我信你有鬼！"蒋宇凡皱起眉，跟在乐知时后面进了初中部教二楼，噔噔噔上楼梯时继续追问，"就算是他捡到的，他怎么就知道你是乐知时本人呢？"

乐知时反问："我还不够好认吗？"

"那倒也是……"乐知时凭着这张混血脸，刚入学的时候讨论度就数一数二，但蒋宇凡还是觉得神奇。"刚刚真吓死我了。我看到宋煜戴着袖章的时候都觉得你完了。"

乐知时扶着扶梯喘气。"至于吗？"

"怎么不至于？开学第一天违规还遇上宋煜这种高冷大佬当值日生，他拽你的时候我还以为他要把你就地正法呢。"

快到了，乐知时回头冲他嘘了一声，快步进了教室。

巧得很，班长正好点名，乐知时努力地憋住大喘气，站在门口，头发都跑得打卷儿翘起。"老师……"

班主任王谦是个年轻男老师，教语文，能和学生打成一片，但严厉时也不留情面。好在乐知时从来都是乖学生代表，不迟到不旷课不惹事，成绩不错人也讨喜，王老师没为难他，"进来吧。"

但蒋宇凡就没那么幸运了。

王谦脸上带着戏谑的笑说："这不是我们（8）班迟到小分队常驻嘉宾吗？"

"王老师，"蒋宇凡摸了摸自己的圆寸，"我这不就比乐知时晚了两步嘛。"

"对，我觉得这个比较标准蛮好的。"王谦手一背，"从今天起每天都只许比你同桌晚两步,不然早自习罚站。"

"啊?"蒋宇凡皱成一张苦瓜脸,看热闹的(8)班学生全都笑起来。

"还啊什么啊?进来吧。"王谦说完,开始敲打其他学生,"平时小打小闹也就算了,开学典礼都给我老实点,被教导主任逮住我是不会把你们赎出来的,公开处刑也好,升高中前在全校出出名,这个初中也没白读。"

大家都在偷着笑,只有乐知时还没从大喘气里回过劲,发着蒙把书包往桌子里塞,怎么都塞不进去,这才发现抽屉里有什么,伸手进去,摸出个精致的宝蓝色礼盒。

奇怪。他仔细瞅了瞅。

"又是谁给你的?真爽,开学第一天就有礼物拿。"蒋宇凡歪在桌上小声调侃,"帅哥就是好。"

"才不是。"乐知时抬头瞄了一眼王谦,动手拆礼盒,里面是一支精致的白色钢笔和一瓶墨水,最上面盖着一张卡片。他没动钢笔,只是打开卡片一个人看完上面的字,就收好了放回抽屉。

八卦的蒋宇凡凑了过来:"哪个班的?这钢笔看着就不便宜。"

乐知时抿了抿嘴,像是在思考。

"开学典礼完了应该不会原地解散回家吧?"

"不会吧,估计还得回教室。干吗?"

"我想去一趟(11)班,把这个还回去。"

班上的人都站起来,准备动身去校体育馆。蒋宇凡对乐知时这种老老实实把礼物还回去的做法很不理解。"不是吧乐乐,你真要还啊,人家小女生会伤心的。"

乐知时有点饿,拉开书包拉链从里面拿出米面包,撕开个口子一口咬下半个面包,含混道:"如果不还,她可能会默认我答应了,但我没有,这样是不对的。而且我才初三,不能谈恋爱。"

蒋宇凡一脸不可置信。"我天,你是哪儿来的乖宝宝,隔壁班那个谁上学期都换了三个女朋友了。行吧,反正女孩子失恋的心情你是不会了解的。"

失恋。

乐知时确实感受不到,但他权衡了失恋和被欺骗的严重性,坚定了自己的决定。

"我会好好跟她说的。"乐知时快速咀嚼嘴里的面包,跟着其他同学一起站起来，书包里掉出一个药盒，崭新的。他弯腰捡起来想装在口袋里，可校裤口袋太小，塞不下。于是他试着撕开包装，但塑封质量实在太好。

"快走吧咱们。"蒋宇凡拽了他一下。

"哦，好。"

全校学生浩浩荡荡地拥入体育馆。进来才发现没垃圾桶，乐知时飞快吃完最后一口，将袋子对折塞进校裤口袋。

培雅是当地最知名的中学，比起隔壁静俭专注分数的成绩驱动式教育，这所学校颇具洋派风格，很多学生的出路都是留学深造，甚至有"培雅的高三生只有一半参加高考"的说法。加上学校有钱，扩得起地，初中部和高中部一直没分过家。

在这种庞大的学生体量下，一年一度的全体开学典礼自然也成了校园大事件，平时再自由散漫，这一天是不能出错的。

高中部的学生先进去，按照班级坐在体育馆观众席。圆规站在前面安排："初三（6）班到（11）班坐场中啊。"

"啊？"

"怎么又是蓝班？"

"又要坐地上了哎。"

培雅初中部的夏季校服是浅蓝色短袖衬衫，高中部则是白色，冬季的针织背心也是这两个颜色，久而久之大家就用校服颜色代称初高中部。

大家找着班级位置。一暑假没见，女生们凑在一起第一件事就是八卦，毕竟这是永远喜闻乐见的话题。

"看了昨晚的表白墙吗？"

"没，这次是谁？"

"初二的，跟宋煜学长表白呢，写了巨多，说暗恋一整年了。"

"哇，校草……真有勇气。"

"我们学校有评校草吗？我怎么没投过票。"

"没有啦，不过宋煜算是公认的吧。居然敢追他，我就没见他跟哪个女生走得近，别说初中部了，高中部都没有。"

听到宋煜的名字，乐知时有点高兴，心里又有点别扭。脸上痒痒的，他扒拉了一下头发，眼睛四处张望，慢吞吞跟着人群走。班长组织大家席地坐下，乐知时坐在男生队伍后头，前面女生的八卦焦点从初二女生表白高三学长的劲爆话题变成培雅究竟几个校草的讨论。

"后来表白墙下面吵起来了，有人说宋煜一张扑克脸，对谁都爱搭不理的，还不如初中部的乐知时。笑死我了，吃瓜吃到自己班上。"

"什么叫还不如？乐乐就是很好看啊，混血颜不香吗？而且性格也好。"

"就有人说他太小了。不过后来吵着吵着就变成初中部高中部各占一个，这样就没争议了。"

"哈哈哈，确实，他俩搁人堆里就是那种充了钱的皮肤。什么时候站一块儿比比。"

"同框都够呛，完全没交集。"

蒋宇凡竖起耳朵听了一个来回，连连咂舌。"小乐乐不错啊，都比肩宋煜了。"

乐知时光顾着抻长脖子在观众席寻找宋煜的身影，从头到尾都没有听到女同学关于他的讨论，被蒋宇凡 cue[1] 还有些蒙。"嗯？"

谁知斜前面的女生这时候转过头，满脸八卦地说："乐乐，你觉得宋煜学长怎么样？除开他的性格。"

这还是他上初中后，第一次在学校被问到关于宋煜的事。

乐知时发觉自己心虚了，和他在太阳底下躲着等宋煜是一样的心情。他眨眼的速度都无意识变快，试图给出比较像陌生人的回答。

"宋煜学长很帅，成绩也很好。"

但他最终还是没忍住护短的心。"而且我觉得他性格也没有问题。"乐知时的语气异常认真，"他只是不爱说话而已，不爱说话不代表性格差，虽然他看起来有点吓人，但他其实人很好的……"

女生越听越不对，疑惑地打断："等等，你怎么知道他人好？"

果然很不擅长隐藏。

乐知时一时哑口，谁知蒋宇凡插进来："还别说，宋煜人确实比我想象中好一点，今天他值日，捡到乐乐的名牌没有上报，还帮乐乐瞒过了圆规呢。"

"真的假的？"

"救命恩人啊。"

---

1. cue：网络流行词，请对方接话、表演、交接转换的意思。

"不愧是大帅哥！"

典礼开始，班长在前面提醒他们别说话，八卦这才终止。乐知时松了口气，差点暴露，就他们的八卦程度，要真知道自己和宋煜的关系肯定消停不了。

每年开学讲的都是差不多的内容，台上的领导人发言听得他灵魂出窍。不一会儿换了初中学生代表，是他们班的女学霸，乐知时十分捧场地挺直背抬起头，努力听讲，无奈体育馆的灯光亮得过分，照得他又渐渐垂下头，像朵被太阳晒蔫了的太阳花。

也不知是不是面包吃得太急，他胃里有点难受，哽了一团棉花似的，上不去也下不来。

乐知时揉了揉肚子，望着自己帆布鞋尖上蹭脏的一个小点。视线聚焦，这个小点渐渐地扩散变大，像团裹着低气压的乌云。周遭传来发言结束才会有的掌声，像沸腾的水从耳朵里灌入，烧到胸腔，蒸气撑胀了肺腑。

学生间出现一阵小骚动，乐知时的喉咙干痒，像卡了片羽毛。他低下头清嗓子，新的学生代表走上台。

靠近话筒之后，音响里发出一阵尖锐的电啸声，仿佛一种强调性的先兆。

下一秒，从不大配合的话筒里传来一个低沉的声音。

"抱歉。"

乐知时一下子抬起头，望向演讲台上的人，胸口起伏。

"各位早上好，我是高三（5）班的宋煜。"

心跳加速，病理性的心跳加速。

像那些女生说的那样，宋煜的好看是公认的。但他骨相窄长立体、眼形狭长、眼角尖锐，这些都带给他极强的压迫感和距离感。

从这张脸上很难找到太多情绪的痕迹。

与之相反，乐知时的五官柔软且偏幼态，没有攻击力，通透的琥珀色瞳仁显得人诚恳又天真。

"今天是开学的第一天……"

宋煜垂眼，视线落在小臂上摊开的文件夹上，语气不疾不徐，偶尔会抬一抬头，目光沉静。

乐知时从小就很喜欢听宋煜念书的声音，无论念什么。可他此刻却不太对劲，明明很想努力听清每一个字，但无法集中，喉咙干痒的症状愈发明显。

气管仿佛被一点点压缩变细，气流在逼仄的甬道里挤着，上不去也下不来。

糟了。

这反应太熟悉，乐知时抽出垫着的包装袋查看。肺里气流的声音像不断拉动的风箱。

果然买错了。这个牌子的普通面包和米面包只有右下角的一个标志不同，其他完全一样。

乐知时患有严重的小麦过敏症，临床反应除了常见的风疹和喉痒，就是最难受的食物过敏性哮喘，只有在大量接触过敏原的时候才会出现，来势凶猛。

体育馆过分安静，乐知时能听到的只有宋煜的声音，和他胸腔里愈发明显的哮鸣。

第一反应是后悔，后悔自己把药搁在了课桌上，谁能想到就这么一次，就过敏发病。

可这种想法没持续太久，求救的本能来得更快。哮喘抽走力气，乐知时努力向前倾，抓住了蒋宇凡的胳膊。

周围的人也发现异样。

"新的学期意味着一种新的开始。"

站在台上的宋煜垂眼念稿。

台下的学生忽然出现骚乱，集中在某个班的尾部，有几个人甚至站了起来，围成圈。其他班的学生也注意到什么，抻长了脖子探看。

"这将是一个突破口和临界点，过往的累积亟待爆发，转折就在前方……"

发生什么宋煜都不甚关心，他就是这样的个性，只是偶一抬眼，混乱的人群缝隙里，他看到了倒地的人，仅仅是半张侧脸。

"乐乐！你没事吧?!"

不明情况的教导主任开始出面维持秩序。"哎，那个班的，你们在干吗？"

蒋宇凡跪在地上，语气焦急："老师！有人不舒服！"

话筒里的演讲戛然中断，啪嗒一声，是文件夹落下的声音，被扩音器放大，格外急促和突兀。

教导主任回过头，演讲台上已经空无一人。"乱了套了！"

负责全程录像的摄影社学生傻傻地举着机器，一时间不知是应该追着学生代表拍过去，还是继续对准空荡荡的演讲台。

大会出现意外，暂停演讲勉强能算正常反应，可站在演讲台上的学生代表却二话不说下了台。

而且这个人还是宋煜。

这就太不正常了。

体育馆人声鼎沸。

乐知时侧卧在地，症状愈发强烈，明明想要大口吸气，但进入身体的气流却越来越微弱，胸腔里好像破了一个洞，咝咝地漏气。还没能吸足哪怕一口，他就开始剧烈地咳嗽。

感觉到学生的状态非常不好，王谦也很着急。"乐知时，怎么回事？你还好吗？能不能说话？"王谦扶起乐知时轻拍他的后背，"深呼吸试试，慢点。"

就在所有人都不知如何是好的时候，一个白色身影闯入这片淡蓝之中，破开拥挤的人潮。

"散开点，别围着他。"

周围的同班同学都吓了一跳，谁都没想到刚刚还在台上发言的宋煜此刻竟然会出现在这里。

班主任王谦看见宋煜也有点吃惊，这也是他带过的学生，当年就觉得这孩子挺冷漠，连好朋友都不多，怎么都不像是会见义勇为的类型。

宋煜半蹲下来，把已经说不了话的乐知时半抱在怀里，调整他的坐姿，然后从口袋里拿出药。

看到随身携带的药，王谦有些疑惑，仔细询问："宋煜，你这个药他能用吗？我已经打电话给校医院的急救人员了，他们很快就到。"

"来不及了。这就是他的药。"宋煜冷静得不像学生，更像是专业的急救人员。他抬头吩咐身边的人："大家再散开一点。"

他松了乐知时的校服领带，解开衬衣头两颗扣子，让颈部暴露出来，揽过乐知时的肩，扶稳头，另一只手直接将气雾剂对准乐知时的嘴，动作连贯迅速。"乐知时，吸药。"

此时的乐知时满头冷汗，唇色微微发紫，本能地攥着宋煜的手臂，用尽全身力气将气雾吸进肺里。

他已经很久没有发过哮喘，那种眼泪和呼吸都不受控制的感觉像浪一样砸上来，一切都是空白的，但他能听见宋煜的声音，给他一种无形的安抚。

"再吸。"

同班两年，周围的同学也是第一次见到这种急救场面，一个个呆愣在旁边，熟悉他的人多少知道他过敏，但平时也只是出疹子，没这么严重过。

冰凉的药雾涌进气管，几分钟后，乐知时起伏不断的胸口一点点恢复，呼吸终于不再那么急促和乏力。

"好点了吗？"王谦不太放心，"还是要送到医务室那边休息一下。"

"是要复诊。"宋煜拿开药瓶，视线也从他苍白的脸上移开，不经意间瞥到遗落在地上的一个包装袋，上面印着面包两个字。

宋煜伸出手掌贴上乐知时的胸口，感受他此刻的心率，然后抓住他的手臂翻开，又查看脖颈，检查出疹情况。

症状虽然得到缓解，可乐知时的意识还是滞后。每次哮喘发作的时候，他会产生很强的依赖感，像只挣扎中被捡回一条命的雏鸟。

急救时他什么都想不了，只知道一定是宋煜在救他，恢复后乐知时第一时间就想确认，于是虚弱地抬眼，看到宋煜的脸才心安。

"哥……"他声音微弱，手指无力地攀着宋煜的手臂。病症如狂风过境，残存的意志力让他全然忘记了约定和伪装。

耳尖的蒋宇凡没过脑子，复读出声："哥……哥?!"

这么一个字，经过一层人形扩音器，涟漪一样层层传开。

宋煜是乐知时的"哥哥"。

开学典礼当天，这个乐知时保守了两年的秘密，全校都知道了。

一个学校总有那么几个出挑的，不是被议论，就是被簇拥。

乐知时和宋煜都是典型代表，只是没人想到这两个平时毫无关联的人会有交集，而且这么紧密。

消息在密集人群里传播最快，没多久，开学典礼上的意外就成了所有人议论的话题。

乐知时的童年一直就不怎么清净。

刚到宋家时，他插班上幼儿园，没有熟悉的小朋友，语言也不通，最重要的是他和大家长得都不一样，时常像杂技团的动物一样被人围观，甚至被一些大孩子欺负，给他起绰号，叫他"黄毛""小杂种"。

他很不喜欢幼儿园，每天都不愿意上学，只想躲在家里画画，一到幼儿园门口就哭，被抱下车跟要了他的命似的。

上了小学虽然也没少被围观，但至少宋煜在，他不开心就去找宋煜。有时候宋煜一下课，回头一看，可怜兮兮的乐知时就扒在教室后门的门框边上，像没断奶的狗崽崽似的。

同龄人渐渐懂事之后，排挤他的人少了一些，大家也渐渐习惯。再后来，长大的小朋友们审美发生变化，越来越多的人开始觉得乐知时是好看的，好看的程度在同年龄的男生里一骑绝尘，再加上性格好，被欺负的乐知时又莫名其妙成为被追捧的对象，总之就没有消停过。

不喜欢成为焦点，不想在开学典礼上被公开处刑，可最后，乐知时还是以轰轰烈烈的方式成为全校瞩目的焦点。

乐知时躺在医务室的病床上，望着天花板发呆。值班医生帮他检查，他乖乖配合，像个没有灵魂的玩具，检查完又躺下，继续休息。

平稳的呼吸令他安心。

从小乐知时的想象力就很丰富，可以从天花板上的一个小小污渍联想到白沙滩上的一只寄居蟹，再从它小小的壳内空间联想到溶洞，甚至是黑洞。

就在他在天花板里探索宇宙的时候，门忽然被打开。乐知时翻身，把床帘拉开一个小缝，瞄了一眼，看到的是蒋宇凡的脸，又失望地倒回到床上。

"乐乐？"蒋宇凡的声音压得很低，像是怕把他吵醒。

"我没睡。"乐知时从床上坐起来，拉开了床帘，"结束了？好快。"

"嗯。"蒋宇凡替他把书包拿来，还递给他一盒纯牛奶，"这个你不过敏吧，我看你平时也喝。"见他摇头，蒋宇凡才放心。"老师说不用回去报到了，你休息好了就直接回家。"

乐知时吸了口奶，问："王老师没给我家长打电话吧？"

这件事本来也是意外，是他自己不小心，他不想让蓉姨担心。

"不知道，反正他把宋煜叫住说了会儿话，估计是了解情况。"说到这里蒋宇凡来了底气，"我就说哪儿有这么巧的事。刚好捡到名牌，刚好认出你，发言到一半居然从演讲台上跑下来给你急救，身上还刚好带着你的药。要不是你最后喊了声哥，我都要怀疑你俩有什么不可告人的关系了。"

听到最后一句，乐知时一个激灵。"不不不，怎么可能。"说完他又后知后觉地解释，"我们也不是亲兄弟。"

其实他也很后悔。清醒过来恢复体力的时候，回想起众目睽睽之下叫宋煜哥哥的场景，乐知时简直捶胸顿足，悔不当初。

"不是亲的？表兄弟？"蒋宇凡恍然，"我说呢，你俩一点也不像，还不是一个姓。"

"也不是，你听我说。"乐知时把书包拉链重新拉好，简单地给蒋宇凡解释了一下他寄养的情况。

尽管乐知时说得轻描淡写，但蒋宇凡再怎么二，多少也有些意外。"这样啊……"

寄养这种词对他们这些十几岁的小孩而言太沉重了，好像跟不幸、悲惨和寄人篱下画上了等号。

蒋宇凡心想，难怪乐知时在学校假装不认识宋煜。他抓了抓头发，问："那……那……那他家里人对你好吗？"

乐知时笑了笑："好啊，和亲生的没分别。"

"那就好，那就好。可是……"蒋宇凡又问，"那为什么不干脆直接，我的意思是，领养……"他很小声地说出这个词。

乐知时却不甚在意。"哦，我以前也问过。叔叔说，我的爸爸妈妈是很棒的人，他们是我唯一的父母亲，世界上没有任何人可以替代，他希望我能记住。而且他们说，哪怕没有这个程序，他们也会好好照顾我的。"他补充了一句，"宋叔叔是我爸爸最好最好的朋友。他们像亲兄弟一样一块儿大的。"

"原来如此……"蒋宇凡的表情像是放心许多，拍了拍他的肩膀，严肃认真地说，"你放心，我不会告诉任何人的，我口风很紧。"

"没事。"乐知时低头，忽然发现自己的纽扣解开了，领带也被扯开，可半昏迷的时候不记事，还边扣扣子边嘀咕，"怎么回事……"

"你哥……不是，宋煜急救的时候解的。"蒋宇凡又说，"你肯定没看到，他从台上冲下来那样子，太帅了。"

乐知时的确没看到，很可惜，但他可以想象出那个画面，低下头，乐知时看见鞋尖上洇开的黑点，想到发病前幻想出的阴霾。他就是被乌压压的云裹住了，困住了。

宋煜冲下来的样子，大概像一束锋利的光，破开了那片阴霾，找到了他。

画面在乐知时眼前具象化，他的心里升腾出一丝愉悦感，连牛奶都变甜了。拿书包的时候发现里面鼓鼓囊囊的，拉开拉链一看，里面是早上收到的礼盒。"你连这个都装进来了？"

"我想着你说完事了去（11）班来着。"

"嗯。"他把吸得咕噜噜响的牛奶盒捏瘪，扔进垃圾桶，系好领带后晃悠着腿碰了一下蒋宇凡的腿，"走吧咱们，回家吃饭。"

江城的九月初暑热依旧，多年未修剪的栾树几乎要把茂密的枝丫伸进三楼窗户。这些热情的绿叶被紧闭的玻璃窗阻挡，看起来怪可怜的。

就跟小时候的乐知时贴着书房玻璃门往里看宋煜时那样，肉嘟嘟的脸都挤得变形了。

从初一开始就和乐知时做同学，蒋宇凡知道乐知时过敏的事，就是没想到能这么严重，他好奇地问道："你是怎么知道自己过敏的？这么严重的话，第一次发现的时候应该很危险吧。"

第一次……

其实他有些印象，但实在不能算多深刻，而且他小时候去医院的次数太多，反而冲淡了发现症状那次的记忆。

"不记得了，那时候我才三岁，好像住院了。"

"三岁！"蒋宇凡不敢想象，"你今天这样就够吓人的了，还好你哥在，我刚刚百度了一下吓死了，原来哮喘发作没有药在身边的话是会出人命的。"

乐知时宽慰他："今天发生的是极小概率事件，是倒霉中的倒霉。"

但他又想起来，第一次发作的时候，宋煜好像也在。

告别值班医生，两个人准备下楼离开，谁知刚一出去就遇上一个相貌清秀的短发女生，和他们一样穿着初中校服，脸红红的，说话声音也很小。"乐知时……"

乐知时不是很眼熟，用求助的眼神看向蒋宇凡。

蒋宇凡想起了什么，压低声音提醒死党："这就是给你送礼物的那个女生，（11）班的。"

乐知时低声"啊"了一下。

"你……你没事了吧？"

"我没事了，已经好了。"乐知时说了句"谢谢"。

女孩如释重负，拨了下耳边碎发，说："早上我去你们班找你，你还没来学校，我就把东西放在你课桌里了……"

乐知时看见她的耳朵红了起来。

"希望你喜欢。"

太阳好大，少女的声音淹没在蝉鸣中。

他攥着书包带，沉默了两秒，最后还是拉开拉链，把里面的礼盒拿了出来，双手递还给她。

蒋宇凡没眼看了，这场面太令人窒息。他扭过头从三楼往下望，竟然看见一个熟悉的身影，个头很高，穿着白衬衫。

那不是宋煜吗？蒋宇凡眯起眼仔细瞅了瞅。

还真是！

宋煜推着车朝这边走来，在一棵香樟树下停下脚步，低头看表，又抬起头往上看了一眼，正巧和蒋宇凡视线相撞。

气场太强，隔了好几米蒋宇凡都被这冷冰冰的一眼给震住，立刻扭回头，假装无事发生。

第二章
骤雨突至

乐知时是和一场暴雨一起毫无征兆地来到宋煜身边的。

　　看到出现在眼前的礼盒，女孩愣住了。

　　"谢谢你。"乐知时语气郑重，"但是，从小家里人就告诉我，不可以随便收别人的礼物，尤其是女孩子的。这样子就是把别人的心意当成理所当然了。所以我得还给你。对不起。"

　　乐知时的眼睛有着明显的高加索人特征，轮廓更柔和些，头发是暖棕色的，阳光下透着金色，整个人是通透又柔软的。外表会给人以幻觉，例如好接近、好攻略、可以被他接受，但事实并非如此。

　　很多时候孩子气的乐知时都认真得过分。

　　女生的表情有些难过，但她也有预料，只是犹豫着是否该收回自己的礼物。"可是，我……"

　　她开了口，又顿住。

　　"这很贵吧，你买的时候肯定挑了很久。"乐知时很坚持，拿着礼盒的手向前递了递，递到她手边，让她接住，"你写字很好看，比我更适合用这支笔。"

　　听到这句话，女孩抬起头。用褒奖代替拒绝，让人连难过都不忍心。

　　可她多少还是有些心有不甘："那你有喜欢的人吗？"

乐知时愣了一下。

喜欢。

他喜欢的人很多，比如蓉姨和宋叔叔，比如牛肉粉店的老板，每次吃素粉老板还会给自己加两块牛肉，还有画画课的张老师，送给他漫画书和画具……太多了，乐知时心里有举不完的例子。

不过如果加个限定词，最高级别，范围就骤缩。

但似乎也不是眼前这个女孩怀有的喜欢。

"没有吗？"女孩追问。

乐知时把书包背好，还掂了掂。"没有吧。我现在不想谈恋爱，要中考了，成绩下降会被请家长的。"

眼看着女孩的表情沮丧起来，乐知时又说："我们还可以做朋友。"

"真的吗？"

"我不骗人。"乐知时掂了下后背的书包，"好热啊，楼下是不是有自动贩卖机来着？我请你们喝饮料。"

"我要喝可乐！"占便宜少不了蒋宇凡。他瞥了一眼下面，见宋煜竟然还在，双臂环胸靠在树干上，戴着耳机，仰着脸凝视他们。

蒋宇凡不禁打了个冷战，拿胳膊肘碰了碰乐知时。

"乐，看看楼下。"

乐知时闻声扭头，隔着栏杆一眼就望见宋煜的身影。

打兴奋剂也不过如此了。乐知时一下子转身，双手撑住栏杆，半个身子几乎都探出去，可叫出"哥"这个字的时候却是气声，很小声。

像只惊喜到想扑上去却又犹豫试探的小狗。

女生看着乐知时激动的背影，感觉他像是变了一个人，和刚刚拒绝自己表白的样子完全不同。

靠在香樟树上的宋煜放下手臂，走到停在树下的自行车前，用脚踢起双撑，长腿一跨似乎准备骑走。

乐知时急了。"哎哎哎。"他抓着书包就想往下走，可又想到刚才答应请喝饮料的事，于是慌慌张张说，"我先下去给你们买啊。"

噔噔噔跑下楼，好在宋煜还没那么快走。乐知时火急火燎地跑到自动贩卖机前，先是选了三罐冰可乐，可付款时犹豫了一秒，换成了两罐，又额外买了一瓶白桃苏打水，正巧蒋宇凡他们也下来了，乐知时急匆匆把两罐可乐往贩卖机上一搁，对着蒋宇凡指着贩卖机疯狂做手势，自己转身朝宋煜跑去。

树影在他那张喘得发红的脸上晃悠，光点斑驳很漂亮。稍稍平复了一下，乐知时才笑着喊了声"宋煜哥哥"，自己拨了拨头发。

"跑什么。"宋煜只瞥了一眼，依旧戴着耳机。

怕你走了啊。

过敏就算了，还当着那么多人的面暴露了他们的关系，搞砸了宋煜的开学发言，什么都一团糟。他怕宋煜不搭理他了。

乐知时把手里的冰苏打水塞给宋煜。接水的时候，他注意到宋煜左手手腕上戴着的表，那是他送的。

十岁那年，林蓉的摄影师好友找的小模特病了，乐知时被带去救急，也因此得到一笔酬金，林蓉的教育理念很自由，所以也鼓励乐知时自己支配这份酬劳。

小孩子收到红包第一反应都是买玩具和零食，小小的乐知时独自去商场转悠了好几天，最后买了一块漂亮的手表。

因为还有两天就是宋煜的生日。

那是他第一次花自己的钱购买礼物，小时候觉得已经是天价了，可现在看，这块表算不上名表，款式也很简单，不是现在学生中流行的电子表，不酷也不复杂。

从小到大，宋煜没少收乐知时的"礼物"，手动粘上第四片叶子的所谓"稀有"四叶草、攒够十枚就可以给哥哥跑腿打杂做任何事的乐乐小贴纸、手工画出来的宋煜专属小台历……

但第一次收到这个礼物时，宋煜的第一反应很抗拒，甚至把乐知时拽去了买手表的商场。

那时宋煜也才刚上初一，但站在商场柜台前办理退货的样子却镇定得像个大人，只有乐知时一个人在哭，甚至坐在地上抱着宋煜的大腿大哭，仿佛他才是那个收到礼物却要退货的家伙。

可惜记忆太模糊，究竟宋煜为什么这么拒绝这份礼物，又为什么回心转意决定接受，乐知时都不太记得了。

他一时间有些好奇，但想了想还是没问。刚发完病，不挨骂都要谢天谢地，现在可不是一个好时机。

宋煜拧开盖子喝了一口水，又递回给他，乐知时这才回神。

"宋煜哥哥，你是不是等了很久？"

"刚来。"宋煜踩上踏板。

乐知时主动向他报备复诊的情况："我现在已经没事了，刚刚也吃了药。"

"我看你也没事了。"宋煜说。

乐知时并没有感觉到这句话有什么不对，继续说道："幸好有你在，不然我可能就挂掉了。"

挂掉了三个字被他说得一本正经，但的确不是夸张，小学时尽管是带饭去学校，但小孩子还意识不到过敏的严重性，那时也有过几次严重发病，都是被同校的宋煜救过来的。

他这条小命不知道被宋煜捡回来过几次。有时候乐知时会想到一些小动物报恩的动画片，然后认真地思考自己下辈子会是什么小动物。

最好是像棉花糖那样的小博美，脖子上挂个小牌子。

想到牌子，乐知时忽然想到早上在校门口发生的事。"你今天救了我两次。"

宋煜没像想象中那样骂他，但也没说别的，只是准备要走。乐知时察觉到，立刻一屁股坐上后座，见宋煜扭头看他，仰起脸说："我自行车停在校门口了，先坐你的出去。"

他没同意也没拒绝，仿佛载着一团空气。乐知时坐在后座冲不远处的蒋宇凡和女孩挥手告别："我先回家啦。"

蒋宇凡看着乐知时，感觉他的尾音都透着开心。

在第一时间知道宋煜和乐知时是兄弟的时候，他还奇怪为什么两个人对外都不说这份关系，回想毫无交集的他们，甚至觉得宋煜过分冷漠了。

可代入进去想想，换作自己，要如何解释和乐知时的关系呢。

无论怎么解释，都绕不开他离世的父母吧。

闲言碎语是不见血的刀，有时候，沉默反而是能够最大程度抵御伤害的盾牌。

车骑出去，起了阵风，夏天的风吹在身上都是柔柔软软的。

这让他想起小时候坐在宋煜后座上的样子，那时候宋煜刚学会骑车，第一次带人就是带他，一开始他们都很开心，小小的乐知时抱着哥哥的腰，两条腿翘得高高的，嘴里嚷嚷着再快一点，再快一点。

后来摔了，乐知时磕破膝盖，流了血，宋煜就不带他了。

快骑到校门口的时候，乐知时一直担心宋煜会停下来让他骑自己的车回去，一直犹豫着编造理由。

他的车链子掉了？不好，太假了。

气不足了？好像也不行。

要不就说他哮喘还没完全恢复，胸闷，不能骑车吧。

好不容易想到一个靠谱的理由，一抬头发现他们已经出了校门好远，宋煜并没有停车。他可能是忘记自己刚刚说的话了，乐知时想。

到了路口的红绿灯前，宋煜停下来，面前一辆又一辆车穿梭而过，阳光也很沉默。

手里的瓶子上凝了层水珠，变成一瓶很心虚的汽水。

"宋煜哥哥，王老师给蓉姨打电话了吗？"

宋煜没回应，不知道是不是没听见。

虽然宋煜平时也不怎么跟他说话，但是乐知时能察觉到他情绪的微妙差别，总觉得他不高兴。

是因为自己今天吃错东西过敏给他添麻烦了吗？

那为什么来看他？

大概是确认他确实没有出什么大事，否则回去没办法跟蓉姨交代。

"宋煜哥哥……"趁着红灯还没变，乐知时抬手轻轻拽下宋煜的一只耳机，语带讨好，"你能不能不把今天的事告诉蓉姨啊，她肯定要说我的。"

交通灯一下一下闪烁着，看起来更心虚。

"什么事？"宋煜忽然开口。

乐知时却有些不明所以，"啊？"

自行车轮再次转动起来。惯性驱使下，乐知时的身子忍不住后仰，耳机线成了两个人之间的脆弱维系。慌张下，他本能地紧紧抱住宋煜的腰，也听到了宋煜的声音，仿佛是从温热的躯体中传导而来。

"你说的，是你吃错东西又不带药，差点在开学典礼上休克的事……"

九月的太阳仍旧锋利。

"还是早恋？"

早恋？

一口大锅从天而降砸下来，把乐知时给砸蒙了。"不是……"他皱了皱眉，手里还乖乖地捏着那只耳机，用自言自语的音量嘀咕，"我没有早恋啊。"

而且是义正词严地拒绝了。

他又歪着脑袋去看前面的宋煜，大声反驳："我没有早恋！"

宋煜依旧不作声。乐知时只好自己琢磨，想到之前在医务室三楼走廊的事，这才明白过来。"刚刚你一直站在下面是吗？你误会了，我是把收到的礼物还给她。"

略去表白者的信息，乐知时把事情原封不动还原了一遍，像一个乖乖上报每天在学校里发生了什么的幼儿园小朋友，说得绘声绘色，生怕遗漏细节。

一个报告了一路，另一个默默骑着车听着，从宽敞的大马路驶入弯弯绕绕的巷子，在起伏的梧桐叶浪里接近目的地。

"我都没有答应她，给她买饮料也是因为怕她被拒绝了难受，才说请她喝饮料的。而且我给她买的是可乐，我给蒋宇凡也买的可乐，但是我给……"

说到这里，他忽然不说了。也不知道为什么，越往后说乐知时越有点委屈。他想到了早上开大会的时候那些女生讨论的表白墙事件。

"你不也被别人表白了？就是那个培雅表白墙，我也要去告状。"明明是威胁的话，说出来却没有丝毫威慑力，甚至还不自觉减小了音量，显得格外弱小。顿了顿，乐知时又添油加醋道："我们班女生今天早上讨论得热火朝天，没准全校都知道了。"

自行车猛地刹住，乐知时一下子贴到宋煜后背上，贴得紧紧的，没说完的尾音也憋回去了。

"全校都知道的事可不止表白。"

宋煜终于开了口，也勒令乐知时下车。

乐知时当然知道他在说什么。"我又不是故意的，我那个时候不舒服，不小心喊出来的……"他跟个小跟屁虫似的黏在宋煜后头，"那现在怎么办，大家都听到了，应该没人不知道了。"

宋煜没给他提供方案，锁了车往里走。

感觉解释了这么多，哥哥并没有高兴起来，看来不是因为这些不高兴。

单车停在一栋青灰色老洋房前，院门前栽了株高高的广玉兰，里头是精心打理过的小庭院。房子是民国时的欧式建筑，翻新后装潢得很简洁，门口立着一块和人差不多高的巨大石头，上面刻了四个字——阳和启蛰。

这是宋煜的妈妈林蓉出于兴趣爱好经营的一家私房餐厅。

宋煜撩开门帘，乐知时跟着他进去，里面已经坐了预约而来的客人，是开店时就光顾的常客张爷爷，一个退休的大学老教授，一见他俩进来就笑着打趣："小蓉，你们家大帅哥和小帅哥回来了。"

林蓉闻声从后厨出来，手里还端了一小碟蜜渍春雪桃，搁在桌子上，笑着瞟了一眼乐知时和宋煜。

乐知时是讨人喜欢的，还没等林蓉开口，就乖巧地叫了声"张爷爷"。宋煜略略颔首，当作打招呼。

"乐乐又高了，不过还是比哥哥差一截。"

林蓉把乐知时肩上的书包取下来。"总归是差着三岁呢。乐乐现在还小，身体也不好，已经长得很快了。"

乐知时强调了一个没太多人关心的数字："我一米七六了。"

全店最高的宋煜没参与他们的身高探讨，独自走到最里面的包间。那是间休息室，是林蓉专门给兄弟俩准备的。

林蓉拿出打包得非常精致的餐点，双手递给张教授："回去要趁热吃啊。"

"辛苦了，"张教授十分高兴，"我爱人就好这口，馋着呢，我这就回去。"

"张爷爷再见。"乐知时主动送到了门口。

最初开店的时候，乐乐和宋煜都还在上小学，图兴趣的林蓉只在周一和周五开店，预约模式的私房菜，菜单也没有，全凭她安排。客人相继而来，又口口相传，人越来越多，好多人提前一个月预约，后来林蓉就把营业时间放开，一周四天，也方便过敏的乐知时中午吃饭。

午餐依旧丰盛，白玉瓷盘里盛满炸得金黄的香酥藕圆，刚端上来就被乐知时夹走一个。一口咬下去，外酥里嫩，比肉丸清甜，和混了面粉的寻常蔬菜丸一比，揉挤熬煮过的藕浆又有一种和肉极为相似的口感，柔韧鲜香。

"藕圆是全世界最好吃的丸子。"乐知时还没吃完，又夹起一只炖得酥烂的鸡爪塞进嘴里，赤酱浓油，轻轻一吮鸡爪就化了。

不止一个人说过乐知时吃东西的样子很香，甚至还有人建议他去做吃播，看他吃东西的样子就能下饭。

林蓉端着冰糖藕粉进来。"开学典礼好玩吗？"她把手放在宋煜肩上，眼睛却看着乐知时，"宋煜今天的发言怎么样？没忘词吧。"

原本像小仓鼠一样疯狂进食的乐知时忽然停住，腮帮子鼓鼓囊囊。

"哎呀，真忘词了啊。"

"没有。"宋煜没理睬乐知时的眨眼暗示，添了碗藕粉。"只是发生了一些事。"

乐知时嘴里的鸡爪忽然就不香了。

不会吧，说好不说的。

"发生什么了？"林蓉一脸好奇。

宋煜淡淡地瞟了乐知时一眼。"是他。"

"乐乐？乐乐怎么了？"

乐知时慌得不行，眼睛在宋煜和林蓉两个人之间打转，还提前摇头撇清关系，"我没有……"

"他没戴名牌，被点名批评了。"宋煜喝了一口藕粉，抬头看了看震惊的乐知时，"还差点迟到。"

和想象中的说辞不太一样。

"名牌？"林蓉小声惊呼，"啊，是我，我洗衣服的时候一起取下来，好像不小心把两个名牌都放到哥哥房间了，怪我怪我。"

说完她一脸抱歉地看向乐知时，瞥见胸前的名牌："欸，怎么戴上了？"

乐知时心虚地解释："哥哥给我拿的。"

外面有服务生叫，林蓉匆忙应声出去。乐知时舒了口气，忐忑地看向帮自己打掩护的宋煜。

"都是我搞砸了你的发言，对不起，我下次不会再吃错东西了。"

藕粉是冰镇过的，宋煜吃下去一小碗，本来觉得舒服不少，火气也下去些，可一听到这没找准重点的道歉，表情又冷下来。

问题在打断发言上吗？

可看着乐知时可怜的表情，他压着火问："你的药呢？"

面对突如其来的发问，乐知时怔了怔，小声解释："之前的用完了，今天带了瓶新的，去体育馆的时候赶不及拆开，就放教室里了。"说完他又补了一句，"我也没想到自己会发病……"

宋煜直接反问："那你有没有想过，如果今天我不在呢？"

这句话把乐知时问得愣住了。

如果今天宋煜不在，他肯定就真的危险了，那么大量的过敏原。

他不说话。宋煜又冷冷地说道："我不可能一直在你身边。"

"为什么？"乐知时皱起眉望向他。

过敏的危险后果对他的震慑力不及宋煜说出的这一句话。他无法想象某一天之后宋煜不在他身边。

"我以后会天天带着药的，不会再出现这种情况。"乐知时垂下眼，"我真的记住了。"

宋煜并非想要让乐知时一直道歉，一想到今天的状况，他就克制不住情绪。

但沉默片刻，他也没再继续说下去。"吃饭。"他又盛了一碗藕粉，拿瓷勺一颗一颗把莲子藕粉里的枸杞挑出去，放到另一个碗里。

一起长大，一起度过十二年，乐知时完全可以读懂宋煜的语气，他这么说就意味着这事翻篇了。他心里松了松，高兴地"嗯"了一声，拿起筷子连着给宋煜夹了好多酸辣藕带："吃这个。"

这是宋煜从小到大最喜欢吃的菜，不需要复杂调味，脆嫩的口感就赛过一切蔬菜。藕带是尚未膨大的藕，手指粗细，白嫩细长，斜切成段下锅同干辣椒爆炒，出锅前烹一圈陈醋，孔隙间吸满汤汁，脆爽酸辣。这种夏季特供的水生菜，过了九月就再也没有，又娇贵，长途运输很难保鲜，很多城市都吃不到。

"要是春夏秋冬都可以吃到藕带就好了。"

听着这话，宋煜将那碗藕粉推到乐知时面前，语气没太多情绪："天天都见到，你就不会觉得好吃了。"

短暂的赏味期限才显得珍贵。

每天都见，就少了新奇和期待。

"才不会。"

宋煜没想到乐知时会直接反驳，眼神中有些讶异。

乐知时带着点孩子气的笃定，语气坚定地说："我喜欢的东西就是愿意天天吃。如果说为了换花样就吃一些并不喜欢的，有什么意义？最好每天都摆在我面前。"

宋煜筷子一顿，问："你不腻吗？"

乐知时犹豫了片刻，没有直接回答。宋煜没继续等答案，自己静静吃饭。

"如果是我最喜欢的，就不会腻。"他把最字咬得很重，仿佛这是一个深思熟虑后的答案。

宋煜恍了神，猝不及防被乐知时一口塞进一个藕圆，皱起眉，一脸莫名其妙。

"给你吃我最喜欢的藕圆。"乐知时仰着脸看他，和刚来他家的时候一模一样。

那时候的乐知时天天黏着宋煜，什么都不懂，中文也不太会说，但会很直接地用行动去表达。宋煜每晚睡觉前，都会在枕头边发现一些奇奇怪怪的小玩具，有时候还藏到枕头下面，硌着了才知道。

每次宋煜都把这些小玩具拿走，可第二天又会出现在他枕头边。

后来的某一天，洗完澡出来的宋煜正巧捉到"肇事者"，见乐知时踮着脚伸长了肉乎乎的胳膊够到他床头，把小火车和宇航员放在枕头边。

被抓住的乐知时也解释不清，英文里掺着简单的中文黏黏糊糊说个不停。宋煜整理了好久才明白过来，原来乐知时是想把自己最喜欢的玩具送给他，陪他入睡。

当时的他一口回绝："我不要你的玩具，我又不是小孩。"

乐知时当时就哭了，可到了晚上，他又拿着玩具对宋煜软乎乎说了一大堆奇怪的英文，告诉宋煜："这个真的很好，这是我最喜欢的玩具。"

最后宋煜没了辙，只能留下乐知时的小火车，把宇航员塞回他的手里。"一个就够了。"

那天晚上宋煜躺在床上，面无表情地摆弄着小火车头，不知触发了什么机关，火车头亮起灯，呜呜呜叫着，停不下来。害他做了一晚上梦，梦里奶团子哭个不停，抱着他不撒手。简直是最可怕的噩梦。

这么多年了，一点没变。

吃完饭，两个人撤了桌子，把立在墙角卷好的两个榻榻米床垫拿下来铺好睡午觉。

"高三辛苦吗？我听说你们三天就用完一根笔芯了。"乐知时放好枕头躺上去，望向宋煜。

宋煜从架子上拿出一本最新一期的《国家地理》翻看。"我也才刚上高三。"这一整个架子上都是他订阅的《国家地理》，是宋煜高中最不可少的消遣读物。

好像也是，而且他这么聪明，应该是没那么辛苦的。乐知时望着天花板，他不愿意上高中，现在的卷子都多得做不完了，上了高中他可能会死掉。

过敏和哮喘都没能让他死，做题做死就太丢人了。

看乐知时还对着天花板眨眼，宋煜放下杂志命令他："睡觉。"

乐知时"哦"了一声，闭上了眼。

见他终于消停，宋煜把夏凉被扔过去，空调温度也调高两摄氏度，这才躺了下来。

乐知时闭上眼的样子很乖。那双大眼睛好像是他全部生机的唯一容器，一旦合上，人就羸弱许多，苍白许多，会让宋煜不受控制地想到上午他发病的样子。

心情是有存档的，会在一瞬间拉回到某个时刻。

见风长是许多大人对孩子的形容，尤其是许久不见，猛地一见会诧异这孩子怎么忽然间就长大了。但明明乐知时就是和他一起长大的，每一天都在一起，宋煜依旧会这么觉得。

看到这样安静躺着的乐知时，宋煜会忍不住想到乐知时第一次因为过敏住院的样子，也是这么安静，小小一个。

那是六岁的宋煜第一次意识到危险。

"宋煜哥哥。"乐知时突然睁开眼，猛地侧身转过来，猝不及防地和宋煜面对面，距离很近。

正要指责他还不睡觉，却见乐知时一脸天真地发问。

"我第一次过敏是什么样的，你记得吗？"

当然记得。

乐知时是和一场暴雨一起毫无征兆地来到宋煜身边的。

宋煜记得很清楚，那天晚上是他去开的门。始料未及的雨在夏夜一拥而入，打湿了他的头发，爸爸怀里抱着个孩子，用外套紧紧裹着，进门后蹲下来搂了搂宋煜。

宋煜疑惑地伸手掀开了一点衣服，问："这是谁？"

散开的外套下露出一双眼睛，玻璃珠似的。

"这是弟弟。"

六岁的宋煜一夜之间多了一个弟弟，软乎又漂亮，长得像童话画册上的小天使，浅棕色的头发打着卷，只会说英语，奶声奶气。

和这个小家伙相反，宋煜生下来就不是活泼的个性，不爱吵闹，也不多说话，长辈亲戚总说他这样的性格不好，要改，可林蓉总是据理力争，说他隔代遗传了外公，让宋煜从小就可以做自己。

他很聪明，心智也比别的孩子成熟许多，但无论多成熟，在面对一个会分走自己宠爱的陌生小孩时，都会不知所措。一开始宋煜并不喜欢乐知时，但也没到讨厌的地步。

多数时间他都在默默观察。

好奇怪，他的睫毛也太卷了。

为什么这个小东西说话这么费劲？看起来笨笨的。

难道自己小时候也这么笨吗？

但乐知时实在长得可爱，哪个长辈见了都会夸上几句，这些赞美动摇了小宋煜心里的印象，他也不得不承认，乐知时比自己很想买的博美要可爱一点。

来他家的第三天，乐知时突然哭个不停，哭着要爸爸妈妈，是要乐知时自己的爸爸妈妈，谁哄都不管用。

"你别哭了。"宋煜一走近，乐知时就伸长胳膊要抱，可宋煜抱不动他，他就自己缠上来，像个糯米年糕一样扯不下来。

"他哭得我头疼。"宋煜绝望了，对着林蓉说，"妈妈，我们把他送回去找他爸爸妈妈吧，让他回家。"

林蓉看着他，想说什么又没能说出口，最后哄着把乐知时抱上了楼，客厅只剩下宋煜和宋父两个人。

"小煜，"宋父把他拉过来，很认真地告诉他，"弟弟没有爸爸妈妈了。"

宋煜皱起了眉，没有接话。他在心里想着这句话的意思，很快，宋父就给了他更确切的答案。

"他的爸爸妈妈都不在了，他没有家可以回了。"

他听得懂"不在"是什么意思。

宋煜的眉头皱得更深了，他仰头望了望楼上，又回头看向自己的爸爸。

"那他以后会走吗？"

宋父摇头。"以后这里就是他的家了。"

成年人总会下意识地对孩子进行判断，觉得小孩子什么都不懂。但事实上，小孩子的同理心比大人更甚，他们会在回家的路上为一条小流浪狗撑伞。

宋煜也是，哪怕他从小就不是多么有共情力的孩子。

回到自己的房间后，他抱着抱枕窝在小沙发里，脑子里盘旋着父亲说的话。

乐知时长得那么可爱，却没有爸爸妈妈了。

这句话梗在他心里，于是他愈发觉得乐知时可怜。流浪狗再漂亮也是流浪狗，它们下雨天的时候没地方去，只能躲在隧道里瑟瑟发抖，又冷又饿。

门忽然吱呀一声打开，也打断了宋煜脑子里的"流浪狗历险记"。他抬头望去，看见乐知时小小一团缩在门边，露出半个小脑袋可怜巴巴往里望着，还打了个傻乎乎的哭嗝。

宋煜望了他一眼，俨然一副小主人姿态："你干吗躲着？"见小东西也没个动静，于心不忍，就抬手招了招，示意他进来。乐知时这才慢吞吞地朝他走过去。小孩子脚底不稳，每一步都踉踉跄跄，好像下一秒就要栽倒似的，看得宋煜胆战心惊。

好不容易走到他跟前，乐知时就这么眨巴着大眼睛望着他，脸哭得发红，整个人像个快破皮的小桃子。

眼睛都肿了。宋煜又想到父亲说的话，于是给他让了一点地方，让他和自己一起缩在小号懒人沙发上。

一连好几天的雨，好像自从乐知时来了雨就没停过。

他问乐知时为什么要来自己房间，窗外忽然闪过白光。乐知时还没来得及回答，就被一阵巨大的惊雷截断，他吓得一下子抱住宋煜，整个人都在发抖。

虽然宋煜也被雷声吓到，但乐知时害怕的程度比他高出太多，不光发抖，还哭起来了。

宋煜最怕他哭，想起来去叫妈妈把他带回房间，可乐知时就是黏住宋煜不放，拼命往宋煜怀里钻。没办法，宋煜只好像个真正的哥哥那样哄他，可宋煜不喜欢说话，只能捂住他的耳朵，手轻轻拍背。

雷是不会轻易消失的，总是在乐知时的惊吓稍稍平复之后再次出现，劈一下，之前哄好的就都白费。

他决定找个办法转移小可怜的注意力。

想了一圈，宋煜拿出一大盒玛德琳蛋糕，巧克力流心的，是爸爸出国带回来给他的。他一直没舍得拆开。

便宜你了。

有了甜甜的蛋糕，又有宋煜给他捂耳朵，乐知时不那么害怕了。乐知时吃东西的样子很可爱，两只小肉手捧着蛋糕一口一口咬，突然打雷的时候浑身会抖一下，小蛋糕都掉下去，愣一秒又捡起来，流着眼泪继续吃。

又好笑又可怜。

"你这么小，怎么这么能吃。"宋煜看着空掉的盒子，只剩下最后一个蛋糕，他拿起来自己咬了一口，里面淌出甜甜的巧克力流心。

乐知时又朝他伸出手，软乎乎地说："还想要。"宋煜没办法，只好把手里的半个又递给他说："没有了啊。"

最后这半个也被乐知时用同样的方式吃了个干净，嘴角都是巧克力。宋煜嫌他脏，拿了抽纸给他擦嘴角。

他觉得自己真的像个大哥哥一样了。

这种突然多出来的类似兄长的身份给了宋煜一种很复杂的情感，有一点负担，又有点愉悦和骄傲。比一百个人对他说"你长大了"更让他信服。

晚上睡觉的时候乐知时死活不愿意走，哭着闹着要和宋煜一起睡，林蓉没有办法，只好抱着他进了儿子房间。一钻进宋煜的被窝里，乐知时就不哭也不闹了，又乖又安静，贴着宋煜的胳膊挨着睡，像个小洋娃娃，还会憋着哭腔乖乖对他说"good night"（晚安）。

他似乎已经对这个比自己大三岁的男孩产生了雏鸟情结，因为打雷的时候宋煜会替他捂耳朵，给他吃蛋糕。

等林蓉走后，宋煜翻身看着闭眼的乐知时，心里想着，多个小弟弟可能也挺好的。就算他黏糊点，老挨着自己，倒也不讨厌。自己可以带他去江滩公园放风筝，看芦苇，带着他一起去上奥数班，但是这个小东西肯定一个字也听不懂。

宋煜的脑子里已经充满了被乐知时黏住的情形。

小孩子总是充满好奇的，但宋煜不是，他从小就格外理智。但当他意识到自己会成为一个哥哥的时候，他第一次产生了一种天真的新奇。

但也是那晚，宋煜第一次明白做个哥哥没这么简单。

半夜他被乐知时的呼吸声惊醒，乐知时小小的手紧紧攥着他的胳膊，每一口气都好像喘不上来。宋煜吓坏了，第一个反应是跑下床，去砸爸爸妈妈的门。

急救车的声音比雷声更让人胆寒。宋煜一晚上都陷入其中，仿佛耳鸣。他不听劝非要跟着，于是就在大人身后跑着，看着乐知时被爸爸抱着，那么小，闭着眼睛，嘴唇也不是漂亮的粉红色了。

急诊里的一切都很慌乱，在回忆里就像快速剪辑的混乱镜头，满目灰色，心跳声和乐知时难过的呼吸声是背景音。

直到医生出来，告诉他们没事了，流眼泪的妈妈一下子站起来，爸爸掐灭了烟，宋煜的心才落下来。

"我们初步判断是食物过敏性哮喘。检查了一下过敏原，这个孩子有很严重的小麦过敏症，理论上不能吃任何含有小麦的食物，轻微的临床反应可能是腹泻和荨麻疹，严重一点就会像这次一样，诱发哮喘。这些你们做家长的怎么能不注意呢？"

林蓉擦掉眼泪，没有说话，乐知时来的这些天都没有吃任何面粉做的东西，基本都是蔬菜水果和米糊，孩子的父母走得突然，他们根本不知情。

　　"我们下次一定小心。"宋父哑着声音道。

　　"过敏可大可小，孩子才三岁，不是开玩笑的。"医生接着询问，"他今天是不是吃了什么不该吃的？"

　　"应该没有的……"林蓉也觉得疑惑，可怎么回忆都想不出有什么小麦制品。

　　宋煜脑海里的一根弦断了。他忽然明白，自己简直是世界上最可怕的罪犯，差一点就害死了这个那么依赖他的弟弟。原以为只是把最爱的蛋糕拿来哄他，可喂下去的却是毒药。

　　"他……他吃了蛋糕，是我给他吃的。"宋煜长到这么大，从没有一刻这么焦心，但他依旧如实坦白了自己的"罪行"，哪怕他真的是无心的。

　　医生叹了口气："这种情况也常见，小孩子嘛，不也有那种给小金鱼喂食，结果喂太多第二天鱼都死掉了的事吗？都不是有心的。"

　　这个例子并没有减轻小宋煜的负担感，反而愈发加重。

　　"看这病发的症状，估计吃得不少。"医生又安慰道，"你可能也是太喜欢你弟弟了，所以喂了这么多蛋糕。下次记住了，千万别这样做了。"

　　小孩子的自责和负担让宋煜第一次明白，原来喜欢也是会造成伤害的。

　　他以为自己是在收留一只可怜的流浪狗，暴雨时给它撑伞，但事实上，他伸出的是毫无节制撒鱼食的手，满心欢喜，最后等到的可能是一条失去生命漂浮起来的小鱼。

　　尽管父母没有责怪，和医生一样安慰他，告诉他这没什么，可从那天以后，宋煜还是有意识地拉开了与这个弟弟的距离，不过分亲密。他也说不出缘由，可能是那一晚的恐惧和自责始终难平，也可能是他明白了什么是克制。

　　比很多成年人明白得更早。

　　长大后，宋煜时常觉得，自己生来就同这个世界保持着疏离的距离，手里攥着寥寥的线，连接着他和他生命中必要的一些人，一切都是设定好的黑白灰。

　　只有乐知时是命定之外的意外造访，是骤雨突至。有人说这是上辈子未尽的兄弟情，这辈子也撞到一起了，于是他手中多了一条特别的线，一根红色的细细的线，仿佛一吹就散，说到底这本不属于自己，所以他不只攥着，还试图维系。

　　只是选了最笨，但最保险的方式。

第三章

童年与你

"My youth is yours."

宋煜停下脚步，望了眼钟楼，如同漫不经心一样。

宋煜十分简略地告诉了乐知时第一次过敏的经过，略去主观情感和心路历程，三言两语就结束。

听完之后，乐知时只有一个念头——宋煜现在都不会给他吃好吃的了。

这一点让乐知时有点小小的沮丧。但他没说出来，说出来好像显得他有点小孩子气。可落到宋煜眼里，这份沮丧就出现另一种解释，比如无法接受差点被宋煜害死的事实。

所以两个人都没有继续聊下去。

下午一回学校，班上的女生就围着他发起了好奇心攻击。乐知时也头疼，只能跟大家打太极，没有直接说自己失去双亲的事，只能说是父辈关系不错，两家很亲近，所以暂住他家。这样也不算说谎。

其实他并不觉得没有父母是一件丢脸的事，只是一旦自己说出去，大家肯定又会露出同情心满满的表情，乐知时始终不能习惯这一点。

他觉得自己挺快乐的，不想成为别人眼中可怜的小孩。

除去对他们家庭组成的好奇之外，乐知时没想到的是，更大的麻烦出现了——宋煜的追求者们。

培雅高中部和初中部的教学楼一共是两栋，中间有一条空中走廊，连接在两栋楼的三楼，是两栋楼间唯一的联系。宋煜和乐知时所在的两个班分别在这两栋楼里。这样一来，跨学部找人也成了一件很方便的事。

好多追求宋煜的女生因为得不到回应，于是想出"曲线救国"的方法——加乐知时的QQ从他这里获取信息。说好听些是求助，更有甚者直接跑到乐知时的班上来堵人，大多是学姐，乐知时都不知道该怎么应付。

晚自习九点半下课，大家都数着秒等打铃，到点就一溜烟往外跑。乐知时没急着走，高中部的晚自习九点五十才下课，他慢吞吞做完题，又慢吞吞收拾了书包，磨蹭到全班最后一个离开。

每天他基本都是这样。

等走到三楼空中走廊的时候，乐知时又犹豫了，抬头望了一眼对面教学楼五层亮着灯的高三（5）班的教室。时间也磨磨蹭蹭地过，乐知时在走廊坐着看漫画，等到九点五十，铃声响起，可高三（5）班门口一点动静都没有。

高三火箭班果然很辛苦。

乐知时最后还是一个人骑车回了家。林蓉煨了山药鸽子汤，满屋子的鲜香。一开门，小博美颠颠地跑到乐知时脚下，乐知时一把把它抱起。"棉花糖，你是不是又胖了，好重。"

"是乐乐吗？累了吧。"林蓉往锅里丢了些年糕片，等年糕煮到软糯，给乐知时盛了一碗，又切了个红心火龙果放在小碗里。

乐知时坐在地毯上，仰头从林蓉手里接过汤碗，顺口问道："叔叔呢？"

"出国谈生意了，估计下周才能回来呢。"林蓉摸了摸他的头，"他说回来的时候给你带礼物。"

乐知时开心地喝了一大口汤，差点烫坏舌头。

"小心点。"林蓉把火龙果碗搁在他旁边，回身去了厨房。

盘腿坐在地毯上，乐知时边吃边看综艺，一大碗汤见底的时候，他听见开门的声音，立刻放下碗趴在沙发上往外面望。

宋煜把钥匙搁在玄关柜上，换了鞋进来。家里的猫听见动静，优哉游哉地抬起头，晃了晃尾巴，喵了一声背过身子继续睡觉。

"回来了？快过来。"

宋煜听林蓉的话进了厨房。乐知时跟在宋煜屁股后头打转，向他抱怨自己最近成了工具人："她们都加我QQ，然后第一句话就是，能告诉我一下宋煜的

QQ 号吗，或者是他加好友的那个问题答案是什么啊？"

"你说你不知道。"宋煜一副事不关己的样子淡定喝汤。

"我怎么会不知道呢？这样不就骗人了。"乐知时自言自语，想起来又忍不住抱怨两句，"她们问问题的样子就跟豌豆射手似的，上来就开机关枪，连句寒暄都没有。"

前面说得那么孩子气，最后还凹出来一个文词，宋煜觉得有些好笑。"你还知道寒暄。"

感觉被他小瞧了，乐知时皱了皱眉。"我当然知道。"

"我们乐乐长大了，以前可是连嫂子是什么都不知道呢。"说到这里林蓉就忍不住笑，"还说要自己当自己的嫂子。"

宋煜听罢瞥了他一眼，又轻飘飘地移开视线。

那是很早以前的事了，乐知时学习中文本身就比其他孩子晚，尤其理不清国内复杂的亲戚关系，每次听到班里的小朋友说什么叔叔婶婶外甥就一头雾水，那天又听同学说自己有了个漂亮嫂子，很是好奇，回到家就问宋煜什么是嫂子。

"嫂子就是哥哥的老婆。"宋煜回答。

偏偏林蓉也在一边打趣："娶了老婆就要离开家里咯。"

这句话给乐知时小小的心灵留下了巨大的震动。

他的小脑瓜盘算了很久，如果宋煜哥哥有了老婆，他有了嫂子，那他们不就要分开了。宋煜哥哥以后会有自己的家，再也不会和自己在一个家里了。

那可不行！

乐知时抱着宋煜的手臂撒娇："小煜哥哥，我不想要嫂子。"

宋爸爸逗他："那怎么行，你不要嫂子你哥哥就不娶老婆啊。"

乐知时一脸天真地说："那我当你嫂子！"

宋煜满脸问号，乐知时忽觉不对，立刻改口："不对不对，我当我嫂子！"

从此，这段童言无忌就成了乐知时在宋家的黑历史，大家还时不时就玩梗，每次一提，就能看到乐知时难得一见的炸毛时刻。

例如现在。

"我那时候才五岁，你们太过分了！"他一边说一边往外走，看起来像个僵硬的小机器人，在模拟人类愤怒的情形。

"可不是嘛，这岁数是童养媳了。"林蓉被乐知时逗得乐不可支，趴在儿子肩头笑，谁知外面忽然爆发出一声尖叫。

宋煜隔了两秒，放下碗朝客厅去，只见乐知时抱着棉花糖说："你怎么吃成这样？谁让你偷吃火龙果的？嗯？你是想染毛吗？"

本来应该雪白雪白的棉花糖现在满嘴都是玫红色的果汁，糊了一脸，两颗黑葡萄似的眼珠还无辜得很。

"你看着我也没用，下次不可以随便偷吃东西了，如果是你不能吃的东西呢？你还想去医院吗？每次去医院都闹情绪。"

虚惊一场。宋煜远远站着，看乐知时自言自语教育小狗的样子，颇有点小孩子装大人的范。说得头头是道，每句都熟悉得很。

"真是不让人省心。"乐知时最后扔下这一句，俨然一副大人姿态，训完又把棉花糖抱起，一转身差点撞到宋煜身上。

"看路。"宋煜说。

乐知时溜进浴室，给棉花糖洗澡，也给自己洗澡，最后精力耗尽躺在床上。QQ振动不停，乐知时没辙了，只好强撑着最后几分精神回复她们，说自己不知道他通过好友的问题答案，他也不允许自己给QQ，擅作主张自己会很惨。

是真的会很惨，这种事他小时候干过。

回复完之后乐知时关了手机，倒头就睡。他梦见小学时候被高年级的女生哄着给宋煜送情书，结果被宋煜冷落了一周的事，差点吓醒。

不留情面替宋煜拒绝桃花是乐知时很少做的事，不过的确很有效，他清净了好多天。

不过乐知时没想到的是，因为拒绝学姐们的话，加上两人几乎不来往，学校里也传出许多奇怪传闻，什么同母异父重组家庭，什么寄人篱下，搞得比狗血小说的情节还夸张。不过众多谣言里，倒是有一个恒定不变的主题，那就是兄弟不睦。

传着传着，也传到了当事人的耳朵里，乐知时感觉自己就跟摸爬滚打的小老鼠一样，从一个灰不溜秋的坑掉进另一个，麻烦不断。他解释了一遍又一遍，没人听。

连着两节数学课，乐知时的脑袋跟打了麻醉针似的，迷迷糊糊地从数学课代表那儿接过发下来的作业。他拿出红笔准备订正，看着看着又咬上笔尾。

"弧长又求错了……"

蒋宇凡的作业本都没有翻开。"终于熬到这学期第一节体育课了！"他拽着乐知时的胳膊，"走吧走吧。"

"嗯……"乐知时吸了口气，突然觉得嘴里甜甜的，看了一眼自己刚刚咬住的笔尾，漏墨了！

乐知时的第一反应是摸自己的嘴，果然一手的红色。

"你怎么了？"蒋宇凡看着跑出去的乐知时，摸不着头脑。找了一圈才看见乐知时从厕所出来，紧紧抿着嘴唇，问什么都不说话。上课铃马上就响了，两个人撒腿往操场跑，赶在最后关头集合，总算没被体育老师骂。

大部队跑步热身，乐知时全程不张嘴，原地解散后他拿手捂着嘴，跟蒋宇凡说自己要去上厕所，蒋宇凡还以为他闹肚子，也没多问就和其他男生打篮球去了。

班上的女生结伴穿过操场往食堂里的小卖部走，看见另一个班级的方阵时开始大呼小叫。乐知时根本顾不上别人，他现在就觉得丢人，想找个地方躲起来，把嘴里的红墨水弄干净。

要不想个法子回家好了。

可请假也要开口……

不然去食堂的洗手间里再洗洗吧，还可以照镜子。

想好之后，乐知时抿住嘴唇低下头，在那群女生后头穿过操场。人造草坪被踩下去，脚一抬，又倔得再抬起头，沙沙作响。

走着走着，他一个没留神撞上一个人。撞得还不轻，他连忙道歉："对不起。"

"这不是乐乐吗？"

听到熟悉的声音，乐知时抬起头，说话的是宋煜从小到大的同学秦彦，也是宋煜屈指可数的朋友之一。

秦彦看了宋煜一眼："你弟这大眼睛看来是真的准备当装饰了，都舍不得用。"

乐知时想反驳，但是又张不开嘴，就干摇头不说话。

"大老远我就看见你了，眼看着你一步步往这边走，最后啪一下撞到你哥身上，跟个小吸铁石似的。幸好没撞上病弱的我，不然我倒地给你看。"秦彦带着鼻音说笑，还拿手肘碰了碰面无表情的宋煜，"是吧。"

宋煜懒懒道："有病就去治。"

"那不行，重感冒我也得做我们煜煜最忠实的啦啦队队长。"

宋煜手里拿着篮球，乐知时猜宋煜是要去打球，如果是以前，他肯定想黏着宋煜，可现在太丢人，他只想跑。他把头埋得低低的，飞快地说："对不起，我不小心撞到的，我要走了，再见。"

绕过他俩，乐知时准备开溜，谁知胳膊突然被拽住。

一反常态是会露出马脚的。

回过头，乐知时见宋煜的视线下移到他的嘴上，打量了好一会儿，然后把手里的篮球扔到秦彦怀里，一句话没说拉住乐知时往另一个方向走。

"哎？"乐知时的步子磕磕撞撞，反应过来后又不想让他拽，甩又甩不开，闭着嘴哼哼唧唧的，拔河似的用两只手反握住宋煜的手，身子往后仰，不让他走。

见他如此，宋煜也站定。大太阳照得乐知时睁不开眼，周围走过去几个女生，都在回头看。

宋煜突然松手，乐知时向后栽去，啪叽一下坐到地上，一脸蒙。

面前的宋煜蹲了下来，虎口卡着乐知时的下巴，食指和拇指掐住他的脸蛋。嘴唇被迫挤开，露出里面被染红的门牙。

"我就知道。"

乐知时飞快捂住自己的嘴，屁股贴着草地向后挪了一下。

太丢脸了。

"躲什么。"宋煜捏着他的脸仔细检查，之后把他拉起来，"你要这样上课？"

都被发现了，乐知时也破罐子破摔，自暴自弃跟着宋煜走，仿佛宋煜牵着的是一个毫无灵魂的气球玩偶。

"慢点走可以吗？屁股疼。"

宋煜不说话，但真的走慢了一点。

又是医务室。

乐知时小声说了句我没有发病，可也没得到宋煜的回应。宋煜自顾自牵着乐知时往里走，值班的医生又串门去了，房间里没有其他人。宋煜让乐知时坐在椅子上，自己去隔壁找人，最后拿着一瓶医用酒精和一盒棉签回来了。

"这是什么？"乐知时看着他走过来，拉了椅子坐到自己面前。

宋煜捏住他的脸，面无表情地命令："张嘴。"

乐知时乖乖张开嘴巴。他的嘴唇上还好，牙齿和舌头上已经沾满了红色油墨，实在有些滑稽。

宋煜用棉签蘸了酒精，在他染色的地方仔细擦拭。乐知时心里打鼓，他有点担心这东西洗不干净，还要上一天课，一直闭嘴的感觉太难受了。

也不知是怎么的，他忽然就想到了昨天晚上偷吃红心火龙果的棉花糖，忍不住就叹了口气，他们可真不愧是"亲生"的主人和小狗。

谁知下一刻，宋煜忽然笑了一下，声音很轻，轻到乐知时都怀疑是自己听错了。

"真是不让人省心。"

他竟然说了自己昨晚对棉花糖说的话。

乐知时心情复杂，这是在嘲笑他吗？是在嘲笑他吧。

可宋煜说得也没错，他确实不让人省心。

想到这里，乐知时的表情变得有些沮丧，在宋煜伸出酒精棉签时，向后缩了缩，小声向他道歉："对不起。"

宋煜没有回应他的道歉，而是伸出另一只手握住他的下巴。"别动。"

宋煜说完，乐知时就真的没有再动，但思绪开始游离，想到以前在学校里，无论是演讲比赛获奖，还是打篮球被撞倒，在场的宋煜从来都不会主动上前，他们很认真地在扮演陌生人的角色。

所以现在，乐知时甚至有点小小地感激开学那天突发的哮喘，让他们被迫公开这段复杂的关系，走在一起也显得十分光明正大。

见他发呆，宋煜看似不在意地开口问道："好吃吗？"

乐知时从思绪中抽离，听到这句话之后非常确信，现在宋煜就是在嘲笑他。

"我是不小心吸到的。"他皱了皱眉。

这场景让宋煜想到他们小时候一起去看牙医的情形。乐知时吃糖吃出一嘴的虫牙，林蓉带着他们去牙医诊所，一听到电钻的声音乐知时就张着嘴哇哇地哭，抓住他的手死都不放。

宋煜继续擦着，语气不疾不徐："什么味道？"

"哈密瓜味。"乐知时如实描述，"一开始甜甜的，但是后来变得有点恶心，像退烧糖浆。"

竟然可以描述得这么具体。

说完，乐知时吐出一点，用纸包住。"会不会是因为那个做笔芯的人猜到有人会去吸，所以故意做成甜的？"

宋煜瞥了他一眼，说："如果早一点让你知道笔芯是甜的，是不是就不用去看牙科了。把这个当糖吃也不会长蛀牙。"

又被打趣了，但乐知时完全搞错重点："我小时候去看过牙医吗？"

真不可思议，哭成那样怎么会忘记，不应该是记一辈子的事吗？

"你的童年记忆还真是模糊。"宋煜说。

乐知时对此不置可否，握上他的手腕，含着唾液的声音听起来有点模糊："那怎么了，你不是都记得吗？"

"反正我的童年就是你的啊。"

宋煜微微发怔。

乐知时并不觉得自己说了什么要紧的话，两只脚还在动，整个人闲不住。宋煜又恢复沉默，用手按了按他乱晃的膝盖，细致地用浸湿的棉签擦拭齿缝染到的油墨。

被按住膝盖，乐知时低下头，瞥见他空空如也的手腕，上面没有他送的手表。

"你没戴表吗？"

宋煜没有立刻回答，乐知时又说："为什么不戴？"

这副理直气壮连连发问的架势，让宋煜不由得想到了乐知时把这块表送给他时的样子，在被拒绝的时候，也是这样直接的问他。

"为什么不要？"

"小煜哥哥，你不喜欢吗？"

乐知时小时候天真更甚，捧着手表的礼盒，自己看一眼，觉得挺满意，又抬头问他："不好看吗？我请柜台阿姨跟我一起挑的，她跟我保证你一定会喜欢。"

宋煜没有不喜欢，但他知道，这笔酬金对一个小学生来说非常丰厚，乐知时完全可以自己拿去买很多东西，没必要花在一块送给他人的手表上。同时他也非常清楚，把这些说给乐知时听也是无用，乐知时是个又傻又死心眼的小孩。

所以他决定直接跟柜姐沟通。

"您好，我想办理退货，这块表我没有用过，包装和小票都在这里，按照商场的规定应该是可以退掉的。"

一个可爱的混血小朋友独自来买表，已经让柜姐印象深刻了，现在他的哥哥又以一种超出同龄人的成熟姿态来办理退货，很难不让人觉得奇妙。

"可以的。"柜姐保持微笑,"请出示一下……"

柜台前的乐知时却大喊了一声"不可以",然后一屁股坐在地上,死死抱住宋煜大腿,哭着求他。一开始宋煜还铁面无私,拿出早就收好的收据交给柜姐,可乐知时实在哭得惨,连柜姐都忍不住劝他:"你要不先跟你弟弟好好说一下?"

宋煜想了想,最后还是蹲了下来,从书包里拿出一包纸巾塞给他。"你哭什么?"

"你……你不要我的礼物。"乐知时抽抽搭搭,越说越委屈,"我连生日快乐都还没说完,你……你就……"

见他又要哭起来,宋煜立刻说:"我不是不要你的礼物。"

乐知时一下子噎住,大眼睛里蓄着眼泪听他说话。

"是这个礼物太贵了,这样的消费是不理智的。"

或许某一天回想起来,还会为自己人生中第一笔大开销而后悔。

蓄着的那颗眼泪还是吧嗒掉出来,乐知时用手背擦了擦。"可是我看了很久。我不是什么都不知道,可你们都觉得我不懂。"

听到这句话,站在一边的柜姐也忍不住出声:"确实,小弟弟第一天来的时候我也以为他是闹着玩的,但是他连着来了三趟,挑了很久,最后一天才付款。"

把钱从书包里拿出来的时候,仔仔细细数了三遍。

柜姐看向宋煜:"他挺慎重的。"

宋煜沉默了。他始终做不到看着乐知时大哭,自己一意孤行做认为对的决定,于是暂时没退。乐知时默认他愿意接受礼物,心满意足地跟他回家了。

晚上在房间里,宋煜坐在书桌前,台灯下表盘散发着莹润的光。他捏着标价牌端详很久,准备自己第二天单独去退货。

睡前想接杯水,下楼到一半,宋煜见乐知时窝在妈妈怀里看动画片,嘴里含着棒棒糖,指着电视里的小天才手表广告说:"那个小手表没有我给哥哥的好看,对吧蓉姨?"

"那当然,你买的最漂亮,这些十个都比不上。"林蓉摸着他的头,又问:"乐乐,为什么想给哥哥买表啊?"

宋煜停住脚步。

乐知时拿出了嘴里的糖,语气很认真,仿佛一个小大人:"我们以前每天在一起，下两层楼我就可以找哥哥玩。现在哥哥上初中了，去了别的学校，我很想他，就让我的小手表去陪他。"他举着自己空荡荡的手腕，声音里都是笑意，"小煜哥哥一看时间，就会想到我。"

"我们乐乐可真聪明。"

他没有想过，号啕大哭的背后原来是这样的心意。宋煜无声地折返回去，坐下来，戴上了那块表。

明明他总是不在意的那个，可儿时的分分秒秒却都刻在他脑子里，问起来只有他还记得。

宋煜已经分不清，他和乐知时，究竟是谁更需要谁的陪伴。

陷入回忆的宋煜有些不专心，棉棒不小心蹭到乐知时的牙床，激得他皱起眉，下意识往后缩。宋煜回神，又握住他的下巴往前拉。乐知时不敢动，像只待宰的羔羊，又一次重复自己的问题："为什么不戴？"

"你问题很多。"宋煜道。

你如果一开始就回答我，就只有一个问题。乐知时在心里说。

宋煜的表情冷静得过分，视线凝聚在一个点上。这让他想到了以前看过的一部恐怖片，里面的食人魔就是这么优雅。

不对，这类比太奇怪了。乐知时在心里强行叫停幻想，干脆也闭上眼睛。

视觉的缺失带来的是其他感官的增强。

他能很清晰地感觉到湿润的棉签一点点蹭过的触感，很轻，有点痒，酒精挥发带来冰凉的感觉，或许是清楚地知道对面坐着的不是医生，乐知时才会觉得不太一样。

靠得很近，他能闻到宋煜领口散发出来的柠檬洗衣液的香气，和自己的是一样的，这让他下意识感到安心。

但酒精的味道实在不怎么样。乐知时一直张着嘴，口腔里积蓄着刺激出来的唾液，和医用酒精混合在一起。

好苦。

宋煜手上的动作忽然停了。

闭眼的乐知时乖乖等他继续，但等了有一会儿也没动静，乐知时疑惑地睁开眼，含混不清地叫了声哥，带着疑问的语气。

宋煜把酒精和棉签塞到他手里，站了起来。"那边有镜子，自己对着擦干净。"

乐知时扯了点纸，把嘴里发苦的唾液吐出来，"哦"了一声。他知道这的确是件很麻烦的事，他应该早一点自己动手。

拿着工具去到窗边墙壁上贴着的镜子前，乐知时观察了一番，发现其实已经擦得差不多了。

好神奇，原来这么顽固的油墨都是可以被溶解的。

乐知时是藏不住情绪的孩子，对宋煜的崇拜自始至终都完全表现在脸上。

"好厉害。我校服上经常被笔芯画出印子，也可以用酒精擦吗？"他一副发现了新大陆的样子回头看向宋煜。

宋煜的右手原本搭在左手手腕上，在他回头的瞬间又拿开，"嗯"了一声，转身准备自己先离开。"走了。"

"哎……等等我。"乐知时想跟着宋煜走，可看了一眼那些用过的东西，又犹豫了一下，还是回头收拾干净，再出去时宋煜已经走出去很远了。

望着他的背影，乐知时有些失落。

他摸了摸自己的下巴，又捏了捏，最后踢了一脚小石子，步伐沉重。他没有直接回操场，而是转头去了食堂小超市，买了一瓶养乐多。

酒精真是太苦了。

乐知时站在小超市前的空地上，手里握着那个小小的瓶子，仰头喝了一大口，大有成年人干杯的架势。喝得太快，像是什么都没喝一样，于是他转头回去又买了一瓶，插上吸管，边吸边往操场走。

回去时，发现蒋宇凡并没有在打球，反而四处张望着，正巧和他眼神对上。乐知时举着小奶瓶歪了下头，睁大眼睛，表示自己也看到他了。

蒋宇凡立刻跑过来，表情像是很着急似的，神神秘秘地揽住他问："我找你半天了，你没事吧？"

乐知时咬着吸管摇头，感觉他的表情很诡异，于是松开咬住的吸管，问："怎么这么问？"

蒋宇凡瞄了一眼别处，说："刚刚班上的女生说，她们看到宋煜把你拽到一边揍你去了，说得有鼻子有眼的。"

揍我？

乐知时还没反应过来，蒋宇凡就要上手扒他的嘴。"说是把你的嘴都打出血了，我看看，牙齿没掉吧？"

什么啊。乐知时从他的手里挣脱出来，吸掉最后一点养乐多。"我没有被他打。"

怎么还出血了呢。乐知时脑子里灵光一闪，想起刚刚在操场拉扯的时候自己的嘴好像张开了，看到的女生八成把他嘴里的红色油墨误以为是血了。

这个脑补能力也太强了。

"我没事，我哥怎么会打我呢，是她们搞错了。"乐知时怕蒋宇凡继续八卦下去，把自己吸到油墨的糗事扯出来，于是赶紧转移话题，"还打球吗？我们一起吧。"

"那就好，我就说不应该啊。"蒋宇凡放下心来，对着不远处班上的男生们喊了一声，"打球吗?! "

"来来来，三对三。"同班男生朝乐知时招手，"乐乐快来！"

乐知时把养乐多的小瓶子扔到垃圾桶里，嘴里说着："我会拖你们后腿的。"但还是十分开心地跑了过去。

"不会的，拖什么后腿！"

"分组吗，我跟乐乐！"

"乐乐我带你！"

十四五岁小男生们的青春劲像是冲破瓶盖的汽水，直往上涌，盖也盖不住。隔了十几米，重感冒的秦彦打完一个喷嚏，面带微笑揉了下鼻子，望着那头感叹道："你们家乐乐还真是团宠啊。"

篮球入筐。

宋煜脚尖落地，收回抬起投球的手，眼神扫过吵吵闹闹的那一处，最后回到秦彦身上，语气不太客气："你话很多。"

"哟，谁招你了。"秦彦嬉皮笑脸地钩住他的脖子，"不会是乐乐吧。"

"手表给我。"宋煜说。

秦彦一脸莫名："你不是说让我替你装着？"他从口袋里摸出来，递给宋煜。"我还纳闷呢，每次打球都摘下来，我寻思得是多大牌的名表，也还好啊。谁送的？这么宝贝。"

"宝贝送的。"宋煜摆着一张死人脸，接过表戴好。

秦彦大笑。"小宋你太幽默了！"

乐知时没太把之前大家的传闻当回事，他有点缺心眼，很多事情就当耳旁风，认为吹过去就过了。显然其他人比他想得要复杂一点，毕竟谁都喜欢八卦。尽管他一直解释，可过去很多天了，"体育课上乐知时被宋煜拉到一边打到牙齿出血"的谣言依旧甚嚣尘上，完全不受他的控制。

身边的同学开始表达各式各样的"关心"，有的会给他零食，说他过得一定很辛苦吧，还有的直接调侃乐乐是当代灰姑娘。

乐知时不断强调，宋煜是一个非常好的哥哥，可大家都把他的辩解归因于好拿捏的脾气，就连开学典礼上询问过他对宋煜看法如何的女同学都这样想。

"怪不得你当时支支吾吾的，只敢说宋煜好话。"女生一脸恍然大悟的表情，"原来你这么害怕宋煜啊。"

通常来说，乐知时是一个好脾气到会被人以为没有底线的人。

但他最坚定不移的底线就是宋煜，绝对不允许任何人在他面前说宋煜一丁点不好，因为在他心里，宋煜对他好这一点已经是无可否认的既定事实。

"不是的，他就是很好，不是你们想的那样。我说了好多遍，他真的没有打我，都是乱传的，他对我特别好。"乐知时的语气一反常态地郑重，有点显而易见的生气，甚至停下了正在画漫画的动作，对她们说，"而且在背后议论别人是不对的。"

同学们也有点被他这样子吓到。"我们没有在背后议论啊……你们俩什么关系，我们当着你的面说，不就等于当着他的面？"

乐知时无法反驳了。

女生又好奇地问："那他真的像你说得这么好，怎么对你一点也不像大哥哥的样子啊？"

另一个人也说："对啊，看起来就很凶。"

"哥哥一般都很宠弟弟妹妹吧。"

"反正我不喜欢他的性格，一点都不阳光，虽然长得不错。"

乐知时懒得跟她们理论，因为之前宋煜说过，无谓的争论会显得人很蠢。他低头，盯着自己刚画出来的一个小人，怎么看怎么不顺眼，于是拿笔把脸全涂黑了。

蒋宇凡提着洗干净的拖把走进教室，顺带着喊了一声："乐乐，外面有人找你。"说完他进来，对依旧议论不止的同学说："无不无聊啊。但凡你们把八卦的心用一半到学习上，上培雅高中部分分钟的事。"

乐知时抬头望了一眼，窗户那儿只有半个身影，穿着高中部的白色衬衫，个子很高，乐知时忽然间有点激动，腾地起身往外跑。

可一出去，他脸上的笑容就凝固了。

"你失望得也太明显了吧，别看了，就我一个。"秦彦笑着打趣。

乐知时有气无力地叫了一声学长好。但他还是很失望，所以又抬了抬眼皮，故意问："学长，你该不会也是让我传话给哥哥表白吧？"

秦彦大笑起来。"你们俩可真是一个比一个幽默啊。"他拍了拍乐知时的肩膀说，"不逗你了，我来找你是有很重要的正经事的。"

你这个人就不正经，能有什么正经事。乐知时心想。

班上的男生一个叠着一个趴在走廊挤着闹着，人太多，秦彦把乐知时带到楼梯转角。

"上一届高三学长毕业之后，广播站少了一个英语播报员。"秦彦的声音很好听，他是校广播站的现任站长，时间不多，他开门见山地表达了想要乐知时加入广播站的想法。

"你英语口语好，之前英文诗朗诵比赛数你发音好听，我们站内也有很多学姐推荐你。怎么样，要不要来试试？"

乐知时背靠着墙壁，用后脑勺轻轻磕着墙，答非所问："宋煜哥哥的发音也很好。"

"他？你觉得我能请动他那尊大佛？"秦彦一副"你这个小朋友也太高看我了"的表情，"再说了，广播站本身也需要多加入初中部的学生。每周就周五一次，可能会稍微耽误一下你吃饭的时间，就半小时。"说完他又插科打诨，"怎么说英语也算你半个母语吧。"

就三岁之前说而已……这也算母语吗？

广播站的工作对初三的学生来说的确是不那么合适，乐知时陷入了思考。

秦彦是宋煜的好朋友，从初中起就经常来他们家吃饭，在乐知时心里，帮他就等于在帮宋煜。于是在上课铃响起之前，乐知时就同意了。

晚上回家，乐知时把这件事告诉林蓉，谁知林蓉的重点全在没时间吃饭这件事上，非要给他送饭。乐知时不由得想起小学时期那个比他脑袋还大的巨型饭盒，以及被周围同学觊觎的超豪华午饭，摇头婉拒："好麻烦啊，不用给我做了，我自己可以抽空去吃的。"

家里的橘猫慢悠悠从他眼前经过，乐知时摸了一下它的尾巴。"是吧，橘子？"

这让林蓉十分受伤，认为乐乐长大了不需要她了，这让她泛滥的母爱无处施展。她把橘子抓进怀里，可橘子轻巧地从她怀里跳出去，依旧是屁股对着他们，高傲而优雅地站在茶几的中央。

"你要不问问小煜要不要带饭？"宋谨给伤心的老婆捏手。

听到父亲叫自己的名字，洗完澡擦着头发出来并且一无所知的宋煜停了停脚步，看向客厅的三人。

林蓉把脚伸到宋谨腿上。"太麻烦了，不给他做，让他自己去吃吧。"

看戏的宋父忍不住大笑："果然乐乐才是亲生的。"

宋煜头上搭着毛巾，转身上楼。"一群戏精。"

周三的时候秦彦带着乐知时去广播站参观，这里的工作比他想象中简单很多，和他搭配合作的是一个高二的学姐，考虑到乐知时处于升学阶段，所有的撰稿工作都由学姐负责，乐知时只需要提前看一看稿子，准备准备。

正式开始广播的第一天，乐知时有点紧张。为了好好准备这一次的广播，他前一晚在卧室小声练习了很久，生怕出差错。下午最后一节课的铃声响起，他就飞奔到了钟楼。

"放轻松。"学姐拍了拍他的肩膀，"我们一起念完开场白之后，你单独介绍一下这首歌，然后放歌就好啦。"

乐知时郑重地点头："嗯，我知道了。"

下课后，宋煜被老师叫出去聊天，交代了挺多。结束后还没来得及回教室，就被秦彦拖着下了楼。

"老王刚刚叫你干吗？叽里咕噜说那么久。"秦彦问。

"有事，让我帮忙。"

"他现在带的是初中的班，找你帮什么忙？又不给钱。我快饿死了，食堂今晚要是有珍珠丸子就好了。"为了抄近道，秦彦拽着宋煜走空中走廊，走过去的时候正巧看到楼下花园里，几个男生在打闹。

"哎！你们都不吃饭的啊。"秦彦趴在走廊栏杆上对着隔壁班的男生大喊。

"无聊。"

"你说谁？"秦彦笑起来，"他们无聊还是我无聊？说清楚不许内涵。"

楼下花园的扬声器传来音乐，曲调轻快，淌入生机勃勃的校园。见宋煜不回答，秦彦开始碰瓷："你有权保持沉默，但是你说的每一句话都会成为呈堂证供。"

真是够难缠的。

音乐渐淡，扬声器里出现一个声音，说着流利的英语，发音和语调带着柔软的少年气："大家下午好，我是 Joy。"

宋煜推开蹭上来的秦彦，"你最无聊"四个字都已经到嘴边了，听到这句话后忽然顿住。

"欢迎来到每周五的英文之声，节目的一开始，先为大家推荐一首非常好听的英文歌曲……"

看着停在原地没动作的宋煜，秦彦拿肩膀撞了撞他。"哎，怎么了？"说着又伸手在他的面前晃了晃，"服务器被切断了？"

宋煜一把拍开秦彦的手，瞥了他一眼，问："你把他弄进去的？"

"是啊。"秦彦耸耸肩，大方承认，"乐乐的声音这么好听，我之前就说过，毕业交接之前一定要把他收入麾下。怎么样，不赖吧？"

宋煜自顾自往楼梯下走。"他初三了。"

"就这一个学期。"秦彦"喊"了一声，"看把你紧张的。外面可都在传你欺负小朋友呢，光在我跟前演绎兄友弟恭算什么本事啊，你得让人民群众知道啊。"

出楼梯口，视野豁然开朗，操场上的天空好像被西柚汁浸泡过，钟楼旁挂着一轮软乎乎的橘色太阳。操场上的学生手挽着手聊天、跑步，欢声笑语都糅进那首被挑选出来的歌里。

可初来乍到的小主播大概是忘记了关闭话筒，听起歌来比广大听众还入迷，竟然跟着副歌小声地哼唱出了最后一句。

吵闹欢快的校园里，每个人都忙着支配自己珍贵的闲暇时光，这个小小的失误并未掀起涟漪，只在一个人的心里掀起波浪。

"My youth is yours.（我的青春属于你。）"

宋煜停下脚步，望了眼钟楼，如同漫不经心一样。

第四章
芝士酸奶

乐知时同学。

这个称呼在乐知时听来怪怪的，又不知怎么的，勾起一丝愉悦。

哼出那一句时，乐知时被学姐拍了一下肩膀，见她做出嘘声的动作，又推低话筒那一栏，才意识到自己出差错了。

他事后一直道歉，但学姐觉得没什么。

"没有多少人会注意到啦。"

节目做了一半，放音乐的时候他们中场休息，乐知时的肚子叫了一声，学姐这才想起来他没有吃饭。"啊，我忘记提醒你带晚饭过来了。"她从包里拿出自己的餐盒，"要不要和我一起吃点？"

盖子打开，里面是半透明的胡萝卜羊肉馅蒸饺、炸虾和酸辣凉面，看起来都很好吃，但没有一样是他能吃的。乐知时婉拒道："学姐你吃吧，我跟我同桌说了让他给我带吃的。"

学姐以为他只是不好意思，把叉子塞到他手里，乐知时只好说，他对这里面的很多东西都过敏。

他没有直言自己的过敏原，因为宋煜在家的时候就一再对他强调，不可以随便把自己的过敏原告诉其他人，尤其他还是严重过敏会危及生命的那种。

"这样啊。"学姐只好放弃，"话说上次开学典礼的时候我也看到了，好吓人，幸好没出大事。"

对啊。幸好哥哥在。乐知时在心里回应。

节目结束的时候学姐还是塞给他一个苹果，乐知时十分感激地接受了。

晚自习还有十分钟开始，教室里同学差不多都已经坐在自己的位置上，只有负责打扫卫生的值日生还在拖地。赶回来的乐知时大口地喘着气坐到蒋宇凡身边。"……累死我了。"

前座的胡萱转过来说："乐乐，我们今天听到你广播了！"她比了个大拇指，"Nice！（特别棒！）"

乐知时先是很开心，而后又趴下，说："但我今天出了好多问题。"

"嘿，完全听不出来。"

坐在三组的一个男生插进来，带着十分明显的嘲讽语气说："谁说听不出来，我都听到了，乐知时你该不会觉得自己唱歌很好听，故意不关话筒吧。"

被当面刺这么一下，乐知时有点蒙。他平时人缘不是一般的好，跟谁都没过节，也弄不明白这是什么状况。

"甭搭理张晨，"蒋宇凡对着那头翻了个白眼，然后跟乐知时解释，"他神经病，自己喜欢的妹子喜欢你，就对你阴阳怪气。"

乐知时问："（11）班那个女孩？"

蒋宇凡表情不屑："可不是，不知道怎么让张晨知道了。这家伙之前天天往（11）班跑呢，那叫一个殷勤，结果小女神跟你表白了，不气才怪。"

谁知道乐知时竟然转过脸对着张晨，表情认真地问："为什么要生气？"

张晨眼睛都睁大了："你问我为……"

"你很受伤吗？"乐知时又问。

他是真的好奇，张晨也是真的语塞，只有蒋宇凡乐开了花。

胡萱也帮着乐知时撑道："张晨，隔两组我都闻到你身上的柠檬味了，真酸。"

张晨气急败坏："放屁！"

班长拍了拍讲台桌子，用眼神威胁张晨。乐知时见张晨这么生气，想必是真的挺喜欢那个女生，于是心里想着找个机会告诉他，自己并没有和他喜欢的女生在一起，他还可以再试试。

再说了，这个行不通，还可以换一个喜欢嘛。

蒋宇凡本来还想对线，想想还是算了，转头对乐知时小声说："乐乐，你说的那个饭团我没买到，一下课我就冲过去了，老板说今天没有。不过我给你买了这个，当当当当！"他从抽屉里拿出一盒自热米饭。

乐知时很吃惊，但声音压很小："这是什么……"他拿起来看了看，一脸怀疑，"吃这个不会被王老师赶出去吗？"

蒋宇凡竖起食指，老神在在地晃了晃手指说："你放心，据可靠线报，老王今天肯定不会来上晚自习，他的车都已经不在学校了，办公室的保温杯也带走了。"

"可是他昨天还说晚自习讲卷子的。"乐知时记得很清楚。

晚自习的铃敲响，胡萱也转过头来小声地替蒋宇凡佐证："真的。老王今天好像有什么重要的事来着，刚刚我去抱作业的时候他也不在办公室，而且你看……"

她指了指讲台说："班长都已经坐上去了，今天老王绝对不会来。"

"而且我已经帮你收买了班长，告诉他一会儿就当什么都没发生。"蒋宇凡挑了挑眉，"怎么样？你凡哥我是不是还是很靠得住的？"

"好厉害。"乐知时两手给他比大拇指，转而看向自热米饭的包装说明，"我还没吃过这种呢。"

"我也没有，不过应该跟自热小火锅一样吧。"蒋宇凡耸耸肩，"放点凉水，然后它就自己加热了。"

"神奇……"乐知时认真地看完了使用说明，"我一会儿借口上厕所去盥洗室吃。"

"没事，他们都在教室吃的。"

乐知时摇头。"不可以在教室吃东西。"

两个人摆弄了好一阵子，按照使用说明写的加上了水。乐知时怀着新奇又期待的心情等待着自己的米饭，还是鱼香肉丝味的，应该不难吃。

坐在讲台前的班长说道："今天晚自习王老师有点事，不来了。"

班级里爆发出一阵小小的欢呼，浪潮在班长的制止下停息。一切按预期进行，乐知时又开心了几分。

"一会儿我也出去，给我吃一口啊。"蒋宇凡撞了撞他的肩膀，"我尝尝啥味。"

乐知时比了个 OK。"没问题，一会儿我们一人一……"

最后一个字还没说出来，乐知时就彻底噎住了。因为一个他怎么也想不到的人走进了他们的教室。

班上有女生小声惊呼。

"宋煜？"

"哇，真的是宋煜。"

蒋宇凡也吓了一跳，猛拍乐知时的胳膊。"×，你哥怎么来了？"

宋煜什么也没拿，面无表情地走上讲台。班长似乎已经知道了，顺势下了讲台回到座位上，把地方腾给他。宋煜沉默着解开校服衬衫袖口的纽扣，挽起一部分袖子。

乐知时对此也一无所知，脸上的惊讶掩盖不住。周围同学也都抱着吃瓜的心态看向他，仿佛大戏开场前搬好凳子揣好瓜子的观众。

站在讲台上，宋煜抬头看了眼众人说："王老师有事，今晚不在。鉴于大家面临着升学的问题，他请我帮忙分享一些中考复习备考的经验。"

这番话十分官方，宋煜的表情和声音也都足够冷淡，但台下学妹们还是听得内心激动。

虽然学校里从来没有搞过校草选举之类的活动，但宋煜这长相搁哪儿都是人群中心，再加上自带难接近 buff（效果）和学霸光环，像这种近距离接触还帮着带晚自习的待遇，简直是不敢想的好事。

前排的一个女生抬头提问："学长，王老师怎么会请到你过来啊？"

宋煜有轻微的洁癖和强迫症，低头摆正讲台上的粉笔盒，回答她的提问也没抬头，只淡淡道："王老师以前是我的班主任。"

"居然是同一个班主任？"

"哇……好神奇。"

"那我们是直系呢！"

乐知时也觉得不可思议，他们居然是同一个班主任，照这么说，王谦带宋煜到初中毕业就来带他们班了。

也是，每次他们家长出面，都是蓉姨负责他，宋叔叔负责宋煜。他们不说，宋煜也不提，他怎么会知道。

宋煜直接进入了正题："晚自习第一节课会以分享为主，第二节课大家自己做作业，需要答疑可以到讲台来找我。"

蒋宇凡咳嗽一声，暗示乐知时低头，从桌子底下把手机拿给他看。手机页面上显示的是没有班主任在的班级群，里面几乎聚集了所有偷偷带手机的同学，热火朝天地聊着。

"今天是不是我们班颜值冲顶的一天?!"

"宋煜长得真的好帅啊，不愧是表白墙的常客。"

"你们女生也太花痴了，就会看帅哥，无语。"

"什么就会看帅哥，我们女生看起美女比你们还带劲呢。"

"@Joy 乐乐，我觉得还是你长得帅，哥们挺你。"

"有好戏看咯。"

"@Joy 乐乐，你是不是早就知道他要来了?"

"怎么可能?!"

蒋宇凡低头飞快打字：我做证啊，乐乐真的不知道，我俩刚刚还以为今天是班长盯着晚自习呢。

手机页面很快弹出新的内容。

好迷啊，他过来代课不告诉你的吗?

宋煜不会为难乐乐吧?

没做亏心事怕什么鬼敲门?

乐知时不太想看了，一抬头正巧和宋煜对上视线。宋煜盯人的样子像大型猫科动物，眼神又冷又散漫，看得他赶紧低下头，把桌上的漫画书和自己的写生册都收进抽屉里，拿出教辅书，做出一副认真学习的样子。

聊天群里虽然热火朝天，可班上的氛围很安静。宋煜拿起一支粉笔，面对黑板写字。

"距离中考只有不到一年，这两个学期的学习计划很可能会改变你们的排名，所以首先要明确目标，制订符合自己情况的计划……"

正说着，班上忽然传出奇怪的声音，咻咻咻，开小火车似的。不少人听见了，扭头张望。

那个声音越来越大。

粉笔在黑板上的痕迹滞住，宋煜的手停了停。但他没回头，仿佛什么都听不见似的，继续往下写自己要写的内容。

其他的同学都往声音的源头看，没错，声音的源头就是乐知时，更准确地说，是乐知时书桌抽屉里的那盒自热米饭。

蒋宇凡这时也转过头和乐知时对上眼，无声地用唇语说了句脏话，然后在草稿纸上写了一句话，推到乐知时面前：你可以去社会性死亡小组投稿了……

自热米饭的动静越来越大，乐知时别过脸对着蒋宇凡比口型："这个怎么还有声音??"

蒋宇凡疯狂摇头，和他打手势比口型："我也不知道啊……"

前座的胡萱转过身来，一副默哀的表情，抬手在胸口画了个十字。

可宋煜仿佛和世界隔绝了似的，毫无反应，甚至已经在黑板上画出半幅思维导图。在他身后，全班学生憋着笑演了出精彩纷呈的哑剧，唯一的伴奏就是自热米饭的加热声，堪比金色大厅里愈发激昂的交响乐。

不仅如此，这体验还是 4D 的，从乐知时的抽屉里飘出热腾腾的白雾，还有鱼香肉丝的香味。

本来就想偷偷吃个饭，现在倒好，全班人连带着代班的宋煜，都知道他在煮饭了。

乐知时彻底放弃了，他脑子里已经出现自己被呵斥并被赶出教室，然后蹲在走廊悲凉吃饭的场景。

他觉得自己现在是个很有阅历的人了，可以绘声绘色地去知乎匿名回答"社会性死亡是什么体验"的问题了。

终于，漫长的十分钟过去，宋煜面无表情地转过身，将没用完的半截粉笔搁在讲桌上。"这是我下面要说的内容。"

自热米饭的声音开始变得像正在放气的气球一样，越来越蔫，和乐知时此时垂到桌面的脑袋如出一辙。

"第一部分，找到自己最薄弱的环节，木桶效应你们都懂。"宋煜一边往下说，一边不出所料地走下了讲台。

讲台下的学生一排一排匆匆忙忙收好手机，最前面的学生还抱着看戏的心态扭头看向乐知时。

传闻中欺负弟弟的人来代班，好死不死抓到弟弟上课偷吃东西，不狠狠教训一下，怎么想都说不过去。

"系统地整理错题是有效方法。犯错不可怕，每个人都会犯错，可怕在很多错误是会不断重复的，最后导致丢分，所以你们应该做的，是降低同一个错误发生的频次。"

言语间，宋煜已经走到了乐知时的旁边，修长的手看似无意地撑在乐知时的课桌上。

他语速平稳，逻辑顺畅，从整理错题的话题讲到数学选择题拿分的技巧，诸如图形结合法、代入法等等，可乐知时作为一只鸵鸟，除了自己怦怦怦的心跳声，什么都听不进去。

宋煜好像是故意折磨他似的，就站在他的身边讲，哪儿也不去。

"……这是选择题的部分。现在你们用手边的题目练习一下刚刚讲到的选择题技巧，十分钟时间。"说完，宋煜终于低下了头，看向一直装死的乐知时，屈起的指节轻轻敲了敲桌面。

乐知时这才可怜巴巴地抬起头，一副"我真的知道错了"的表情，老实地把藏在抽屉里的自热米饭拿出来。

宋煜抬了抬眉，声音很低："香吗？"

听到这句话，周围的几个同学已经憋不住笑了出来。

"还可以。"乐知时非常实诚地回答，又小声补了句，"有点香。"

蒋宇凡是个讲义气的人，见宋煜有为难乐知时的意思，立刻帮他解释："学长，这个是我买的，买错了，怪我怪我。我可以写检讨的。"

见他要揽责任，乐知时立刻开口："不是，是我自己要吃的。"

张晨看热闹不嫌事大。"学长，我可以证明，是乐知时吃的。他们之前就鬼鬼祟祟商量好久了，就是想在晚自习的时候吃自热米饭。"

蒋宇凡很气。"你有资格说吗？就跟你晚自习没吃过外卖似的。而且乐乐就没打算在教室吃。"

两个人争起来，宋煜的眼神扫过那些正在笑的学生，每个人似乎都对他的惩戒期待满满。最后，他面无表情地开了口。

"借着这个机会，给大家讲一讲自热米饭的原理。"

张晨满脸不可置信，这和他想的记名罚站告状三连的走向完全不同。

"看这里。"没在意周围学生的小声议论，宋煜拿起桌面上的饭盒，"自热米饭盒子的最下层有一个加热包，里面包含生石灰、碳酸钠、铝镁合剂等化学剂。生石灰也就是氧化钙，遇水发生反应生成氢氧化钙，同时释放出大量的热。碳酸钠在里面往往起辅助作用，铝镁粉也可以通过氧化反应放热。所以当我们注入水时，加热包就会起作用，自动加热食物。"

他低下头，和乐知时讶异的眼神对上，继续说道："不过这种自热速食也存在爆炸的可能，饭菜的新鲜度也不够，不建议大家经常食用。"

说完，宋煜放下饭盒，回头指了指黑板，说："相关的几个反应方程式我已经写在了黑板右下角，有兴趣的同学可以看看。"

乐知时看向黑板上的方程式。原来那个时候他就已经知道发生了什么，还淡定地写了上去。

一开始大家只觉得好笑，想看看热闹，没想到社会性死亡事件突变化学课，还有些蒙。神奇的是，这里面的部分反应他们是学过的，只是从来没有联系到生活中，这么一对照，倒有种神奇的感觉。

"结合刚刚的实例，"宋煜倚在乐知时桌边，"大家应该再也不会忘记，氧化钙遇水是放热反应。"

大家不约而同笑起来，可张晨明显还是不甘心，举起了手，脸上的表情贱兮兮的。"学长，那为什么会有声音啊？太逗了。"

这摆明了是想让大家的关注点重新回到刚才自热米饭哧哧作响的时候。

宋煜靠在桌边，并没有直接回答，而是看向其他学生："你们应该做过化学实验吧。有谁可以告诉我，你做过的哪些化学实验是有特殊声音的？"

一个女生小声开口："钠和水……"

宋煜肯定地对她点头。"这个例子很经典，很多化学反应都会发出声音，"他特意看了一眼刚才故意提问的张晨，"没什么可大惊小怪的。"

张晨脸上挂不住，明显感觉到对方冷淡语气里带着一丝嘲讽。

"除去反应本身，放热过程中也会产生大量的水蒸气，冲撞下也会发出声音。这个过程中包含很多类似原电池之类的反应，是你们目前为止还没学习到的。"

宋煜低头，瞥了乐知时一眼。"相信……如果乐知时同学一开始就清楚这背后的原理，就不会选择在安静的环境下加热自热米饭了。"

乐知时同学。

这个称呼在乐知时听来怪怪的，又不知怎么的，勾起一丝愉悦。

尽管宋煜依旧是一副冷淡的表情，却不是责难的意思。明明句句都是在普及化学知识，但谁都听得出这里面暗藏开脱之意。

乐知时想，现在他的匿名回答最下面可以实时更新一句"我又活了！"，不，他甚至可以取消匿名。

正发着愣，一只宽大的手掌落到了他的头上，揉了把蓬松柔软的头发，很短暂也很轻。他没反应过来，只感觉那只手离开了头顶，但留下一句话。

"再不吃就凉了。"

这个"摸头杀"来得突然，周围的学生都有点惊讶。

所谓兄弟感情很差的传闻，在宋煜极其难得的亲密接触下不攻自破。

乐知时头也没抬。"我出去吃。"

他说完拿着饭盒走了出去，有点同手同脚。

盥洗室在楼梯口的右侧，挨着洗手间，乐知时见没有人便溜了进去。方便食物的味道很普通，米饭很硬，菜又有点咸。

他一边嚼一边发呆，咽下去之后，又鬼迷心窍地抬起手，摸了一下自己的头顶，低头又吃了一大口。

饿到都不觉得饿，又发生了刚刚的事，乐知时吃不太下，心里惦记着蒋宇凡说要尝味道的事，吃完了也没有立刻回去。但蒋宇凡经历了太多，什么都记不得，乐知时等了五分钟他都没有来。

宋煜还在班上，乐知时不想磨叽太久，收拾干净就回了教室。到门口的时候宋煜正站在讲台上讲英语的复习计划，他站在门口轻声喊了句"报告"，没直接进去。

听到声音，宋煜对着他点了点头，然后若无其事继续讲下去。

乐知时安静地回到位置上，和其他同学一起听讲。整节课下来，没有带任何资料的宋煜只花了十分钟时间理出思维导图的脉络，然后思路清晰地带着所有人过了一遍，游刃有余的程度甚至超出了许多老师。

"时间有限，就讲这些。"宋煜侧身站着，低头看了眼表，马上就要下第一节晚自习。

"乐知时。"

听到自己的名字，乐知时愣了一下，飞快抬头看向哥哥。

宋煜的下巴往黑板的方向点了点。"擦一下黑板。"

乐知时立刻乖乖点头。"嗯。"说着就要站起来。

从小到大，乐知时最害怕的事就是宋煜不理他，尤其是在他做错事之后，但如果宋煜教训他，或是给他一点类似惩罚的表示，就表示宋煜并没有生气。

宋煜真正生气的时候是不会说话的。

他们都足够了解彼此。

"别擦啊，"记笔记的女生抬起头，之前讲解的时候没怎么听，现在赶着抄板书，"我还没抄完呢。"其他的人也跟着嚷嚷，乐知时有点进退两难。

宋煜淡淡瞥了一眼，说："你们带的手机既然可以聊天，应该也可以拍照。"

大家一下子被这句话噎住，尤其是刚刚还在群里聊八卦看笑话的那些人。

下课铃敲响，宋煜离开教室。乐知时按照宋煜说的去擦黑板，蒋宇凡讲义气，拿上另一块黑板擦陪他一起。"那个饭好吃吗？"

"还可以。"乐知时看向他，"我还等了你五分钟，你也没去。"

"弄半天你在等我啊，我说怎么那么久呢。我都忘了。"蒋宇凡一撸袖子，"张晨那傻子还撑你，说你是不是觉得太丢人不敢回来了，气死我了，自己追不着就冲别人撒气。"

乐知时挥着胳膊卖力擦黑板，并不十分在意自己不在时谁说了什么。"他也就过这一两天的嘴瘾。如果我喜欢的人喜欢上别人，我肯定也不乐意。"握着黑板擦的手忽然顿住，乐知时的视线停留在角落那几行方程式上。

这是宋煜给他布置的清除任务里最后未完成的。

"你手机在身上吗？"他扭头看向正在拍灰的蒋宇凡。

"在啊，怎么了？"蒋宇凡直接掏出来递给他，"你现在才想起来要拍啊，都没了。"

乐知时没说话，用他的手机把右下角的几行方程式拍了下来。

"谢谢，把这张发给我吧。"

擦完黑板落了一身的灰，乐知时放下黑板擦去洗手，从盥洗室出来时正巧遇见从三楼空中走廊直接过来的宋煜，白衬衫在一群蓝色校服里格外显眼。

宋煜拿着竞赛题库，见到他也没多意外，抬起另一只手，递过来一盒芝士味酸奶。

乐知时两手接过来，眼睛也睁大了些，问："给我的吗？"

"秦彦让带给你。"说完之后宋煜莫名其妙加快了步伐。

乐知时想起他跟叔叔阿姨说广播站的事时，宋煜在洗澡，好像并不在场，于是跟在宋煜身后追问："那你知道秦彦哥哥让我去广播站的事吗？"

秦彦哥哥这四个字叫得真是又甜又乖。

宋煜脚步一停，乐知时直接撞到他后背上。

这是知道了还是不知道？他摸不透。

"然后呢？"宋煜头也没回，语速也快了，不像是他好情绪的状态。

"啊？没……没然后了。"见宋煜又往前走了，乐知时又追上去，"我今天晚上能跟你一起回家吗？"

宋煜没有直接回答，进教室之前才开口。

"自己回去。"

乐知时失望地抿了抿嘴唇，跟着进去。

习题课大家都各做各的作业，宋煜坐在讲台上低头做竞赛题。

一开始只有一两个人敢上去问问题，但后来大家发现宋煜的确厉害，一道题只用看两眼就可以把问题讲得简单明白，使人很快就能跟上他的思路。于是上去的人越来越多，当然也不乏暗含私心的女孩子。

"你怎么不上去？"蒋宇凡拿手肘碰了碰乐知时，"都快叫号了。"

乐知时头也没抬，认认真真做他的物理卷子。"我什么时候都能问啊，不跟大家抢了。"

"也是。"蒋宇凡咂摸了一下他这句话，居然品出来点正宫娘娘的大气。

乐知时还真就说到做到，一整节课都没有丝毫要上讲台的意思，做完了物理又开始做英语完形填空，特别认真，脑袋埋得低低的，都快趴到桌子上了。

宋煜讲完一道题，把本子递出去，换了一个学生上台。宋煜抬头瞥了一眼下面，视线又落回到这个学生身上，见他戴着一副眼镜，十分脑腆的样子。

"镜片这么厚。"宋煜语气随意，低头看着他递过来的题，"多少度？"

被"关心"到的男同学有些受宠若惊，拘谨地推了推眼镜，说："呃……六百度了。"

宋煜已经画好辅助线，在草稿纸上写出主要的公式，但是不打算讲了。

"注意坐姿。"他把习题还给男生。

再瞥一眼，刚刚还耷拉着脑袋的乐知时这会儿已经坐好，腰板挺得比穿了背背佳还直。

习题课也很快结束，但还有几个等着问问题的学生，宋煜虽说还是冷着一张脸，但稍微多留了一阵子。

其他的同学都放学回家，蒋宇凡也拉乐知时走，可乐知时借口东西不见了让他先回去。人越来越少，讲完最后一道题，宋煜也离开了。

宋煜都没有跟他说句话。

也对，反正他们也不一起回家。

看了看留下来的住读生，乐知时犹豫了一下，最后还是坐下来写仅剩的化学作业。一做作业，乐知时就特别专注，特别是遇到不会的，整个人都会钻进去。

"好像变天了。"

"啊？我没拿伞。"

"先把窗户关上吧，不然明天早上一来桌子肯定都湿了。"

听到议论，乐知时起身去帮忙关窗。外面果然下起了雨。这座城市的雨向来没有过渡段，从一开始就是又大又急，豆大的雨点拍在玻璃上，噼啪作响。

隔着玻璃，乐知时望了望对面灯火通明的高三楼，回到座位上继续做题，有伞的住读生和没伞的搭伴准备离开，还有一个女同学想把伞借给乐知时，可他不好让女孩子淋着雨跑回宿舍，就拒绝了。

心里想着阵雨总会停，但天意背道而驰，雨非但没停，还越下越大。

密集的雨声甚至快要将下课铃声掩盖过去，高三火箭班的传统也是留班，有的住读生下了晚自习甚至能留到十一点。

秦彦转了转笔。"真是做不完的题。哎，宋煜，这题你帮我看看……"刚偏过头去，就看见宋煜已经收拾了书包准备走。"不是，你今天这么早回去啊。"

"嗯，下雨了。"

秦彦蒙了。"咱们这儿下雨很稀奇吗？"

宋煜没接话，抬眼看了看门口和窗外，视线可及之处都是白色衬衫。秦彦见他表情不太好，还想问他怎么了，结果宋煜就直接走了。

连通的空中走廊还亮着灯，一直通到对面已经彻底陷入黑暗的初中部教学楼。

宋煜在高三的人流中沉默下楼，楼道的标号从 5 到 4，再变作 3，他的脚步越来越缓，身后的人肩膀挤过来，从他身边推搡着往前。

乐知时两腿伸直，喧杂的雨声麻痹了他对周遭的感知力，如同一层结界将他圈入其中，棕色的头发被灯光照得软乎乎的，是黑暗雨夜里最柔软的部分。

他摸着酸奶盒的边缘，小心撕下来完整的一片盖子，上面也覆盖了一层酸奶，奶皮似的。盯了几秒，乐知时试探性地舔了一下。

盖子上的酸奶才是最美味的。

一股淡淡的芝士香气在口腔里蔓延，很甜，乐知时插上吸管又吸了一大口，愉悦感随着多巴胺的分泌上涌，也让他想要再确认一下高三（5）班有没有放晚自习，一抬头，宋煜居然就站在他的面前，手里拿着一把伞。

乐知时愣住，嘴唇上还沾了点酸奶，显得很傻。

宋煜站定，眼神有点冷。"你在这里干什么？"

乐知时捏着酸奶盒，一下子不知如何应答，他总不能说他每天晚上都会在这儿待一会儿。

"等雨停，顺便背一下单词。"他伸直的长腿缓缓缩回来，为了防止一会儿泡在雨里踩脏裤腿，他早已卷起裤子，细白的小腿露在外面。

宋煜挑了挑眉。"如果不停呢？"

乐知时看着长廊檐边透明的雨线，自言自语："会停的吧。"

他站了起来，抖了抖身后的书包，很没底气地反客为主："那你怎么来这儿了？"

不是说不跟我一起回家吗？

"我的笔落在你们教室了。"宋煜面不改色。

乐知时相信了，飞快地回头看了一眼，问："那……我们回去拿？"

"不用了，雨这么大。"宋煜转身，"先回家吧。"

"嗯。"乐知时快走几步和宋煜并排，"那我明天找到之后给你送过去好吗？"

"不用了。"

"用，我肯定给你找到，我明天一早就去找。"

"我说不用就是不用。"

乐知时"哦"了一声，没再多话。他们下了楼，雨果然越来越大，两个人的自行车都没法骑。宋煜撑着伞，他们一起站在路边等出租车。

下雨天最难等车，要么不来，要么一次性来好几辆，他们现在的状况显然是前者。乐知时有些饿了，尽管刚刚喝了酸奶。

说到酸奶……

"啊，对了，可以帮我跟秦彦哥哥说谢谢吗？"

宋煜没说话，下嘴唇好像起了一小块不起眼的干皮，舔了舔，很是不舒服。

"他买的这个酸奶真的好好喝，芝士味好浓。"

宋煜还是不说话。

乐知时又小声补充："就是有点少。"

称职的撑伞雕塑终于有了反应，转头看了乐知时一眼，然后淡淡开口："跟过来。"

好像是怕说不管用，宋煜还伸手带了一下乐知时的胳膊。伞很小，两个人打有些不够，宋煜半揽着他往另一个方向走，确认对方跟上了才又垂下手臂。

"不回家吗？"

"我饿了，吃点东西再回去。"

"我也有点饿。"找到共同点的乐知时有点开心，"那个饭不好吃，我只吃了几口。"

说话间他们已经来到了学校门口的婆婆卤味。

这家是学校附近最有名的门面店，很小，都没有坐的地方，只能买了端着吃，所以门口经常围着一圈人。卤味是这座城市的传统小吃，海带、藕片、千张、蓑衣干、鹌鹑蛋、牛筋、鸭肠……各种食材用细竹扦穿上，满满当当码好塞在一口大锅里，秘制卤汤香辣鲜香，浸没食材，小火慢慢煨到软烂入味。

隔着玻璃，乐知时咽了咽口水。婆婆一脸慈祥地说："吃夜宵啊，不多了嘞，只有这些了。"

宋煜撑着伞。"那蓑衣干和海带要两份，剩下的一样一串。"

婆婆手脚麻利地拿纸碗装好，舀了勺汤递给宋煜，又塞了两双筷子和餐巾纸。"这么大雨，吃完早点回家啊。"

"谢谢。"

高中部的学生离开得差不多了，人流从一开始的密集渐渐变稀疏，各式的伞在校门外交叠，染花了黑色的雨夜。

大雨冲撞着循规蹈矩的生活。奔跑在雨中的少年，沾湿的校服裙摆，挤在同一把伞下羞赧的灵魂，都被贯穿天地的雨线编织进一张细密的网中。

宋煜和乐知时也不能幸免，他们并排躲在屋檐下，连影子也湿漉漉。

吃东西的乐知时认真到忘我，他永远会先吃最喜欢的蓑衣干。细想这名字倒是很应景，白豆腐干切蓑衣花刀后油炸，外酥里嫩，再用老卤炖煮，细小的空隙里吸满了汤汁，一口咬下去满足感爆棚。

"好好吃。"乐知时烫得张开嘴哈气，嚼完之后又迫不及待地塞一口海带。厚厚的海带久煮之后吃起来入味又软糯，比肉还好吃。

宋煜只吃了一串厚千张，就没再抬筷子。缺心眼的乐知时也没觉得奇怪，自个儿吃得起劲，直到最后就剩下一串火腿肠的时候，他才发现全让自己吃了。

"这个给你。"他把火腿肠举起来递到宋煜嘴边，可宋煜的头却往后靠了靠，躲开他的投喂。

"我吃饱了。"

"那好吧。"乐知时一口干掉最后的火腿肠，吃饱后运气也变好，扔纸碗时正巧赶上一辆空车。

车里开着电台，声音不大，女主播的声音很温柔。宋煜坐进去之后，摸了摸自己左边的肩头，满手是水，找到刚才婆婆递给他的纸巾擦了两下。

他听见乐知时说："其实今天是我第一次播广播。"

这接的是从盥洗室里出来没说完的话，思维跳跃到这种程度，大概也只有宋煜能毫无障碍地明白过来。

"我知道。"

听到这句，乐知时扭头看向他。"什么？"

他怎么会知道呢，自己根本没有提过。

难道是蓉姨？还是秦彦学长？

宋煜漫不经心地回答："我听到了。"

乐知时激动得一下子靠到他肩上，像只要扑上来的小狗。"真的吗？你听到我的声音了？"

司机透过后视镜瞥了一眼。宋煜摁住乐知时不太冷静的脑袋，"嗯"了一声，让他坐好。

乐知时越想越开心，他一直以为哥哥不知道，原来哥哥听见了，还听出了他的声音。

心情一好，连车里放的歌都觉得格外好听。

宋煜偏过头，雨滴拍在车窗玻璃上，整个城市的霓虹被雨融化成模糊又梦幻的形态。混着雨声的歌词模糊地传来，落到耳边，荡开涟漪。

"最美的不是下雨天，是曾与你躲过雨的屋檐。"

"这是什么歌？"乐知时小声问宋煜。

半晌也没得到回应，他扯了扯宋煜的袖子，带着疑问的语气轻轻喊了声哥。

"不知道。"宋煜想到歌名，临时决定说谎。

第五章
特别友情

"他们不是朋友，我们也不是兄弟。"

这座城市的天气像场不稳定实验。难退的暑热在某一天猛然消失，只需要一夜冷风。

早起的乐知时听见外面风刮得呜呜作响，迷迷瞪瞪，还以为只是清晨气温低，没多想就匆匆去上学。谁知两节课上下来，风越来越大，他也没能扛住降温的威力，喷嚏连连。课间操全班大部队往外走，乐知时冷得抱住胳膊。

"身体太虚了兄弟。"蒋宇凡碰了下他的手臂，"这么凉，你中午回去加件衣服吧。"

乐知时点头，但又忽然摇了摇头。"今天周五，学姐有点事。这次是我和另一个新人临时搭档，中午得去广播站对稿子。"

"那你也太惨了，要不我下午给你带件我的衣服吧？"

乐知时打了个喷嚏，揉揉鼻子。"算了，不出去就还好，反正明天放假，扛一天没问题的。"

说到这里，蒋宇凡想起什么，说："对了，刚刚张亚萌说她明天要过生日，请咱们全班一起去 KTV 玩，你去的吧？"

张亚萌是他们班最受欢迎的女生，爸爸做食品生意，性格虽然有些娇蛮但为人热心，所以也总是团体中心。乐知时在班上扎眼，不少同学爱拿他俩开玩笑，张亚萌似乎乐在其中。一次两次还好，次数多了，乐知时就有点下意识躲着。

"我……"乐知时又打了个喷嚏，话没能说完。

巧的是张亚萌正好过来，一个小跳步来到乐知时身边。"乐知时！你明天一定要来啊，我订了一家特别好吃的餐厅。"她两只手背在身后，笑容甜美，"他们都答应了，咱们班一个都不能少。"

乐知时还没来得及说什么，张亚萌就一口气把周六的行程全报出来，满满当当，不给人留插话的余地，最后还半撒娇半要求，嘱咐他一定要去。

当面直接拒绝有点让对方下不来台，何况她邀请的是全班同学。乐知时不想去，没应承，听着体育委员的安排钻到了男生队伍的最后。

明天借口病重，发条短信直接鸽[1]掉吧。

音乐声响起，全体学生开始做课间操。

高中部的队伍在初中部的前面，乐知时的视线隔着整个班的队伍，不自觉瞟向斜前方。看见同样站在班级末尾的宋煜，乐知时忽然松了口气，还好，起码哥哥穿了秋季校服。

不过他没穿西装式制服，而是那套总是被吐槽的黑白色运动服，松松大大的，愈发显得他瘦高。

培雅的校服一直被其他学校羡慕，足足四套，衬衫领带夏季制服，多配了针织背心和西装外套的春秋制服，一套运动服和一套厚实的冬装，两个学部颜色还不同。但也正因如此，培雅的校园里经常出现不同人穿不同季节校服的混乱场面。

但就算是松松垮垮的运动服，套在身材颀长的宋煜身上，也比别的学生出挑太多。

最后一个动作做完，大部队解散。乐知时想到晚上换搭档的事还没跟站长秦彦报备，于是往高中部的方向走，打算抓紧时间通知一声就回去。

秦彦大老远就看见跑过来的乐知时，便站在原地等他，还拉住了宋煜。

自从上次代课之后，不和传闻不攻自破，但乐知时晚自习吃自热米饭还被抓包的事却不胫而走。在大家心里，像宋煜这样难相处的人，代课遇到这等荒唐事居然还可以包庇，那也算是感天动地兄弟情了。

---

1. 鸽：放鸽子，不守约定。

怕耽误他们时间，乐知时用最简短的话把事情交代完。冷风呼呼吹着，把他微卷的头发吹乱，毛乎乎的，整个人缩起来，像只羸弱的小老鼠。

"行。我知道了。"秦彦眼尖，瞄见他裤子口袋露出来一个彩色零食袋，伸手就去抽。"这是什么？"

"彩虹糖，小超市里买的。"乐知时说，"你想吃吗秦彦哥哥？给你吃吧，正好上次那个酸奶……啊嚏——"

"这么好啊。那我尝两颗……"秦彦的注意力都在彩虹糖上，还没撕开，手里的袋子就被宋煜夺走，空中一个利落的抛物线，乐知时下意识伸手，懵懵懂懂接住。

"尝什么，上课了。"宋煜拽走秦彦。

"火日立！你就见不得别人对我好！"被拽走的秦彦很是不服气，但忽然又想到什么，"哎，不是，刚刚他说什么酸奶……"

"你好吵。"宋煜皱起眉。

糖没给出去，乐知时只好重新装回裤子口袋里，揉了揉发酸的鼻尖。

"乐知时。"

听见宋煜的声音，他抬起头，见对方唰的一下把外套拉链拉下来，衣服一脱。还没等乐知时有所反应，运动服已经被扔了过来，像张捕鼠网一样罩住他。

"穿上。"

乐知时忙扯下衣服，可视线里也只剩下宋煜的背影。他低头打量手里的运动服，又拿远了看了看，最后套在身上，把拉链拉到最顶端。

袖子好长。

只能露出半个手掌。

他一路是甩着袖子跑回教室的，像只扑扇着翅膀的小鸡崽。高中部校服的黑白色，混在一堆蓝色里太扎眼。一回班上乐知时就遭受轮番打趣，一个个都说着诸如"羡慕死了"的话。

但他莫名享受这一点。

外面的妖风依旧猛刮，钻着铝合窗边缘的缝隙，发出呜呜的诡异声音。乐知时用两只被长袖子掩住的手捧着脸，默默听着，竟然觉得这声音挺可爱，像小妖怪的叫声。

为了对稿子，他中午在食堂将就着吃了碗什么都没加的清汤米粉，和小伙伴商量完就回到教室午休。往桌子上一趴，乐知时把脑袋埋在胳膊上，整个人都被宋煜衣服上淡淡的洗衣液香气包裹住。

明明他们用的是一样的洗衣液，但总有哪里好像不一样。

宋煜和谁都不一样。

一整天乐知时的精神都不太好，广播时差点对着话筒打喷嚏，不过好歹也熬到了放学。一下课张亚萌就借着问问题拉住他，问完后又提议一起走。"你是不是很不舒服？再骑自行车吹一路的风肯定要生病的。我家司机在外面等我，要不我带你回去吧。"

乐知时摇头，拉开距离。"不顺路，我家很近，骑一会儿就到了。"

张亚萌还是坚持，还拉住了他的胳膊。"别跟我客气呀，近的话坐车就更快了。"

乐知时咳嗽了两声，及时抽出了自己的手。

"听说周末要下雨，我不想把自行车留在学校淋两天，下次吧。"说完他快步走了。

冷天骑车的确不好受，风把他身上的运动服吹得鼓鼓的，夹杂着桂花香味的冷空气在全身流窜。回到家后乐知时头脑发昏，换鞋时弄出不小的动静。宋爸爸正坐在厨房中岛前处理工作，听到声音回过头。"乐乐？"

"叔叔。"乐知时的声音闷闷的。

宋谨一下就听出不对，问道："着凉了？"

看到小家伙进来，穿的是儿子的校服，宋谨笑了笑，转头继续看着笔记本，自言自语道："宋煜还挺有哥哥的样子嘛。"

"快过来喝点甜汤，你蓉姨熬了一晚上的陈皮红豆沙。"

乐知时从架子上拿了本没看完的少年热血漫画，挨着宋谨坐下。红豆沙煮得绵软细腻，冰糖的量放得刚刚好，热乎乎的，一口喝下去浑身都暖起来。糯米年糕烤得略微蓬松，带点焦壳，被甜甜的红豆沙浸泡，咬一口可以拉出小半截，又糯又黏，边吃边看漫画，幸福感爆棚。

见宋父在忙，乐知时也不出声，就默默在旁边吃，吃完一碗又盛了一碗。流理台上放着烤盘，里面是整齐码着的香辣猪肉脯，似乎刚烤好。乐知时顺了两块，捧着自己的碗回到中岛。

宋谨处理完自己手上的事，关上电脑。"周末准备干什么？要不要跟我去梁子湖钓鱼啊？你蓉蓉阿姨也去。"

乐知时舔了舔嘴唇上的红豆沙，问："哥哥去吗？"

"他可没时间，明天他要去参加市三好学生的竞选演讲。"林蓉从楼上下来。

市三好学生，宋煜果然又是市三好学生。乐知时细细嚼着猪肉脯，满心都是崇拜。

宋谨都还不知道这件事。"现在评市三好学生流程这么复杂了？"

"是啊，我一开始也奇怪，后来听朋友说好像是因为去年评定的时候有个获奖的孩子是走了别的门路的，占了名额。"林蓉端着碗坐到他们的对面，"他们学校落选的那个孩子成绩更好，家长不服气嘛，就去教育局闹。所以今年审核材料都变严了，还增加了竞选的环节，可能也是以防万一吧。"

乐知时听完第一时间说："宋煜哥哥肯定没问题的。"

"那是。"林蓉笑着摸了一下他的头，"不过拿不拿都无所谓。得失心一重，压力就会很大。"

"那我明天不去钓鱼了吧。"

林蓉摁住宋谨的肩膀。"别，您儿子交代了，不许咱们跟去。我们也别管太多啦。"说完她又看向乐知时，"乐乐明天做什么？"

听到这个问题，捧着小瓷碗的乐知时长长地"嗯"了一声，又叹口气，说："我不知道。"

"小伙子看起来业务很繁忙啊。"宋谨打趣道。

林蓉好奇。"什么事能把我们小男子汉愁成这样？"

正说着，他们听到开门声，还有熟悉的放钥匙的声音，三个人都望着门口。

"小煜快来吃甜汤。"林蓉喊了一声，继续刚刚的话题，"刚刚说到哪儿来着？明天的约会？"

"不是约会，"乐知时果断否认，"有个同学请我们全班去她的生日聚会。"

宋煜把书包扔在沙发上，沉默着走到厨房去洗手，给自己倒了杯水，然后背靠着开放式厨房的流理台静静地喝水，眼睛望着中岛的三个人。

林蓉八卦得不像个妈妈。"男孩女孩？就吃饭吗？"

"女生，张亚萌。"乐知时回答时不太走心，脑子里装着别的事。他知道宋煜不爱吃甜，伸手冲宋煜指了指流理台上的猪肉脯，宋煜回头看了一眼，再转过头的时候，见乐知时拧着眉，拼命忍住一个喷嚏。

"……叔叔应该认识的。"他后知后觉地补充。

"啊，张鹏远的女儿，前段时间商会上还见过面。"宋谨喝了口茶，语气轻松，"去吧，周末也该放松一下。"

宋煜慢条斯理地吃着一片薄薄的肉脯，垂着头，眼神偶尔上抬，会和乐知时的眼神碰到。

只要有宋煜在的场合，乐知时的视线几乎就是完全围绕着他的，像公转的行星那样，浅色瞳孔里永远是灼热的情感，崇拜、憧憬……都是年幼者对兄长的。

林蓉还在打趣："张鹏远女儿好看吗？"

"挺漂亮一小姑娘。"宋谨说。

"是吗？"林蓉拿手肘碰了碰乐知时的胳膊，完全没有别家父母严抓早恋的严肃态度，"是不是对我们家乐乐有意思啊。"

"当然不是。"乐知时皱起眉，从高脚椅上站起来，拿着自己吃空的碗放到水池里，小声对靠在旁边的宋煜说，"宋煜哥哥，你的衣服……"

"扔洗衣机里就行。"宋煜吃完了手里的那一片，从乐知时和中岛之间的空隙间走出去，打了声招呼就上了楼。

宋谨也开始开玩笑："乐乐，你可别学你哥，他就是个闷葫芦，不声不响的，以后遇到喜欢的人就吃大亏了。追女孩子还是要跟我学……"

"得了吧。"林蓉也起身，"千万别听他吹牛。"

"这怎么是吹牛？我当年追你多用心啊。"

乐知时笑着说不想再吃狗粮，转身发现哥哥连书包都没有拿上去，心里立刻点亮一盏小灯，跑过去把书包拿起来，噔噔噔上了楼，献宝似的去敲宋煜的门。

要是心情可以具象化成什么东西，乐知时屁股后头大概会变出一条摇晃的小尾巴。

他抬手轻轻敲了两下门，没回应，于是又敲了两下，依旧没人开门。

隔着门板，乐知时隐隐听见水声，似乎又停了。耳朵贴上门板，他整个人都靠上去，想仔细听一下里面的动静，谁知门竟然一瞬间开了。身体失衡的乐知时一下子栽倒过去。

栽进一个人怀里。

宋煜刚洗完澡，只围了条浴巾，头发也是湿的，发尖蓄着的一颗水珠摇摇晃晃，坠到乐知时的额头上，仿佛把他点醒了，从宋煜身上弹开。

"小煜哥哥，你的书包……"

他看起来还算镇定，可称呼都条件反射变成儿时习惯的小煜哥哥，而不是长大后的连名带姓。

宋煜接过，低声道了句谢。乐知时思路闭塞，来之前想好的话一时间全都忘了，只想跑路。他也不知道为什么，明明小时候还一起洗过澡。

虽然已经是很久很久以前的事了。

"晚安，我回房间了。"刚抬脚转身，乐知时就被宋煜一只手抓住了后脖子的衣领，跟提溜小鸡崽似的。

"等会儿。"

乐知时听话，面对他立正站好。

宋煜抬了抬下巴。"我的衣服。"

听到他的话，乐知时下意识抬手去找校服外套的拉链，可又顿了顿。"不是说让我扔洗衣机吗？"

"都到门口了，直接脱了吧。"他语气淡定。

乐知时"哦"了一声，把校服外套脱下来，展开来挂在宋煜身上，两边肩膀拉扯着挂好，遮住他的上半身。

宋煜皱眉。"……你干吗？"

"怕你着凉。"乐知时打了个喷嚏，然后溜了。

周六清晨，乐知时破天荒早起，帮着林蓉一起做早餐。前一天受凉的症状还没有完全消退，喝完牛奶乐知时咳嗽了一阵，在林蓉的敦促下吃了一颗感冒药。没一会儿宋煜也下了楼，吃了几个烧卖就离开了。听见关门声，乐知时立刻离开厨房。

"蓉姨，我也走了。"

林蓉连忙出来问："你不多吃点吗？还是你们中午要去吃大餐？"她看见乐知时给自己套上一件黑不溜秋的黑色连帽外套，还戴着口罩。"宝贝，你是去给人过生日还是去砸场子啊。"

"不说了，我来不及了。"乐知时整好装备就火速离开。

早餐文化深入骨髓，这座城市最热闹的时候就是清晨。无论哪条街道，随处可见的都是大大小小的早点店和络绎不绝热爱过早的客人。

小门小店没太多富余空间，自然也没什么规矩，大家随性地端碗面站在街边，边吃边侃。着急上班上学的甚至能端着一碗热干面或是豆皮，边走边吃，在上公交或地铁前吃完，这都是特色生存技能。

穿过一整条烟火气十足的街，乐知时终于在路口的红绿灯前看到了宋煜。

大概是为了演讲，他穿了件较正式的黑衬衫，扎进长裤里，袖口半挽到小臂，长腿窄腰，人群中格外显眼。

乐知时原本就不想去给同学过什么生日，更何况知道宋煜要演讲，他就更不可能去。可宋煜一口回绝了企图陪同的父母，就更轮不到他。

所以乐知时只能出此下策，偷偷跟去，反正会场应该有不少人，藏在里面也不会被发现。

绿灯放行，两个人始终保持着十米的距离，一前一后进了地铁站。本来他还担心宋煜会叫车，好在是公共交通，不然他就得像电影里的跟踪狂一样对自己的司机说，跟着前面那辆车。

赶在最后一刻挤上隔壁车厢，乐知时躲在一个大爷后头偷瞄宋煜，大爷顺着他的视线往前瞅了瞅，又回头一脸狐疑地看他。

乐知时拉着兜帽挪了半步，遮挡物从大爷换成一个刷手机的上班族。

2号线车厢里的装潢全是少女粉，连立柱都是粉色的，一身黑的宋煜站在里面有种非常诡异的违和感，仿佛自带天然屏障，隔绝一切。乐知时光顾着看，没发觉自己也一身黑站在里面。

他们简直是粉色泡泡里两个突兀的小黑点。

泡泡破了，两个小黑点都钻了出去。大的在前面，小的隔着人群躲在后头。下车的地方是个出口多人也多的地铁站。上楼梯时，乐知时前面有个年轻妈妈，背着大双肩包，手里提了个超大行李箱，另一只手还拉着一个三四岁的小朋友，好几次走不动停下脚步。

"哎，真是……麻烦让让。"后面赶时间上班的白领嘴里抱怨了两句，绕过年轻妈妈挤到前面去。

"不好意思，"年轻妈妈把孩子攥紧了，侧身让开，"你们先过吧。"

乐知时本来在很后头，他也跟着前面那些着急离开的人一起噔噔噔快步上前，但最后停在了年轻妈妈的面前。"我帮您。"他帮着提起箱子，走在她旁边。年轻妈妈一直说谢谢，小朋友也很可爱，仰着小脸对他说谢谢。

楼梯很长，走到最上面之后乐知时把箱子放下，再往前看的时候，已经找不到宋煜的人影了。

糟糕，把跟踪的事忘了。

视野里人影匆匆，一片慌乱，乐知时抻长了脖子四处张望，可怎么都找不到宋煜的身影。试着往前多走一些，兜了一圈又一圈，不知不觉乐知时来到靠近出站口的一个连锁奶茶店前，旁边还是失物招领台，不过没有失物，也没有工作人员。

还是跟丢了。

看演讲一定没戏了。

乐知时努力地在脑子里做思想工作，想让自己别太失望。甜食会让心情变好，所以他决定买一杯奶茶，然后回家，权当这一趟是早起遛弯。

"您好，请问想喝点什么呢？"

"嗯……"乐知时低头看着菜单，"五分甜奶绿加珍波椰。"

点完之后，他下意识伸手到裤子口袋，却发现空空如也。

手机好像落在沙发上了。

眼看着店员那头已经开始忙碌起来，乐知时疯狂搜刮全身，寄希望于自己上次穿这身衣服的时候或许会不小心把钱落在里面。

可怎么翻都一无所获，他恨不得现在能有一只大手出现在身后，把他拎起来使劲抖一抖，抖出点什么都好。

店员双手把奶茶推过来。"您好，您的奶茶。"

"啊，谢谢。"乐知时的手都不知道是该伸还是不该伸，僵在半空。

店员脸上露出微笑。"请问您是现金、支付宝还是微信支付呢？"

乐知时耳朵发红，看起来像是在认真思考，实际满脑子都是自己回去拿钱再送回来的可行性。"嗯……"

"微信。"

身后传来一个熟悉的声音。

他猛然回头，看见宋煜正一脸冷漠地拿着手机扫码，扫完之后拎走了那杯奶茶，吸管一戳放到嘴边喝了一大口，转身就走，仿佛乐知时根本不存在一样。

"哎……"乐知时转了个圈跟在他后面，"我的奶茶……"

宋煜眉头一皱，顿住脚步看了看奶茶杯，像是有点嫌弃。"好甜。"

五分甜还甜吗。乐知时没吭声，只见宋煜手一伸，把奶茶递了过来。乐知时立刻两手接过，紧紧跟在他身边。"你怎么会过来？"

宋煜指着他身后奶茶店旁边的工作台。"失物招领。"

乐知时回头看了一眼，又快速扭头，见状宋煜挑了挑眉，问："为什么要跟着我？"

"我……"乐知时一下子噎住，可他直来直往藏不住，"我就是想来看看，不打扰你，看完我就自己回家。你不让叔叔和阿姨来，肯定也不会让我来，所以我是被迫选择偷偷跟踪的。"说完他声音变小，"而且你都没有告诉我。"

两个人并肩出了站，光一下子打在他们身上，很亮，宋煜眯起眼。"告诉你什么？"

"就是你要参加市三好学生竞选演讲的事。"乐知时吸了一口奶茶，"我差点都不知道。"

宋煜淡淡道："有约的人不在我的通知名单里。"

乐知时总觉得宋煜话里有话，但他的第一反应还是否认。"我没约！"说起来还有点生气，直往前冲，"我没答应要去。宋煜哥哥，你每次都误会我，上次在校医院也是……"

一辆自行车贴着路边飞速骑过去，宋煜眼明手快拽住他的胳膊，往自己身边拉，这才险险躲开。

"知道了。"宋煜松开他的手臂，"看路，小交际花。"

这就是在讽刺他吧，一定是。

就在乐知时攒够了气准备爆发时，又听到宋煜说："下次偷偷跟踪，记得带手机。"

宋煜远眺红绿灯，在显示灯变色后迈出步伐。"再走丢，我是不会找你的。"

听到这个再字，乐知时的气没绷住，全泄了。

五岁时他跟着宋煜去公园玩，想吃冰激凌，宋煜就带着他一起去买，当时有个卖氢气球的人经过，手里攥了一大把漂亮的氢气球。乐知时的注意力被一只小鱼形状的气球吸引，跟在别人屁股后面就走了。等宋煜付完钱一回头，就怎么也找不到他的踪影了。

如果不是后来宋煜找到工作人员，用广播喊乐知时的名字，都不知道能不能把他找回来。

那次经历带给乐知时的是丢失和落单的恐惧，但他其实并不知道给宋煜留下的是怎样的记忆。

他只记得，公园的工作人员牵着他去和哥哥见面的时候，宋煜脸上的眼泪还没干透。

那是他第一次，也是最后一次见宋煜哭。

会场的选址是市青少年协会礼堂，工作人员坐在门口登记，大家排队入场，乐知时前面站着一对领着女儿的父母。

"家属关系，对，我们是她爸爸妈妈。"

上一组离开，工作人员抬头看向他俩，尤其在看到乐知时的脸时还特意多瞄了几眼。

宋煜出示了自己的证件，工作人员点点头，指着乐知时询问身份："这是你的……？"

"家属。"宋煜说。

乐知时想到刚刚那对父母，他们是真的家属，自己其实不是，但是似乎也没有其他合适的描述，如果说弟弟这种更加狭义的定义，就更不对了。

工作人员脸上先是露出些许疑惑，但还是点点头，给了乐知时一个旁观证，说："进去之后按照志愿者安排入座。"

"谢谢。"

乐知时坐在后排，周围大多是家长，他的存在显得格外突兀。

宋煜安置好他，准备离开观众席去到准备席位。乐知时注意到他身后出现了两个人，都长得很好看，尤其是左边那个，笑起来会露出小虎牙，非常阳光，和宋煜是完全不同的类型。

那个人不动声色地走到宋煜身边，用肩膀碰了碰他的肩头。"好久不见啊！"

宋煜回头，脸上神色未变。"夏知许。"然后他又往后看了看，视线落在夏知许旁边那个长相斯文白净的男生身上，点了点头，对方也对他做出同样的动作。

打招呼的方式真是安静。

"你和许其琛都来了，静俭一个班可以出两个名额？"宋煜问。

"这帽子可不能乱扣啊。我和其琛高二就分班了，他文科我理科。你这话传出去还以为我们是静俭的关系户呢。"夏知许说着，亲密地揽住了身边的许其琛。"不过咱们上次打校际篮球联赛的时候还是高一，你不知道分班的事也很正常。"说完，他脸上仍旧带着笑，视线转移到乐知时身上。

乐知时感受到了这种视线的关注，站起来。"学长好。"

"这是……"夏知许看向宋煜，等待答案。

没等宋煜开口，乐知时有样学样："我是他的家属。"

说完他还抬眼瞄了一眼宋煜，但没能从宋煜的表情里捕捉到什么。

"家属？"夏知许像是被戳中什么笑点，直到许其琛用胳膊碰了碰他，他才忍住笑，"不好意思，我刚刚有一瞬间想歪了。主要是你俩长得也确实不太像。这个弟弟是混血吧，这么白，眼睛还这么漂亮。"

他说着看向宋煜，试探性提问："表弟？堂弟？别告诉我是隔壁邻居家的小孩啊。"

"我住在他家。"乐知时抢先一步回答，可他的思绪还停留在自己没听懂的部分，相当直白地发问，"你想歪了什么？"

宋煜瞥了他一眼，乐知时才又补了句学长。

"呃……那什么，"夏知许仿佛在试图转移话题，看了一眼宋煜又转过来对许其琛说："我要是有这么可爱的弟弟就好了，我一直想有个弟弟。"

乐知时说自己不是他弟弟，但没想到没人接话。一直沉默的许其琛对夏知许说，"我也想。"

弟弟的话题似乎怎么也绕不开，乐知时也不想解释了。

许其琛看着他，清秀的脸上挂着一点不明显的笑意。"你还没说你的名字。"

乐知时总觉得这个哥哥的眼睛雾蒙蒙的，就像是漫画里很悲情的那类角色，脑内搜索了几秒，觉得忧郁这个词更贴切。

见乐知时没立刻回答，许其琛又说了自己的名字，还对他伸出一只手。这对乐知时来说很郑重，毕竟没有几个高三学长会这么对一个初中生进行自我介绍。

他立刻握住许其琛的手，很诚实地坦白："我刚刚走神了，对不起。我叫乐知时。"

许其琛轻声念了一遍，眼睛里的笑意重了几分。"好雨知时节。"

"我也喜欢这句诗，可我不是下雨的时候生的。"乐知时说。

宋煜瞥了他一眼。

不是下雨时生的，但是是下雨的时候来的。

夏知许插进来。"你这个分析人名的毛病还真是改不掉，要我说啊，"他指了指乐知时，"你们这是'他山之石'，"又指了指宋煜，"'可以攻玉'！"

乐知时睁大双眼，仿佛知道了什么不得了的事，并且为此异常开心起来。

"胡说什么。"宋煜用马上开始演讲搪塞了夏知许的后续调侃，三个人准备离开，只留下还在细品的乐知时。

"你在这儿坐着，不要乱跑。"走之前宋煜说。

乐知时目送他们三个人走向候选座席，夏知许和许其琛的背影靠得很近，胳膊贴着胳膊，像他小时候吃过的两根并在一起的冰棒，吃之前得掰一下才能分开。

再看向宋煜，他就是那个被掰开后只剩下一根的孤零零的冰棒。

竞选演讲也没有他想象中激烈，大家也只是轮番上台把准备好的说完。市三好学生都是很优秀的学生，夏知许和许其琛也是，他们一个带着天然受欢迎的阳光气场，另一个慢条斯理，让人有听下去的欲望。

但在乐知时眼里，宋煜一站上去，就和别人不同，但他说不清哪里不同，只觉得连台上的光都自然而然地汇聚在宋煜肩上。

台下的审核团队并没有发表太多建议，只在最后一位结束之后，表示会在两周内通知结果。

整个流程走完还是花了一上午时间，乐知时坐得腿有点麻，嗓子也不太舒服，一直压着声音咳嗽。

已经接近中午十一点半，观众散去，宋煜从前排往回走，和刚刚的两个外校男生一起。

三个人正在聊天。

"宋煜你太变态了，居然这个时候学地球物理入门教材，你疯了吧。"

"地球物理？听起来很难的样子。"

"看看而已。"

外面忽然下起了大雨，四个人谁都没带伞。会场不能留人，夏知许提议一起去对面的日料店吃饭，没准吃完雨就会停。

"我们先冲过去啊！"夏知许脱下了自己的外套，自然而然地搭在了许其琛的头上，手扶住他的肩膀搂着他冲进雨里。

注视着这一过程，乐知时陷入一种奇怪的沉思，少顷，他拉开自己连帽外套的拉链，脱下衣服给了宋煜。

宋煜皱眉，似乎对他这样的做法并不理解。"干什么？"

"和他们一样。"乐知时望着宋煜，语气单纯。他的表情就像是在告诉宋煜，我也有外套，我可以给你挡雨。

"我们和他们不一样。"宋煜站在屋檐下，没有伸手。

"为什么？"乐知时的大眼睛里流露出一种孩子气的单纯，并试图找寻被宋煜拒绝的原因，"因为他们是朋友，我们是兄弟吗？"

宋煜接过外套，抓住他的手臂给他穿上，连兜帽也替他戴好。他的右手顺着乐知时的头顶滑下来，手背贴在额头上，停留了两秒。

"他们不是朋友，我们也不是兄弟。"

宋煜总是说他听不懂的话，从小乐知时就发现了。

无论多少次，他总是试图去弄明白宋煜真正想表达的意思，以至于在点餐的时候完全走了神，坐在对面的夏知许喊了好几次他的名字，乐知时才回过神。

"什么？"

夏知许笑了笑说："喝饮料吗？"

乐知时摇头。"我刚刚喝了奶茶。"

"这样啊。"夏知许低头看着菜单，"那我要两个青柑橘可乐，这个大福看着不错，要一份，还有长崎蛋糕、抹茶红豆铜锣烧……"

宋煜叫停："你是来吃日料的还是吃甜品的？"

夏知许握着菜单笑了笑，说："许其琛低血糖，特能吃甜食，我跟他出来吃饭习惯了，抱歉抱歉。"

说完他把菜单挪过来给乐知时。"乐乐你看想吃什么？这家的拉面不错。"

"他小麦过敏，不能吃面。"宋煜扫了眼菜单，在可以吃的菜品里选了乐知时看起来会不讨厌的菜，自作主张点了。

"好惨。"夏知许数了数自己认知范围内所有的小麦制品，"那不是连啤酒都不能喝。"

"本来未成年人就不可以喝酒的。"许其琛给乐知时倒了杯大麦茶，推过去，对他微笑，"大福里没有面粉，是糯米皮裹着水果和奶油，你应该会喜欢。"

乐知时也笑了。"嗯，我喜欢糯米。"

事实上，乐知时也很喜欢这两个学长，尽管和他们不是一个学校的，甚至只见过一次面，但不论是谈话，还是眼神接触，这两个人都没有表现出过重的好奇心和探究心理，又很有亲和力，保持在一个很微妙的平衡点上，令乐知时感到很舒适。

服务生将青柑橘可乐和两个盛了冰块的杯子一并拿上来，夏知许道了谢，但没有把许其琛那份直接给他，而是把其中一个杯子的冰块倒进另一个杯子里。

这个动作似乎引得许其琛不满，但他的不满也只是望着夏知许皱了皱眉。

"那给你留一块？"夏知许抬了下手腕，把最后一块将落未落的冰块留在杯子里，丁零当啷，"你少喝点冰的，一会儿又吃辣，胃疼就麻烦了。"

许其琛也没搭腔。夏知许说完，把汽水倒出来，将只有一块冰的杯子放到许其琛手边。

乐知时全程看着这两个人的一举一动，心里有点疑惑，但连疑惑的点都很模糊。他也有朋友，比如蒋宇凡，也见过朋友和朋友在一起时的样子，但面前的这两个人是不同的。

他们之间仿佛有一种透明的维系着的丝线，手指到手指，嘴角到嘴角，眉眼到眉眼，无处不在，丝丝缠绕，牵某人一发，动另一人全身。

好奇怪。比起这样奇妙的关联，乐知时发现自己能够察觉到这关联，是更奇怪的事。

夏知许喝了一口可乐，被里面的青柑橘酸到皱了皱脸，看向宋煜说："期中联考你考得不错啊，我听他们说你数学分特别高。"

"还行。"宋煜和他聊起理综的题，许其琛沉默地吃拉面。

服务生上了一份火焰炙烤寿司拼盘，里面有六个不同口味。乐知时挑了一枚宋煜平时最喜欢的甜虾寿司夹到他碗里，自己一口吃掉牛油果寿司，淋上酱油和沙拉酱的切片牛油果盖在紧实香甜的醋饭团上，虽然是素的，可经过喷枪炙烤后有种顺滑绵密的口感，带一点点焦糖香气，入口一抿就化了。

"好吃吗？"许其琛问。

乐知时边咀嚼边点头，见夏知许夹了一个给许其琛。"你尝尝不就知道了，多吃点。"

许其琛又说："乐乐吃东西很香。"

乐知时咽下嘴里的食物。"因为我过敏，很多好吃的都不能吃，能吃的已经很少了，要认认真真地尝出味道，吃多一点，才不会比别人亏。"

宋煜抿了口茶，说："馋还有歪理。"

夏知许倒是十分赞同乐知时的说法，拿自己的杯子和他的碰了碰，虎牙随着笑容露出来。"这个说法我喜欢，尊重和享受美食的人都特别可爱。"

宋煜又倒了杯热茶，让乐知时喝了，乐知时想留肚子吃东西，应了两声，可等到茶凉了都没喝，最后还是宋煜喝了，又给他倒了杯新的。"你再不喝，甜品一口都不能吃。"

乐知时这才没办法，咽了嘴里的蟹肉玉子烧，两只手捧着茶杯小口小口喝完。

"你这个哥哥当得也怪凶的。"夏知许给乐知时夹了一块香煎鹅肝寿司，"乐乐吃这个，垫着苹果片一起，可好吃了。"

乐知时说了谢谢，按照夏知许说的方法吃了一口，他本来不喜欢动物肝脏，在林蓉的餐厅里都不吃鹅肝，但现在这个情况，他又觉得拒绝不太好，可吃下去一口才发现和想象中完全不一样。

鹅肝的口感很绵密，甚至有点类似压得很密实的重芝士蛋糕的口感，但味道是黑胡椒和岩盐调出的动物油脂香气，滋味醇厚，苹果片很好地平衡了油腻感，搭配清爽弹牙的醋饭，意外地很美味。

"好吃。"乐知时抬头对着夏知许笑，眼睛亮亮的。

"是吧，哥哥不骗人。"

果然，先入为主的偏见很有可能导致错过和遗憾。

就在他一心一意吃东西的时候，三个高三生已经从竞赛聊到了高考，这也的确是一个绕不开的话题。

听他们谈天，乐知时也忍不住插了句："夏学长，你想好志愿了吗？"

突然被问到的夏知许微微仰头，思考了一下。"我还挺想学计算机的。至于去哪儿念……"他往许其琛肩膀上靠，"许其琛去哪儿我去哪儿，我们都说好了，估计要去北京。"

许其琛放下手里的茶碗蒸，把他的头从肩上拨开，声音不大："谁跟你说好了。"

许其琛的耳朵红了。乐知时发现。

他扭头看向宋煜。"宋煜哥哥，你呢？"

宋煜垂下眼。"没想。"

天妇罗什锦拼盘送了上来，香香脆脆一大盘，炸虾、炸蟹腿、炸青南瓜、炸鱿鱼和炸香菇，光是看着乐知时都要馋死了，这种又冷又潮的下雨天最适合吃酥酥热热的炸物，可日料店里的裹的都是面粉，他一口也吃不了。

听到宋煜的回答，夏知许笑说："你们培雅每年不都有三分之一的学生出国，不参加高考吗？"

宋煜道："没那么多，夸张了。"

许其琛也问："你出国吗？现在是不是也要准备考试？"

"不一定。"他给的答案很模糊。

听到出国两个字，本来就遭受天妇罗打击的乐知时忽然间更加沮丧了。原来宋煜有可能出国念大学？国外的大学要念几年？是不是只有放假的时候才能回国？一年能放几天假？

短短的几秒里，他竟然联想到自己孤苦无依念高中，而宋煜在国外念书开party（派对）的场景。

"发什么呆？不吃了？"宋煜问。

乐知时摇了摇头。"要吃的。"说着他就给宋煜夹了一个炸虾天妇罗，自己吃了一小筷子凉拌海藻。

"乐乐要直升高中部的吧？"许其琛问。

"来我们静俭吧，"夏知许逗他，"静俭食堂好吃。"

乐知时却说："培雅不补课，课外活动多。"

"那倒是，我也不想补课。"

乐知时又想，不管他高中去了哪儿，总归要和宋煜分开了。不管他去哪儿上大学，都没法天天见宋煜，要是宋煜真去了国外，几年下来，不知道什么时候才能再见了。

越想越觉得闷，也吃不下饭了。外头的雨下了快两个钟头，总算停了下来。夏知许非要把单买了，说要让宋煜欠他一顿，找机会讨回来。宋煜也没拒绝，和乐知时站在后面等他们。

视线不自觉往前，宋煜见夏知许靠在前台，许其琛在他身侧立着，挨得很近。两个人垂着的手背似有若无地蹭了蹭，指尖像是要搭上，可下一瞬间又分开来。夏知许的手贴着裤缝，擦了擦，又不自然不顺手地往上衣口袋里塞。许其琛的手指蜷进掌心，收远了些，脸也垂下。

宋煜瞥过眼神，又看向乐知时，以往他吃了好吃的脸上都是心满意足的表情，可今天却是闷闷不乐的。宋煜想了想，开口对他说："今天的天妇罗一般。"

乐知时抬了抬头，一双大眼睛被店里的灯光照得澄透发亮。

宋煜又说："上次买的米粉没用完，明天在家炸一点好了。"

要是搁从前，乐知时一定会笑着说好，一脸期待。可偏偏今天，宋煜都把话说到这份上了，乐知时也只是点了点头，脸又朝向玻璃门外的街道。

宋煜皱了皱眉，但两个人已经结了账回来。夏知许还打趣："看你这一天天苦大仇深的，走呗。"

他们一拨住汉口，一拨住武昌，不顺路，过闸进站就分开了。宋煜领着乐知时坐地铁回家，地铁上的人比之前少了许多，但仍旧没座位。宋煜进去找了个吊环握住，让乐知时挨着立柱站好。

地铁开动，窗外飞速闪过的广告牌总引得人发呆，乐知时看着玻璃上映出的宋煜和他，差了大半个头。

不是说混血长得高吗？乐知时心想，为什么自己怎么也长不过宋煜。年龄差抹不平，体形差也是一样。

"你发什么呆？"宋煜低头看他，"丧着张脸，是觉得我演讲太差，要落选了？"

"当然不是。"乐知时一下子就抬起了头，他的头发之前淋了点雨，干了之后越发卷了点，车厢里灯光亮，一照毛茸茸的。

宋煜挑了下眉，等他说下去。乐知时眨了眨眼睛，又看向他："宋煜哥哥，你真的会出国吗？"

没料到是这个问题，宋煜怔了一秒，如实说："还没想。"

"可以不想吗？"乐知时追着问。

宋煜看向他，像是在忍笑。"你说呢？"

我觉得不可以。乐知时在心里回答，但宋煜这么说，一定是没决定好要不要出国，否则他肯定直接通知了，这么一想乐知时又舒服许多。

车厢门打开，好几个人进来，其中有对情侣，女生身上披着的是男生的外套。他忽然就想到了刚才，扭头问宋煜："你刚刚说的'他们不是朋友'，是什么意思？"

宋煜知道他不懂，也不想多解释，还和小时候一样拿话搪塞："不是一般的朋友。"

"我看得出来，他们关系真好。"乐知时想到之前宋煜说的后半句，他们不是兄弟。那既然不是亲兄弟，做朋友也很不错。他嘴比脑子还快，扭头就说："我们也做不一般的朋友吧。"

没想到他会这么说，宋煜不自然地转开脸。

"我不跟小孩子做朋友。"

也不知道怎么的，乐知时看见宋煜这样甚至有点开心，追着去看他的脸，大约是从这句百分百的拒绝中分析出一丝希望。

他是小孩子，但宋煜已经长大了，冬天就过生日了。

那等到他长大，宋煜就会和他做朋友了。

车厢里的人都站得歪歪扭扭，宋煜笔直得像个可以倚靠的柱子，乐知时拉着他的胳膊，望向玻璃里映射出的自己。

他要再快一点长大。

过了一站，下去不少人，他们也终于找到位子坐了下来。

也不知是吃完饭犯困，还是早上吃的感冒药终于起了作用，坐着坐着，眼皮子忽然开始打架，乐知时忍不住倦意，脑袋钓鱼似的往下点，睡着了，身子跟着车厢晃来晃去，差一点歪倒在右边的路人阿姨肩上。

宋煜原本低头看手机，见他困成这样，伸手拽住他的连帽，把他强行拽过来，往自己这边倾斜。车厢一晃，乐知时也像个小磁铁一样啪嗒一下靠在他肩头，睡得安稳。

对面座位上的小女生一直举着手机，对着他俩，宋煜抬头瞥了一眼，女孩脸上立刻露出被抓包的表情，手机往后收了收。

但宋煜没叫停，也没再看她，只是抬手把乐知时的兜帽给他戴上，往下扯了扯，挡住大半张脸，又伸进去摸了下额头，最后放下来。乐知时似乎是被他的动作弄得半醒，在他肩头蹭了蹭，埋低了又继续睡。

一坐车就爱睡觉的老毛病始终改不掉，乐知时小时候坐公交和大巴车，靠肩上都不够，有时候直接歪在宋煜膝盖上，两只手抱住他的腰，醒来满脸印子。

宋煜打开手机，从和夏知许的聊天页面里退出来，点进和乐知时的聊天框。

乐知时的跟踪能力简直是幼儿园级别，从上午一出门，宋煜就知道被跟上，于是趁其不备在地铁里偷拍了一张对方的侧影，发了过去，本来想吓一吓他，没想到这家伙连手机都忘了拿。

点开那张没派上用场的照片，放大，还能看到乐知时长到不像话的睫毛。宋煜凝视着没有回应的对话框，又垂眼望向肩头的人。

反应得太迟，已经来不及撤回了。

第六章
假设存在

有时候他想，这是不是也是他们之间的关系。

那些付出过的时间与陪伴，成了现在无法割舍的沉没成本。

过了两个月，市三好学生才公示结果。在公告栏看到名单时，乐知时开心极了。那一整天他脑子里都是哥哥获奖了和哥哥当然会获奖两句话，反复循环。

这里的秋天和春天一样，长不过两周，有时候甚至一天就从体感夏天变成体感冬天，唯一顽强证明秋天存在过的痕迹就是整个城市的桂花香气，在冷瑟的秋风里绵长地弥散。

阳和启蛰的小院子里种了两大棵桂花树，一棵黄澄澄的金桂，一棵花色更红的丹桂，放了月假，乐知时和宋煜就被林蓉叫去打桂花。

大清早两个人就被叫起，好巧不巧还穿了林蓉去年买的同款毛衣，宋煜的是黑色，乐知时的则是乳白色。

围着院子里的桂花树，林蓉在地上铺了好大一片干净桌布，两个男孩子用细竹竿敲打树枝，金色碎末在馥郁中洋洋洒洒落下。乐知时从小就喜欢干这个，别的花虽然也香，但桂花不一样，它的香气是带着甜味的，和味觉仿佛相连。

"够了够了，"林蓉笑着收起桌布上满满的桂花，"也不剩多少啦，留一点闻闻香味吧。"

两个人停下来，宋煜将竹竿收起，侧头看见乐知时蓬松的头发上满是桂花，黄澄澄一片，像舒芙蕾上盖了层枫糖浆。他悄无声息地伸出手，竹竿的一端从背后摇摇晃晃靠过去，最后敲在乐知时的后脑勺上。

乐知时猛地捂住脑袋回头，头上的桂花随之纷纷扬扬，但他还是瞧见了宋煜收回去的竹竿。"你敲我。"

宋煜丝毫没有承认的意思，竹竿已收回到背后，两只手背着，也不说话。

"蓉姨，哥哥敲我头。"乐知时追着跑过去，手里的竹竿落到地上，打起一片飞扬的桂花。

林蓉无奈笑道："哎哎，小心踩着花！"

花没踩着，跑过去倒是踩到桌布一角，乐知时滑了一下，整个人趔趄着往前栽去，好在被宋煜接住。

甜香撞了满怀，那些藏匿在宋煜毛衣纤维里的细碎花瓣，也被乐知时这一跌给撞了出来，像溅出的小心思，不被察觉。

"别闹了。"宋煜握着他的手肘把他扶起来站好。

"是你先闹我的。"乐知时得理不饶人。

宋煜瞥他一眼，说："我是要提醒你，头上有很多花。"

"你还不是一样。"

最后两个人一齐低头，各自拍掉头上的桂花。

收下来的花足有两大盆，里面夹杂了许多枯花和花蒂，母子三人坐在空餐厅的桌子上开始择拣，顺带着聊天。花瓣也就米粒大小，花蒂和花梗就更细碎，乐知时挑得眼睛都要花了，可好像怎么都择不完。

"我知道这个为什么好吃了，"乐知时转着脖子，"好吃的不是花，是时间。"

"这句话说得很好欸。"林蓉有些惊讶，又有些感慨，"付出的时间让食物更加美味。其实也不光是制作食物，凡事都是这样。"

宋煜想到了小时候给乐知时读过的《小王子》，恐怕他都已经不记得了，但这些睡前读物的字句却还保留在宋煜的脑海里。

"你为你的玫瑰花耗费了这么多时间，这才使你的玫瑰花如此重要。"

有时候他想，这是不是也是他们之间的关系。那些付出过的时间与陪伴，成了现在无法割舍的沉没成本。

拣好的桂花金灿灿一大盆，清洗后晾干，漂亮又干净。林蓉撒了少许盐和桂花拌匀，去去涩味，宋煜和乐知时则用滚水煮玻璃罐消毒。处理好的花一分为二，一半拿来做糖渍桂花，一半做桂花糖浆。

糖渍桂花的做法很简单，玻璃罐里码上一层厚厚的桂花，再码上一层厚厚的白砂糖，如此错开，在最上面的白砂糖上淋一点白酒封顶，密封盖好，只等着带回家放进冰箱冷藏。

"好多糖啊。"乐知时盯着玻璃罐，玻璃上映照出他的脸。

"你们上学这么辛苦，多吃一些糖是应该的。"

乐知时忍不住想到了上次一起吃饭的许其琛学长。

他长的就是一副需要多吃一些糖的模样。

桂花糖浆的做法就偏日式，等重的白葡萄酒和细砂糖调和三倍的清水煮到稍稍黏稠，林蓉舀起一勺给乐知时尝了尝，甜度刚好，就把桂花一股脑倒进去。

"我想给许其琛学长送一瓶。"

听到乐知时忽然说了这么一句，宋煜看了他一眼，仿佛在问为什么。

乐知时还没来得及回答，正搅动糖浆的林蓉也想起来演讲的事，问宋煜："那两个孩子也拿了奖吧？"

"嗯。"宋煜挤了半个柠檬，又洗干净手。

"上次听你说起来，觉得小许这个孩子挺可怜的。"林蓉忍不住叹了口气，"偏偏在上高中前出这种事，换其他小孩，肯定都没法上学了。"

宋煜却没有接话，第一反应是给林蓉递了个眼神。林蓉意识到什么，又把话转回来："不过这孩子聪明，以后肯定也是北大清华的料。"

但这并没能转移乐知时的注意力，一如宋煜所料，他非常直接地问："出了什么事？"

"没什么。"宋煜帮母亲将桂花糖浆盛出来，语气平淡地说，"他中考完遇到车祸，受了重伤。"

父母也去世了。

"这样……"乐知时想到那天吃饭时许其琛安静的样子，车祸时他也不过和自己一般大。但他说不出真可怜三个字，因为自己不喜欢这种话，觉得许其琛也一定不爱听。

林蓉转移话题，把柠檬汁和酒杯推到他跟前。"好了乐乐，收尾工作交给你。陪你叔出差前最后一件事也做完了。"

乐知时按照要求，在煮好的糖浆里淋上三勺柠檬汁，两勺橙味利口酒，分装在一个个果酱罐里，算是大功告成。

午后出了太阳，乐知时和宋煜坐在小院子里的石桌椅上，一个默背文言文，一个做题。林蓉端出来一壶热热的红茶，加了柠檬片和桂花糖浆，乐知时喝了两大杯，又吃了一小碟淋了糖浆的炸鲜奶，十分满足。

第二天早上一起床，乐知时做的第一件事就是看自己的糖桂花有没有融到一起，打开冰箱一看，之前分层的白糖果然化了。

"好厉害。"他小声自言自语，然后按照林蓉之前的吩咐把罐子一个个拧开，搅匀里面的桂花。

一棵大树辛苦一年开出的花，他们折腾了整整一个上午，也就做出来六小罐。

夫妻俩出差前一晚，乐知时兴致勃勃地分配自己的礼物。"我这两罐糖桂花一罐给学长，一罐拿去给我朋友。"

"那你的糖浆呢？"林蓉问。

"糖浆给宋煜哥哥！"乐知时早有打算，宋煜的房间也有冰箱，自己把糖浆都放在他那儿，就可以借口跑去宋煜的房间喝茶。

他是个行动派，说着就抱着糖浆上了楼，趁宋煜不在准备全塞进宋煜的冰箱里。

拉开冰箱门，他忽然发现，宋煜一向空空荡荡的冰箱，竟然放了一排酸奶。

还是芝士味的。

周一上学，乐知时捎上糖桂花，一路小心翼翼，生怕磕碎玻璃瓶，准备到学校送给死党蒋宇凡。

月考后他们班重新换了座位，现在乐知时坐四组靠窗，蒋宇凡坐一组靠窗。乐知时早自习来得早，见蒋宇凡座位的窗户敞着，人还没来，他直接站在走廊把书包拉开拿出罐子。

教室里的白炽灯把糖渍桂花照得晶莹剔透的，特别诱人。

蒋宇凡的同桌见了眼睛一亮。"哇，这是什么？看起来好好吃。"

乐知时正要开口，后背突然被猛地一撞，差点把手里的玻璃罐撞掉。背上生疼，乐知时放下罐子拧着眉回头，看见四个男生围着一个小个子男同学，推搡着往盥洗室去。

"别搭理他们。"蒋宇凡同桌对着乐知时说，"隔壁班的王杰就是个混混。那个矮个是他们班跳级的一个小朋友，好像叫程明明，老被欺负。"

"为什么？"乐知时皱着眉头问。

"听说他家里有钱，又是爷爷奶奶带着，也不知道是怎么结了梁子，他们班的几个混子老敲诈他。"

蒋宇凡同桌很是不屑。"有本事去单挑块头大的啊，欺负没爸妈管的小孩算什么本事。是吧？"

"你说得对。"乐知时把书包取了一并放在蒋宇凡的课桌上，转身就往盥洗室去了。蒋宇凡同桌见了心道不好，扒着窗户想喊住他："哎，不是，乐知时！"

乐知时愣是没回头，蒋宇凡同桌还纳闷，这可是个出了名的好脾气乖学生，怎么今天这么英勇了？可他不敢跟过去，万一真的出什么事，自己也择不开。

盥洗室里挤了一大堆人，门口还站着一个望风的，乐知时过去的时候直接被拦住。"你干吗？"

"洗手。"乐知时说。

"等会儿再洗。"对方也认得他，毕竟也是初中部的名人，不好把话说得太难听，"没看里面有事吗？"

乐知时一脸单纯地问："什么事？"

对方显然是被乐知时的话给噎住了，尴尬地往后瞄了一眼，乐知时趁这个机会推开他的胳膊进去，对方连忙拉扯，又被乐知时甩开。毕竟乐知时每次比较个头的参照物都是宋煜，才总觉得自己长得慢，但和同年级的男生比，他的身高也是占优势的。

"你干吗啊？"

站在最中间面相很凶的寸头大概率就是蒋宇凡同桌说的那个王杰，乐知时在心里盘算。叫名字总显得尊重对方一些，毕竟他不想打架，更不愿意惹事。

"王杰同学。"

果然不出他所料，寸头扭过头来，眼神反复打量着他。"有事？"

乐知时点头，像个人形闹钟。"还有十五分钟就要上早自习了。"

"我他妈要你提醒我？就你是好学生？"王杰嘴里放着狠话，但人却转了身，"不是自己的事少管。"

见自己的提醒没有起到应有的作用，乐知时微不可闻地叹了口气，更直白地开口："不要欺负同学。"

"你以为你在演校园剧啊。"王杰不满地嗤笑了一声，"别以为有些小女生捧着你就把自己当回事了，什么玩意儿。"说着他踹了一脚缩在角落的那个学生，"你跟他很熟吗？这么帮你，是想借你出风头吧？"

跟着他混的几个人也凑过来，似乎准备挡住乐知时，但还是被乐知时给掀开。他上前去直接把缩在地上的那个学生扶起来，发现那个学生裤子口袋的底儿都翻了出来露在外面，于是抬眼看向王杰。"把他的钱还给他。"

王杰一下子恼了，狠狠推了乐知时一把。"你算个什么东西，敢管老子的事！"

乐知时的肩胛骨撞到墙上，疼得他又皱了皱眉，他不想跟这样的人纠缠，何况他们人多势众，真打起来自己一定吃亏。

从小到大乐知时没有做过出风头的事，这对他来说很陌生。遇到不知如何是好的事，乐知时的习惯是模仿，想象如果是宋煜，他会怎么处理。

被打的那个同学很害怕，贴在乐知时身后发抖。乐知时试图让自己看起来更冷静些，像宋煜一贯的那样。"你如果只是打人，也没什么，到老师面前可以说成同学之间的小冲突。但是如果你不还钱，就是抢劫，这是可以去报警的。"

一本正经地说完，乐知时又指了指外面。"你看，走廊上有不少人看到，而且拐角也有摄像头。真的报了警，是有很多证据的。"说完他眨了眨眼，冲着王杰问，"你去过警察局吗？"

王杰一下子变了脸色，虽说被大家叫成混混，但到底是初三学生，还没真的混社会，警察局更是没去过，被这么一唬，嘴上不说心里还是有些慌的。"×，老子看你敢不敢报警！"

被欺负的程明明吓得直往乐知时身后躲，乐知时紧紧握着他的手臂。"他就算不敢，我也可以带着他去，反正也只需要做口供。"

其实他也没去过警察局，并不了解流程，口供什么的也都是电视剧里看到的，但他看这个王杰也不过是个纸老虎，想先唬住再说。

"你！"王杰被狠狠噎了一下，骂了一句转过身，对着自己的"小弟"使唤，"给他，就这么点钱还他妈当回事了。"

小弟把抢来的两张一百块和一张五十块都扔地上。乐知时弯腰替程明明捡起来，一张张码好。"你看看有没有少？"

"少个屁！"

听王杰骂人，乐知时只皱了皱眉没搭理，见程明明摇了摇头，小声说没少，他就觉得事情处理得差不多了，于是扶着吓破胆的小孩往外走。王杰自觉脸上没光，完事了嘴里还不干不净："真他妈倒霉……"

乐知时懒得搭理，脚步没停，走到门口又听见一句。

"你妈死了才让你这么上赶着管闲事的吧，×。"

踩点上早自习的蒋宇凡，一进教室就听说乐知时打架的事，包都没放就又跑出去，但还是迟了一步，赶到盥洗室时，教导主任已经在那儿了。

几平方米见方的盥洗室里，又是打架的又是拉架的，挤满了人。蒋宇凡拨开挡着的人的肩膀，一眼就瞅见乐知时。他右眼眶青了，嘴角也是破的，衬衫都扯开了，血滴了些在校服的针织背心上，校徽糊成红色。

他的脸上是平时从未有过的戾气。

"你们几个都跟我去办公室，其他人还看什么？没听见打铃了吗？回去上早自习！"

蒋宇凡死都想不明白为什么乐知时会和别人打架，这完全不是乐知时的作风，说是鬼上身他都信。不光他，整个班上的人听说了这件事，都是蒙的。

"谁打架？乐知时？你在搞笑吧……"

"不是吧，别说斗殴了，乐知时连迟到都没有过，哦，除了开学第一天那次。"

"听说是帮隔壁班那个跳级的出头来着，平时也没见两个人有什么来往啊，犯得着为了他跟王杰那种人打架吗？"

"还是一个打四个呢。"

"我去，乐乐牛×。"

还有人扒着四组的窗户往对面的高中教学楼看，教导主任和班主任的行政办公室都在对面楼的二、三层。

"什么都看不着……"

"估计还在训话？没准一会儿就出来趴在走廊写检讨了。"

蒋宇凡着急得不行，心神不宁，听见前座女生说起另一个当事人。

"程明明啊，他老早就和王杰有过节了，他们好像以前是小学同学。我上次在食堂吃饭，听见他跟别人说王杰家里很穷，说王杰偷过他的钱。"

"是吗？那这……"

"反正王杰也不好惹，说程明明没爸妈管。我感觉乐乐这次被坑了，掺和到这种事里。没准到时候两边都赖账，反倒是乐乐不对了。"

听到没爸妈管这几个字，蒋宇凡感觉到什么，又担心乐知时吃亏，站起来借口肚子疼上厕所，实则跑去对面教学楼。

办公室里，被欺负的程明明说话磕磕巴巴，教导主任怎么问都问不出个所以然来。

"发生了什么事？为什么会打起来？"

程明明拼命摇头。"跟我没有关系，我没打人。"

这不是程明明和王杰第一次发生矛盾了，教导主任也不是不清楚，一看到他们几个就猜了个七七八八。可这件事奇怪就奇怪在为什么乐知时掺和了进来。这个孩子是出了名的乖学生，听话懂事，教过的老师都知道。

班主任王谦也被叫了过来，教导主任看了他一眼，说："你们班的，你自己问。"

王谦清楚乐知时的秉性，没有上来不分青红皂白就指责他。

"乐知时，发生什么事了？怎么会和同学打架？这不是你的作风。"

乐知时半低着头，嘴角的血都干了，他张了张嘴，似乎并不想给出原因，但态度很好，直接承认错误。"王老师，我违反校规了，写检讨罚留校察看都可以，您直接处理吧。"

谁知道这时候门口突然又冒出一个人，大喊了一声报告。所有人一齐回头，看见蒋宇凡满脸着急。"老师，是乐知时看见程明明被王杰欺负了才去盥洗室的，不是他挑的事！"

乐知时生怕把蒋宇凡也扯进来，立刻对王谦说："老师，蒋宇凡不在场。"

蒋宇凡急了。"我是不在场，但是有人看见了，好多同学都看见了。"

王谦看了乐知时一眼，对蒋宇凡说："回去上课，这里没你的事。"

蒋宇凡虽然不甘心，但也没辙了，颇不放心地看了乐知时一眼，一脸不高兴地走了。

隔壁班的班主任似乎并不打算把这当成多么重要的事来审问，先是判断这件事程明明没大过错，跟教导主任打了声招呼就让他回去上自习，然后又质问王杰。

本来王杰被打得都蔫了，一直拿卫生纸擦嘴里的血，结果被逼问得起了逆反心。"我干什么了？跟他一点关系都没有的事他自己贴上来的，本来都让他们走了，回头又来给我一拳，简直有病。"

他的跟班也跟着附和："对！是乐知时先动手的！"

"我们当时还拉架来着，不知道他发什么疯跑上来打人。"

"老师你不信可以去找刚刚在盥洗室拉架的，他们看到是谁先动的手了。"

"是我。"乐知时坦然承认，"我就是想打他。"

这句话一说出来，办公室里的其他老师都侧目。

王谦怎么也想不到，他感觉站在自己面前的乐知时和平时的乐知时是两个人。

"我不想花时间在这里跟你们算谁错得多谁错得少。"教导主任背着手，按照他自己的想法把事情捋了一遍，"王杰你带着人欺负程明明，乐知时你是帮程明明出头了是吧，但是引起斗殴。这件事你和王杰都犯了严重错误，记大过。剩下的你们班主任处理。"

说完他看向王老师，说："该叫家长叫家长，该检讨检讨。"

王老师点了点头，目送教导主任离开。他隐约感觉事情不太对，于是带着乐知时去了隔壁教师茶水间。"脸上的伤我带你去校医院处理一下。"

"不用了老师。"乐知时说，"一会儿那边开门了，我自己可以去的。"

王老师给他接了杯水。"如果换个平时就打架闹事的，我就直接叫家长处理了，能把兔子逼急了，事情也没这么简单。"

乐知时捏着纸杯，沉默了半天，最后开口："老师，我不想说，但是我向您保证，以后我绝对不和同学打架了。怎么惩罚我都可以。"

"那我可叫家长了？"王谦放下杯子，看着乐知时。

"我……"乐知时也抬头看他，"可以，但是我家长这几天都在外地，只能等他们回来才能……"

"行。"王谦看着他，"作为你的班主任，我尊重你有不愿意说的理由，但是你要清楚，暴力不是解决问题的好办法，无论什么时候都是。对方如果有侮辱你的行为，你可以告诉老师，如果你不信任老师，也可以向其他人寻求帮助，明白吗？"

乐知时知道自己的问题，点了点头。

"嗯，明白了。"

他留在茶水间写检讨，写完出去时早自习已经结束。乐知时独自一人去校医院简单处理了伤口，回到教室，在王谦的语文课开始之前，对着全班同学念出了检讨内容。

"你回位子上去吧，"王老师站在讲台上，"这次的打架事件也给我们其他同学敲响了一个警钟，不要随便出头，遇到校园暴力事件第一时间通知老师，不要试图以暴制暴。"

虽然是打架闹事，可乐知时的好人缘几乎让所有人都站在他这边，这件事在学生中很快就传开，大多直接定性成见义勇为的英雄形象。谁也不知道乐知时动手的真正原因，大家也没那么想知道，只是在沉闷的学习生活中抓住一个新鲜的谈资。

下了课，要去做课间操，蒋宇凡跑到乐知时座位上。"眼睛疼不疼？我们去小超市买冰棒敷一下。"他伸手想碰，又怕给弄疼了，见乐知时老老实实摇头，怪可怜的，"下手也太狠了，你怎么不等我一起啊。"

"我也把他打出血了。"乐知时一本正经细数战绩。

"他肯定招你了，到底发生什么了，你平时可是从来不参与这些事的。你告诉我，我找机会替你报仇。"

可不论他怎么问，乐知时都咬死了不说，蒋宇凡猜和自己想的估计差不多，如果不是因为父母的事，乐知时不会出手，也绝对不会打架。他不动声色换了话题："你这个糖桂花看着就好吃。"

"是吧，得放到糖都化了才能吃。这可都是我和宋煜哥哥从树上打下来的……哟……"一说到这个乐知时就来了劲，一不小心扯到嘴角的伤口。

"哎哟，你慢点。"说到这儿，蒋宇凡想起来，"你哥没准也知道你打架的事了，他不会骂你吧。"

乐知时瞬间睁大了双眼。"不会吧。"

"你以为呢，早自习一下都传开了好吗？刚刚我还看到培雅贴吧上的帖子了，挺多人顶帖的，不过大部分都是骂王杰的。"

乐知时心里没底，抓住蒋宇凡的袖子。"我现在是不是特别难看啊？"

"没有啊，特 man（男人），"蒋宇凡笑起来，"你怎么突然有偶像包袱了？没事，那些小女生可崇拜你了，你这一架打得贼帅。"

乐知时根本不在乎这些，他就是不想让宋煜知道自己和别人打架的事，更不想用现在这样的脸面对宋煜。

"我不去做操了，我要请假。"说着乐知时就跑去找了班长，躲在教室里做作业，反正下去也是要躲起来，要是正面撞上就太尴尬了。

眼眶又疼又肿，乐知时心里开始后悔起来，倒不是后悔动手打人，是后悔自己发挥不好，要是再来一次，他肯定能躲过那几拳，还要一拳把那个家伙打在地上。

课间操回来，班上的好几个女生都送给他创可贴，还有一个外班的女孩给他买了瓶冰水，让他敷眼睛。乐知时一个个道了谢，尽管大部分东西都用不上。出风头的感觉不怎么好，他以后还是想低调一点。

正好中午蓉姨也不在家，不用回家吃午饭，给了乐知时一个躲避的机会。他不饿，留在教室里写作业，现在多做点，晚上就可以少做点，他今天要早早地回家去，然后洗完澡躲在自己的房间里，尽量减少和宋煜碰面的机会。

抱着"完美计划"沉浸在几何题里的乐知时，头越埋越低，最后下巴都抵在作业本上。

"是否存在点 E……使得相等……"乐知时小声念着题干，眉头都拧到了一块，眼眶越发疼起来，"这怎么证……"

"假设它存在。"

头顶忽然传来声音，乐知时还以为自己幻听了，猛地抬头。

存在？

他现在怀疑自己看错了，眼前的哥哥并不存在。

宋煜仍旧一脸冷静，没看他，只看题。"反证法，先假设，有了相等的条件之后推矛盾。"

原来是真的来了。

乐知时轻轻"哦"了一声，低下头写下证明两个字，又小心翼翼地开口："你什么时候来的？"

"刚刚。"

"好吧……"乐知时垂头，写了一句"假设存在点 E"。

宋煜望了一眼他的头顶。"别做了，回去吃饭。"

"回去吗？"乐知时愣愣地站起来，跟着宋煜往外走，蓉姨和叔叔都不在家，家里应该没人做饭。"不去食堂？"

"回家。"

他肯定知道打架的事了，但看样子好像也没有不高兴，乐知时心里有些忐忑。

宋煜就在他前面走着，离着半步的距离。他的手臂垂着，手指修长，盯着盯着，乐知时恍惚间想起小时候，他记得是小学一年级刚入学，他们也是这么一前一后走在路上，只不过那时打架的人是宋煜，被欺负的是乐知时。

他哭得眼泪涟涟，牵着宋煜的手跟宋煜回家。

为什么现在不可以牵手呢？

乐知时脑子里忽然冒出这么个怪想法，然后就鬼使神差地向前伸出手去。

谁知前面的人却忽然将手伸到校服口袋里。从出教室起，宋煜的手机一直振个不停，他实在受不了了，拿出来看了一眼，是秦彦发来的。

秦彦：我去，我就上了个厕所啊，你人呢？

秦彦：他们说你不去食堂了？不是说好了今天一起吃午饭的吗？

秦彦：一会儿回学校不？等会儿和老张他们打半小时球吧。

本来就想回复一句中午在家休息，没想到对话框又弹出一长段，看得宋煜眉头都皱起来。

秦彦：刚刚小黑说看到你跟你弟一起出校门了，你不会要开批斗会吧，不就是小男生打个架嘛，你可别冲他发火，哎，等等，你妈今天不是不在家吗？回去了谁做饭啊？你想饿死我们家乐乐吧？

宋煜一下子就站定了，低头回消息。乐知时见了也跟着站好，慌张地把自己伸出的手收回来，背在身后。

秋天的太阳并不强烈，可晒得他后背发焦，手心也烫烫的。

打完字，宋煜回头看了乐知时一眼。"走吧。"

"嗯。"

食堂里吃着酱油炒饭的秦彦打开手机，差点一口喷了出来。

宋煜：我做饭。受了委屈得吃点好的。

第七章
糖炒栗子

这一次不一样，不是未经许可的擅自等待。

家里没人，棉花糖第一个出来热情迎接，橘猫在沙发一角睡觉，听见动静抬了下头，确认是他们回来又垂下脑袋，背转身子继续窝着补眠。

宋煜脱了校服外套，让乐知时去沙发上坐着，问他想吃什么，乐知时刚把狗抱起来，听到这话愣了一下，然后放下狗，跟在宋煜后面进了厨房。"宋煜哥哥，你做饭吗？"

宋煜取了墙上的围裙围在身上。"很奇怪吗？"

乐知时摇头，坐到中岛的旁边，小博美跟着爬上来，钻到他怀里。

"好久没有吃你做的饭了。"

以前，宋谨的生意比现在更忙，那时候林蓉也要帮着管理公司，经常不在家。当时他们俩都很小，也请过保姆，但保姆有次烧菜没注意，乐知时就过敏住院，从此家里也不敢再请保姆，林蓉顾不上的时候就是宋煜做，耳濡目染下，他这方面也算擅长。

两个小朋友，一张小餐桌，几道家常菜，这是乐知时闭上眼就能看到的回忆。

"我想吃冒菜。"小博美的头搭在中岛上，乐知时摸着它毛茸茸的头，"还有蛋糕。"

拉开冰箱门的宋煜回头，挑眉指了指嘴角。

乐知时这才想起来，摸了摸自己的嘴角，是有点疼。"可我想吃。"

宋煜没说什么，但已经开始拿食材了。乐知时不想让他一个人忙，于是也过去帮着打下手。他不太会做饭，只能洗菜。手上的擦伤碰了水有点疼，乐知时没发出声音，只是动作停了一下。水龙头的水忽然就停了。

"你洗不干净。"宋煜扯了张厨房纸巾递给他。

乐知时擦了擦手上的水。"那……"

"站这儿吧。"他低头专心切菜，"看着就行。"

棉花糖颠颠跑过来挠宋煜的腿，乐知时弯腰把它抱起来，握住它的小爪子，说："不要妨碍哥哥。"

宋煜切了块林蓉之前炒好冻住的牛油锅底，一下锅，整个厨房仿佛就活了，吱吱啦啦，姜蒜下进融开的红油里，香气四溢，趁热倒入沸水，红汤在锅里沸腾跳动。

又加了些调味料，宋煜尝了尝咸淡，下入切好的各种食材。

趁着煮菜，宋煜分离了两颗蛋黄，和无麸质面粉搅拌，然后把蛋清和打蛋器递给乐知时，示意性看了他一眼。

打发蛋白是乐知时最爱干的活，会让他的心情快速好起来。因为看着蛋清从液态逐渐变蓬松，最后像云朵一样，是很奇妙的体验。

"好了。"乐知时拿起打蛋器，打发好的"云朵"被扯出一个尖尖的小弯钩，这是成功的标志，他颇为满意。"完美。"

盛出冒菜，宋煜开始做松饼。"蛋糕来不及，这个快点。"

"Pancake（松饼）也是 cake（蛋糕）。"乐知时自己点了点头。

忙活半天，厨房中岛上摆出两碗米饭、一小锅热腾腾的冒菜和一份蓝莓松饼，中西结合。肥牛片煮到可以展开，薄薄一片裹着亮闪闪的红油，还没入口就唤醒了食欲。宋煜拿出小玻璃罐，在松饼上淋上金色的桂花糖浆，推到乐知时面前。

乐知时夹起一筷子鱼片，小心翼翼送入口中，嚼的时候也万分谨慎，看起来有点滑稽。

冒菜煮得入味极了，又麻又辣，吃得后背出了层薄汗，趁着嘴里麻辣的刺激，他又往嘴里塞了块裹着糖浆的松饼，松松软软，像挤压成厚片的戚风蛋糕，味道香醇。

从一清早就不太舒服的情绪，在红油和蜜糖里释放出来。

没有什么是一顿好吃的解决不了的。

宋煜沉默着吃到一半，忽然离席，回来的时候手里拿着一个纱布包，里面装满冰块。"拿着，敷眼睛。"

果然还是提了。乐知时接过冰袋，闷声说了句谢谢，手肘支着桌面用冰袋敷眼睛，敷了一会儿还是忍不住抬起头问："是不是很难看？"

宋煜认真吃饭。"你也知道。"

明明在别人面前完全不在意破相的事，可乐知时就很怕被宋煜看到自己的肿眼睛，甚至替宋煜嫌弃自己，他也搞不清楚原因。叹了口气，乐知时悔恨得很认真。"我应该躲开那一拳的。"

宋煜放下碗。"乐知时，你不应该后悔今天和别人动手吗？"

"我不后悔。"乐知时抬起头，"我没有做错什么。"

这模样让宋煜有些出神，仿佛看到小时候的自己，也是这么倔，被打到头破血流还死不认错。

但乐知时不想让宋煜误会，一改在班主任面前死不松口的态度，主动解释："哥哥，我不是故意打架闹事的，其实我一开始没有要动手，这件事……"

没等他说完，宋煜就打断："我知道。"

"你动手打的那个人，"他望着乐知时的眼睛，仿佛早有答案，"他说了什么？"

乐知时忽然哽了哽，抓着冰袋的手攥紧了些，头也垂下来，像一棵被太阳晒到发蔫的植物。

"他说……我妈死了，才会让我出来多管闲事。"

王谦问他，他不愿意说，蒋宇凡问他，他也不想说，哪怕真的当场叫了林蓉或是宋谨，乐知时也可以咬死不说一句话。但不知为何，宋煜一问，他就说了。

他好像只能对宋煜示弱。

"我当时没忍住，才动了手。"

宋煜其实猜到了。班上课代表抱作业下楼，正好在办公室看到被训话的乐知时，这件事在他们班一下子传开，一开始宋煜也不信，他比谁都清楚，出风头不是乐知时的作风，就算真的帮助同学，乐知时也不会出手打人。

可后来，听说被欺负的孩子没爸妈管，宋煜也大概猜到打架的原因。

就算是条小狗，被踩到尾巴也会咬人。

但他从来都不想做什么教育弟弟的兄长。冠冕堂皇的呵斥大人们已经做过太多，有时候他们甚至理解不了小孩子也有烦恼，更不会觉得小孩子的烦恼也很重要，所以才会一味地教训，一味地让孩子们做出不情愿的保证，却不去关心小孩子那时候的心情是否难受，有多难受。

教训和关心，两者宋煜都不适合。

看着乐知时低着头，沉默吃饭，眼睛快速地眨了几下，像是在忍，宋煜说不上那是种什么感觉，他只是发现，坐在他面前的乐知时，好像已经不是小时候那个只会躲在他身后哭的孩子了。

"那是你赢了，还是他赢了？"

乐知时没想到宋煜会这么问。

他吸了吸鼻子，抬起头，没破的那半边嘴角沾了辣油，可表情却是一本正经。"我赢了。我一个人打了四个人。就是没有躲开最后那一拳，因为有人喊老师来了，我有点慌，不然不会打到我的眼睛。"

看来是真的对眼睛挨的这一拳很执着。宋煜扯了张纸递给他，乐知时却说："我没哭，我刚刚是辣着了。"

宋煜只好伸长手，冷着脸替他擦掉了嘴角的油。

或许亲身经历了此地无银三百两的体验，又或许是宋煜亲手替他擦嘴角，乐知时的耳朵有些发烫，猛地又起一块松饼塞进嘴里，还差点呛到，咳嗽了半天。

吃完饭，两个人一起收拾好，时间还够睡个午觉。冰敷了一阵子，乐知时感觉眼睛好多了，他回到房间，对着镜子照了好一会儿，乌青乌青的，还是很难看。

宋煜拉了窗帘躺上床，手机里全是秦彦的消息，他只扫了扫。刚闭上眼就听见敲门声，眼睛都没睁。"怎么了？"

"我想和你睡。"乐知时说得直接，但人却没踏进来半步。

照以往，宋煜准一口拒绝，但今天他没有，而是躺到床的一边，像是默认。

得到允许，乐知时立刻爬上去，宋煜睁眼想给他一个枕头，见他不知从哪儿弄出一个单边眼罩戴在脸上，伸手扯了一下眼罩的绑带，问："这是干吗？"

乐知时捂着自己的眼罩，说："我想戴着。"

宋煜没再阻止，自己背了过去。乐知时也乖乖躺下，静静地望着宋煜的后背。他感觉自己已经很久没有和宋煜一起睡觉了，小时候只要下大雨，他都会抱着枕头爬到宋煜的床上，紧紧地挨着宋煜，这样他就没那么害怕了。也只有那种时候，他才不会被拒绝。

但宋煜怕热，总嫌弃他像个发烫的小肉团，不让他贴着抱着。所以乐知时就只用自己的额头抵住他的后背，十分克制地满足自己需要的安全感。

这好像是他第一次在晴朗的天气和宋煜一起睡觉，结果他还破了相。

乐知时将自己的额头贴上去，隔着皮肤和骨骼就能感受到哥哥的心跳，好像也可以闻到熟悉的雨水气息，湿软的，充满希望的。

这种幻觉仿佛一种释放出来的催眠药剂，能够让他毫无障碍地迅速入眠。

只有躺在宋煜身边才能发挥作用。

他不禁产生一种幻想，好像自己什么都不需要，能一辈子这样就很好。

但是他知道不可以，他已经不是那个不择手段拦着不让宋煜结婚的五岁小孩了。不可以肆无忌惮地哭，也不可以为了自我满足口不择言。

想着想着，乐知时睡着了，梦里的一切都面目模糊，早逝的父母，投射出同情目光的成年人，还有推搡他的小孩子。但他们的声音很清楚。

"没爸妈的孩子真是可怜。"

"原来你是孤儿啊。"

混在一起的各种声音笼成一团黑影，在蜿蜒曲折的梦里追着他跑，怎么也躲不掉。他想喊宋煜的名字，只想喊宋煜的名字，可张开口却没有声音。

"乐知时，乐知时……"

一身虚汗地从梦中惊醒，渐渐聚拢的视野里是长大后的宋煜，眉头紧皱，乐知时深吸了几口气。"我做噩梦了，"他不知怎么联想到前几天蒋宇凡说的一个词，"好像是鬼压床。"

说完，他看似很酷地转身。"我要继续睡了。"

宋煜躺了下来，手心里还残留着之前乐知时额头的汗，他望着天花板，眼前是刚才乐知时清醒不过来的样子。

"乐知时。"

听到宋煜叫他的名字，乐知时"嗯"了一声，带着一点点鼻音，听起来很像撒娇。他清了清嗓子，掩盖过去。

"你小时候真的很娇气，特别能哭，每次都哭得我头疼，想把你送走。"

宋煜说着抱怨的话，语气却很淡。乐知时背着他无意识地抿着嘴，想反驳，可又听见他开口，带着一丝平静的疑惑。

"怎么长大了，反而不爱哭了？"

一听到这句话，乐知时忽然鼻腔发酸，像是被谁掐了一下似的，憋了很久的眼泪忍不住往外涌。

他先是很倔地用一只手抹掉眼泪，又多用一只手，最后两只手都抹不干净，眼泪越流越多，他干脆转过身，推宋煜，把宋煜推到背朝自己的方向，然后额头抵上去哭，肩膀轻微颤抖，实在哭得厉害，就把头埋在枕头上，强忍着不发出声音。

宋煜一直没说话，任他哭，到后来像是耐心耗尽似的转过身，摘掉乐知时的眼罩，一把将他揽到怀里，语气一点也不像安慰。

"你一定要把我的床弄脏了才甘心。"

乐知时带着哭腔反驳："是你让我哭的。"

宋煜没说话，还是一副很不擅长哄人的模样。乐知时把头埋在他的肩窝，这下子鼻涕也不敢擦了，打着哭嗝断断续续地问："衣服不会脏吗？"

你是真的很爱问问题。

宋煜沉声说："脏了你洗。"

这下子乐知时算是肆无忌惮地哭起来，又像小时候一样哭声震天响。宋煜静静躺着，眼神放空。这场面对青春期的两个人都有些陌生，但小时候他们常常这样相拥，对儿时的宋煜来说，乐知时就是一个吵闹的小玩具，上了发条似的跟在他后面，就像《猫和老鼠》里那只怎么也甩不掉的小鸭子。但只要抱一下，他就会平息下来，会很快入眠。

入眠后的他变得很乖，和大人们形容的一样，像个洋娃娃。

长大后的乐知时，清醒的时候仿佛睡着，很乖，不随便哭闹，懂事又讨喜。青春期的小孩都羞于尽情地大哭一场，好像他们的烦恼不配称为烦恼，不值一提，无足轻重，仿佛说出来都带着强说愁的做作。只有在宋煜面前，乐知时才可以毫无负担地释放。

哭声小了些，乐知时不住地吸着鼻子，默契让宋煜猜到他要说话，于是留了留心。谁知他居然摸到宋煜的手臂，拉着宋煜的手放到后背，带着鼻音提了一个小要求："你能拍一下我的背吗？"

宋煜没拒绝，抬手轻轻拍了一下。乐知时抬头看他，说："我说的'一下'不是数量单位。"

"嗯。"宋煜应了，手轻轻拍起来，问，"还委屈吗？"

他们对彼此的理解都是无障碍的，乐知时很快就能理解，给出答案。"也不是特别委屈，他说的也是事实，可能他自己都想不通为什么被我打。"说到这里，乐知时竟然破涕为笑，"但欺负同学就是该挨打，你不知道，他都是拿脚踢别人的。"

宋煜嘴角绷紧。"以后这种事不要再参与了。"

"哦。"乐知时又闭上了眼，像是钻进一个温暖的茧里，放空了大脑，他轻轻开口，"其实我都快不记得我爸妈长什么样了。"

宋煜拍着他。"你床头柜不是摆着照片。"

"照片不会动，真人和照片不一样。"乐知时问，"你见过他们吗？"

"见过。"宋煜想到他们，第一时间回忆起的就是他们结婚时的场景，在一个海滩上，一个用花编织出来的小小的拱门，来宾也不多，他是其中一个花童。那时候应该是不记事的，但是他意外地印象很深刻。

那是他对美好婚姻最初始的感受。

只是美好的东西大多易碎。

"他们是很好的人。"宋煜拍着乐知时单薄的后背，"你妈妈很美，做的通心粉很好吃，她说话声音也很温柔，会一点中文。你爸爸很风趣，他送我的生日礼物是我收到过的礼物中最特别的。"

乐知时在他的肩膀蹭了蹭，说话的语气有些含糊，感觉快睡着了。"什么礼物？"

"一张他手绘的地图，上面标了他去过的地方。"宋煜说，"他说，要多看看世界。"

还说，标记好的其他地方，以后他们可以一起去。

"他都没有给我画。"乐知时抱得紧了些。

大概是打算解锁了新的成就之后再给他画的，宋煜想，或许就在登过那次高峰之后。但他没能说出口。就这样拍下去，乐知时渐渐睡着了。宋煜试图松开怀抱，可乐知时仿佛能感应到什么似的，退一点点，他都能蹭到怀里。

都这么大了，哄他睡觉还是一件很劳心费力的活。

乐知时睡得安稳，闹钟响起的时候床上只有他一个人，午休时间很短，看看表也才过去十几分钟，但仿佛已经充满了电。他躺在宋煜的被窝里发了一会儿呆，又卷着被子滚了半圈，把自己裹起来，再滚回去，把自己解开。

　　好舒服。

　　咚咚两声敲门声传来，乐知时抬起脑袋，看见换了另一套校服的宋煜站在门口，两手利落地把校服领带打好。"走了。"

　　"哦，马上。"

　　站在玄关口，乐知时特意对着镜子检查了一下自己的仪容，眼睛果然肿了，幸好够大，不然肯定很难看。嘴角好像比之前好了一点，乐知时舔了舔。

　　好苦的药味。

　　宋煜载着他上学，路上炒栗子的香味飘了好远，趁等红灯的时候乐知时自己跳下单车买了一大包，坐在后座吃得很香。到了校门口，宋煜把车停好，一转头就看见正好也刚停了车一脸贱兮兮笑容的秦彦，对方摇头咂舌，好像撞破了什么好事似的。

　　"你小子为了弟弟又鸽我。"

　　"闭嘴。"宋煜转身准备走，都忘了旁边有个乐知时，一下子就撞在他身上，撞得乐知时后退半步，手里的炒栗子袋子差点撞出去，又被他紧紧接住。

　　"疼。"乐知时拿手捂了捂自己的胳膊肘，上面还有白天打架的淤青。

　　秦彦像是见了宝贝似的上前扶住乐知时的肩膀。"哎哟，快让我看看我们家乐乐的光荣战绩，太厉害了，一开始她们说的时候我都不信。"

　　乐知时抬头看他，正经地说："这不是什么光荣的事。"

　　"噗。"秦彦一下子没忍住笑了出来，越笑越起劲，"你弟心眼儿忒大了，还知道打架不是好事呢。"

　　宋煜懒得搭理他，对乐知时说："晚自习下课之后不要自己留在教室里，如果要写作业背单词来我们五楼活动室。"

　　高中部每层楼都有一个活动室，是专门给那些想要在自习时间背书的学生准备的。

　　"真的吗？"乐知时得意忘形，嘴角咧起来疼得要命，又捂住自己的嘴，"我可以去吗？"

　　"当然可以了，你就报我的名字……"秦彦一把想搂住乐知时，乐知时钻出来回到宋煜身边，害他虚晃一枪，"欸？"

宋煜看他一眼。"你进去吧。"

乐知时点头，乖乖往校门里走，走了没几步又想起什么似的掉转回来，把手里装着炒板栗的纸袋塞到宋煜手里，听见宋煜说"等我放学"，嗯了一声，扔下一句"我吃不完了"就走了。

袋子沉甸甸的，宋煜打开一看，里面都是剥好的栗子，金黄色，圆滚滚的，还热乎着。

"哎哟喂，有弟弟真……"

"闭嘴。"

大概是因为知道晚自习结束之后可以去对面五楼，乐知时整个下午心情都很好，虽然有超过五个人跑过来替他心疼他的脸。

晚自习一结束，他就开始收拾书包，这和蒋宇凡想的不一样。蒋宇凡飞快地拽了包跑到四组。"你今天晚上不留这儿写作业啦？"

"嗯。"

蒋宇凡从这一声嗯中听出了相当明显的情绪，就像是网络聊天里有些人喜欢用的"昂"，乐知时现在就是这样的上扬语调，带着小鼻音。

"那咱俩一起回，我饿了想吃热干面，不知道今天出摊没。"

"可是我要去对面五楼活动室学习。"乐知时露出抱歉的表情，"我们可以一起从长廊走过去。"

原来如此。

乐知时噌噌噌爬上五楼，活动室就在宋煜教室的隔壁，正巧这时候高三也课间休息，走廊站了不少人，乐知时的一身初中部校服格外显眼。

"哎，这不是宋煜的……"

被人认出来，乐知时忽然想到自己的眼睛被打青了，低下头飞快地走过去，钻进活动室里，都没往宋煜班里面看。

活动室地方不大，摆着八张课桌和两个小沙发，还有一块白板。令乐知时意外的是，里面竟然还有一个和他一样穿着初中部校服的女孩，看着眼熟，好像也是初三的。乐知时刚拣了个靠窗的地方坐下，就看见秦彦走了进来，手里兜着一堆小零食，哗啦啦搁他桌上。"乐乐，你饿了就吃点。"

"谢谢秦彦哥哥。"

还没来得及说几句话，铃就响了，秦彦麻溜回了教室。乐知时看向桌上的小零食，又一次发现了那盒芝士味的酸奶。其他的他都没动，单单把那个酸奶戳开，吸了一大口。

"同学。"

听见有人说话，乐知时抬起头，是刚才他注意到的那个初中女生。乐知时抬了抬眉，问："怎么了？"

"你是乐知时对吗？"那个女生抱着自己的单词本跑了过来，似乎是相当自来熟的性格，"你今天早上帮我们班的程明明出头了，太帅了。"

乐知时有些尴尬，靠在椅子背上。"其实也不是……"

"别谦虚了，你都出名了，我们班好多女生夸你呢。"

见她似乎还会一直说下去，乐知时试图转移话题。"你怎么会在这儿？不回家吗？"

女生笑了起来。"我啊，我在这里自习，顺便等我男朋友下课啊。"

男……男朋友？

看着乐知时睁大的眼睛，那女生又问道："你呢？"

"我？"乐知时缓慢地眨了下眼，"我等宋煜学长。"

女生眼里满是八卦欲。"你们真的是兄弟吗？是不是也住一起啊？"

"不是亲的那种。"乐知时只回答了第一个问题就垂下眼，翻开作业本，声音放轻，"我们还是赶快学习吧……"

"哦，对对，"女生也意识到什么，扭头看了一眼面对着墙角背书的某个学姐，转过头来很小声说，"不打扰你了，我回去啦。下次聊！"

下次的意思是她可以天天在这里自习吗？

思考了两秒，乐知时带着点羡慕开始自习。他试图专注，可在这里学习的感觉和在教室太不一样了。窝在教室里写作业，在长廊上徘徊背书，守着高三放学，无论做什么，都不过是他单方面的行动，连等都不算，毕竟等人和被等是双向的。

这一次不一样，不是未经许可的擅自等待。

乐知时想着，又抬眼，不远处正用手机聊天的那个女孩，她笑得很甜，大概是在和男朋友聊天。他思考的时候又下意识想去咬笔尾，想到宋煜的脸，忍住了。

好像……和他们还是不太一样吧。

做完最后一题，正好铃响了，乐知时怕宋煜等，几乎是以最快的速度收拾好书包出来，不过隔壁似乎又拖了堂，门口一个人也没有。乐知时站在高三（5）班后门往里望，一眼就看到宋煜。他的桌子上垫着一大张世界地图，在整个教室里显得很特别。他正低头看书，鼻梁上架着副银丝眼镜。他轻度近视，平时几乎不需要戴眼镜，只有长时间用眼的时候才会戴上。

乐知时很喜欢他不戴眼镜时偶尔会出现的轻微眯眼的神态，带点皱眉的动作，说不上为什么，就是莫名喜欢。

后排的学生似乎发现后门站着个初中部学生，交头接耳后纷纷回头。一开始乐知时并没有觉得有什么不对，直到听见有个人小声说"那不是宋煜的弟弟吗"，他如同被什么扎了一下，立刻捂住自己被打的眼睛，感觉捂住也很奇怪，于是躲到一边去。

"你怎么比我还心虚啊。"那个女生大大方方地站在教室外，似乎并不害怕自己这个小女友被老师或同学抓包。"这里也是培雅的地方，我是培雅的学生，站在这里合情合理。"

乐知时想了想，也是。于是他也站到了那个女生的旁边，不到两秒，又一个跨步向右，和她拉开了距离。

总算下了课，老师走出来，特意多打量了一下乐知时的脸。教室里其他学生放学都很积极，倒是宋煜，慢条斯理地整理。几个学姐挽着手出来，围住了乐知时。

"你就是宋煜家里的那个小弟弟吧。"

"混血吗？长得好可爱啊。"

"这个睫毛是真实存在的吗？"

乐知时习惯了被围观，也不觉得有什么，反而一一回答她们的问题："是的，嗯，这是真的睫毛。"

窗外围了一大圈，秦彦在里面看得起劲，又开始揶揄宋煜："你这个弟弟的人气真是不比你差啊，学姐学妹通杀。"

宋煜没说话，提上书包往外走。乐知时从窗户那儿见他出来，立刻伸长手臂挥手，眼睛也亮亮的，从人群之间挤出去。"不好意思学姐，我要回家了。"

不觉间已然深秋，凉风像与人亲近的小精怪一样，直往脖子和脚踝里钻，躲也躲不过。下楼时乐知时注意到刚刚那个隔壁班女生，和一个个子不高的高三学长并肩下楼，在拥挤又昏暗的楼梯挨着彼此，还偷偷牵了下手，又很快松开。

离开教学楼，他又看了一眼身边的宋煜，想说点什么。很奇怪，但他一下子又想不出该说什么，最后只是问："我的眼睛是不是还是很丑？"

宋煜盯着他，保持沉默，害他被盯得捂住了右眼，又听见宋煜轻笑出声。

奇奇怪怪。

放学人多，他们在校门口的自行车停放点分开，各找各的车，乐知时拿出钥匙开锁，却发现哪里不太对劲。宋煜扶着单车走过来，看着他蹲在那儿捣鼓，表情一点也不意外。"坏了？"

"车胎破了。"乐知时蹲在地上，手指戳了几下瘪胎，又仰头看向宋煜，"虽然这么猜很阴暗，但是我合理怀疑是王杰他们干的。"

明摆着的事，什么阴暗不阴暗的。宋煜跨上车说："坐上来。"

"那我的车怎么办？"问是这么问，可乐知时已经把自己的车锁好了。

"白天再说。"

乐知时乖乖坐上后座，并主动提出帮宋煜抱着书包，没想到对方的书包出乎意料地重，大腿碎大石的程度。没准一会儿他的腿就会彻底麻掉，一走路就腿软，栽到宋煜怀里，然后宋煜就会像小时候一样背他。

自行车骑出学校，脑补剧情的乐知时躲在宋煜背后笑。

校门口的各式消夜小摊几乎要摆成一个小型夜市，支起的一个个炉子焐热了深秋湿冷的夜晚。炒饭的大哥嘴里叼着烟，手把着锅柄来回掂，炒饭翻飞，粒粒腾起又落下，香气直往人鼻子里钻。鸭脖老卤入味，再被穿起来架在明火上翻滚，刷满辣油，香辛料一撒，灵魂就有了。砂锅里还炖着三鲜粉丝煲，一掀盖子云雾缭绕，鲜香扑鼻。

乐知时坐在后座，想到什么，转头问道："宋煜哥哥，今天的炒栗子你吃完了吗？"

宋煜散漫地"嗯"了一声。

"其实你吃不完也可以给秦彦哥哥，"听见敲板子的声音，乐知时又瞄到新目标，边走边说，"他经常给我零食吃。"

宋煜没搭腔。

乐知时发现了什么，"顶顶糕！"他激动地拍了好几下宋煜的后背，让他停车。

宋煜捏了刹车，照他的要求停在一个极朴素的小摊前，方方正正的一个大蒸炉上搁了个精巧的由两部分组成的木制装置，下面是普通的圆筒形，上面倒扣着一个带空心长柄的莲蓬形木盖。摊主老爷爷热情招呼："来吃蒸糕啊？三块钱两个，蛮甜。"

乐知时点头。"我要两个。多放点红糖可以吗？"

"可以，这怎么不可以。"老爷爷手脚麻利，从盒子里舀出一大勺糯米粉、江米粉和糖粉混合的糕粉，抹在圆筒里打底，再撒上厚厚一层红糖，照这样叠上两层，盖上盖合成一个木头罐子搁在蒸锅上蒸熟。

等待的时候，乐知时听见宋煜说："你第一次吃这个的时候差点被烫着。"

"真的吗？"他扭过头，"我都不记得了。"

"你记得什么。"宋煜垂眼注视着模具，夜市暖黄色的灯和蒸腾的热雾把他的轮廓照得分外柔和，"当时爸抱着你，你非说这个玩具好玩，伸手就去摸，结果被蒸汽烫得大哭。"

他似乎又有点印象了。"那你那个时候在干吗？"

说话间，糕已经蒸好，老爷爷打开木罐用上面的长柄在圆筒下一戳，热乎乎的顶顶糕顶不住了，扑哧一下冒头，被兜进袋子里。

"我？"宋煜接过顶顶糕，"我在笑你。"

乐知时气闷，语气认真："如果你被烫哭，我是不会笑你的。"

宋煜把糕给他。"你会哭。"说完他往自行车的方向走。

"我现在不哭了。"乐知时跟在他后面，想到中午的事，又给自己打了个补丁，"……除非你招我。"

"我没这个癖好。"

那他小时候老是哭，总归是有原因的。

反正在心里要怪到宋煜头上。

袋子里的顶顶糕怪烫手的，乐知时想趁热吃一口。打开一看，红糖果然抹得很厚，还是心形的，咬下一口，烫得差点吐出来，可又架不住馋，飞快嚼了几下，粉绵软糯，里面的红糖半化开，有种淳朴又厚重的甜。在乐知时心里，溶化的白糖像是荷叶上的露水，小时候他觉得那一小块透明漂亮的露水一定是甜的，而红糖可以类比成烤红薯快滴蜜的那层黏牙的焦层，冷的时候吃美味加倍。

宋煜见他半天也不跟上来，一回头，见他站在原地仰头张着嘴，嘴里冒着白雾，活像个幸福牌人形加湿器。

"好吃吗？"

乐知时点点头，跑了过来，把另一个塞到宋煜手里，含混不清地说："你也快吃。"

宋煜咬了一口，嫌太甜又扔给了乐知时，骑上车带他回家。

"我明天还能在你们活动室自习吗？"

"想去就去。"

"老师会来查吗？"乐知时想起来，用手抓住宋煜的衣服，"里面有个我隔壁班的，是你们班一个男生的女朋友，她早恋。"

"抓不到你头上。"

"也是。"但是他还是有点害怕，"我可以说我是你的弟弟吗？如果有人问起来。"

宋煜没回应，快进小区了，才"嗯"了一声。两个人一起上楼，林蓉和宋谨还没回来，乐知时换了鞋瘫在沙发上，把猫一把抓到自己的膝盖上，翻开肚皮撸来撸去，撸得它眼睛都眯上了。"橘子，你困啦？"

怀里的橘子发出一声舒服的咕噜，乐知时继续撸。"我吃太多了，撑得我都不困了。宋煜哥哥，我可以看两集《海贼王》之后再睡觉吗？"

宋煜一把捞起疯狂挠腿的小博美，抱着往二楼走。"明天再早十五分钟起床，我带你上学。"

乐知时噌的一下起来，也不管猫了。"那我现在就洗澡睡觉。"

喵——

惨遭抛弃的猫主子伸出爪子，对着乐知时的背影狠狠挠了一下，以示威严。

第八章
注意事项

"原来写的不是成人须在儿童监护下使用啊。"

宋煜的语气淡淡的，带着一丝不易察觉的揶揄。

一连两周，乐知时上下学都坐在宋煜的自行车后座上，心情稳定在峰值。他感觉宋煜带他上下学，让他去五楼自习好像都是有目的的，但是他心大，遇事不细想。

校门口修车的大爷修好了自行车，他也一直停在门口没动，心里预先备好的借口和理由都够码出一张表格，就等着宋煜哪天赶他的时候拿出来，不过一直没派上用场。

冬天似乎和期末比着赛赶来，生怕谁超了谁，于是两者一起毫无征兆地降临了，打得乐知时措手不及。

快要考试，学校要求初三月假前的那周六上午多补半天课，高三则要多补一天。原本号称不补课的培雅，也不能幸免。

乐知时本想在学校留到下午，和宋煜一起回家，可流感季学校统一消杀，除了上课中的教室，通通消毒处理，不让进。没别的办法，乐知时只能先自己回家。

他站在走廊口，给宋煜编辑了一条短信报备情况。

发出去也就一秒，他就收到回复，只有一个"嗯"字。

好久没和蒋宇凡同路回家，乐知时一时兴起，叫他一块儿去蓉姨的餐厅吃饭，蒋宇凡早就听说乐知时家的餐厅超级难订，简直不能更乐意，想打电话跟爸妈打个招呼，又没拿手机。

乐知时拿出自己的。"用我的打吧，幸好我今天带了。"

从数学老师办公室出来，宋煜望了一眼三楼长廊，放学的初中生已经走得差不多，稀稀拉拉还有几个学生，聊天的声音在空旷的环境里显得格外大。

路过活动室，他瞟了一眼，工作人员正在消毒。

秦彦正从楼梯口跑上来，手里提着外卖袋子，和他打了个照面。"快，炸鸡到了。老张找你啥事？"

"没什么，竞赛的事。"

"刚刚那个小哥死活找不到接头的地方，我干等了好久，冻死我了。"培雅管得虽然不严，但外卖也不能入校，他们只能隔着栅栏取外卖。

秦彦搓了搓手，从袋子里面拿出炸鸡盒子。"我在那儿守着，看到一对情侣吵架的全过程，吵得那叫一个凶，还好我单身……"他又吸了一口可乐，"还看见几个社会小青年接头呢，校服一脱，烟一递，弄得跟黑社会电影似的。"

窗户闭着，外面的风声像指甲在黑板上刮出的尖厉声响。宋煜皱了皱眉，原本拿起来的筷子又放下，问："初中部的吗？"

"你怎么知道？"秦彦塞了一大口炸鸡，说话含混不清，连比画带描述，"一个小平头，瘦高瘦高的，还跟着一个小胖子和一个干瘦的染棕色头发的。剩下的就都是外面的了，不知道是外校的还是混社会的，看着不是善茬儿，都不带躲的，就在停车那块儿抽烟，你说现在初中部的都这么……"

没等他把话说完，宋煜起身就走了。

"哎，你去哪儿？不吃了？"

"有事。"

他拨了两遍乐知时的电话，都是通话中。跑到停自行车的地方时，宋煜只看了一眼就知道乐知时的车不在了，每天都在的车，一旦消失就格外明显。他骑上自己的单车往回家的方向去，骑得前所未有地快。

分岔路口，宋煜在红灯前停下，无线耳机里仍旧是占线的播报音，又重拨了一次。

"对不起，您拨打的电话已关机。"

路口的北风吹得人恼怒。另一个方向的灯绿了，身边骑车的人骑了过去。

宋煜看了看那条路，是他平时不会走的。

回家坐公交得六站路，不算短，乐知时自己骑车喜欢抄近道，从一个待拆迁的居民楼巷子穿过去，可以节省很多路。这些宋煜都知道，哪怕他不常跟乐知时一起回去。

这条旧巷子很久没有这么热闹了。

巷口的绿色大垃圾桶被一脚踹倒在地上，王杰嚼着口香糖，一副小混混的样子，旁边的人把烟头甩在地上，用鞋底蹍着。看见地上烟灰抹开的痕迹，乐知时想到了许多漫画里的反派，喜欢强行留下点痕迹，姿态丑陋。

"你们人多了不起啊！"蒋宇凡挡在乐知时面前，"真阴，有本事在学校单挑啊！"

口香糖被一口吐出来，黏在乐知时眼前的地板上。

"单挑？你配啊。"王杰刚说完，站在他后面的壮汉摁住他的肩膀，打量了一下乐知时。"就是你在学校给我哥们找事是吧，小脸挺漂亮的，这么喜欢出风头？"

乐知时没回答，表情看起来镇定得过分。事实上他满脑子想着的都是这次一定要避开，不让他们打脸，而且他这次一定要把王杰揍破相。上次打完架后悔得看了一晚上格斗视频，越看越对自己当初的发挥不满意。

他此刻的走神在那个大哥看来简直是莫大的侮辱。"跟你说话呢！"那大哥上前，狠狠推了一把乐知时的胸口。

蒋宇凡急了。"你干什么！不许动手！"

乐知时把书包卸下来，递给了蒋宇凡，冲他使了个眼色，然后转过来对着壮汉道："跟他没关系，你们让他走。"

"小家伙还挺讲义气。"

"我不走。"蒋宇凡也想把自己的书包取下来一起扔地上，被乐知时阻止了。"抱着，别弄脏了。"

不然回去怎么跟宋煜交代。

王杰看着他，似乎是想自己动手，但是又被这个黑衣服的家伙挡住，没法动手。他喊了一句："乐知时，你过来，我跟你解决。"

"怎么解决，我还要回家吃饭。"乐知时没有搭理王杰，扫了扫面前几个人，一只鸟从头顶飞过去，影子掠过他的瞳孔。"你们一起上吗？"

但他的话被淹没在刹车声和自行车倒地的声音里，没人听到这句标准英雄式的战前宣言。不过乐知时并没有为此气馁，因为来的人是宋煜。

回头那瞬间，风难得地把他的头发吹乱了，但很好看，连脸上的慌乱都是令人心动的。自行车扔了，校服厚外套也脱了扔在角落，明明有轻微的洁癖，这一刻也没在意脏不脏，事后怎么收拾。

宋煜就这么逆着光大步朝他走来，这分镜是乐知时心目中英雄出场该有的画面。

他被一把抓住手臂，拽到身后，像小时候那样。

"这他妈又是谁？"壮汉瞟了一眼王杰，似乎对战场的扩大颇为不满。王杰也很烦躁，好像这件事本身就不如他所愿。

"我是他哥。"宋煜摘下手腕的表，递给乐知时，"站远点。"

宋煜的声音很低，显出几分温柔，乐知时站在风里盯着手里的表，和他刚买的时候几乎没有分别，又新又干净，看不出来用了六年。秒针一跳一跳，加速了他的心率。

对方没他高，但人多一点也不怵，还十分挑衅地打量他。"怎么？你要替他挨揍？"

宋煜抬眼，眉尾处的青筋很隐蔽地跳了一小下。

"我替他揍人。"

上一次宋煜站在乐知时面前打架，还是念小学时。

那是乐知时被欺负得最惨的时候。当时因为贪吃咬了几口学校发的小饼干，脸上出了大片大片的疹子，又红又肿，被之前排挤他的男同学看见，笑他变得很丑，还把他围起来往他嘴里塞饼干。时间太久，乐知时已经忘记他是怎么求救的，只记得宋煜来的样子，挡在自己面前的那一幕，像漫画里的英雄。

不过收尾不太酷，他们一个打架挂彩，一个过敏毁容，被林蓉罚去在阳和启蛰餐厅门口排排坐当吉祥物。

比起已经经历过的乐知时，蒋宇凡显得非常没见过世面。

"不……不是，你哥这么牛×的吗……"他眼看着宋煜把那个壮汉打倒了，剩下的几个小弟连靠近都犹犹豫豫。

乐知时握着手表。"他学过跆拳道。"说完他又补充了一句，"我也是。"

蒋宇凡瞪大了双眼望着波澜不惊的乐知时。

难怪上次在盥洗室一对四。

王杰找来的所谓"大哥"是个纸老虎。这一点宋煜刚赶到巷子口就看出来了，他怕对方身上藏着管制刀具，观察了一下，衣服没有口袋，手上连个茧子都没有，体形与其说健壮，不如说是体脂过高的肥胖体质。

擒贼先擒王，没章法地打群架是蠢货才会做的事，宋煜并不想花太多时间缠斗，几个侧踢踹在他胸口，也不能太下狠手，否则要进局子，只能借着巧劲放倒这个老大。

"张哥！"

除了王杰，其他几个人都围上来，其中一个染了头红毛的小弟跳起来抱住宋煜后脖子，想牵制住他，好让其他人下手。

宋煜眉头皱起，有些烦躁，抓住对方胳膊一个过肩摔，扬起一地的灰。

一连串的暴力输出之后，没有人再敢接近。趴在地上的张哥刚想爬起来，宋煜就踹下去，一连几下，以至到后来宋煜刚抬起腿，他就条件反射往后缩。

"还来吗？"宋煜问。

"老子真他妈背，真是信了你的邪。"对方嘴里骂着，但人后退了。

宋煜手臂垂着，手腕转了转，脸上依旧没什么表情。"以后不许对他动手，被我知道，就不止今天这么简单了。"

乐知时看着张哥晃着肥胖的身躯站起来，像许多漫画里不怎么厉害的反派角色那样，说着诸如"我还会再回来的"这样的话带人跑掉，灰头土脸。

王杰显然是最气的，一切都没有按照他的预期发展。他眼神愤懑地看着宋煜，拳头都握紧了。

"别想了。"宋煜看都没有看他一眼，把地上的外套捡起来。

"我没兴趣跟小孩子打架。"

宋煜的这句话仿佛戳中了王杰的痛处，他转而气愤地看向乐知时。

瞪什么瞪，我还想还你一拳呢。乐知时不客气地瞪回去。

宋煜朝乐知时走来，接过表，低头仔细戴上。"他们要欺负你，可以揍回去，让他们知道你不是任人欺负的人。但是你一拳，我一脚，情绪并不会抵消，没这么简单的规则。"

说完，他看向乐知时的双眼。"自己要学会处理问题，解决问题。"

蒋宇凡一直老老实实抱着乐知时的书包在一旁看着，没敢出声，见宋煜过来，立刻恭恭敬敬叫了声宋煜学长。宋煜略一颔首，从他手里拿过乐知时的包。

乐知时当然明白宋煜说的话。这件事不能一直这样下去，就像电视剧里说的，冤冤相报何时了。虽然王杰欺负同学，霸凌收保护费，还骂人，但他当时说出那句话并非针对谁。

乐知时揉揉鼻尖，瞥了宋煜一眼，鼓起勇气走向王杰。王杰还以为他要动手，敌对的架势也已经摆好。"别以为你带着你哥我就会怕你！我……"

"你还记得上次在盥洗室，你骂我的最后一句吗？"乐知时望着王杰的眼睛。

他的大眼睛里流露出一种非常细微的情绪，王杰察觉到，并且觉得非常别扭。"要动手就直接动手，废话什……"骂到一半，他忽然顿住，他回想起那天的场景了。

乐知时继续道："被你说中了，所以我才生气。"

"我……"王杰的话哽在喉咙。他打架闹事，旷课翻墙，欺负同学，把老师不让做的事做尽了，可他早已麻木，这些小事算什么？什么都不是。他就是个不学无术的小混混，未来一眼能望到底，长大后成为游手好闲的大混混。

但他没有想到，自己会因为一句骂人的话而产生愧疚感。

"但出手打人是我不对。"乐知时垂下眼，"对不起。"

事情完全不是他想象中的那样。王杰有些失措，自己只是想报复一下多管闲事的乐知时，所以扎破他的自行车轮胎，找人堵他，给他点小教训，让他以后不敢逞能装英雄。可现在听到乐知时说的话，看见他脸上尚未完全消退的淤青，王杰慌张起来。说到底，虚张声势的只有他自己罢了。

"你……你别给我摆出这副可怜兮兮的样子。"王杰做出一副嫌弃的样子，但手指却抓住了校服裤的布料，"你看你那个熊猫眼，老子也揍你了，扯平了。"

说完，他的语气弱下来："那什么……我骂你那句，不是故意的，我没这么恶心人。"

蒋宇凡在一旁小声打岔："那你还欺负同学……"

"那是因为他在背后先嚼老子的舌根的，他说我爸……"王杰猛地顿住，表情像是很生气，又像是有些尴尬，"……他把我家的事拿出去乱说，还说我是小偷，让老师翻我桌子和包，老子是没钱，可老子从来没有偷过他的钱！"他似乎有些激动，说到这件事眼睛都发红，但又很快意识到眼前的这些人跟他还有过节，语气就变了，"……那他要瞎说，我就明抢，怎么着？程明明就是欠！"

他似乎也知道自己这番说辞并不占理，所以更加面红耳赤。

乐知时沉默着听他说完，注视着他的脸，忽然发现世界果然比自己想象中复杂。哪怕是自己，也不是一腔大义见义勇为的英雄，只是听到一句"没爸妈管"的话，戳中了伤心处，才会打破不出风头的行事作风上前出头。

被救的人，救人的人，还有施暴的人，没有一个是热血漫画里非黑即白的角色。此时的他甚至分不清，程明明和王杰，究竟谁是校园暴力的受害者，谁是施暴者。或许两者兼有，矛盾共生，所以他们之间的羞辱和暴力才会无止境循环。

或许这就是宋煜所说的无法抵消。

"那你也不能欺负同学，这是不对的。"尽管不够成熟的他给不出一个破局的策略，但乐知时吸取了教训，他看着王杰的眼睛，语气很认真，"就像我不应该出手打人一样。"

王杰沉默了几秒，乐知时就这么笔直地望着他，像是很期待得到回应一样。王杰从没遇到过这么奇怪的人，他别扭地转过脸。"我懒得跟你扯，你是乖宝宝、好学生，我可不是。"

说完，他瞟了一眼不远处的宋煜，对方也在看他，眼神冷漠，他有些犯怵，但心里又升腾出一股难以言说的微妙情绪，像是羡慕。

让他想起总是难堪的儿时记忆，心里不大舒服。

王杰清了清嗓子："我走了，今天的事我也对不住你。"他从口袋里摸出一张皱皱巴巴的二十块钱，拉过乐知时的手，拍在乐知时手上，"修轮胎的钱，给你，我就说这么搞很傻×，非撺掇我，还害得我倒贴钱。我跟你说，这次真两清了，在学校咱们就装不认识，井水不犯河水。"

说完，他从地上捡起自己的校服外套，抖了抖灰，转身朝小巷子另一头走，转弯前脚步停了停，最后朝右，身影消失。

乐知时低头看了看手里的纸币，心情复杂，但他不知道怎么形容。原以为会发生像电视和漫画里那样轰轰烈烈的桥段，身为主角的他击退坏人，最后取得胜利。

现在他发现，生活里鲜少存在无往不胜的主角，也很难见到十恶不赦的反派，他们都是别扭的小孩，会因为冲动做出并非本意的事，有的可以一笑而过，有的或许越陷越深，最后被各种情绪裹挟着偏离最初。

如果当初他无视了王杰那句话，后面的事大概就不会发生。

可是，假如再给乐知时一次机会，他依旧会因为那句话而生气，只是那时的他会向王杰说明情况，并且要求王杰对他的妈妈道歉。

巷子的另一头空空荡荡，街道上的每一辆车都很慌张，他没继续看，转过了身。

他相信王杰也会道歉的。

怀着这样的心情，乐知时回到了宋煜的身边。宋煜把书包递给他，说："回去吃饭。"

"你也一起吗？"乐知时抬眼。

宋煜微微点了点头，脸上没有露出丝毫责怪他的意思，令乐知时放心许多。蒋宇凡凑到他身边，说："这展开跟我想的不一样啊，我还以为你们要打一架呢。"

"不能打架，打架不好。"乐知时对蒋宇凡强调，也对自己强调。

蒋宇凡像个大爷那样欣慰地拍了拍他的肩。"可以，你成长了。"

三个人骑车去餐厅，蒋宇凡和乐知时并排，慢慢悠悠地在后头。乐知时发现宋煜骑车单手控车把手，觉得特别酷。加上蒋宇凡一直在自己边上夸宋煜厉害，问宋煜在哪儿学的，他也想报班。乐知时就越发觉得宋煜酷。

乐知时不常带朋友来餐厅，这是第一次，所以林蓉很开心，张罗了一大桌子硬菜，南瓜打底的粉蒸排骨，清蒸武昌鱼，泡椒爆鸡杂……把蒋宇凡都看愣了。

"还上啊。"乐知时试图拦住林蓉，"够了吧……"

"等你们好久了，尝尝这道菱角粉丝焖牛腩，秋天最后一批菱角了，过了这茬儿可就要再等一年了。"林蓉将砂锅盖子掀开，浓厚的香气扑面而来，她给蒋宇凡舀了一勺放在米饭上，"快吃，炖了三个小时，一抿就烂。"

"谢谢阿姨！"蒋宇凡有些惊喜，小声对乐知时说，"阿姨人也太好了，这么热情，和学长一点也不像啊。"最后一句声音格外小。

"也不像宋叔叔，"乐知时也小声对他说，"我哥这是隔代遗传，随外公。"

"哦！这就说得通了。"

见林蓉一颗心扑在新带来的小同学身上，乐知时瞥了眼宋煜，怕他吃妈妈的醋，想给他夹菜。他举起筷子挑了好一会儿，盯上了粉蒸排骨最上面那一块，肉厚油润，看着就好吃，他正要下筷子，宋煜夹的一筷子素炒三丝就已经落到他碗里。

"多吃蔬菜。"宋煜淡淡说。

乐知时很开心，还是把挑好的那块排骨夹到宋煜碗里，并且把旁边那块给了蒋宇凡，然后颇有些得意地吃了一根茭白丝，认为自己是世界上最懂事的人。

林蓉忙完也坐下来，一顿饭几乎都是她和蒋宇凡在聊天，聊乐知时在学校里的事，也聊他小时候的事。乐知时偶尔也说上几句，但大多数时候都在吃饭，对他来说，吃饭是非常重要的事，要专注品尝美食。

"阿姨，我听乐乐说他小时候学过跆拳道啊。"

听到这个，乐知时一下子抬起头。

林蓉点点头。"是学过一阵子来着，哥哥学的时间更长。"

蒋宇凡又说："太酷了吧，我小时候怎么没报个班呢，我妈真不争气。"

"噗。"林蓉被他逗笑了，"我也是觉得男孩子练那个，又帅又能强身健体，才让他俩去的，特别是我们家乐乐，从小体弱多病的，体质特别不好。我还录了视频呢，乐乐小时候抬着小短腿踢木板的视频，特别可爱。"

乐知时严肃地强调："我的腿是我们班男生里最长的。"

"是是是，谁不是从小短腿长起来的啊。"林蓉继续说，"学那个还挺辛苦的。练基本功什么的，得绕着训练场跑十圈呢。"

宋煜忽然间想到了什么，一直沉默的他笑了出来，声音不大，但特别引人注目。三个人都看着他，宋煜才清了清嗓子，说："没什么，想到某个人跑不动，被教练惩罚的事了。"

蒋宇凡一听就知道是乐知时。"罚你什么了？"

乐知时皱着眉想了一会儿，突然想起来，当时他是全班年纪最小的一个，只有六岁，根本跟不下来，别说十圈了，才跑一圈就一屁股坐到地上了。教练好说歹说都不成，最后想了个招——用一根牵引带套住他的腰，另一头固定在宋煜的腰上，让宋煜在前面带着他跑。

宋煜嘴上说不乐意，也黑着脸，但还是照着教练的话拖着小包袱往前跑。两个穿着白色跆拳道服的小家伙，一前一后，哼哧哼哧跑到了太阳落山，竟然真的跑完了全程。

教练解开牵引带的时候，还笑着说："看来还是有哥哥好啊，有哥哥就能坚持下来了。"

事后这么一想，乐知时觉得非常丢脸，于是使出各种转移大法岔开了有关惩罚的讨论，蒋宇凡也是心大，有别的可聊就忘了这茬儿。

"哥哥一直练到高一才停。乐乐身体差一点，只学到小学毕业就没学了，他还是适合画画班。"

"对，乐乐漫画画得可好了，我们班的板报都请他画。"

见话题终于转变，乐知时松了口气，对着宋煜瘪了瘪嘴，宋煜装看不到，一脸淡定地给自己盛了碗汤。他吃得不多，一碗鱼汤喝了很久，只在大家都快吃完的时候问了一句有没有甜点，这才提醒了林蓉。

"对，我今天准备了栗子芋泥蛋糕。"说完林蓉就起身去取，切好了蛋糕端出来，"一人一块。"

"我不吃。"宋煜拒绝了蛋糕。

"那你问我有没有甜点。"林蓉嗔了一句，把他那份推给了乐知时，"乐乐吃。"

乐知时是非常乐意的，这是他最喜欢吃的蛋糕之一，平常甜品店的蛋糕都是用小麦面粉做的，他只能看，不能吃，馋了很久。林蓉最近很忙，他已经很久没有吃到好吃的蛋糕了。

店里有事，餐厅领班把林蓉叫走，小圆桌只剩他们三个，宋煜的手指敲着红茶杯壁，沉默少时后开口："你的手机怎么关机了？"

"嗯？"乐知时嘴里塞得鼓鼓的，疑惑地眨了眨眼，最后看向蒋宇凡。蒋宇凡这才想起来："哦，对，手机在我这儿呢。"他从口袋里翻出了乐知时的手机，确实是关机了。

他抓了抓头发。"不好意思啊，我把电用完了，打电话打太久了，我妈那人特别啰唆。"

宋煜明白过来，看了乐知时一眼。"没事了，吃蛋糕吧。"

蒋宇凡离开前，林蓉给他包好了其他口味的小蛋糕，送他出去。乐知时也想送，可是吃得太多撑得走不动路，又看见蒋宇凡不住地摆手让他回去，乐知时索性坐在门口的大理石台阶上，正儿八经目送。

没一会儿，宋煜也走了出来，坐到他的身边，和他隔着半臂的距离。

这场景很熟悉，令乐知时不由自主想到上次当吉祥物的经历，差点绷不住笑出来。

那天好像还拍了一张照片，因为太丑，小时候的自己不让林蓉放在相册里，还扬言要烧掉。

那时候宋煜还特别不情不愿地保证，说自己以后不会打架了。可今天还是食言了。

乐知时抿了抿嘴唇，侧过脸看他。"宋煜哥哥，你今天怎么会来？"

宋煜料到乐知时要这么问，他是世界上最直接最不藏着掖着的小孩。所以他早就想好了转移的办法。

他伸出了右手手腕，给乐知时看。

宋煜的手腕特别红，像是扭到了，还隐隐有点青。乐知时一下子就忘了盘问的事，两只手轻轻地捂住红的那块，像是怕看到似的，然后用那种有点可怜的声音问："是不是很疼？"

就像疼的人是他一样。

宋煜不说话，只观察他，像观察某种小动物。

"你不说话就是疼。"

宋煜矢口否认："不疼。"

"说不疼就是疼。"说完乐知时就站起来，"我去给你拿冰块敷！"可被宋煜一把拽住坐好。

"消停会儿吧。"

乐知时只好乖巧地坐在他身边，忽然又想到什么，牵过宋煜的左手看了一眼表。"你要迟到了。"

"不去了。"

乐知时却不敢相信。"不去？你要翘一下午的课吗？"

宋煜屈着一条腿支住手肘，撑着下巴，又向前伸直了另一条，语气是难得一见的懒散。"我都打架了，翘课算什么。"

乐知时抓住他的手臂。"你不是才告诉我打架不好，不能解决问题，那你又打架又翘课……"

宋煜打断了他的话："我们家有一个好孩子就够了。"

深秋的风把乐知时的额发吹起，露出光洁的额头和那双澄透的瞳孔。

"但是坏孩子会带坏好孩子。"

宋煜很少对什么人产生探究的念头，但有时候真的很好奇，乐知时哪儿来的那么多"为什么"和"但是"，好奇是什么支撑着他直率的表达欲，是被保护过头的纯真，还是骨子里带着的那种认认真真的傻气。

他眼睛里总烧着一团诚恳的火，仿佛很怕宋煜看不见，所以一直不会熄。

单纯的东西往往是两种极端情绪的诱因。

保护欲、破坏欲。

"那你怕被我带坏吗？"宋煜看向他。

乐知时任何时候都不会躲避他的视线，这次也是一样。他缓慢地眨了一下眼睛，神色轻松。"不怕啊，你又不坏，怎么可能带坏我。"

"大家都巴不得我变得像你一样呢。"

宋煜扯了扯嘴角，觉得这答案合乎情理，猜也能猜到，只是他一时间无言以对。

"外面冷，进去吧。"

原以为宋煜是开玩笑而已，但他真的没去上课，在自己的房间里一下午都没出来。吃过晚饭，乐知时在客厅的茶几上写作业，但他今天很难集中注意力，老是想到宋煜的手腕，于是他拿出手机上网百度，原本只是搜索"手腕有点疼怎么办"，谁知看着看着，竟然从软组织挫伤发展到腕骨粉碎性骨折的程度。

乐知时惊慌坐起，匆匆裹了件针织厚外套。"那什么……蓉姨，有要倒的垃圾吗？我帮你倒吧。"

"怎么这么乖。"林蓉从垃圾桶清出一小袋，"就这些。"

乐知时拿走就跑了。

棉花糖扒着沙发背看着他离开，摇了摇尾巴。

没多久他就风风火火跑回家，回来时棉花糖在玄关迎接，林蓉忙着做瑜伽，说切好了水果放在书桌上。乐知时应了，又怕被看见，只好把买来的药藏在怀里，噔噔噔上了楼。

放下药，看见小盘子里放着林蓉切好的梨和青苹果，乐知时坐下边吃水果，边研究说明书。

"复方止痛贴……活血化瘀……"

还是要贴一个这个才能止痛吧。乐知时抬头看了下时间，这个时候宋煜应该还在做作业，如果直接过去太打扰，可万一过会儿他睡觉了怎么办？

他想了个两全其美的办法。

宋煜正做卷子，听见敲门声便起身开门，没想到是乐知时，还背了个书包。

"宋煜哥哥，我可以跟你一起做作业吗？"乐知时一脸期待。

"为什么？"

"我有题目不会……"刚说完，棉花糖也摇摇晃晃赶到乐知时的脚边，抱住他的小腿，他又抬头问，"可以吗？"

宋煜最后还是答应了。乐知时心满意足地进来，看见橘子正端坐在宋煜的床上，悠闲地拿爪子玩逗猫球，不由得有些羡慕。

"自己搬椅子。"

乐知时的书桌上除了教辅材料和文具，还摆了很多他自己攒钱买的画具，宋煜的书桌比他的大上一号，东西却少了不少，只有几本测绘相关的书和一些高三教辅，还有和他教室课桌上一样的，垫在桌子上的一大张世界地图，看起来格外整洁。趁宋煜起身去书柜找书，乐知时从阳台搬了把椅子放在桌前，还特意搬近了一点，只隔着几厘米距离。

"宋煜哥哥，你今天下午真的没去上课欸。"他偶然瞥见宋煜草稿纸上的地图，觉得很新奇。他平时也喜欢在草稿纸上写写画画，只不过他写的都是胡言乱语的东西，画的也都是简单的漫画。

"嗯。"宋煜从书柜上抽下一本书。

乐知时又问："你们老师没有找你吗？"

"我请病假了。"

"这不是骗人吗？"乐知时小声说。

"打架、旷课、骗人。"宋煜转过身，面无表情歪了下头，"够坏了吗？"

乐知时还真的挺认真地思考了这个问题，不过脑子里的另一部分又在感叹，这个眼镜真的挺好看的，他也想配一副。

见乐知时发呆，宋煜放弃从他这里得到什么有效回应。"不是说有不会的题吗，哪些？"他坐下来，推了下鼻梁上的眼镜，"给你十五分钟，之后我就上床睡觉了。"

乐知时瞥了眼书桌。"可是你不是还在做卷子……"

"只剩最后一题了。"

没办法，乐知时只好硬着头皮临时翻出一个问题来问，还生怕宋煜看出破绽，好在宋煜并没有说什么，倒是接过题目认真看起来。

正忐忑不安，忽然间听到宋煜开口。

"你刚刚出去了。"

他的语气甚至没有丝毫疑问的意味，像是十分肯定似的。

乐知时睁大了眼睛。"你怎么知道？"

宋煜没抬头，仍旧看着他给的题，十分随意地说："你身上有很冷的味道。"

冬天的气息。

这种说法很微妙。乐知时低头凑到自己领口闻了闻，并没有闻出什么特殊气味，他倒是一下子就闻到宋煜身上淡淡的沐浴露香气，很好闻，和他被子里的味道很像，让人安心。

但宋煜没留给他太多研究气味的时间，直接开始了讲题。

小博美跳到了乐知时的膝盖上，窝在他怀里冒出一个小脑袋，和他一起听哥哥讲题。

匆匆扫了眼题干，乐知时发现这题自己应该是会的，但再听下去，才明白宋煜讲了另一种解法，比老师上课讲的常规方法省了许多步骤，原本只是个借口，没想到竟然真的认认真真听下去，把送药的事都给忘了。

"懂了？"

乐知时"嗯"了一声，接过作业本，怕自己忘掉，飞快把那个解法整理出来写好。长期的学习训练下，做题的流程仿佛已经刻在他身体里，依从心理惯性顺着就开始做下一道题，是一道有点复杂的证明题，乐知时尝试着分析题干给出的信息，没承想这么点工夫，宋煜已经把他卷子上的最后一道题答完了。

他摘了眼镜搁在桌上，起身一声不吭就上了床。

掀被子的时候橘猫似有预兆地跳下了床，喵了一声。乐知时也发出一声疑惑的声音，带着点疑问的语调。

"题问完了，回去做作业，我要睡了。"

"我，我还有题，你等一下……"乐知时把作业本翻得哗哗响，宋煜知道他只是找借口，伸手拿了床头柜上的眼罩戴好，一副马上就入眠的架势。

"别睡啊哥哥。"乐知时眼见着装不下去了，抱起狗狗和鼓鼓囊囊的书包跑到宋煜的床边，一屁股坐在地上，拉开书包拉链哗的一下把里面的大小药盒通通倒出来。

宋煜皱眉很嫌弃地转了个身。"你冷不冷啊，折腾什么。"说完从床上抽了个米色抱枕，扔在乐知时身上。

"我不冷。"乐知时特别顺手地把抱枕搁在木地板上，两腿盘起坐在上面，棉花糖十分惬意地再一次钻进他怀里。"宋煜哥哥，我买了药，让我看看你的手。"

"不用，我没事。"宋煜冷淡地拒绝。

"有用。"乐知时见询问无果，就起身半跪着，小心翼翼地掀开被子一角去找宋煜的手，最后被宋煜一巴掌糊住脸。"回去睡觉。"

乐知时趁机抓住他的手，因为害怕伤着手腕，所以只握住他前半段的手指，确认宋煜没有挣扎后，才轻轻握住他的手腕。"疼吗？我给你贴一个止痛贴就不疼了。"

宋煜的语气有些不耐烦，但没有像乐知时想象中那样直接抽出手。"不用贴，太难看了。"

"可是这个很有用的，我买的是很贵的那种，那个药店的阿姨说贴上就不疼了。"乐知时看着他的手腕，上面的淤青比白天的时候更明显了一些，腕骨处还有点肿，和网上说的软组织挫伤的症状非常类似。

"我说了我不需要。"

感觉宋煜十分抗拒膏药贴片，乐知时又打商量。"那要不然用这个凝胶，阿姨说这个也可以化瘀止痛……"

"我现在只想睡觉。"宋煜打断他的药品推销。

"没事的，你睡吧。"乐知时还特意把猫抓过来放到宋煜臂弯，"我来给你上药，我保证会很轻的，一点感觉都没有。"

怎么可能没有感觉。

眼罩遮挡住视线，宋煜悄无声息睁开了眼，隐约有些许光亮透过布料，轻轻柔柔地蒙在眼前。明明是看不见的，但可以完全描摹出乐知时趴在床边的画面。

"先挤一点，可能有点凉，我看过使用说明，这里面有薄荷脑。"

乐知时研究得相当透彻，看说明书比审题还认真。他的手是很暖的，冰凉的凝胶被他推开，覆在手腕皮肤上，不算难受。

"揉一下，揉开好吸收。"乐知时自言自语，仿佛很怕打扰似的，声音很轻。两只手握着宋煜的手腕，动作轻柔地推着他扭伤的地方，从腕骨轻轻捏到手掌。

写字应该也很累，乐知时这么想着，所以为宋煜附赠了一个非常不熟练的手部按摩。

宋煜几乎能想象到乐知时的表情。他现在一定是很小心的，但是又有些得意，觉得自己像个大人一样，可以照顾人了。

这就让他忍不住起了逗乐知时的心思。

乐知时按着按着，感觉宋煜的手缩了一下，立刻开启惊慌模式。"疼吗？是我手太重了吗？"他立刻道歉，但宋煜却说："你确定这药没问题吗？"

听到宋煜的话，乐知时吓得又翻出说明书。"不会吧，过敏吗……"他很紧张地检查宋煜的手腕，"你有哪里不舒服？会不会痒？"

真有意思。场景仿佛倒置，从小多病多灾的家伙现在也成了照顾人的那一个。

"就没有什么注意事项？"宋煜不急不慢地问。

"注意事项？有写的。"乐知时捏着那张长长的纸，仔细对照，一一念出来，"对本品过敏者禁用，过敏体质者慎用。请将本品放在儿童不能接触的地方。儿童须在成人监护下使用……"

正念着，忽然听到一声轻笑。

乐知时疑惑抬头。"你笑什么？"

尽管宋煜戴着眼罩，可嘴角的弧有点明显。不知是不是眼罩遮住眼睛的缘故，乐知时感觉此时的哥哥好像和平时不太一样。

"原来写的不是成人须在儿童监护下使用啊。"宋煜的语气淡淡的，带着一丝不易察觉的揶揄。

乐知时反应了一会儿，意识到自己是被嘲笑了，非常果决地开口否认："我不是儿童……吧。"相当不果断地结束。

他甚至想去网上搜索一下儿童的法律定义。

宋煜用另一只手把眼罩推上去，露出双眼。"逗你的。"

乐知时愣了愣，之前想好的责难他为什么嘲笑别人的话也都抛诸脑后。

既然是逗他的，那宋煜哥哥就不是真的不舒服了。这一点对他来说很重要。

"我手好多了，回去睡觉吧。"宋煜关上床头的台灯，翻过身，"帮我关灯。"

乐知时把地上的药盒通通收回书包，自己也站起来，拿走作业的同时把哥哥给的抱枕搁到椅子上，放轻了动作退出去，站在门口关上灯，正要带上门，忽然看见棉花糖还望着他摇尾巴，又跑过去把它一把捞走。

"谢谢你。"

他忽然听到背对着他的宋煜开口说出这句话。

乐知时愣了一下，抱着狗傻站了两秒，仿佛自己是个又小又瘪的气球，一下子吹满了气。

"不客气！"

光是听声音就知道乐知时笑得很开心。

室外投射进来的光线在墙壁上映出门的形状，随着他蹑手蹑脚离去，那片光不断缩小，逐渐缩小，最后变成一条耀眼的窄缝。

"哥哥晚安。"宋煜听到乐知时说。

门彻底关上，乐知时带走最后一丝光。

"晚安。"宋煜低声回答。

第九章
害怕失散

"在这个世界上，人和人真的太容易走散了。"

月假只有一天，换乐知时窝在房间里。宋谨出差回来，陪着林蓉烘焙，家里满满的黄油香气。宋煜下楼冲咖啡，被宋父询问起最近的成绩和托福考试的事。

"有把握吗？"

宋煜说了句还可以吧，又准备上楼。林蓉叫住他："小煜，你昨天不是说想要地毯吗？我从你小姨店里挑了一个羊毛的，一会儿就送过来了，等一下我们上去给你铺上啊。"

"哦。"宋煜嗓子有些不舒服似的，咳了咳，"什么时候都行。"

林蓉给他递了一盘刚出炉的无麸巧克力流心曲奇。"给弟弟拿上去，等等，我再给他倒杯热牛奶。"

宋谨建议："酸奶吧，酸奶对肠胃好。"

父母安排得明明白白，宋煜端着东西上楼，经过乐知时房间，站在门外叫乐知时的名字，听见乐知时在里面应了一声，问他有什么事。

宋煜皱了皱眉，觉得古怪。"妈让我给你送饼干。"

"哦！那……那帮我放门口，我一会儿去拿。"

乐知时对着门喊，几秒后听见门外宋煜"嗯"了一声，又等了一会儿才走过去把门开了一个小缝，确认宋煜不在门口，这才放心大胆地打开门，把搁在地上的餐盘拿起来。

"你在里面搞什么鬼？"

被捉个正着，乐知时伸出头一看，宋煜就站在走廊几步开外看着他。乐知时脑子里冒出《猫和老鼠》的画面，此时此刻他就是从洞里钻出来准备偷芝士的杰瑞。

宋煜没多说话，直接朝乐知时的房间走来，但乐知时更快一步躲进去，砰的一声把门关上了。

被拒之门外的宋煜，体会到人生中十二年来从未有过的复杂心境。

他甚至站在门口蒙了一会儿。

周一清晨，洗漱完的兄弟俩从楼上下来，见林蓉在玄关换鞋。

"妈妈的一个好朋友突然得了急性阑尾炎，我现在得去医院照顾她，今天来不及做早饭了，钱放在桌子上了，你们俩出去吃。"她语气很急地说。

乐知时见她的围巾还在架子上，揉了揉眼睛，走过去取了围巾给她围上。"开车慢一点啊。"

"在外面吃东西要小心，不要嘴馋。"林蓉抱了抱他，又跟宋煜说了再见，开门走了。

门外的寒气直往乐知时脚脖子钻，他发了个小抖，原地跺了跺脚，跑上楼换了双长裤，抓紧时间和宋煜一起出门。

乐知时想着宋煜手腕不舒服，坚持要载他上学，理所当然被一口回绝，僵持不下，又被门外的冷风一吹，最后两个人选择坐车去。

车很快，到校门口时间还早，乐知时背着书包几乎是贴着宋煜走，之前上学都不能和哥哥一起，现在可以光明正大并排走，他心情非常好。

不过到了早餐店，他就走不动路了。

"我好饿。"乐知时真的就站着不动。

宋煜不吭声，挑了家店面最干净最宽敞的进去，点了汤包、三鲜豆皮和一碗牛肉汤粉。

"宽粉细粉？"老板问。

乐知时看了看老板身后。"有空心粉吗？"

"有啊。"老板爽气地把粉装进漏勺，"多给你放点。"

"谢谢老板！"乐知时坐到宋煜对面，打量了一下店内墙壁，墙上全是菜单，过了片刻，他开口："宋煜哥哥，我想喝红豆沙。"

宋煜抬头看了他一眼，像是觉得他很麻烦，但也没说什么，起身去问老板，谁知老板说没有。"只有黑豆奶。你们要喝的话，隔壁好像有的。"

听了这话，宋煜直接走去隔壁。

事情照着乐知时的意愿发展，他抻长脖子往外望，确认哥哥的确走了，便赶紧从自己的书包里抽出一包东西，跑到对面，飞快拉开宋煜的包，塞了进去。

处理好现场后，他又装作无事发生那样回到自己的位置，乖乖拆了两双一次性筷子。没一会儿，宋煜带着红豆沙回来。

红豆沙很热乎，乐知时从宋煜顺道拿的两个吸管里抽出一根，戳破杯口塑封吸了一大口，又甜又绵。

老板娘端上来汤包，给他俩一人一个小碟子，里头是浸了姜丝的醋。乐知时站起来把宋煜的筷子搁在他的小碟子上。

汤包是虾仁鲜肉馅的，一共八个，垫好的松针隔开包子和竹屉。皮特别薄，能隐约看到里面那颗虾仁，他夹起一个汤包，裹着汁水的皮直晃悠，像小时候玩的水气球，落到他的醋碟里。

两个人谁都没商量，乐知时直接拿起桌上的另一根吸管，拆开，尖的那头对准了汤包皮，戳破的瞬间吸上一口。"嗯！"

"你也不怕烫着。"宋煜嘴上这么说，表情习以为常。

"这个汤汁好鲜。"他吸完后，就用筷子把皮都扯开，把里面的虾仁和肉馅蘸着醋吃掉，最后剩下一大块皮。

"你们的粉，还有豆皮。"老板娘端着两个碗过来，看见乐知时把汤包皮夹到了宋煜碗里，还有点疑惑，"怎么了，皮不好吃吗？"

"不是不是，"乐知时把粉挪到自己跟前，"是我不能吃。"

老板娘似懂非懂地点头，嘱咐他们自己加香菜便走了。

宋煜十分自然地吃了他夹来的汤包皮，又趁热吃了一块豆皮。三鲜豆皮算得上最管饱的早餐。

切成粒的猪肉、玉兰片和香菇拌入调好味的糯米饭中，加入卤汁增香，绿豆和大米磨浆摊成的薄皮就是豆皮，搁在锅底，抹上鸡蛋烙熟，翻面后放入糯米饭，压实铺匀，边煎边切成方块。趁热盛出，糯米咸香软糯，豆皮金黄焦脆。

最棒的是，这里面没有乐知时的过敏原，而且他非常喜欢。

他们所有的早点都是分着吃的，乐知时吃了块豆皮，又开始对米粉发起进攻。他夹了一块卤牛肉给宋煜。"我之前就想吃通心粉，这样吃。"乐知时把筷子插进一根粉里，然后送入口中，"像不像中国的意粉？"

宋煜只觉得他像早上的鸟，叽叽喳喳的，但他平常不这样，今天异常亢奋，仿佛做成了什么大事一样。

"少说话，快点吃。"

乐知时这才老实点，他吃了四个不带皮的汤包、半碗粉，还有一块豆皮，剩下的都让宋煜包圆了。林蓉从小就教育他们要尊重食物，所以两个人出去吃饭从来不剩。

吃完早饭，门口来来往往的人变多，宋煜提着书包离开早餐店，乐知时小跑着跟他后面。

老板娘盯着他们家的汤包蒸笼发呆，被老板拍了一下。"大清早的没睡醒啊。"

"不是。"她皱着眉头，像是很想不通似的，"刚刚那两个小帅哥，真是奇怪，一个只吃汤包馅，一个帮他吃皮。"

老板还以为是什么呢。"哎呀，现在的小孩子都很有个性啦。"

两个人从三楼分开，宋煜自己上了楼，遇见同班同学，还被调侃。

"我老远就看到你们一起过早了，和弟弟关系这么好啊。"

宋煜没说话，也没有反驳。

没多久早自习开始，英语老师拿着书走进教室，宋煜拉开书包准备拿英语笔记，忽然发现里面多了个盒子。他觉得古怪，拿了出来。

同桌是个胆子不大但有点八卦的眼镜男，瞥了一眼盒子，怕被宋煜发现，又装模作样大声背单词。

盒子是白色的，像是手工做的，上面全是画。主要画了俩小人，一个棕色鬈发，另一个是黑头发，黑头发的手腕受伤，掉眼泪的却是棕色头发的那个。他们头顶有一个大大的红色箭头，指着盒子开口处。

同桌用余光扫了一下，见宋煜表情很嫌弃，以为他要丢到一边，毕竟频繁收到各种礼物的他经常这么干，哪怕是包装再精美的礼物都没多看一眼。

可令他没想到的是，宋煜居然打开了，就这么个小破手工盒子，他居然打开看了？

同桌在心里惊呼，原来宋煜好这口。

他开始好奇盒子里装的是什么了。

宋煜拆开包装，从里面拿出一沓……

膏药？同桌惊得眼镜一滑，他立刻推了推，一边背书一边看。宋煜一张张翻看，原来膏药上也画了画，而且每一幅都不一样，满满当当，还有分镜，就跟连环漫画似的，主角是小卷毛和黑发男。

在背书声震耳欲聋的早自习教室里，同桌不小心听到了宋煜的一声笑，像是被逗笑了，又像是无奈，总之非常不像他，也非常神奇。

不过宋煜没多看，就把那些膏药规整了一下，放回盒子里，搁在抽屉里。

这件早自习未解之谜，在宋煜同桌的心里久久不散。

上午两节数学课都在讲卷子，宋煜没错多少，就节省时间埋头做新题。手腕果然还是疼，他停下笔，盯着自己的手腕思考了好一会儿，最后拿出抽屉里的盒子。

他想到自己那天随口说的一句，太难看不想贴。

从小到大，乐知时的每一次惊喜都是鬼鬼祟祟的。

挑出一贴俩小人挨得最近的膏药，宋煜仔细打量，才发现这张画很熟悉，好像是他小学四年级时跳高拿第一名的场景，乐知时高兴地扑到他怀里，可小助跑用力太猛，直接把他扑倒在操场上。

后来颁奖，前三名站在小小的领奖台上，宋煜刚站到最高一级，才刚上小学的乐知时就不知道从哪儿跑了出来，一溜烟钻到宋煜背后，抱住他的腿，打乱了整个颁奖节奏。

当然，最后他还是被自己的班主任强行抱走了。

从回忆中走出，宋煜撕下背后的塑料薄膜，把膏药小心地贴在自己的手腕上，抚平之后，又不自然地扯了扯卫衣和校服外套的袖子，试图挡住，然后装作什么都没有发生一样，埋头继续做题。

下大课，大部队浩浩荡荡下楼集合做操。秦彦动作懒散，眼睛四处瞄，一不小心瞥见宋煜右手手腕。

手上是什么玩意儿，文身吗??

一解散，他立马跑到宋煜跟前，二话不说就扯宋煜袖子。"你手腕上弄了什么啊？火日立你真是社会人啊，居然敢背着我去……"抓住手腕的瞬间，秦彦突然露出地铁老人看手机的表情，"……贴膏药？"

宋煜脸色一变，把他推开，扯下衣袖。"胡说什么。"

"不是，这什么啊？"秦彦笑了，仿佛发现新大陆，"你哪儿弄的这么可爱的膏药？是不是哪个妹子给你的！这才是猛男要贴的膏药啊！快快快，我前两天打球弄伤了肩膀，给我也来一片呗。"

宋煜："……"

"怎么这么小气，我买总可以吧。"秦彦开始扒拉自己的校服，"×，好冷，快点！就一片！"

"做梦。"

时间一定不是匀速前进的，至少体感不是。

做寒假物理作业的乐知时坚信自己的观点，他不知道怎么的一学期就糊里糊涂过去了，为此他甚至企图去翻一翻有没有科学家做过这方面的研究，但林蓉的电话打断了乐知时人生中本可能发生的第一次论文调研工作。

"嗯，嗯，"乐知时边打电话，边往楼下走，"宋煜哥哥去补习班了，我带它去，我知道地方。"

放下电话，乐知时找出牵引绳给棉花糖套好，带它去宠物门诊检查身体。

"顺便做个美容吧棉花糖，你最近的毛长得好长。"外面很冷，乐知时裹了件厚厚的白色羽绒服，远远看上去一人一狗简直是两团棉花糖。

寒假加上周末，宠物门诊挤得满满当当，乐知时一次见了好多猫猫狗狗，甚至还有龙猫，觉得非常满足，心里面把它们都撸了个遍。排在前面的小姐姐一个人牵了两只大型犬，一只阿拉斯加，一只金毛。金毛就诊的时候，阿拉斯加似乎很不适应这里的环境，表现得很狂躁，小姐姐几乎牵不住，两头顾不过来。

"不好意思，能不能帮我拽一下绳子，它可能是害怕，我抱一抱它。"

"哦，好的。"乐知时放下了怀里一直乖巧看戏的棉花糖，另一只手帮小姐姐抓着阿拉斯加的牵引绳，第一次拽大型犬的乐知时感觉非常新奇，和左手牵着的博美一比，右手完全不能占据主导地位，简直好像是被狗遛了。

小姐姐蹲下来抚摩阿拉斯加的头，几分钟后，它才稍稍平复些，也不闹了，乐知时松了口气，感叹还是棉花糖听话，于是从口袋里掏出一个狗零食，准备奖励棉花糖，谁知一转头，他才发现牵引绳的那头空空荡荡，棉花糖不见了。

乐知时慌了，把不大的宠物门诊翻了个底朝天，手里拿着它最喜欢的零食叫它的名字，都没有用。他又跑到马路上，四处查看，可依旧不见棉花糖的踪影。

他在原地打转，无果后的第一个反应就是给林蓉打电话，可林蓉好像正忙着处理进口食材选购的事，根本联系不上，他急得没有办法，最后拨通了宋煜的电话。

只响了一声就通了，乐知时仿佛找到了救世主，第一句话几乎带了哭腔："宋煜哥哥，棉花糖不见了。"

宋煜让他冷静，在听完乐知时复述经过后，思考了片刻。

"分开找，我现在回家，你那边离阳和启蛰近，去那里找找看。"

乐知时不知道宋煜为什么会让他去餐厅找棉花糖，但他还是照做了。挂电话前，他听见宋煜说：

"不要着急，会找到的。"

心情忽然平复许多，乐知时把棉花糖的零食装好，打了车去阳和启蛰。

餐厅今天是不开门的。院门关着，外面空无一人。乐知时很是失望，他跑得浑身出汗，把羽绒服的帽子取下来，在餐厅附近的几条巷子又找了一圈，最后在路口遇到下出租车的宋煜。

宋煜穿的是和他款式一样的羽绒服，都是林蓉买的，只是一件白色一件深灰色。看到他也两手空空，乐知时脸上的失望藏不住，满怀歉意地垂下了头。

"餐厅没有……对不起，我没看好它。"

这只狗是宋煜带回来的，严格意义上来说是宋煜的狗。

乐知时非常难过，也知道宋煜肯定非常担心，所以才会直接从补习班跑出来。

但宋煜并没有像想象中的那样发脾气，只是把他背后的连帽又给他罩上。"上次我遛它的时候，它也挣脱了，牵引绳有问题。"

乐知时额头的汗已经被风吹干，凉凉的。他们在路口站了一会儿，宋煜说自己回了趟家，也在车上沿路看了，的确没有看到。

这样一说，乐知时更难过了。

"再去看看。"宋煜往餐厅的方向走。

他跟在宋煜后头，心里已经不抱什么希望了，出来的时候还不觉得，现在却发现天气真的特别冷，风像软刀片似的往脸上刮，又钻进脖子里。

他低下头，把拉链拉高了些，没有灵魂地跟在宋煜身后。

小巷子灌风，乐知时满脑子都是棉花糖孤苦无依流落街头的场景。马上要过年了，棉花糖那么小，今天出门连针织背心都没穿。

他开始考虑微博求助和满大街发寻狗启事的可行性。

宋煜的脚步突然顿住，害得乐知时一个没刹住撞上他后背。"啊，怎么了？"他往前望去，前面就是阳和启蛰的大门，门口站着一位老奶奶，棉花糖就在她的身边。

看到宋煜和乐知时的瞬间，棉花糖飞快地跑过来，乐知时立刻蹲下抱住它，失而复得的心情简直就像坐过山车，他把脸埋在棉花糖的毛毛里。"你跑哪儿去了，吓死我了，我都想好传单的排版了。"

宋煜朝着那位老奶奶走过去，见她年纪大概六十岁，颈间戴了串珍珠项链，穿得十分得体，甚至是隆重。她也站了起来，用戴着皮手套的手抚平了酒红色薄大衣上的褶皱，露出一个慈祥的笑容。

"原来这是你们的小狗啊。"她头发花白，说话很慢，"你们也是来这里吃饭的吗？"

乐知时抱着棉花糖，和宋煜对视了一眼。宋煜对老人说："您可能记错了，这里今天不营业。"

老太太的脸上露出一副困惑又不完全相信的表情。"是吗？可我不会记错的，我爱人就是预订的今天。"

乐知时也疑惑了。"今天真的不营业，老板也不在。奶奶，您是不是记错了？"

"不会的……"老妇人始终坚持自己是来赴约的。乐知时见她穿得单薄，天气这么冷，站着不是个办法。他碰了碰宋煜的手臂，说："宋煜哥哥，你带餐厅的钥匙了吗？"

宋煜点头，拿出钥匙串找到餐厅钥匙，把门打开。

乐知时上去搀扶老太太。"您先进来吧，我帮您看一下预订表，看看究竟是哪里出问题了。"

他们把餐厅的暖风打开，让老太太坐下。宋煜临时烧了壶开水，乐知时把前台电脑开机，找出预约表，之前他们也时常来餐厅帮忙，流程多少也知道一些。

沸水注入透明的茶壶中，红茶的香气一瞬间被热度激发。宋煜将热茶端到老太太面前。

"谢谢你。"

他回到乐知时身边。"找到了吗？"

乐知时抬眼，对他摇了摇头，并且小声说："今天真的没有预订。"他看向老太太，见她一脸期盼地望着大门，似乎真的在等人。乐知时忍不住问："奶奶，这边不好查，您可以说一下您爱人的名字吗？或者电话也可以。"

老太太望着他们俩，笑着张了张嘴，可忽然间，她仿佛卡住似的，笑容渐渐被一种迷茫的神色取代。"我爱人的名字……"她皱起眉，低头思索，"名字……"

宋煜凝视着老人，感觉不太对。

"今天是几月几号，您记得吗？"

"我……"老人想了想，眉头松开，笑容再次浮现，"十一月二十一日，是我和我爱人的银婚纪念日，我们今天啊，就是来这里过纪念日的。"

十一月……可现在都要过年了。难怪穿得这么薄，原来记错了日子。

乐知时又一次看向宋煜，很小声地开口："宋煜哥哥，她是不是……"

宋煜点了下头。"嗯，阿尔茨海默。"

这下可麻烦了，乐知时心想，这个老太太不记得日子，也没准走错了店，现在人丢了，家人不知道多着急，可他们连姓名和联系方式都没有。

"报警吧。"宋煜说。

这句话声音不大，却不偏不倚被老太太听见，她的情绪一下就不对了，像是非常抗拒似的。"报警？为什么要报警？我只是想吃顿饭而已。"

乐知时想解释。"奶奶，您……"

"我能不能先点餐？"老人望着他们，眼神中满是期待，"我想我爱人可能是有点事情耽搁了，但很快就会来的。"

乐知时看着她的表情，不忍心说出真相。现在也快到晚餐时间，他吸了口气，说："那您想吃什么？今天餐厅只有我们俩，可能做不了太多。"

老太太笑得很慈祥。"没事的，很简单的，他最喜欢吃你们家的珍珠圆子了。"

"其他的呢？"

"其他……"

见老太太又陷入记忆的混乱中，乐知时只好先替她记上。"那我们先看看。"他跑去查看了一下，正好有糯米和肉，在他的拜托下，宋煜莫名其妙成了临时主厨，被推进厨房。

乐知时拿出了哄大型猫科动物的力气，又是捶背捏肩又是主动给戴围裙，宋煜尽管一脸不情愿，最后也没当着奶奶的面拒绝他。

他从厨房出来，看见老太太望着门外，表情有些失望。

"他一定会来的，您等一下。"

老太太凝视着乐知时脸上认真的表情，忽然露出一个笑容。"你比小时候更好看了。"说着，她朝着厨房看了一眼，"你哥哥也是。"说完她又补充一句，"你以前像洋娃娃一样。"

乐知时忽然愣住了。她的记忆的确有很大的问题，在门口遇到的时候，老太太分明是不认识他们的，现在却又能回忆起他们小时候的事。

难道她真的来过这里？

"您记得您哪一年结的婚吗？"乐知时问。

老太太非常努力地回忆，但还是摇了摇头。

"这样……"乐知时没有放弃，他在网上百度了一下银婚的时间，是结婚二十五周年，老太太看着六十岁左右，如果是二十多岁结婚，就是在五十岁左右来过阳和启蛰。大概十年前……

和开店的时间也差不多对上了，那时候他们俩的确都还很小。可是刚开店那两年，这里的管理还不完善，客人也不多，预订信息都人工手写记在本子上，没有电子记录。

乐知时四处翻找钥匙，最后在前台某个抽屉里找到了存放旧预订本的柜子钥匙，蹲在地上把那些落了灰的本子拿出来。一年一本，他认认真真地翻，灰扑了一脸，呛得他直咳嗽。

宋煜忽然走了出来，给他倒了杯水。

"做好了？"乐知时抬起头，脸咳得发红。

"蒸上了。"宋煜问，"你在干什么？"

"这个奶奶当年是在咱们店过的纪念日，我想翻一下刚开店那几年的预订记录，就看看十一月二十一号的，每天的客人不多，应该能找到他爱人的联系方式。"说到这里，乐知时忽然皱眉，"啊，会不会过这么多年，号码已经变了？"

宋煜摇头。"应该不会，毕竟他妻子是阿尔茨海默症患者。"

乐知时吃了颗定心丸，还要继续，但被宋煜打发走。"你去陪她。"

"你去吧，我来找。"乐知时说。

"我不想说话。"

听到这句，乐知时自然就要肩负起对外工作，陪老奶奶说话了，她什么都不记得，但一口一个我爱人，说不上来什么感觉，乐知时有些难过，又不单单是难过。

"乐知时。"

被宋煜叫到，乐知时立刻赶过来。

"挨个打电话吧。"宋煜把本子摊开递过去，指了指上面画红圈的那些。乐知时坐下来，照着宋煜说的，逐个给曾经预订过的客人打电话。

"您好，请问是王先生吗？抱歉打扰了，请问您有没有走失的家人……那不好意思，可能是我们弄错了，打扰了。"

"请问是李先生吗？您好……"

电话拨出一通又一通，乐知时对这个办法的可行性开始持怀疑态度，他挨个在那些电话后面画叉，抬头看见老太太依旧在等，连棉花糖都被她带得坐到落地窗前，摇着毛茸茸的小尾巴，似乎在等谁。

一个小时过去，乐知时数了数说："只有两个了。"

宋煜点头，他知道乐知时还想试试，没有阻止，就站在乐知时身边。

乐知时整理情绪，再一次拨出电话，电话一开始是通话中，他等了一会儿，最后还是决定先拨下一个。

最后一个电话倒是接得很快，对方声音听起来很年轻，但和前面的客人一样，他们并没有家人走丢，也不认识任何患有阿尔茨海默症的病患。乐知时心里涌起一股莫大的失望，他很想趴到前台桌子上，又怕弄脏自己的白色羽绒服，于是把额头靠在宋煜手臂上。

宋煜明白他现在的心情，抬起手，想摸摸他的发顶，就在这时，前台的电话忽然间响起来，乐知时立刻抬头接通电话。

"您好。"

对方似乎比他更着急，气喘吁吁的，乐知时抱着最后的希望问了一遍，果然得到了想听到的答案。

"是的，就是我。"

乐知时激动地仰头看着宋煜笑。"好，那我在这里等您，嗯！"

放下电话，乐知时后知后觉地感觉对方的声音很熟悉，但他一下子又无法想起。棉花糖跑过来挠他的腿，乐知时把它抱起来，绕着餐厅慢慢地走，顺便用余光观察老太太的表情。

对方似乎不知疲倦，依旧满怀期待地望着。

珍珠丸子蒸好的时候，老太太等的人终于到了。隔着玻璃落地门望见推开院门的那人，乐知时愣了愣，竟然是他们店的常客，张教授。

张教授风尘仆仆地赶来，步子很快。平时乐知时看到他的时候，他总是很风趣和蔼，从没这样急切慌张过。

"梅茵。"他推门进来，嘴里叫的似乎是老太太的名字。

就在乐知时以为尘埃落定，非常开心地一步跨到宋煜身边的时候，老太太抬起头，眼神疑惑地开口问道："你是……？"

宋煜望着他们，垂了垂眼。眼前这一幕他早有预料。可乐知时却不理解，他皱起眉，表情甚至比张教授更难过。

"乐乐，小煜，真是给你们添麻烦了。"比起说服老太太，张教授第一时间是和他们打招呼。宋煜摇头，请他不要在意。

乐知时见张爷爷把挎着的一个包打开，里面是他带来的短棉服、围巾和帽子。"你穿这么少出门，一把年纪，生病了怎么办。"他摊开外套给自己的妻子穿上，却被妻子拒绝。

"你是谁，我不认识你。"

"奶奶，他就是您爱人啊。"乐知时忍不住上前，"您不记得他了吗？"

张爷爷冲乐知时笑了一下。"没事的乐乐，我已习惯了。"说着他从包的侧面拿出一张老照片，是他们年轻时候的结婚照，另一张是他们后来的合影。"梅茵，你看看，这是咱俩一起拍的，那个时候没婚纱，你还不高兴，自己穿了条白裙子。"

他一件件一桩桩细数两人的过往，耐心地将这些记忆修复，老太太没那么抗拒了，将信将疑地听着，渐渐认真起来，也愿意让他替自己戴围巾和帽子了。

到最后，她似乎记起来了，嘴里却一直抱怨张教授来得太晚，让她苦等。张教授一遍遍地道歉，承诺下次约会一定不会迟到。

奶奶的脸上满是爱意。"我买了你爱吃的珍珠丸子，我们吃了再走。"

张教授看了看乐知时和宋煜，笑着哄她："我们打包，回家吃，人家餐厅要关门了。"

一转眼都要天黑，街道的路灯一盏盏亮起。昏暗的小巷蒙上暖黄的光，乐知时和宋煜一起站在阳和启蛰的院门前送两位老人。

"幸好有你们，今天有个以前的学生找我有事，就这么一会儿工夫，她就自己跑出去了。"张教授眼眶都有些红，手攥着妻子的手，"其实我平时都会给她穿安排好的衣服，上衣口袋里一般都会放好我的联系方式，就怕发生这样的情况。也不知道怎么回事，我太太居然自己换了别的衣服。"

乐知时注视着老太太，想到她期待的神情。

是为了和最爱的人庆祝纪念日，才会换下平时的衣裳，精心打扮的吧。

张教授轻拍了拍乐知时的手臂，看着宋煜说："天不早了，你们俩也赶紧回家，别让你妈担心。改天我肯定登门拜访，要好好道谢的。"

一直不言语的宋煜此时也开口："不用放在心上。"乐知时靠在宋煜身边，点头笑道："嗯，张爷爷，快回去吧，珍珠丸子要凉透了。"

说到珍珠丸子，老太太又起了埋怨的小性子。"是啊，你让我等了这么久。每次见面都迟到，说过要送我的花也没有。"

"哎呀，我这不是……"

花？

乐知时忽然说："有的，他带了。"说完他一个转身跑回餐厅，没一会儿又出来，背着手凑到张教授身边，偷偷把手里的东西塞给张教授。宋煜瞥了他一眼，很配合地没有说话。

张教授伸出手，细长的花茎上开着一朵开得正好的水仙。

"这是张爷爷给您准备的。"

"真好看。"尽管只有一朵，但老太太的脸上洋溢着藏不住的幸福。她接过花，珍惜地捏在手中。再三道别后，两个人迈着蹒跚的步子，依偎着远去。

起了阵风，乐知时冷得缩起脖子，远远望着，两个人的身影在城市的灯火中变得模糊。他鼻尖发酸，觉得大约是冻的，可这酸意又淌进心里。

站在门口，巷子，冬夜，阳和启蛰的院门，路灯下扩散的光圈，这场景对宋煜而言很熟悉，他望着对面的墙根出了神。

"我不想忘记你。"乐知时忽然开口。

宋煜转过脸来，眼神很复杂，仿佛很疑惑，又好像是以为自己听错了什么。

头顶的一盏路灯洒下光来，把乐知时的脸笼进去，柔软的棕色头发金灿灿的，鼻尖和脸颊都冻得发红，眼睛好亮。

"小煜哥哥，我不想忘记你。"他看着宋煜的双眼。

怔了两秒，宋煜别过脸去。

"说什么傻话。"

乐知时知道这是没有根据的傻话，所以他没有反驳。只是看到老太太，他就难过起来。他没有爱人，不理解忘记自己的爱人是怎样的感受。但他试着代入了一下自己，想象有一天忘记宋叔叔、蓉姨的感觉。

他甚至想象了一下，忘记宋煜的感觉。

心有些刺痛，又仿佛被狠狠攥住，松不开。

"我不会忘记你的。"乐知时又一次说。

就在他开口前的那个瞬间，宋煜也在思考。忘记的人和被遗忘的人，究竟哪一个更痛苦？如果可以选择，他做哪一个？

想不到答案，他把自己的围巾取下来，扔到乐知时身上。

"你小时候的事都已经忘得差不多了。"

"我记得很多的，忘掉的只是少部分而已。重要的我都记得。"刚说完，他的肚子就叫了一下，显得他之前的话一点都不郑重了。

宋煜两只手插进裤兜，转身进了院子。"吃点东西。"

"有吃的吗？"乐知时跟着快步进来。

"珍珠丸子。"宋煜说，"我多蒸了一份。"

"真的?!"

一打开餐厅的门，棉花糖就飞奔出来，站起来挠他的腿。乐知时又把它抱起来，晃了晃。"小东西，虽然你不乖，自己溜了，但是你今天立了大功，让我们找到了走丢的老奶奶，所以今天就不惩罚你了。"

"嗷！"棉花糖在他怀里叫了一声。

"对了。"乐知时抱着棉花糖，疑惑地问道，"哥哥，棉花糖不见的时候，你是怎么一下子就想到它可能在这里的？"

宋煜从后厨出来，把小火温着的珍珠丸子搁到桌上，他抬头看了一眼，又垂下眼。"棉花糖是我在餐厅门口捡到的。"

乐知时看向棉花糖，狗狗对着他歪了歪脑袋。

"什么时候？我都不知道。"

"你小学三年级，去海南参加冬令营的时候。"

乐知时回忆起来。"对，就是那次，我回来之后就在家里看到棉花糖了。"当时他问这是哪儿来的小狗，宋煜只说是捡的，没说太多别的。

宋煜倒了杯热水，手握住杯壁。"捡到它的那天也是晚上，很冷，它就缩在院门口的墙根，很小一团，有点脏，但眼睛很亮。"

当时的他意识不到自己是因为什么善心大发，捡回一条小狗，但他知道，捡回来就要负责任。

等到乐知时从海南回来，看到小狗欣喜若狂，惊喜地拥抱住他，那双闪闪发亮的眼睛，给了宋煜答案。

"原来是这样，真好，棉花糖还挺记事的，知道哪里是自己的老家。"乐知时抱着棉花糖，一口塞下一个珍珠丸子，黏软的糯米和富有弹性的肉丸一起吃下去，美味翻倍。他认真地咀嚼，眼神放空，瞟到被他们弄乱的前台，看着一本本记载着这家餐厅历史的笔记本。

咽下丸子，他感叹："那种病好可怕，明明很想记住，却连自己最喜欢的人都忘记了，长相忘了，名字也忘了。"

宋煜凝视着乐知时，在餐厅的顶灯下，他的轮廓愈发柔软。

他开了口，声音依旧沉闷、冷淡，说出来的话也很现实。

"就算不得这样的病，记忆也是不可控的。不忘记也不代表情感上不会发生变化，可能过了很久你还记得这个人的存在，但他在你心里的位置已经不同了。这种结局，比阿尔茨海默的被动遗忘更加悲惨。"

人际关系敏感又脆弱。谁都在向前走，向四面八方走，大家都是匆忙的蚂蚁，忙忙碌碌中失去联络。所以宋煜才讨厌建立深厚的人际关系，节省心力，也提前规避风险。

"在这个世界上，人和人真的太容易走散了。"

走散。

宋煜的话对乐知时而言有些深奥，他似懂非懂，产生出一种很模糊的伤感。他想到失去棉花糖的感觉，想到站在阳和启蛰门口傻傻等待约会的奶奶，像个大人那样叹出一口气，呼出的白雾又蒙住他的眼睛。

看乐知时这样，宋煜竟然有点想笑，他想说快吃吧，别想了，可还没来得及开口。

"我们不会走散的。"乐知时放空的眼神聚拢在他身上，很笃定。

宋煜望着他，沉默了片刻，这意味着消极的否定态度。乐知时很清楚，所以他又说："如果走散了，我一定会努力去找你的。"

他的表情那么认真，说得好像是真的一样，令人无法质疑。

"不用。"

宋煜拒绝得很果断，让乐知时心生挫败。可下一秒，他又听到了后续。

"你方向感太差了。"宋煜又给他夹了一个丸子，看向他懵懂的双眼。

"就站在原地等我吧。"

第十章
寄人篱下

"嗯，步步留心，时时在意，不肯轻易多说一句话，多行一步路，
惟恐被人耻笑了他去。"

　　乐知时非常期待寒假，但他身为一个即将面临升学考的初三党，假期短得
可怜，满打满算只有十七天。刚放假在家补了三天觉，就失去了将近五分之一
的假期，过年那几天也过得飞快，一晃眼寒假只剩一半。

　　这种感觉简直就像追更漫画的心情，满怀期待地打开最新一话，还没看够
就猝不及防地结束了。

　　假期永远都过不够。

　　宋煜早他一周返校，乐知时开启了孤独寂寞的补作业模式。开学前的那天
晚上，他拿着不会做的寒假作业去宋煜房间，宋煜正在洗澡，他拿着本子原
地打转等着宋煜，地上新铺的地毯踩起来舒服又软和，坐上去也不觉得地板
冷了。

　　他看见宋煜没收拾完的书包搁在地上，无意间瞥了一眼，看见里面有几袋
猫粮。

　　哥哥干吗把猫粮带去学校？给朋友？

　　乐知时懒得想太多，趁他不在从睡衣口袋里摸出一个树莓味棒棒糖，丢进
他书包里。

开学后，大家才有了很快就要参加中考的真实感，学习氛围比之前浓厚了许多。才上一周的课，他们就参加了一次模拟考，成绩下来，乐知时考得还不错，英语班级第一，其他科目都是上游，虽然不是尖子生中那几个，但发挥一直很稳定，上培雅高中部的实验班没有问题，加上林蓉和宋谨对他们兄弟俩的学习成绩没有强硬要求，两个人的心态也都很好，不怎么紧张。

乐知时是非常讲究劳逸结合的孩子，晚自习一定会留下来把作业写完，等哥哥的这段时间是他效率最高最专注的时候，因为只要把任务全部完成，他就可以和宋煜一起骑车回家，之后甚至还可以一起吃夜宵，充实无比。

"你每天也没少玩，考得还这么好，羡慕。"在花坛附近值周搞卫生的蒋宇凡两手拿着比他还高的大扫把，不好好扫地，一下子挥到乐知时跟前，"你哥寒假的时候肯定在家给你开小灶了。"

乐知时像电视剧里的大侠那样接了招，又老实交代："没有，他没空辅导我。"

"放假干什么啊这么忙？"

"睡觉。"乐知时放下扫把，努力去够一个干脆面包装袋，刚扫过来又被风吹开。"他每天睡十小时以上，醒着就在自己的房间看电影，或者纪录片，《鸟瞰地球》《地质大历史》之类的。"

"你怎么知道？"

"我写完作业跟他一起看啊。"但多数时候他会走神，然后在宋煜的床上睡着。

值周小组的一个女生插进来。"家里有个哥哥真好，我也想要哥哥。"

乐知时十分赞同，并且想和她分享自己拥有哥哥的绝妙感受，但是被另一个女生抢占先机。"有什么好的，我哥可烦人了，每天欺负我，我小时候天天盼着有人能把我哥带走。"

说完她把小铁簸箕搁地上，表情神秘中带着一丝开心。"不过很快我就要脱离苦海了。"

蒋宇凡好奇。"什么意思？"

"我妈同意让我出国读高中了，正好我姑姑在澳大利亚。"说完她分享了她寒假在家挑选高中、准备雅思考试的各种事。乐知时集中注意力把干脆面袋子扫进簸箕里，寻找下一个目标。

"高中就走啊。"

"挺正常的啊，高中部那么多学生都不参加高考。"女生说。

对啊。乐知时停下来，把大扫把戳在地上撑着自己，然后在心里点头。听到女生志忑地说着雅思考试的事，他想到了宋煜，宋煜好像也参加了这个考试。不过这件事在他脑子里也就存了个淡淡的影，没有当真。

巧的是晚上回家，洗完澡的乐知时下楼拿自己落在楼下沙发上的手机，正好听见宋父和宋煜聊天，其实很稀松平常，聊了些在学校发生的事。乐知时往楼梯走，又听见宋叔叔说："其实不管是在国内读书，还是出去，都有利有弊，反正爸爸都支持你，也相信你有自己的想法。"

"嗯。"

听到这些，乐知时的脚步顿住，脑子有点混乱。

"乐知时。"宋煜忽然叫他的名字，乐知时发蒙，回头看宋煜。

宋煜盯着他，等了一会儿说："早点睡觉，明天跟我一起去学校。"

他还以为哥哥发现书包里的糖了。

"哦，我知道了。"乐知时上楼，回到房间。

他又想到了早上女同学说的话。

宋煜也会出国念书吧。

明明答应得很好，可乐知时睡意全无，他爬起来打开笔记本，在搜索框输入了诸如"如何申请国外高中"等一系列问题。可每一条点进去，大都是留学机构的广告，流程看得迷迷糊糊。唯一得到的有效信息就是，留学非常花钱，比他想象中的费用高得多。

于是他又花了很长时间，清点自己这些年攒下来的零用钱。

第二天乐知时困得要命，强撑着起床，一路上都精神不济。他知道自己会犯困，所以非常自觉地站起来背文言文，站了一整个早自习。

他发现，如果一件事以前从未注意过，也就不会怎样，可一旦注意到了，它就会一直在你眼前晃，出现频率高到可怕。

比如食堂前贴着的留学机构广告，比如公告栏的出国交流名单，又比如老师上课随便提到的已经在常春藤念书的某某学长。

下午的语文课，老师讲中考真题，乐知时的语文成绩一直不是特别好，尤其是阅读理解题，他总感觉自己的理解也没错，只是和写答案的人脑回路不一样。

说不定作者都不知道自己的文章可以被这么理解呢。

"下面看一下名著导读这部分，这套真题选的是《红楼梦》，我们来看一下啊，第一问，"语文老师推了推眼镜，"文学作品的人物形象往往是多面立体的，《红楼梦》中的林黛玉无疑是非常经典的女性文学形象，请结合具体情节，简单概括一下她的性格特点及其成因。"

性格特点。乐知时拿下巴抵着桌子，第一反应是有才华，因为她好会写诗，但他又在怀疑这算不算性格。

好在老师并没有点他，而是另一个男生。那个男生站起来，说的第一个词就是"多愁善感"。

"嗯，那你说说她为什么会是多愁善感的性格。"

男生大咧咧道："因为她寄人篱下啊。"大概是题目总这么出，总是把林黛玉和寄人篱下联系在一起，这几乎成了他们的下意识反应，无须太多思考。

"你结合一下具体情节，说说这个寄人篱下的境遇是怎么影响她性格的。"老师继续引导。

男生想了想，说："就是她从小就父母双亡嘛，然后去别人家生活。"

认真听讲的乐知时忽然产生了一些奇怪的感觉，不太自然地坐直，摆弄桌上的笔。

"然后她在别人家肯定就不能像在自己家里那样呗，这也不敢说那也不敢用的，用的也是别人家的钱。"班上的同学都被他通俗直白的解释逗笑了，乐知时却不觉得好笑。

老师似乎也是肯定的，引了原文："嗯，步步留心，时时在意，不肯轻易多说一句话，多行一步路，惟恐被人耻笑了他去。"

"对，就是这个意思。"那个男生又说，"而且别人对她再好，也不是亲生的嘛。所以她就会比较敏感，想很多。"

乐知时眨了下眼，盯着卷子，用修正带涂掉了自己写的"才华横溢"四个字，填上多愁善感。但盯了两秒，他又涂掉了，而且动作有点没耐心，不仅没涂掉，修正带的角还把之前覆盖好的部分划破了，露出被掩盖的"才华"两字。

"寄人篱下，说得很对。"

老师如此评价。

乐知时最近表现得很乖巧。

一放月假，做完作业就跑去给林蓉帮忙，林蓉怕他累着，什么都不让他做，可乐知时几乎是跟她对着干，擦桌子洗碗样样都来，连餐厅的员工都觉得很奇怪。

店里的电话响起，乐知时第一个跑过去，代替去洗手的前台小姐姐。"您好，这里是阳和启蛰……"

"……什么？"听完对方的话乐知时一脸震惊，把电话搁下跑到休息室，"蓉姨，你手机关机了吗？"

正在挑选新菜单排版的林蓉检查了一下手机。"啊，真的，关机了。"

"爷爷住院了。"乐知时很着急。

乐知时口中的爷爷是宋煜的爷爷，他有两个儿子，宋谨是年纪小的那一个。

早年宋家的经济条件并不是非常好，宋谨也是吃苦长大的，后来白手起家做了生意，才实现财务自由。宋谨一直想赡养宋父，但遭到自家大哥的拒绝。

宋家大伯以长兄自居，认为宋父应该由他们一家照顾，宋谨只能妥协，但每个月支付高额的赡养费，想让父亲过得舒心一些。没想到这次还是出了事。宋爷爷自己一个人在家换灯泡，不小心摔下来，右臂骨折。宋家老大找不到床位，只能来找弟弟。

林蓉第一时间找朋友，安排了VIP病房，宋谨也第一时间飞回国。正好放月假，宋煜和乐知时也赶去了医院。

乐知时对爷爷的感情很深，在他上小学的时候，爷爷在家里住过一段时间，当时还教他在公园里玩陀螺，傍晚带着他去小区里玩健身器材。有时候寒暑假，爷爷也会来他们家住一阵子，给他做很好吃的小龙虾。

所以他和宋煜去的时候，用自己目前变得格外珍贵的零用钱买了一个很大很漂亮的水果篮。宋煜嫌弃他来医院还背这么重的书包，并说只有傻子才会在医院门口买果篮，但乐知时觉得只要吃进去就不亏，而且大果篮很有排面。

宋煜懒得反驳，但是替他把沉重的排面接了过来。

VIP病房门口很清静，两个人进去之前还以为会看到一个虚弱的昏迷在床的老人，没想到爷爷正生龙活虎地看着电视剧《天龙八部》，一瞧见俩孙子，差点下床。

"您小心点，别乱动。"宋煜放下果篮，"这是乐知时给您买的。"

"哎呀，这么大的果篮，这也太有面子了，可惜我没有可以炫耀的病友。

单人病房太无聊了。"

乐知时才是亲孙子吧。宋煜在心里摇头,上来对着爷爷说了一通有关骨科手术后的注意事项。

"小煜啊,你怎么还是这个样了,比我这个老头了还死气沉沉。"爷爷冲着乐知时使眼色,"乐乐,我要的东西你给我带来了吗?"

乐知时"嗯"了一声,把自己的书包搁在沙发上,拉开拉链,宋煜这才知道书包为什么这么沉,里面装满了全套的《七龙珠》。

宋煜叹口气。"……爷爷,您要多休息。"

"我知道。"爷爷戴上老花镜,翻开一本,"这么舒服的床,还有漫画可以看,再没有比这更好的休息了。"

乐知时给爷爷介绍完顺序和故事梗概,便拆开果篮的塑封,拿了个苹果准备洗给爷爷吃,但爷爷说病房里的水管今天停了还没修,他只好出去洗。

"右转,走廊一直走到底,然后左转啊。"

"知道啦。"

乐知时挑了个最大的苹果,按照爷爷说的路线往洗手间走,没想到在休息区遇到了大伯母和她的新儿媳,似乎正在买咖啡。乐知时停下脚步。

他在思考应该如何称呼。

大伯母的儿子的老婆,是……

重来,大伯母的儿子是堂哥,堂哥的老婆是堂嫂。对。

算出正确答案的乐知时产生了一种莫大的自豪感,并准备好了给新堂嫂的问候,没想到不远处的两个人先聊起了他。

"妈,刚刚过来的那两个,哪个是堂弟啊?"

"自家人都认不出来吗?"

这句带着明显训斥的声音让乐知时怔了一怔,顿住脚步。

脸上仿佛被许多小针齐齐扎下去似的。

"哦,我就说嘛。"新进门的儿媳妇脸上露出有些尴尬的笑,"那个棕色头发的长得像个混血儿,一看就不是我们家的人,是小叔领回家的那个孩子吧?"

"就是他。"大伯母握着咖啡,坐到椅子上,长叹一口气,"算一算,住了有十年了吧。"

快十二年了。乐知时下意识退到转角,在心里反驳。

她抿了口咖啡,又说:"吃的,住的,用的,上的学校,都跟他亲儿子一模一样，动不动就是出国旅游。那个小孩又难养活，小时候不知道住了多少次医院，车接车送的，大点了才放开。"

说着，她仿佛想起什么似的，说："跟他亲爸一个样，听你爸说，以前那个乐奕就是每天吃住在宋家，没想到生出来的儿子也是个寄生虫。"

新媳妇也跟着坐下。"小叔也真够奇怪的，放着自己亲侄子不管，对一个外人家的小孩这么上心。"

"别提了，你老公我儿子，就没受过他家多少恩惠，之前考培雅差点分，找他帮忙，明明很简单的事，就是不同意。"

"这就太小气了点。我刚刚还在窗户那儿看到那小孩拿着特别大一个果篮，后来给堂弟了，这么看来在家花钱应该也是没什么节制的，人也比亲儿子娇气。你说小叔这么心甘情愿替别人养儿子，该不会……这小孩跟他关系没这么简单……"

乐知时气得手握成拳，准备冲上前去说清楚，他的爸爸不是别人，叫乐奕，宋叔叔也不是她们说的这种人。

但他没来得及出去，就被一个人握住了手腕。

乐知时回头，看见宋煜，脸色非常不好看。

宋煜把他往身后拽，自己却走了出去。

"你觉得是什么关系？"

端着纸杯咖啡的堂嫂面色尴尬地站起，一时间不知该说什么。

宋煜直视她的眼睛，面色冷得可怕。

"堂嫂，人认清了？知道我是谁吗？"

"嗯，小煜是吧，刚刚我其实就是想关心一下……"

宋煜直接打断了她的话。

"我们家的事，不劳外人操心。"

乐知时站在宋煜背后，一句话也说不出。

逢年过节，他也总跟着一起走亲戚，大家都很热情地关心他的生活和学习，从未听过这样尖锐刺耳的话。猛地一听，十分不习惯。

这么久了乐知时才知道，原来大家的和气都是装出来的，自己在他们心中只是个寄生虫。

被保护得太好，好到真的把自己当成宋煜的亲弟弟，以致全然忘记寄人篱下的事实。

"什么外人？"大伯母面带愠色，"你嫂子也是替你们着想。你这孩子，跟你爸真是一个德行，就喜欢替别人作嫁衣，给别人养孩子，这些钱难不成是大风刮来的？"

宋煜冷静地回答："这些钱是当年乐叔叔拿出所有积蓄让我爸搏一把，搏来的。"

说完，他看向大伯母，眼神锐利。"可能是我太小，不记事，我想问问，当初我爸创业，资金周转不过来的时候，伯父有帮过他吗？"

大伯母立刻语塞，脸上的表情也不好看了，最后只勉强说出一句："那……那时候我们家条件也不好。"

"嗯。"宋煜仿佛一个得到自己想要的答案的审讯者，点了点头。

"既然没有参与，就与你无关。"

"你！"大伯母气得站了起来。新堂嫂给自家婆婆拍着后背替她顺气，颇为不满地看向宋煜说："堂弟，我们才是一家人，你这样太伤家人的……"

宋煜忽然笑了一声，对方似乎没料到宋煜会是这个反应，话没说完，也说不下去。但当乐知时看向宋煜的时候，他脸上的神色更冷了。

"家人这个词从你们嘴里说出来，真廉价。"

这是乐知时长这么大，第一次见到宋煜这么尖锐的一面。他的手腕被握住，整个人被牵着，带离这里。

这不符合乐知时的期待，他以为宋煜会像过去那样，自顾自往前走，让他在后面跟着。

或许是猜到他有些走不动，没法从这样难堪的场面抽身吧。

一路上他们没有说一句话，乐知时不太想说话。苹果没洗成，握在手里格外沉重。宋煜进门后就说出预先想好的借口，告诉爷爷外面洗手间也在维修，不能进去。

爷爷看漫画看得正起劲，本来就没有吃水果的心思，丝毫没有怀疑这个谎言的真实性。老花镜滑到鼻梁，他抬手把乐知时招到他身边。"快过来，跟我一起看，这个真有意思。"

乐知时点头，走到病床边坐着，后来又趴在病床边，陪着老爷子看漫画，如果是以往，他可以兴致勃勃地给爷爷介绍各个角色的性格和能力，但是他现在提不起兴趣，挤牙膏似的，问一句说一句。

十几分钟后，在外面坐够了的大伯母和新堂嫂也进来了。两个人像没事人似的，对着老爷子笑盈盈地聊天。"小煜也来了，晚上跟我们一起吃饭呗，附近有个餐厅挺不错的。"

"你爸妈一会儿也来。"大伯母特意看了一眼乐知时，嘴角咧得很高，脸颊的肉堆了起来，"乐乐是吧，你也来吧。喜欢吃什么？火锅怎么样？"

乐知时的喉咙像是被什么封住了，他望着大伯母的脸，睫毛轻微颤动。

"他不去。"宋煜语气果断，甚至显得有些冷漠，"他吃不了外面的东西。"

老爷子带过乐知时一阵子，知道他过敏的事。"对，乐乐吃东西要小心。"他摸了摸乐知时的头，"等爷爷胳膊好了，给你烧排骨，你以前不是特别爱吃我烧的排骨吗？"

"嗯。"乐知时仰起脸，对他笑了笑。

很多时候乐知时都理解不了成年人的世界。

就像此时此刻，他不明白，明明不久前她们私下的嘴脸刚被宋煜撕破，弄得那么难看，现在却可以装作什么都没有发生，依旧是和和美美的亲戚关系，仿佛毫无芥蒂地畅谈。

他的下巴抵在病床纯白的被子上，用大而漂亮的眼睛望着那位聊得风生水起的大伯母，还有看起来十分恭顺温柔的新堂嫂。最后大概是眼睛酸了，稍闭了闭，再睁开的时候，正好对上宋煜的眼神。

乐知时形容不出那一刻宋煜的神情，皱着眉，好像带着一点难以分辨的难过，可又更复杂一点。他歪了下头，表情没变，看起来有点像是在对宋煜撒娇。

幸好宋煜在这里，像一副铠甲一样罩住了自己，乐知时才可以理所当然地躲起来。

他一直都希望自己是勇敢的，像所有漫画的主角一样面对任何困难，但有时候，他也需要躲一躲。

"爷爷。"宋煜从沙发上站起来，"我带乐乐回家了。"

听见这个不是连名带姓的称呼，乐知时脑袋一抬，眼神里有些讶异。

"这么早就回去啊。"老爷子有点不开心，抬手去摸乐知时的发顶，"乐乐不多玩一会儿吗？"

"我……"

宋煜面不改色说了第二个谎："他还有辅导班的课。"他又补充了一句，"要中考了。"

老爷子这才没有强行挽留，他嘱咐了几句，学习重要，身体也很要紧，并告诉他们没事多来陪陪他。

乐知时只点头，没说太多话。他不想在大伯母面前表现太过，仿佛刻意彰显自己鸠占鹊巢的成就感。

理所当然地，大伯母也说了许多像样的客套话，并送他们出去。一直到电梯口，她都演足了全套，没有表现出一丝刻薄。

离开医院，乐知时才想起，对方当时并不知道他在转角，也不知道他听到了一切。宋煜拦住他，不让他出去，原来是给他保留面子上最后的体面。

出租车上，宋煜也没有说话，他仿佛很不开心。

乐知时拥有一种其他人都没有的奇妙的感知力，就是可以洞悉宋煜的心情。这很难，因为宋煜的表情起伏很少，话也不多，是情绪识别里的 hard（困难）模式，但乐知时就是可以从微妙的感觉里发现。

大约是气氛。

早春，这座城市的春天格外青葱，宋煜的侧脸映在车窗外的一片绿意之中。他望着前方的风挡玻璃，想着的却是乐知时趴在病床前的样子，脸色苍白，眼睛里满是无措。

从小到大，乐知时没有遇到过太复杂的人和事。他有时候简单到和这个世界格格不入，直接地发问、表达、展示情感，但这样一种"直接"又是无害的，像毛茸茸的火苗，光和热都柔软。

宋煜想说些什么。

总觉得自己该说些什么。

乐知时往宋煜那头挤了挤，胳膊贴着他的胳膊，手背也不小心擦过。

如果是平常，宋煜会说，挨我这么近干吗，或者转过头看他一眼，再或者什么都不做，继续望着窗外。

但这次不一样，在乐知时眼里很生气的宋煜，用他的手包住了不小心蹭到的乐知时的手，没有说话，没有转头。

掌心的热度言明了一切。

忽然，乐知时想到了棉花糖。

他后悔自己参加了那个冬令营，他想亲眼看看宋煜捡到棉花糖的场景，是不是也是这样。什么都不说，握住了它的爪子。

然后棉花糖就跟他走了。

回去后，乐知时做作业复习，熬到晚上九点五十才做完，整个人累到无法分心。晚饭是他们俩自己在家解决的，乐知时没吃太多，这会儿又有点饿，想下楼去找点吃的，家里别的不一定有，吃的从来不缺。

走到厨房，乐知时开冰箱前看到林蓉贴上去的便利贴，上面写着"烤箱里有肉桂卷，吃前热一下"。

于是他放弃冰箱，走到烤箱边，但他懒得热了，直接拉开门从里面拿出一个无麸肉桂卷。

竟然是热的，哥哥热的?

肉桂卷上的糖霜很香，乐知时站在流理台边，慢条斯理地吃着，虽然是半开放式厨房，但他整个人嵌在角落，完全被冰箱遮住。

吃完一个，乐知时还没够，又拿出一个，刚咬了一口，就听见开门的声音，是林蓉和宋谨回家了。

他正想出来，可林蓉好像生了很大的气。"我真是憋了很久了，我跟你讲。以后你要去你哥家你就去，我是不去了。这顿饭吃得我太窝火了。"

宋谨的语气有些无奈。"消消气，看你脸都气红了。"

"那是腮红!"林蓉把包扔到沙发上，"爸都摔了，连好一点的医院都不去，还非要等到你打钱他们才签手术单，这是什么居心啊，难道爸出事他们一点都不心疼吗? 那么大的年纪，摔一下怎么得了。真是气死我了。"

"还有嫂子，每次听她说话我都一肚子火，张口闭口就是钱，好像咱们欠他们几百万一样。"

宋谨给她捏肩。"她就是那样的脾气，别跟她计较。"

乐知时也不知道自己为什么不出去，可能是白天也经历了一次这样的事，他下意识就往冰箱后面缩。

"还有他们家新娶的那个媳妇，吃饭那会儿，说的都是什么话……"

宋煜听到动静，从楼上下来，看见自家妈妈十分恼火，没多问，没想到还是空降一口大锅，正正好好盖在自己头上。

"宋煜!"

听到妈妈叫自己名字，宋煜停下脚步，站在楼梯半中间看她。

"我跟你说，如果你给我找个这样的儿媳妇回来，我打断你的腿。"

宋煜对此难得的恶毒言论并没有发表什么感想，抬脚继续往下走。林蓉继续说:"幸好他们没有当着乐乐的面说，不然我真的要当面发脾气了。"

乐知时心想，也差不多都听到啦。

她的声音又低下来，变得有些伤心。"我听见他们说乐乐，我心里特别不舒服。什么叫小心养出一个小白眼狼，这是人说的话吗？这么多年了，我早就把他当成我亲生儿子了，你想想，那么小一点点就跟着我，好不容易长到这么大。"

"可不是吗？"宋谨叹了口气，"每次他生病你都哭。"

"我今天真的太不舒服了。而且我听到他们说的，就想到万一有一天，乐乐长大了，离开我，想到那个画面我就难受。"说完林蓉又看向宋谨，"小时候他自己要叫我妈妈，我可开心了。"她打了几下宋谨，"都怪你，非不让他这么叫。"

宋谨笑着抓她的手。"便宜你了，白捡一个小宝贝，还非让人家叫你妈妈，有没有考虑你儿子和 Olivia 的感受啊。"

路过的宋煜一副"我不想参与进来"的表情，准备找点水喝。棉花糖不知道从哪儿蹿出来，缠住他的腿，蹦蹦跳跳的，像是要他抱。

林蓉叹口气。"真可惜，你说乐奕怎么不给我们生个女儿，要是乐乐是女孩就好了，又乖又漂亮，现在哪儿去找这么好的女孩，直接给我们家做媳妇好了，不比今天一起吃饭那个强几百倍吗。"开玩笑不带喘气的，林蓉朝着宋煜说，"是吧小煜？"

宋煜背对着他们，冷淡地丢下一句："你们开心就好。"

他懒散地走到冰箱前，拉开门，从里面拿出一瓶冰苏打水，再合上门，没承想竟然看到举着半个肉桂卷的乐知时，就缩在流理台的角落，睁着一双大眼睛望着他，带着点尴尬，冲他露出一个有些傻气的笑。

宋煜还没喝水呢，就狠狠呛了一下。

第十一章
湖畔夜聊

他可以没有负担地直言不想和宋煜分开，却没办法自然地解释自己深夜画下的画。

乐知时比了一个嘘的手势，还轻轻拽了一下宋煜的睡衣袖子，一双大眼睛可怜兮兮的，想请求他不要把自己暴露出来。

宋煜清了下嗓子，从不太自然的神色中恢复，也不打算揭穿什么，准备直接走人。

可乐知时这时候又一次扯住了他的袖子，还冲他摇了摇头。他身上穿着灰蓝色的睡衣，头发有些乱，在宋煜的视角里显得格外弱小和柔软。

宋煜停下脚步，和乐知时对视了几秒，表情里多了点无奈，于是他又朝前走了一步，离乐知时更近一点。

乐知时指了指肚子，又给宋煜看自己手里的肉桂卷。宋煜大概明白发生了什么，喝了一口水，样子十分淡定。

倒是林蓉先开口喊道："小煜，烤箱里有肉桂卷来着，你尝尝，很好吃的。"

宋煜不咸不淡地"嗯"了一声，眼睛却盯着乐知时，和他沾到脸颊的糖霜。"看着是挺好吃的。"

乐知时飞快地把手里的半个吃完，擦干净脸和手。

能从不爱说话的大儿子嘴里得到一句夸赞，林蓉十分受用。"那你们明天带去给同学吃，小彦肯定爱吃。"

"嗯。"宋煜手握着水瓶，想了想还是决定帮这家伙脱离困境，于是对着父母说，"你们还不去洗澡休息？"

林蓉赖在自家老公身上。"不着急。"

宋煜又说："很晚了。"他走出去，指了指钟，"上楼下楼的，吵着你亲生儿子睡觉。"这种话被他平静冷淡地说出来，变得有点好笑。

宋谨觉得十分有道理，笑着起身，准备上楼。林蓉乐了，从沙发上站起来，跑到宋煜跟前。"哟，你小子吃乐乐的醋啊。"

乐知时以为她要过来，吓得猛往冰箱后面缩，干脆直接坐在了流理台上。

宋煜面不改色心不跳，抓住妈妈的肩膀，把她往外推。"上楼，洗澡。"

把父母都赶上楼，确认他们关上主卧套间的门之后，宋煜才走回开放式厨房，看见乐知时坐在流理台上，有点好笑。

但他没笑，因为再细想想，他就觉得乐知时很可怜。

这样的困境，他不希望乐知时再陷进去。

"谢谢哥哥。"乐知时下来，并请求宋煜跟自己一起上去，替他挡一挡，他怕林蓉又出来。

宋煜明知道自己是挡不住的，但还是同意了，一直把他送到卧室门口，有惊无险。关门前，乐知时非常小声地对他说晚安，宋煜点了点头，又听见乐知时说："宋煜哥哥，你不要生气，生气对身体不好。"

他是很认真地在说这样的话，表情就看得出来。

宋煜突然不知道自己该说些什么。

他平静的心总是因为眼前这个人催生出很复杂的情绪，白天在医院以为乐知时洗苹果找不到路才出去找人，意外听到那些话，明知对方是品性低下的亲戚，也明知自己身为晚辈不应该说那些话，但宋煜还是说了，说完了也不觉得痛快。

他开始相信世界上的一切都是公平的，当你认为你待人普遍冷漠，那么你缺失的共情将会在某一个人身上聚集。

他厌恶共情，那种为他人而痛苦的心理效应是持续性的、不可控的，看到乐知时的脸之后更甚。

例如此时此刻，又开始发作。

乐知时说完自己想说的话，准备关上门。他看见宋煜站在门外的身影被缝隙切割成小小一条，越来越细，直到快成为线的时候，一只手插进来，握住了门框。

"我不生气。"

他很惊讶，甚至有点着急地把门全部打开。

差一点夹到宋煜的手。

但情绪转换得太快，乐知时还没来得及询问和关心，就又变了。

站在门外的宋煜被走廊的阴影笼着，他伸出手，拉住门内被暖光罩住的乐知时，在交界处给了乐知时一个意外的拥抱。

"别难过。"

一晚上乐知时都无法平静。他也不知道这是为什么，大约是这一天发生的事实在太多。半夜醒了一次，乐知时起床打开了台灯，坐到书桌前。他拿出那张自己花费一周多的时间写下来的留学计划表，认认真真又看了一遍。

漏洞百出，毫无可行性。乐知时在心里这样评价，然后决定以此为理由放弃这个计划。

事实上，他听到林蓉的话，比白天听见那个大伯母的冷言冷语更加难受。因为他们太好了，让乐知时更加无法像个什么都不懂的小孩那样，心安理得地接受这些好，可凭他自己，是无法在剩下的时间里存到足够多的钱去国外留学的。

而且蓉姨一定很舍不得他，如果他们都离开这里。

他将计划表揉成一团，爬上床继续睡觉，这次他睡得安稳多了。只是做了一个梦。

梦见他在机场送机，哭个不停，最后宋煜没有办法，抱了抱他。

他说别难过。

那是梦，乐知时早上起来发呆的时候告诉自己。

因为宋煜是不会让自己哭的。

放弃留学计划之后的好长一段时间里，乐知时都过得相对轻松。但他知道，如果宋煜要出去，意味着他们一年可能也见不了几次面。乐知时能预想到自己那时不会好过，他从来没有这么长时间和宋煜分开过。

一想到这一点，乐知时的心脏就像是被谁轻轻拧了一下。所以他决定让自己提前适应，而适应的方式就是尽量忍住不去找宋煜。

一开始还挺难的，毕竟乐知时过去的世界几乎是绕着宋煜转的，尤其其他人都知道他们的关系之后，他更是肆无忌惮，上学放学都跟着宋煜。但乐知时是个态度认真的人，决定了的事谁都拽不回来。他确信宋煜不会来找他，宋煜比自己更忙。但他们有其他的沟通方式，比如冰箱门上的便利贴，还有夜宵会谈。

乐知时没有刻意躲闪，只想让自己学会长大。

学习是非常好的转移注意力的方式。乐知时全身心投入其中，中午午休待在学校，每天熬夜复习，成绩进步也显而易见，期中考全年级排名进步了二十三名。一直在上游懒懒泡着的乐知时，一跃进入班级尖子生行列。班主任王谦高兴得在晚自习前表扬了他一分多钟。

考完试，轮到乐知时戴袖章值日，晚自习下第一节课，他和另一个值日生拿着本子，巡视分配下来的辖区，把不合格的地方记录下来。

乐知时实在觉得奇怪。"培雅检查卫生为什么选在晚上，都看不清。"

同行的男同学笑起来。"可能不只是检查卫生吧。"

乐知时看向他，他又开玩笑说："咱们的外号不就是扫黄大队吗？"

真的会有人在这么黑漆漆的地方谈恋爱吗？乐知时想。

分明是恐怖片展开，怎么会心动啊。

杨树林外的那条路靠近食堂，经常是卫生重灾区，同学拿本子记，乐知时四处张望检查，不小心瞥到一个熟悉的身影，似乎是打着手机自带的手电，黑暗中有一束莹莹的光。

他一下子就认出那是宋煜，仅仅是背影。

宋煜进入到杨树林后的旧校舍，那里用铁栏杆拦着，一直听说很快就会被拆掉。乐知时有点好奇，不自觉地就朝那边走。

靠近些，他看见宋煜在铁栏杆前蹲了下来，从包里拿出一个袋子。两只手拿不住，手电的光偏了一下，照到栏杆后的草地，有什么朝着他走过来了。

学校里的流浪猫。

数量不少，一只接着一只，它们好像已经养成习惯，在这个时间这个地点出现，围聚在这里。等着宋煜把猫粮拿出来放进角落的小盆里，它们就可以享用一顿晚餐。

乐知时终于知道，为什么宋煜会把猫粮放进书包，带去学校。

不知道为什么，他的心跳变快了，麻麻的，就像被小猫舔过一样。

"看什么呢？"同学也跟着凑过来，"不会真有人躲着约会吧？"

乐知时心虚地转过脸，摇头。"没有。我走神了。"

他没有向宋煜走过去，也不想让同行的人发现宋煜的行踪。

在大多数时候，乐知时是唯一能读懂宋煜的人。他知道，如果现在有任何一个人出现在宋煜面前，"目睹"宋煜这样的行为，宋煜并不会太开心。

宋煜是个很奇怪的人，无法将自己的善意公之于众。

所以他连温柔都是很隐秘的。

"你怎么了？"同学见他发呆，有些好奇。

乐知时只是摇头。"我刚刚先入为主了。"

"什么？"对方没听懂，但乐知时也只是打了个太极糊弄过去。

先入为主地觉得这样的场景不适合心动。

在他看到黑暗中的宋煜之前。

晚上回到家里，他的心思有点不在作业上，画了张画。

穿着制服的冷漠高中生，和一群孤苦无依的流浪猫。

画完之后，乐知时发了好久的呆，直到听见隔壁房间开门的声音，听见宋煜下楼，他忽然惊醒，把纸翻过来放在桌上，深呼吸几下，开始做作业。

成绩大进步，最开心的人还是林蓉。月假当晚她做了一大桌子菜，华丽程度堪比过年家宴。乐知时这段时间太累太紧绷，放月假当天就有点感冒，吃了药昏睡一下午，迷迷糊糊下楼，正好遇到刚放假回来的宋煜。

也不知道是不是他睡得太迷糊，竟然生出一种微妙的感觉，好像很久没有见到宋煜了。

明明不久前还偷窥过。

吃完感冒药嘴里发苦，乐知时头一次对带有庆祝性质的晚餐兴趣缺缺，一块牛腩嚼了二十口才咽下去。饭桌上宋谨和林蓉各种夸他，乐知时一方面很开心，另一方面又有点不开心。

但他说不清不开心的原因，只是会在不开心的时候去看宋煜的脸。

宋煜慢条斯理地吃着饭，很安静，和平时没什么两样，每次他会习惯喝一点汤收尾，所以在他喝最后一点汤的时候，乐知时猜到他要吃完了，准备走了。乐知时的不开心就更加明显。

但和他想的不太一样。

宋煜放下碗，对正专注于两个孩子中、高考后的旅游计划的父母说："之前说申请学校的事，我决定好了。"

宋谨放下筷子。"是吗？哪一所？"他了解宋煜的性格，知道宋煜从小到大都是非常有主见的孩子，所以又说，"爸爸上次说的那几所，都是仅供参考，只是我觉得还不错，具体怎么选，还是要看你想读哪个专业，反正选了明年春季入学，时间上还来得及。"

宋煜等父亲说完，才开口道："爸，我不打算出国。"

这句话来得太突然了。

乐知时也不知道自己怎么回事，刚夹起的一只虾掉回碗里。

林蓉没太听明白。"不去是什么意思？"

"我不出国。"宋煜十分平静，"我要参加高考，很早之前我就有自己的职业规划，包括我以后会学习什么专业，所以我不想浪费时间去摸索别的，这样效率太低了。"

乐知时在疑惑中结束这顿晚餐。

相比较而言，父母的态度似乎更随意一些，在宋谨的心里，听到宋煜对未来有所规划，比听到宋煜从自己给出的选项中择一而选，更令他满意。

林蓉一向不把教育重心放在成绩和前途上，她明白宋煜是个成熟的孩子，给他最好的爱就是尊重。

只有乐知时不理解，所以坐在沙发上发呆，手一下一下地撸着橘子的毛。橘子今天格外乖，没有从他怀里跑掉。

当然，这份不理解里有稍稍滞缓的开心，因为这意味着他们的距离一下子从大洋彼岸，缩回到他能够接受的范围了。

直到宋煜站到他的面前，乐知时才回神，抬起头。

"跟我出去一趟。"宋煜扔过来一件外套，独自朝玄关走去。

暮春，夜晚的温度很微妙，乐知时穿着宋煜给他的外套，迟来的药效好像终于发作，不那么难受了。骑着车穿梭在沉沉的夜幕中，风软软地扑上来，裹住身体，好像在温水里游泳，路灯下泛光的涟漪。

骑过一个不小的湖心公园，许多人在夜色里散步。宋煜在一个灯光明亮的便利店前停好单车，进去买东西。乐知时很听话地在外面等他，像小时候一样。

小时候乐知时非常贪吃，每次进到便利店就走不动路，见到什么都想买，但便利店里大部分都是他不能吃的东西，不给买就忍不住哭，让大家都很难办。

后来宋煜想了一个办法——责令乐知时站在便利店的落地玻璃窗外，固定一个点，不许动。宋煜会以最快的速度买到需要的东西，过程中还会不断回头检查。如果乐知时足够听话，他会奖励乐知时一个冰激凌。

这次也是一样，但因为小时候的事过去很久，乐知时也早已不是当年那个需要督促的小孩，这种不成文的规定已经很久没有实施，所以从宋煜手里接过甜筒时，他还感觉有些陌生。

甜筒带着冰柜的冷气，宋煜的指尖也是凉凉的。

"恭喜你。"宋煜引着他，走到一个长椅前坐下，"期中考试进步的奖励。"

尽管这句话说得没有那么多恭喜的情绪，奖品也只是一个甜筒，但乐知时的快乐是显而易见的。他低头撕开包装，发现这个口味自己过去没有吃过。

白桃乌龙口味，包装纸上这样写。

"你只能吃一口。"宋煜的语气又变得有些无情，"感冒了不能吃太多。"

乐知时没太把宋煜的话放在心上，他发现这个甜筒和别的甜筒不大一样，撕开后的第一反应甚至有些失望，因为顶上没有花哨的巧克力和果仁碎屑，而是覆盖着一层白白的、半透明的果冻，乐知时咬了一口，牙齿冰得有些酸。

原来是一层桃子味的果冻。

他后知后觉地想到宋煜的话。"只能吃一口？"他看向宋煜，眉头皱起，"可上面这层不是很好吃，我都没有吃到冰激凌部分，等于根本没吃。而且没有人会因为一个冰激凌加重感冒。"

只有在吃上，乐知时会格外思路清晰，据理力争。

宋煜最后还是妥协了，他靠在长椅上，望向不远处的湖。

湖上泛着一层不明显的水雾，有一对恋人在路灯下接吻。他又看了看乐知时，发现乐知时真的在非常认真地吃冰激凌，咬一口，还要用眼睛看里面的内容。

吃完了那层果冻，乐知时觉得很一般，他试探性地咬了一口淡粉色的冰激凌。

意外地非常好吃。

他转过脸看向宋煜，眼睛都亮了。"奶茶味的。"

"什么？"宋煜扭头看他，表情有些迷茫。

"这个冰激凌是奶茶味的，像乌龙玛奇朵。"乐知时的语调都上扬许多，"你要不要尝尝？"他举着冰激凌，递了递，没有像小时候那样，想给宋煜吃什么就塞到嘴里。

但递完之后，乐知时又想到宋煜是不爱吃甜品的，于是撤回自己的分享欲。

收回手的那一刻，宋煜捉住了他的手腕，牵过去，就着他的手咬了一口冰激凌，抿了一下。

湖边，调皮的小孩掷出一块石子，路灯下相叠的情侣拉开距离，湖中心的月亮讶异地扩散开来，变成万千枚闪亮的碎片。

乐知时收回了手，手腕发红。

宋煜沉默了几秒，给出一个评价："不难吃。"

两个人静静坐着，乐知时一边吃，一边剥下甜筒壳放到一边，吃得很费劲，但最后还是很满足，仰靠在椅子上。"我觉得我的病好了一半了。"

宋煜没有嘲笑他的幼稚，从口袋里拿出一张纸，递过去。乐知时有些蒙，接过这张有些发皱的纸，在路灯下仔细辨认，才发现是他之前写下的留学计划表。

"怎么会在你手里？"乐知时激动得差点口吃，想再次揉成一团，甚至像电视剧里演的那样，直接吞掉销毁。

"我都背下了。"宋煜直接打破他的幻想，"上次你把我的书拿走，我去你房间拿，你不在，桌子又乱，我翻了一下，就不小心看到这个纸团了。"

"不小心？"乐知时对他的措辞提出了非常直接的质疑。

"是的。"宋煜的脸色不变，甚至给他提供建议，"而且，不想被人发现的秘密就应该及时销毁。"

他成功地说服了乐知时。

的确，自己当时就应该直接把这个废弃的计划撕得粉碎。

"为什么要放弃？"

"为什么你不出国了？"

两个人异口同声，抢到了一起。

宋煜不说话了。两个人都等了片刻，乐知时先开口："我本来……"

他思考了一下，很直接地说："你要出国，我不想跟你分开，所以也想出去。"

听到这句话，宋煜放在长椅上的手握住椅子边缘，一只鸟飞过湖面，翅膀在水面掠过，留下痕迹。

垂了垂眼，乐知时继续道："但是我没有钱，我平时攒的零花钱连英语考试的报名费都不够，所以就写了一个学习和兼职存钱的计划。"

"但我后来发现，我可能存不来这么多钱，也不想花叔叔阿姨的钱。而且……"他想到那天在医院发生的事，顿了顿，说出来却改了理由，"蓉姨可能不想让我也出去吧，这样她一个人在家，肯定很难过。"

这份计划表上的时间是从宋煜和父亲晚上聊天的那天开始，按照日程，每执行一天，都打了一个小钩，最后一个钩停止在医院的那一天。

宋煜目睹他躲在流理台角落，默不作声吃肉桂卷的那晚。

"所以你放弃出国，就努力学习考高中了？"

乐知时发现宋煜的语气有点奇怪，像是反问，但是比普通的反问更别扭，好像有点生气似的。

"你不高兴吗？"乐知时问。

他那双单纯的大眼睛就这么盯着宋煜，宋煜抿了抿嘴唇。"我为什么不高兴。"

乐知时"哦"了一声，觉得可能是自己的感觉出错了。但他暂时有点不想正面回答宋煜的问题，因为他不想说自己是因为怕和宋煜分开，提前练习，这听起来有点蠢。

所以他点了点头。"本来就要好好学习的。我现在都是全班第三了。"

宋煜也没继续问了。

乐知时重复了之前的问题："宋煜哥哥，你怎么不出国了？"他想到被捡到的废弃计划，把纸团举了举，"总不会是跟这个有关吧。"

刚刚他才说了不想分开，感觉有些绑架的意思，于是又说："我是说了想跟你一起去留学，但是我去不了，也不会拦着你的。"

这话说出来有些自信过头，但乐知时就是这样的孩子，他从小到大受到的关心和宠爱，让他成长成一个可以直接表达情绪的小孩。

"不全是因为你放弃出国。"宋煜避重就轻地回答。

乐知时没有太失望，如果宋煜说是因为他，他反而会觉得对方鬼上身。

"其实我本来就没想好要出去念书，只是一个摆在面前的选项而已。"宋煜望着湖面，"之前我还没有完全想好以后要做什么，这段时间想了很久，才做出决定。"

他从口袋里拿出一张整齐折叠过的纸，递给乐知时。

"这是什么？"

宋煜看了他一眼，说："还记得上次我跟你说过，你爸爸以前送我的礼物吗？你说他都没有送给你。"

"这是他手绘的地图吗？"乐知时眼睛发亮。

宋煜的语气变得有些无奈："这是我画的。我们小时候第一次出去旅游，在九寨沟，这是那里的地形图。"

乐知时把图拿近了些。"好厉害。我还记得我们一起拍的照片，那里特别好看。"

宋煜嗯了一声，继续说："我会留下来高考，去读我想学习的专业。"他抬头看了看天空，意外地发现几颗格外明亮的星星。

乐知时很喜欢这种感觉，宋煜没有在餐桌上说完的话，愿意跟他说，他就觉得特别满足。

"宋煜哥哥，这张图可以送给我吗？"

宋煜看着湖面。"这有什么好要的，又不是你爸画的。"

他只是开玩笑，没想到乐知时抓住他手臂，很直接也很恳切地说："我就是想要你画的。"

其实乐知时是忐忑的，觉得很大可能宋煜不会把这个给自己，毕竟这是他第一次画的地形图，画的也是他第一次旅游的地方，很有纪念意义。

但他没想到的是，宋煜看向他，十分随意地说了一句可以。

"真的吗？"乐知时克制不住激动，又坐近了些，快要贴在一起，"没有什么条件吗？"

怎么会有人上赶着要条件的？

"你倒是提醒我了。"宋煜嘴角勾起很轻微的笑意，"你可以拿你的画和我交换。"

这是什么好事，乐知时毫不犹豫地答应了。"可以，你随便挑！我……"

等一下。

见他忽然顿住，宋煜故意问他怎么了。

乐知时眨了眨眼，问："你说的是哪一幅？"计划表都被他看到了，那桌子上那幅画是不是……

宋煜越发从容。"大概就是你心里想的那幅。"

不会吧，乐知时一下子站起来，那架势，宋煜还以为他要跳湖。

便利店的灯光打在他身上，耳朵照得通红。

他偷看到宋煜喂流浪猫，还画了幅画，是不是很像电视剧里的变态啊？

宋煜想再逗一逗他，于是抬头问："这么舍不得？"

"不是。"乐知时解释说，"我不小心看到的。"然后不小心画了画，这理由说出来就很好笑，而且答非所问，所以他没说出来。他也不知道自己为什么会头脑发热，口不择言："我也不是第一次画，之前也有很多漫画小人啊，给你你都不要。"

"我什么时候不要了？"宋煜看着他，"倒是你，鬼鬼祟祟。"

乐知时反驳："我是光明正大看的。"他又补充了一句，"我不光看到了，我还要去告诉橘子，你在外面有别的猫了，有一大群。"

宋煜愣了一下，然后笑了出来，久违的那种笑。

看到他这样，乐知时感觉自己这么多天一直憋着的那股劲，终于消解了。但他隐隐感觉最近的自己不太像自己，有点患得患失，弯弯绕绕，难过莫名其妙，开心也莫名其妙。他可以没有负担地直言不想和宋煜分开，却没办法自然地解释自己深夜画下的画。

见宋煜还在笑，乐知时有点不好意思，让他别笑了，并抓住他的手臂想拉他起来。

但宋煜反握住他的手臂，脸上的笑意消散许多，平静下来。

"送我吧，我很喜欢。"他认真地说。

第十二章
秘密树洞

他不知道这道题会怎么判。

但他很希望答案是对的。

画送出去之后，乐知时才感觉自己画得非常烂，他有点后悔，想要回来，结果显而易见。

宋煜甚至不会给他润色加工的机会。

但宋煜画的地形图真好看，有种规整、严肃的科学美感，乐知时甚至想把它裱起来，挂在床头。

这么久以来，他久违地睡了个好觉，在梦里他梦到自己和宋煜一起喂小猫，听到背后传来一声熟悉的猫叫声，乐知时一回头，愤怒的橘子就在他身后，当场抓获。

喵——

真是个噩梦。

好不容易熬到放假，只有一天的休息时间。乐知时一大清早又被橘子踩醒，正好林蓉叫他下来吃早饭，他抱着橘子迷迷糊糊起床下楼，见宋煜已经在玄关换鞋了。乐知时瞬间清醒，趿着拖鞋过去。"哥哥，这么早就要出门吗？"

宋煜点头，系好鞋带。"嗯，有点事。"

"我可以一起吗？"

宋煜没正面回答，只是说："你留在家里复习。"

乐知时太了解宋煜的话术，没说不可以就是可以，只要他够努力。"我想去，可以带上我吗？回来之后学习效率会更高的，真的。"

乐知时的声音听起来有点可怜，宋煜抬起头，和他对视了一会儿。乐知时又委屈地开口："哥哥，求你了，我都把我画的画送给你了。"

宋煜没辙了。

"给你十分钟换衣服。"

"好！"

等待期间，宋煜坐在玄关玩手机，看见夏知许发来的微信消息，顺手回复了。

清晨，气温正好，空气也新鲜，不用上课又可以和宋煜一起出门，乐知时的心情非常好。等公交的时候，乐知时坐在椅子上，宋煜从口袋里拿出一根粉色的棒棒糖，递给他。

"你放我书包里的吧，太甜了，自己吃。"

偷偷放到他书包里的糖居然现在都没有吃。

想想也是，宋煜讨厌甜食。

乐知时接过糖，没怎么细想就拆开了包装，刚把糖球塞嘴里，车就来了，他立刻跟上宋煜，一起上了公交车。车子开得飞快，乐知时睡着得也飞快，摇摇晃晃靠在了宋煜肩头，直到被他叫醒下车。

站在站台，乐知时伸了个懒腰，公交车开走，对面街道一个漂亮高挑的女生冲这边挥手，乐知时伸长的手臂慢慢收回来，看了一眼身边的宋煜，见他也朝对面点了下头。

这是什么情况？

好不容易放假，一大清早就跑出门，结果居然是来见一个漂亮姐姐。他觉得这太不对劲了，特别不符合宋煜以往的行为逻辑。

红灯转绿，宋煜走向马路对面。乐知时突然间情绪不佳，两只手揣在兜里叼着棒棒糖，跟在他后面。

哥哥从来没有跟女生私底下来往过。

女孩的性格看起来很好，年纪像是比他们大一些，十分热络地和宋煜打招呼。"过早了吧，真巧，我刚过来就看到你了。"说完她瞥了眼乐知时，又看向宋煜，"这是你弟弟吧？"

宋煜点了下头。被点到，乐知时也礼貌地跟她打招呼，做了自我介绍。

"你好你好，我是冯玥。"她抬眼看了下表，"车马上就来。"

要去哪儿吗？乐知时特别留意了一下她的穿着，很舒适的休闲装，长袖长裤，平底球鞋。

难道是去欢乐谷之类的地方？还是户外游？

他又想到一开始宋煜怎么都不愿意带他来的样子了。

冯玥的手机忽然响起来，她说了声抱歉，转头走了几步去接电话。"嗯，对，我们现在就在……"

看见她人走远了，乐知时和宋煜站得很近，他碰了碰宋煜手臂，等到宋煜偏过头，他突然问："你要和她约会吗？"

只有乐知时会这么直接地问出这种话。

不过问出口的瞬间，他自己都觉得怪怪的，心情也并没有好转的趋势。

宋煜挑了挑眉。"我要约会，为什么会带上你？"

这句话一下子就把乐知时敲醒了。

对啊。

没有拒绝他跟过来，应该就不是和女孩子约会吧，况且谁约会会带一个这么大号的电灯泡啊，还是那种方便到回去就可以跟爸妈告密的电灯泡。

如果真的是约会，乐知时说不定真的要告密，因为他的确有点不开心。

他正要继续问宋煜此行真正的目的，谁知冯玥正好打完电话走回来，她刚才提到的那辆车也在半分钟后过来了，车很大，白色，空间不小。

他们一起上了车，车上还有两个年轻男人，路上很顺，乐知时好奇会开去哪儿，没想到路越来越熟悉，最后竟然停在了培雅的侧门。

来学校干什么？

人有点多，乐知时没说太多话。宋煜下了车，独自一人走过去和保安交涉，出示了一些证件和学校领导的批准书，保安这才放行。

他回来之后，车子直接开进了学校，从侧门家属楼的路开到食堂后面，在快要拆迁的旧校舍边停下。

"干活咯。"戴帽子的年轻男人先下了车，撸起袖子。

乐知时有点慌，他想到了之前在网上看到的一个视频，是捕杀流浪动物的，没有多思考，他抓住宋煜的手臂。"他们要干什么？要把这些猫都杀掉吗？"

"不是，"宋煜轻轻拍了下他的手背，然后对其他人说，"这些我都已经找人做过绝育了。"

冯玥戴好手套，有点惊讶地说："你自费的吗？花了不少钱吧。而且同时弄这么多只的绝育不太可能，你肯定也费了不少时间。"

另外一个男生接着说："如果都做了绝育，其实就已经可以了。"

宋煜摇头，拿着从后勤处取来的钥匙开了铁栏杆门。"我快毕业了。"

乐知时听懂了他这句话的潜台词。

"这样啊，没事，交给我们你也可以放心的。"冯玥点头，和其他人一起开始行动，"希望今天可以顺利一点。"

"是要把它们带走吗？"乐知时问完就跟着往前走，"我也来帮你们。"

宋煜抓住他的手腕。"不要跟来。"

显然，乐知时没有听他的话。"我动物缘很好的，真的。"他又说了许多理由，宋煜不想当着这么多外人的面拒绝乐知时，这会让他情绪低落，所以答应了。他给乐知时找来手套，让乐知时戴上。

抓猫是一件很费功夫的事。好在宋煜在，这些猫对他相对熟悉，也稍稍配合一点。

不过他们都没想到，乐知时说得竟然很准，他的确有天然的动物缘，也不知是不是基于好奇，有些小猫不自觉就向他靠近，其他工作人员从后面下手，很快就能抓住。

乐知时就像个天然的猫薄荷，一个绝好的诱饵。

但只要他想下手去摸或者去抓，就会被宋煜制止。

折腾了差不多两个小时，他们才把这个地方的流浪猫全部转移到笼子里，一一放在车上，不习惯的猫在叫着，宋煜给了它们日常习惯吃的食物，它们才安静一点。

有一只小猫幼崽特别小，和另一只母猫在一个大笼子里，乐知时蹲下来看它，它也盯着乐知时。

"我点了一下一共八只，和你描述的基本一致。"冯玥递过来一份文件，"那你签个字，我们就带它们回去洗澡了。"

乐知时听见他们的谈话，才知道原来冯玥在当地最大的流浪动物救助中心工作，专门负责流浪动物的转移和领养，是宋煜专程请他们跑了一趟。

"幸亏有你，这算是一直以来最轻松的一次救助工作了，之前我们都被挠得浑身血印子，特别崩溃。"冯玥回头看了看那些笼子里的猫，笑着看向宋煜，

"它们挺听你话的，看来平时你没少花时间在它们身上。"

"我没做什么。"宋煜看了一眼那些猫，沉默片刻后拿出一个巴掌大的小本子，"这上面写了些它们的性格和习惯，也许对你们的后续工作会有帮助。"

救助中心的人又一次向他表示感谢，还要给他一个救助证书，但宋煜一直否认自己有过付出，也婉拒了顺路送他们回家的提议，和乐知时站在培雅侧门目送救助车离开。

看着那些猫咪远去，乐知时忍不住去观察宋煜的侧脸。

果然是无法展示情感的人。

嘴里说着什么都没做，说不定从高一的时候就开始照顾了。

"你不会舍不得吗？"乐知时问。

宋煜低头打开 App 叫车。"有什么舍不得的，这是最好的选择。"

叫好的车停在他们面前，两个人上了车，乐知时给宋煜绘声绘色地描述了昨晚一起喂猫的梦，不过去掉了被橘子抓包的结尾，然后抱怨说："我还一次都没有喂过呢，没想到昨晚的梦是立了个 flag[1]。"

"单纯喂流浪猫其实只不过善意泛滥而已。"宋煜说出来的话有些残忍，但很现实，"如果只是喂食，不管其他，放任自流，可能会对周围的生态造成更大的破坏。对这些猫来说，从出生到死亡，你能喂它几次呢。"

说完，他看向车窗外。"能有机会有个家，才更好吧。"

乐知时想到宋煜以前说过的，人要对自己的行为负责任，哪怕是出于善意。

他开始明白为什么宋煜会不声不响地去做这些事，一旦被人知道，或许会传播开来，加上宋煜本人的追求者众多，大家说不定都会跟着来投喂，事情就更难处理。

乐知时知道自己不够深思熟虑，但他比谁都希望宋煜的愿望可以实现。

"那些小猫都可以被好心人收养的。"他笑着说完，又非常天真，甚至没心没肺地补充一句，"像我一样，我可以把我的经验值和好运气给它们。"

宋煜并不喜欢听到他说这样的话，甚至有点难受。

他似有不满地瞥了一眼乐知时，又皱起眉，往前看去，语气有点冷酷："你的经验值没有参考价值，也没有什么运气。"

---

1. flag：立 flag 是一个网络流行词，意思是做了一件事，或说了一句话，为下面要发生的事做了铺垫。

"谁说的。"乐知时很不满，他觉得自己非常好运。

宋煜继续说："它们在领养中心等着，不一定能被挑上，就算被选中，领养的也不一定是负责的家人。这种等待很漫长，而且随机，的确靠运气。"

这番话听起来原本挺伤感，可宋煜的语气却变了变。"你不一样。"他用很平静的表情说出十分荒唐的话，"你是突然砸下来的。"

乐知时皱眉。"我是馅饼吗？"

宋煜转过脸，和乐知时对视，乐知时从他沉黑的瞳孔里看到亮亮的光点，还有自己的脸。

"苹果也会砸到人。"

宋煜引用了一个隐晦又老旧的暗喻，企图再用另一个更广为人知的科学家的故事去遮掩这份私心。

乐知时"哦"了一声，满脑子只想到牛顿画像中的大波浪假发，没有再考虑太多。

不管宋煜怎么说，他在心里还是自作主张地把自己的好运转送给那些流浪猫，希望它们每一只都可以拥有安稳的未来。

回到家里，林蓉问他们去了哪儿，宋煜说书店，乐知时理所当然地配合。但他出门的时候穿的是黑衣服，上面沾了很多猫毛，十分明显。

"我好热，我要洗个澡。"乐知时说完跑上楼。

林蓉炫耀着给儿子买的东西，替他打包了整整一个登山包，里面塞得满满当当，不知道的以为她在参加收纳比赛。

"你看，这些都很有用的，哦，对了，还有一些药，要带上。"

"这么多，我要去开荒吗？"

"小煜！你怎么能讽刺伟大的母爱？"

"……"

乐知时回到房间，换衣服的时候摸了摸口袋，摸出来一张皱巴巴的糖纸，是早上宋煜给他的棒棒糖包装。

丢掉之前，乐知时随意地翻过来看了一眼，无意中发现什么，皱起眉。

"草莓牛奶？"

奇怪。

他买的明明是树莓牛奶味。

升学考的红线压在前面，无论是初三还是高三，都过着近乎修行的日子。因为宋煜就在对面，乐知时每天都会留在五楼自习室复习到很晚，等到宋煜下晚自习，再和哥哥一起回家。

"去北京集训？"自行车的行驶轨迹扭了一下，乐知时立刻扶稳把手，保持平衡，"什么时候？"

"后天。"

"这么快?! 后天就要走？"

"嗯。"

"那……奥数集训要多久啊？"乐知时尽可能掩盖自己低落下来的情绪。

"一个月。"宋煜说完，又张了张嘴，乐知时以为他还要说什么，但直到他们回到家，也没有下文。

集训生在校门口集合坐大巴前往北京的那天上午，乐知时在上英语课，不能去送宋煜。下课后，他趴在窗户那儿看了很久，校门口空空荡荡，什么都没有。

奥数集训队只挑选很少的人，培雅也只有两个，其中一个就是宋煜。

蒋宇凡凑了过来，撞了撞他的肩膀。"哎，我听说你哥被选上去参加奥数集训了。他们都说选上可以保送 T 大，真的假的？"

"不知道。"乐知时趴着，怏怏道。

一个月不是太久。

他在心里说服自己。

大巴车是教育局派发的，从培雅出发，中途在静俭高中停下，又上来了两个人。靠窗的宋煜戴着耳机闭目养神，突然被一个人拍了下肩，睁开眼。

"哟！"

笑容和小虎牙超级晃眼。

宋煜摘下一只耳机，抬头和夏知许对视，勾了勾嘴角没有说话。夏知许把行李放到一边，坐到他身边的空位上，甩胳膊捏腿。"累死我了。早知道早上多吃点了。"

"谁让你带这么多。"

"还不是我妈。"

果然天下的妈妈都一样。

"要进营了，听说管得很严，肯定贼无聊。"夏知许说完，又看了看身边的宋煜，叹了口气，"还好你在，这一个月也不至于太孤独。"

宋煜玩着无线耳机。"有我也没什么用吧。"

这种弦外之音让夏知许十分心虚。"听不懂你在说什么。"

"哦。"宋煜挑了挑眉。

"哦什么哦？你这个奇奇怪怪的家伙。"

集训队生活的艰苦程度比起高三有过之而无不及，题量和训练强度是平时的许多倍，高强度高压力的训练让学生快速成长，也十分消耗精力。

每天晚上十点乐知时都会给宋煜发消息，但和别人聊天的性质很不一样，比如妈妈会经常发"晚上吃的什么？睡得好吗？累不累？"这样的问句，然后等待宋煜回答。

但乐知时不是，他总是自顾自地单方面输出，不需要反馈。有时候他会发在上学路上拍到的一朵小鱼形状的云，会发他的高分试卷照片，并在分数那里手动画上发光特效，还有喝到的某品牌最新口味的汽水。

前三天宋煜都没有回复。刚去的时候集训队的老师管得很严，手机是不允许带在身上的，只能放在宿舍，宋煜总是在延迟很久后才能看到消息，再想回复，好像又产生出一种不守时的难堪。

但第四天，他回了。

那天晚上他累到不行，十一点半才回到宿舍，仰头躺在床上打开手机，也没有收到乐知时的消息，握着手机不小心睡着，不知过了多久又被振醒，皱着眉打开看了一眼。

乐知时：分享图片。

视线模糊，小图白花花一片，他强撑着困意点开照片辨认，才发现是乐知时的胳膊，上面起了很小一片红疹。

宋煜的觉一下子就醒了。

哥哥：你怎么回事？

对方几乎是秒回，是一句语音："今天蒋宇凡买了学校小超市新出的关东煮，我只吃了几个丸子。结果这些无良商家，他们在里面放了好多面粉。"他的声音有些气愤。

很快，乐知时又发来第二条，语气很弱："我不是故意的，那个丸子白白的，看起来很好吃，以为会是和家里一样的纯鱼肉丸子。"

打完电话的夏知许回到房间，看见宋煜一反常态地靠坐在床边，拿着手机飞快打字，非常意外。

这家伙平时可是节能到不行，除了行动就是睡觉，简直是机器人作息。

不过有时候宋煜也挺奇怪的，比如在集训食堂里吃饭，以往都是低头一句话也不说，默默吃完就走，可昨天食堂的大屏幕上放了《海贼王》，他竟然抬头看了几分钟。

真有意思，原来冰山的内心还是个二次元热血少年呢。

宋煜没注意到临时室友回来，快速编辑完，点击了发送。

哥哥：我说过很多次了，外面的东西能不吃尽量不吃，小麦这种常见的过敏原很难避开，都这么大了还不知道吗？

乐知时：知道啦。

他发了一个狗狗哭泣的表情包。

夏知许胡乱擦了几下头发，坐到对面的床上吐槽宋煜："你居然还在聊天，真神奇，我还以为你闭关修炼呢，没想到还有可以让你坐起来聊天的朋友。"

"坐起来"三个字被夏知许特意咬重。

宋煜的眼睛离开手机屏幕，连看都没有看夏知许一眼，不甘示弱回道："比不了你，一打电话就是一个小时，每天吃的晚饭都要报一遍菜名。怎么，谈恋爱了？"

夏知许刚拿起水杯喝了一口水，差点没喷出来。

这家伙的攻击性可真强啊……

"谁……谁谈恋爱了！我怎么可能谈恋爱？"

"心虚什么。"

手机又振了一下，宋煜低头解锁。

乐知时：宋煜哥哥，我想你了。

"你才心虚，我心眼实得很。"夏知许关了台灯，侧着躺下，"睡觉。"

可刚说完，他就发现黑暗中宋煜竟然对着手机屏幕发呆，表情甚至也有微妙的变化。

他甚至开始怀疑自己是不是看错了。

夏知许裹着自己的被子盯着宋煜。"喂，你在笑吗？好瘆人啊。"

比起回答，锁屏来得更快，房间最后一点光源瞬间消失。

"你看错了。"宋煜否认。

"不可能，我刚刚看到你眼睛笑了，千古奇观！"

"你话好多。"

"我是正常话量，啊，我知道了，你刚刚是先发制人，谈恋爱的人是你才对吧？"

"没有。"宋煜十分果断。

夏知许觉得不太对，但又觉得这个问题可能会把自己绕进去，于是转过来对着漆黑的天花板眨了眨眼。"那好吧，我也没有。"

黑暗中，他又听见宋煜的声音。

"夏知许。"

"嗯？"

"没人告诉你，你有时候蠢得不像个尖子生吗？"

夏知许："……"

从那天之后，乐知时每天都会收到宋煜的回复，所以无论多晚他都会等。睡觉的时候也不敢开免打扰模式，生怕错过一条消息。

以前乐知时总是害怕睡梦中被手机消息惊醒，但现在只要振动一下，他无论多迷糊都会立刻醒来，检查手机。

只是有时候会扑空，是保险公司或股票证券的骚扰短信。

看到乐知时发的橘子和棉花糖打架的照片，宋煜会回一个问号，看见夜宵的照片会打个拒绝深夜报社的句号。有时候乐知时把不会的题发过去，几分钟后，就能收到一张写有解题过程的照片。

乐知时觉得宋煜其实是一个树洞机器人，只是更智能一些。他把每天的日常分享过去，可以得到一个简单的回复或评价，在他遇到问题的时候，也可以收获解答。

这样就很好，可能他自己也是个寂寞的小机器人，需要和宋煜完成每日的交互任务，获得一点情绪上的积分。

然后他们就都不会出现程序上的bug（错误），生活可以继续运行。

"你是不是太黏你哥了。"食堂人很多，蒋宇凡坐在乐知时身边，盯着他编辑消息的手，"他们那边马上就结束了吧。"

乐知时刚编辑了"我跟你说"这四个字，听到蒋宇凡这么说，他忽然愣了愣，扭头问蒋宇凡："是吗？"

蒋宇凡"跨服"聊天："是啊，不就十天了吗？我都替你算着呢。"

"不是。"乐知时重新发问，"你真的觉得我太黏人了吗？"

"哦，这个啊，有一点吧。"蒋宇凡吃了一口炒面，并没有把自己说出来的话放在心上，注意力很快转移，"名字叫肉丝炒面，肉丝去哪儿了？食堂真的坑。"

乐知时没心情理会学校食堂的菜品质量，只是对自己黏人这一点有了新认知，并且为此慌张起来。以至于他本来想删除自己编辑框里的话，却不小心点击了发送。

乐知时：我跟你说。

他看见之后忙着想撤回，没想到对话框已经弹出新消息。

哥哥：嗯。

这么快……乐知时想了半天，一方面是忘了自己本来要说什么，另一方面又觉得一直找哥哥聊天的确很打扰他，他之前说自己睡觉的时间都很少。

所以乐知时最后回了句没什么。

过了几秒，手机又振了振。

哥哥：？

哥哥：那为什么要发？

乐知时第一次觉得宋煜其实没他说的那么忙。他看到宋煜发出的问题，第一反应非常单纯，所以也不带太多情绪地编辑了一句话。

乐知时：没有什么事不可以发吗？

发出去之后他自己读了一遍，感觉好像不太对劲，但又说不出来哪儿不对。盯着品了好一会儿，乐知时最后还是向蒋宇凡寻求帮助。

蒋宇凡眯着眼凑过来，笑了。"你怎么跟生气闹别扭的小媳妇似的，还'没有什么事不可以发吗？'"他用一种很夸张的语气念出来，"就你哥那脾气，你也敢。"

原来如此，怪不得他觉得别扭，这句话有情绪歧义。如果他是当面问出来，绝对不会被脑补出蒋宇凡刚刚的语气。

他正要解释，没想到宋煜回了。

哥哥：可以。

可以？

这已经很诡异了，更奇怪的是，他看见宋煜的对话框上面一直显示着"对方正在输入中……"，等了好一会儿都没有收到新的，乐知时都要怀疑宋煜正在写小作文教训他，心里惴惴不安。

就在他们从食堂离开，准备回去上晚自习的时候，关机前的乐知时终于收到消息。

哥哥：晚上十点十五分之后可以给我打电话，那个时候我集训下课。

哥哥：如果你想的话。

夏知许端着餐盘走过来，看见宋煜竟然盯着手机，他还以为宋煜根本就不会把手机带出来，毕竟只有食堂和宿舍有信号。

他哐当一下把餐盘放桌上，宋煜抬起头，表情的起伏虽然非常微小，但夏知许就是能品出那一点点心虚的味道。"啧啧，看你这副被捉奸的表情。"

宋煜把手机倒扣在桌上，低头吃馄饨，十分淡定地说："你已经无聊到把表情分析当成娱乐活动的程度了吗？"

"我居然能逼您说出这么长一句话。"夏知许笑起来，小虎牙有点嚣张，"我可太好奇了，什么人能让你这么热衷于聊天啊，别告诉我你这个面瘫有网恋的癖好啊。"

"没聊天。"宋煜矢口否认，"看微博上的新闻而已。"

话音刚落，他的手机突然开启疯狂的信息接收模式，一条接着一条，整个桌子都恨不得跟着一起振动。

简直自带拆台功能。

宋煜一副"我不尴尬"的表情，淡定地拿起手机打开微信。

乐知时：真的吗?!

乐知时：我想打电话!! 特别想!!!

乐知时：今天晚上可以吗哥哥？我今天就想打电话!

乐知时：每天都能打吗？我保证只说一小会儿话，绝对不打扰你!

乐知时：求求你了（可怜小狗表情包）。

夏知许憋不住笑出声。"你微博出什么大事了，推送消息这么夸张，该不会又是哪个大明星勇敢地公开恋情了吧？"他掏出手机说，"我也刷刷看。"

宋煜感觉自己太阳穴的青筋跳了一下。

他现在就是后悔，后悔为了不让乐知时生气提出可以打电话来转移注意力。

"不开玩笑了，"夏知许放下手机吃了一口面，"你赶紧回吧。"

手机又振了一下，他趁机打趣："看，让人等急了吧。"

宋煜本来也不打算和夏知许说太多，低头查看消息。

乐知时：宋煜哥哥，你现在在休息吗？可以打一分钟的电话吗？我现在就很想听你的声音。

夏知许注视着没吃完馄饨就拿起手机去食堂门外的宋煜。片刻后，仿佛得知天机似的，给远在静伦的许其琛发了一条消息。

知许：我跟你说，宋煜绝对在搞网恋！

集训这么多天，第一次听到宋煜的声音，乐知时很开心。说好只打一分钟，挂断时显示的通话时间是十二分零三秒。

从小到大，只要和宋煜分离，乐知时就会产生极大的焦虑感，小时候没少因为这种事哭。念幼儿园的时候知道宋煜在别的地方上学，哭也没有什么用，但上小学就不一样了，乐知时知道宋煜就在四年级那层楼，可他不能随便去找。学龄期小孩还不太会守规矩，乐知时又晚熟，经常因为想哥哥在上课的时候掉眼泪。

因为宋煜说过，在外面不可以随便大哭，所以刚上小学的乐知时，经常在课堂上一边学习，一边无声地掉眼泪，大颗大颗的，他的一年级课本都是皱皱巴巴的。

老师们上着课，偶尔一抬头，就看见乐知时在哭，他哭的时候也不敢出声，还和其他学生一样两只胳膊交叠乖乖放在课桌上，只是满脸的泪水。有一次班主任看他实在可怜，就准许他去听课，搬个小凳子到楼上四年级（8）班的教室，坐在宋煜座位旁的过道。

他不哭了，一节课都很乖。英语老师教四年级的学生念单词，乐知时两手背在身后，也乖乖地跟着念。

不过宋煜晚上回去教训了他。

"你以后不许再过来，有什么好哭的，你已经是一个小学生了。"

乐知时很委屈。"因为我很想你才会哭的。"

宋煜听了也没辙，他也不过才四年级，说不出多么高深的大道理，而且他认为乐知时根本听不进去正常的道理，乐知时就是个死心眼的小孩。

"那……那你想我的话，你就集中注意力好好学习，我也在认真学习。"

"然后呢……"乐知时不解。

"然后我就会知道你在想我，因为我们在做同一件事，明白吗？"宋煜离开他的房间，别扭地留下最后一句，"你跑过来会影响我，这样我就收不到你的信号了。"

这套话术至少糊弄了乐知时一年半，成功地让他养成了独立上课的习惯。

三岁如此，七岁时还是如此，所以对乐知时而言，表达思念并不是一件难堪的事，从小他就这么做。

在挂断电话前，乐知时又重复了一遍，很想他。

宋煜没有回应，只是在停顿几秒后，说会给乐知时带些北京的特色糕点回去。

但他很快又改口，说可能都过敏，吃不了，还是算了。

他很少会忘记乐知时过敏的事，这种错误显得格外低级，但乐知时没有在意，开心地计划着集训结束那天接宋煜回家的事。

后来的两三天他们每晚都会通电话，时间大都在十五分钟以内，夏知许之前还会开宋煜玩笑，后来也就习惯了，何况他才是蹲在走廊一通电话能打到后半夜的人。某一天他进来得格外早，宋煜还调侃他今天怎么没话说，夏知许却耸耸肩，说许其琛打着打着睡着了。

宋煜瞥见他放在床头柜的手机，电话还没有挂。夏知许一路都轻手轻脚的，洗完澡回来，又拿起电话听了好一会儿，一直没说话，就听着。

宋煜半夜醒了一次，感觉房间里隐隐有光，起身看了看。

夏知许睡得很熟，可他的手机竟然还在通话页面。

宋煜本来想晚上他们打电话的时候，把这件事拿出来调侃，但那天回来，夏知许的手机竟然被偷了，他连忙借了宋煜的手机给父母打电话，又联系许其琛。

可许其琛没有接电话。

"他没存我的联系方式。"宋煜说，"可能是看到陌生人就不接了。"

夏知许又登上微信，给许其琛发了很多消息，当下并没有得到回复。到了第二天，许其琛才回了一句"我知道了"。

没有了电话，联系变得麻烦。尽管宋煜表示可以把手机给他用，但夏知许不太想麻烦宋煜。偶尔登上微信，也不太能收到许其琛的消息。

"没几天就回去了。实在不行我明天溜出去买一个。"

他的计划没能实现，后期集训营到了最高压的阶段，他根本出不去，也没时间用手机。

营内进行了多次模拟赛，大家表现不错，老师特地带学生们出去吃了顿好吃的，也破天荒让连续缺觉的他们早回宿舍休息。

夏知许在宿舍楼下买了两瓶橘子味的北冰洋汽水，也是很巧，两个人正要上去的时候，宿舍楼突然停电，屋子里很闷，大家都往外跑，宋煜和夏知许干脆也待在外面，坐在楼下花坛边。

这座城市很难看到星星，夏知许仰头看了一会儿，又低下头。"好快啊，还有三天。"

宋煜没说话，喝了一口汽水，觉得有点甜过头。

"马上高考了。"夏知许撞了撞他的肩膀，"紧不紧张？"

宋煜摇头。"还行。"

"也是。"夏知许两腿伸开，很放松，"我觉得你这个人做什么事都不紧张，一直都是游刃有余的。"

宋煜瞥了他一眼。"你不是吗？"

夏知许摇摇头。"我装的，大部分时候。"说完他屈起右腿，用手臂抱住，"是不是很奇怪，我看起来好像什么都挺积极，其实每天都在逃避现实。有时候我站在人群里，和别人笑啊聊啊，心里想的却是，好累，好无聊，想回家。但我还是会装下去，因为这样麻烦会少很多。"

即便夏知许不说，宋煜也有这种感觉。

他想到什么，犹豫要不要开口，看着玻璃瓶里的气泡一个接着一个地破掉。

"你这么怕麻烦，以后……准备怎么办？"

夏知许扭头，不解地问："以后？"

宋煜盯着他的眼睛。"这时候就别装了吧。"

"我已经看出来了。"他补充道。

夏知许明白过来。

他把头埋在膝盖上，长长地叹了口气，沉默了好一会儿，把手里的玻璃瓶放在花坛边。"我就想得过且过。"他盯着地面，"你没有那种时候吗？当你做一件特别没把握的事，就很想维持原样。"

这句话分明是夏知许说的，但宋煜却觉得，是从自己心里剖出来的。

没有得到宋煜的答案，夏知许抬起头，吸了吸鼻子，像是想到什么别的，笑着问他："哎，你小时候去过中山公园吗？"

"废话。"宋煜说。

"喂过鸽子吗?"

宋煜无语地盯着他。

夏知许笑起来,露出小虎牙。"喂过是吧。我小时候特别爱喂鸽子,买一小袋粮食,倒一点在手掌心,蹲在那儿,它们自己就会过来。你说它们怕人吧,凑过来的时候又挺乖的,吃得特别欢。你说它们不怕人吧……我一伸手,想摸一下,它就扑棱翅膀飞了。而且飞了就再也不回来。"

"我现在就是那种心情,你懂吗?"夏知许笑着问。

宋煜的手被汽水冰到,有点冷。

他当然懂这种心情,只是和夏知许的境遇相比,又不太一样。他的鸽子可能会一直跟在他身后,赶也赶不走,但为了避免危险发生,他不得不收回手,甚至赶它走。

沉默片刻,宋煜开口:"那你就准备一直这么维持原状下去?"

"不知道……"夏知许望着不远处的灯火,"我有时候想象一下,我们一起上了大学,选一样的公共课,他看我打篮球赛,我们参加同一个社团,一起去聚餐,说不定实习的时候还可以一起租房子当室友。这样我就觉得特别好了。"

宋煜轻笑一声。"要求真低。"

夏知许自嘲地摇头。"要求是和概率对应的。世界这么大,遇到一个自己很喜欢的人,对方刚好还喜欢你,绝对是小概率事件。"

他说得也不无道理,宋煜下意识计算自己的概率,可能更低了。

再没有这么巧合的事,电影都不敢这么演。

"能做朋友,每天待在一块儿就很好了。"夏知许顿了片刻,看似十分豁达地拍了下大腿,"至于他以后会不会有女朋友什么的,只要我不想,就没有。"

这种阿Q精神只把夏知许自己逗笑了,宋煜却笑不出来。

宿舍楼来电了,集训的老师让大家都上楼。夏知许站起来,伸了个大大的懒腰。"走吧。"

"嗯。"

他想,或许是因为和宋煜虽然关系好,但不那么常见到,又或许是因为宋煜这个人够闷,所以他才能没有负担地说这些荒唐话。

就当是和不回应的树洞分享秘密。

反正树洞不会有自己的秘密。

宋煜也站起来。他并没有安慰人的癖好，也知道安慰无效。但他和夏知许交谈的过程中，总时不时会想起那天下雨聚餐的画面。

　　许其琛红掉的耳朵。两个人短暂触碰后又分离的手。

　　神思一瞬间放空，仿佛眼前摆着一道处在解题过程中的例题，很快就要得到答案。他不是阅卷人，只是一个旁观的学生，不知对错，却想参考。

　　相比而言，夏知许明明有留住那只鸽子的可能性。

　　"你试一次吧。"

　　夏知许愣了愣，他没想到，这个树洞竟然给了回应，而且是这样一句。

　　宋煜的语气平静而笃定："就这次回去之后，你试一次，说不定结果比你想的好得多。"

　　他不知道这道题会怎么判。

　　但他很希望答案是对的。

第十三章
不虞之变

宋煜忽然发现，去古寺的人是乐知时，信这些玄妙教理的是自己，

抽签的人是乐知时，在意签文偈解的还是自己。

一个月的高压训练总算结束，出营返校的航班定在中午，夏知许一大清早就拽着宋煜离开集训宿舍，说是有东西要买，其实是挑礼物。

他们去到当地一家非常有名的书店，夏知许在这里取自己很早就预订的书。宋煜站在一旁听，这才知道原来这本书很难买，是限量精选的英文原版，上面还有作者的签名，是因为作者曾经在这家书店签售，有过合作，才能买到。

"你买什么东西吗？我陪你去看。"夏知许拿到书，心情格外好。

宋煜摇头，表示自己不用带礼物回去。但夏知许怎么都不信，死活都要拉着他转，最后他们在书店的后头找到一家做手工笔记本的地方，夏知许进去就不走了，花了两小时做了一个小小的灵感本，外面的皮质外包都是他亲手缝的。

而宋煜，做了一本十六开的画本，封面是铅灰色的皮质，老板说可以手工刻上字或者图案，宋煜犹豫了片刻，最后画了一块三角形带孔隙的芝士，仔细刻了上去。

两个脑子够好做题飞快的人，做起手工却变得格外笨拙，怎么都不满意，最后去机场差一点迟到。

睡了一觉飞机就落地，又坐上那辆出发时坐的大巴，宋煜很讨厌坐飞机，在上面睡不好，所以一上车又继续睡，车子摇摇晃晃行驶着，他戴着耳机，感官模糊。

近乡情怯的情绪催生出梦，梦里面没什么具体的画面，只是隐约能听见乐知时透过无线电波的声音，转述着明明会还要装不会的题。后排的女生拉开车窗的帘，光线刺眼，黑暗的梦也通透起来，乐知时站在不远处的光里，就站在原地。

宋煜手里拿着可能这辈子不会做第二个的速写本，向他走去。

至少在梦里，他不能停在原地。

快要到静俭中学，周遭忽然变得嘈杂，耳机里的音乐都挡不住，宋煜眉头皱了皱，听见夏知许的声音。

"（4）班？（4）班怎么了？"

"我也不知道是不是真的，反正这个帖子写得挺那什么的，而且现在QQ空间也传遍了……"

宋煜睁开眼，见旁边的夏知许样子不太对，拿着别人的手机浏览网页，可手有点抖，眉头拧在一起。

"你怎么了？在看什么？"

夏知许没有丝毫回应，宋煜更加觉得有问题，摘下耳机。"喂，发生什么了？"

夏知许伸出另一只手扶住前面的座椅靠背，眼神迷茫，眨了好几下眼。宋煜很少见他这样，夏知许无论什么时候，都表现出一种异于常人的阳光，可这一刻，他竟然像是虚脱了一般。

宋煜看到后座的男生一脸担心，手机大约也是男生的，于是侧过头询问发生了什么。

那是个静俭的学弟，对方也有些迷惑。"我们学校今天有个帖子很火，QQ传遍了，我就给学长看一下，我也不知道怎么了。"他不太放心，凑到前面拍了拍夏知许的肩膀，"学长，你没事吧，你怎么了？"

帖子？

宋煜正疑惑，车停了，带队的老师提醒静俭的学生已经到了，夏知许连包都没拿，在众人疑惑的目光中冲下车。

"夏知许！"宋煜拿了包跟着他下去，就这么一点时间，他已经跑进了校门，但宋煜却被拦在门外。

"同学，你穿的不是我们学校的校服吧？"

宋煜站在门外，又喊了一声夏知许的名字，可他完全听不见似的，不顾一切跑向了教学楼的方向。

"宋煜学长，"刚刚坐在夏知许后面的学弟赶过来，"我帮学长把包拿回去吧。"

低下头，宋煜看着夏知许的包，很沉，里面放着他心心念念要送出去的书和亲手做的笔记本，可他竟然连这些都忘记带走了。

大巴车没有等他，宋煜一个人站在静俭的门口，陷入沉思。

他想到学弟口中的帖子，于是拿出手机，试探地打开几乎从没有看过的空间，他们初中的同学也有不少高中考去了静俭，两个学校的圈子多有重叠。往下翻了翻，匆匆浏览，直到看到一个转载，宋煜的手指才停住不动。

他怔了一秒。

转载文章的标题抢眼得就像是无良媒体的手笔，如果平日看见，他只会不屑一顾，可偏偏里面的主人公是许其琛。

"高三（4）班班主任和男同学关系暧昧，有图有真相，学校都不管一下吗？"

里面只有一张图片，并不算什么有力证明，只是许其琛上了一辆车，车里坐着的仿佛是他们那个年轻的男班主任。除此之外，都是转帖里列出的各种罪证，诸如额外优待，所谓不正常的课外约谈，甚至是通过不正当手段得到的各种奖项。

回帖也全都被搬运出来，谣言遍布，每个人都很热切地讨论，大家仿佛亲眼见到他们做了什么，绘声绘色。

看着这些人将许其琛那样一个冷淡的人，描述成诱导成年男性为他以权谋私的狠角色，宋煜既觉得荒唐，又觉得真实。他看待世界视角消极，对任何坏的可能性都不会太意外。

才华换来的荣誉和成果，会被歪曲成私相授受的肮脏产物，是人们追求刺激的必然之恶。

观众眼里，真相哪有他人戏剧性的际遇来得重要？

明明自认冷漠，可宋煜忽然有那么一瞬间代入到夏知许的视角，仿佛感同身受一般看着那些文字、那些刻薄而嘲弄的回帖。

评论里的那些学生，都不过是抱着吃瓜的心态，没有多少人去质疑这件事是否属实，转载到他空间的那个初中同学，转发的时候发的也不过是这样一句话。

"天哪，同性师生，这么刺激的伦理剧情电视剧都不敢拍，这个男生完了。"

盯着这句话，宋煜情绪复杂，他好像被硬生生地剥开了，里头那颗不怎么光明磊落的心露了出来。这句话中的某些字眼被替换成他想象中的，然后变作一把闪着寒光的刀，剜出这颗心，扔在太阳底下。

下午最后一节课的铃声响起，学生们纷纷走出来，有不少隔着门取外卖，宋煜穿着另一个学校的校服，像个异类一样惹人注目。

他想给夏知许发短信说点什么，忽然想到这家伙可怜到什么都没有了，手机也没有了。

马路上行人和车辆川流不息，宋煜走回到路边，拦了辆出租车回培雅，路上司机一直热络地聊天，可宋煜一个字也说不出，司机也有些尴尬，终止了自己单方面发起的话题。宋煜付了钱，下车离开前说了句抱歉。转身之后，他脚步顿住。

校门口没什么人，放月假的初中生中午就已经离开学校，只剩下多补半天课关在学校里的高中部学生。乐知时穿了件奶油色的卫衣，坐在校门外报亭前的小凳子上，低头在看一份新买的杂志。

他看起来很专注。宋煜知道乐知时做什么事都很专注。

但宋煜早就忘了，这个好习惯是自己教会他的。

隔着十米的距离，宋煜静静地注视着他，像个陌生人。有时候他也希望自己最好是个陌生人。

不知道算不算心灵感应，乐知时翻过一页纸，抬起头，正好和站在不远处的宋煜对上视线。

"宋煜哥哥？"乐知时一下子站起来，脸上的笑意很快扩散。他的头发、表情、穿的衣服，甚至是朝宋煜奔跑过来的样子，都特别柔软和雀跃，像等待了很久很久的小狗见到主人时的模样。每一个动作都在宋煜心里慢放，充满了讨喜的小细节。

可他此刻，脑子里还充斥着那些刻薄的嘲讽和用好奇心粉饰的暴力。

站在风里，宋煜希望那些黑暗的东西都留在自己的身后，希望乐知时永远光明。

跑到哥哥面前，乐知时停下来，气都来不及喘一口就跟他说："刚刚你们集训的大巴车停在这儿，我还以为你回来了呢，等了半天只下来了一个人，我问那个司机，他说你提前下车了。我还以为你不回学校了呢。"

以为你忘了，我要接你的事。

宋煜几乎可以想象到乐知时守在车门前往里望的样子，嘴角勉强动了动："那你还等。"

乐知时冲他笑。"我觉得你还会过来的，而且……"

他的睫毛垂下去，脸上流露出一种无害的、催生出保护欲的单纯。"你说过，要我在原地等你的。"

说出来之后，乐知时又没来由地觉得这句话说出来有些奇怪，抓了抓头发，说："我的意思是，我去找你的话就……我也不知道你在哪儿，给你发微信你也……"

"乐乐。"

宋煜打断了他，用他长大后几乎再也听不到的称呼。

乐知时怔住了，怔怔地看着他。"嗯？"

"我好累。"他的声音有点哑，浑身散发着一种和他极不相称的脆弱感，令乐知时疑惑又难过。这么多年，他从没有见过宋煜这样直接地展示出自己的不安和消极情绪。

小时候乐知时就觉得，他的心其实是长在宋煜身上的。宋煜踢球膝盖受伤，流很多血，处理伤口的时候没有表情，掉眼泪的只有乐知时而已。

培雅空荡的校门外是郁郁葱葱的梧桐，占据街道两侧，茂盛得几乎要吞噬蓝天。一朵广玉兰悄无声息落到泥土上。轰鸣的巨大卡车从他们身后驶过，载着快要超出负荷的货物。

地面在震动。

乐知时向前一步，抱住了宋煜。

"哥哥，你靠着我。"他把下巴抵在宋煜肩头，"我给你充电，好不好？"

许其琛的事也传到了培雅，相较于风暴中心的静俭，培雅的学生也没淡定多少，八卦不分受众。传闻很夸张，出现了各种奇版本，一个比一个猎奇、狗血。

流言肆无忌惮地篡改着许其琛的性格和为人，作为传者的他们从未见过许其琛，却仿佛是最了解他的人。"听说""据说""一看这个长相""都传遍了"……在这些毫无逻辑的虚无缥缈言辞里，当事人已然面目全非。

集训结束的第二天宋煜就返校上课，食堂里，同桌吃饭的男生聊起这个话题。

"那个静偏的，你们听说了吧，一个男生跟男老师有一腿。"对方仗着与大部分人的性向一致，言辞尽显优越感，"好恶心，男的居然喜欢男的，幸好不在我们学校，不然我都不敢来上学了。"剩下几个人听到这话，纷纷大笑起来。

秦彦夹了筷子菜，又甩回盘子里，吊儿郎当道："得了吧。喜欢男的的女生还满大街都是呢，也不是见着个男的就喜欢吧？换成喜欢同性的男生也一样。"

对方被他这一句刺着了，脸上挂不住。"那怎么了，喜欢男的还不兴人说了？难不成你也喜欢男的啊。"

秦彦放下筷子，说："讲真的，我喜欢黑长直漂亮妹妹，可我要哪天真突然弯了，也看不上清朝人。"

话音刚落，一直低气压的宋煜端着没吃几口的餐盘起了身，直接甩脸色走人。秦彦见状，也端着盘子跟着他走了。

从集训回来之后的第四天，他终于收到了夏知许的微信消息。

夏知许：我没事。

宋煜并不这么觉得，周围人很吵，同桌趁着课间补觉，他编辑了一句。

宋煜：要陪打球的话，周末可以找我。

他平时很难关心别人，但对夏知许，宋煜又做不到完全冷眼旁观，或许是因为自己刚好见证，又或许是他真的把夏知许当作他的一面镜子。

镜子碎了，他在里面的影子也是碎的。

天灰蒙蒙的，飘了雨，是这座城市不太常见的细雨，针一样洒下来。宋煜望着窗外，走了神，那天集训回来，在培雅校门口的画面又一次浮现。

他很难描述在见证过一个血淋淋的失败案例后，被乐知时拥抱住的感受。

一定要形容，大概是饮鸩止渴。

那天乐知时什么都没问，只是安抚，说回家吧，我们一起看纪录片好吗？

仿佛他才是个小孩子，乐知时其实是很成熟的大人。

他们沿着街从学校走回家，路很长，一路上乐知时都紧紧挨着他。说了很多在学校的开心事，又说蓉姨朋友家的边牧生了崽崽，他去看了，特别可爱。

在努力为宋煜传输温暖这一点上，乐知时永远不会累。

但宋煜没有给太多回应。

第一时间看到那个帖子的时候，宋煜产生过退缩的念头。他想着，算了吧，这太危险了，连老天都在想方设法给他警示。但真正面对乐知时的时候，他又无法做出那么坚决果断的撤退。

他果然一点也不成熟。

宋煜最后也没有把手工制作的画册送给乐知时，一直放在书包里，有时候拿教辅就会看到，他又装作没有看到。再后来，画册就被他塞进抽屉，压在许多书下面。

下课后他趴在桌子上闭眼休息，手机振动了一下。

夏知许：不能耽误你复习，考完再打吧。

没来得及回复，对话框里出现新的。

夏知许：我刚刚好不容易见到他，但他好像不太想见我。他说他不是同性恋，也不想再和我做朋友了。

夏知许：你说让我试一下，好像没机会了。

停电的晚上，蹩脚的鸽子比喻，还有夏知许那些保守的想象，这一切仿佛早有预兆。宋煜想，在发生这件事之前，但凡夏知许再退缩一次，自己都可以推着他的肩膀，告诉他："我不这么觉得。"

但现在，他也说不出那句话了。

一个更有可能成功的例子，在宋煜面前血淋淋地收尾。他以为他够成熟，甚至可以给另一个和自己相似的人打一针强心剂，想催化出期望中的结果。要说他伟大到想成全别人的爱情吗？并不是。

宋煜知道，他只不过在找一个近在咫尺的成功案例，好让自己受点鼓舞。

说到底还是太年轻。

永远猜不到明天会发生什么。

乐知时偶尔会想起宋煜集训返校当天的样子。

他的疲累好像并没有持续太长时间。回到家后，宋煜没有和他一起看纪录片，而是把自己关在房间里，再出来，又变回以前那个冷静的宋煜。

虽然他的言行都和去集训前没有太大的区别，可乐知时总隐隐觉得，宋煜有点变了。他的话比以前更少，更拒绝表达了。

月假放完去上学，乐知时也听说了关于许其琛的流言，每一个企图在他面前恶意评价许其琛的人，乐知时都面对面直接发表了反对意见。

他在心里坚定地认为许其琛不是他们说的那种人，但这些事在乐知时的心里终究留下一个暗影。

从儿童时期开始，他们受到的教育就是异性相吸，鲜少会出现其他可能，从一开始，就为他们建立了相同的预设，意识萌发和觉醒也只能从怀疑开始。

乐知时不禁回想起和他们初遇的那个雨天，想到许其琛和夏知许之间微妙的某种联系，感觉好像发现了什么，又觉得不够明确。

本来已经要入睡的他，翻了个身打开手机，在搜索引擎里寻找答案。

早上乐知时差点睡过头，听见林蓉敲门才惊醒，手边的手机已经没电关机了。他火速洗漱下楼，看见站在客厅的宋煜正在脱自己身上的校服衬衫，后背精瘦的肌肉覆盖在骨骼上，随动作牵引着。

乐知时停在原地。

林蓉取来另一件校服衬衫。"这件应该干透了，刚刚拿错了，怪不得有点湿，给。"她把衬衫递给宋煜，一抬头看见愣在原地的乐知时，催促说："乐乐你怎么还愣着，快吃点东西去上课，我今天可以开车送你们哦。"

宋煜把新的衬衫披在身上，也回过头，和乐知时有了一个短暂的对视。

手指尖像过了电，乐知时垂下眼，抓紧时间下楼收拾。

林蓉开的是辆空间较小的 A 级车，乐知时跟着宋煜钻进车里，贴着车窗车门坐。两个人之间隔了不小的距离。

林蓉从后视镜看了一眼，打趣道："乐乐你长大了。"

乐知时有些不理解。"嗯？"

"你以前恨不得贴在你哥身上。"她笑得很好看，耳垂上的珍珠耳坠都在摇晃，"像个小挂件。"

听到这句话，宋煜和乐知时一起转头看了一眼他们之间的距离，两秒后，宋煜偏过头看风景，乐知时盯着自己膝盖上的书包。

"贴着有点热。"乐知时没底气地解释。

高考前的两周，乐知时一直生病，肠胃不舒服，还发了一次烧。

他怕家里人担心，自己悄悄去看了家附近的门诊。坐在里面的老医生只看了他一眼，就说最近有很多学生来看病，和他差不多，都是考前过度紧张导致的应激反应。

"不要紧张，越紧张就越不舒服。"医生大致做了个检查，坐下后从抽屉里拿出一个病历本，看了一眼日历，"哦，今天都二号了，那高考确实没几天了。"

他拿笔飞快写着，头也没抬。"叫什么名字，多大？"

乐知时报了姓名，"十五。"他坐到对面的椅子上，老实交代，"不是我高考。"

"十五？"医生推了推鼻梁上的老花眼镜，"啊？我说呢，你长得也挺小的，不像高考的。那你这是因为中考紧张？"

"好像不是。"乐知时说，"不过我确实有点紧张，晚上也睡不好觉。"他补充了一句，"我哥哥要高考了。"

"你替他担心啊。"医生似乎觉得很好笑，"你还是替你自己紧张紧张吧，傻孩子。"

乐知时最后拿了一堆药回家，吃了两天，症状缓解不少。

学校通知初中部过几天要腾出教室作为高考考场，大家相继开始一点点把书往家里搬，清空之后等待考场布置，从看考场到高考结束，初中部的学生都放假在家，乐知时也只能在家复习。

看书看到饿，他下楼想找点吃的，林蓉正在和好友视频聊天。林蓉招呼他过去打招呼，乐知时拿着布丁就坐过去，很懂礼貌地叫了声阿姨。

"真乖，又变帅了。哎，小蓉，你家俩儿子都要考试了吧？"

"是啊。"林蓉一秒变脸，捂住心口，"希望他们最近都健健康康，考完试我们就去旅游。"

"你可真是，人家父母都担心考不好，操心志愿，你就知道玩。哎，你知道那个陈小美吗，当医生的那个，她前天还跑去归元寺给她女儿烧高香呢。"

林蓉笑道："管用吗？"

"她也是听别人介绍的，之前有人说贼灵，搞得我都想去烧一炷香了。"

"我可懒得去，太麻烦了。我家那个老大也不会领情的。"

乐知时在旁边听了一耳朵，吃完布丁自己上了楼，打开电脑搜索归元寺，没想到竟然都是好评。从小到大接受的都是无神论教育，但乐知时看到有一句评论，感觉十分有道理——信则有，心诚则灵。

何况，他只要一想到同在一个考场，有人烧过香求过神，身上戴着护身符，可宋煜什么都没有，就觉得不开心。

别人有的，哥哥也必须有。

乐知时是个行动派，第二天一早就带好需要的钱，借口和同学去肯德基复习跑了出去。归元寺离家很远，他坐地铁倒公交，还骑了好久的共享单车，才抵达目的地。

临近考试，寺院里简直人山人海，乐知时一个小孩进去，发现里面也没有导游，只能跟着其他的香客。归元寺比他想象中还要大，建筑大多类似，他一个人迷迷糊糊兜了许多圈子，一路都在问路打听。这里的菩萨佛像也很多，光是那五百罗汉就把乐知时看晕了，折腾一上午才求到自己想要的东西。

烧香的时候，他仔细观察了其他人，轮到自己上去，就特别认真地行礼和参拜。

拜托了，一定要保佑哥哥一切顺利。他对着菩萨，诚恳默念。

临走前，乐知时抽了个签，一旁另一个香客逗他："这么小就来烧香，看得懂吗？"

签上写的是那种类似古诗的句子，乐知时很诚实地说看不懂，请他帮忙解释。

"你给你自己抽的吗？求什么啊？"

"不是的，我给我哥求的。"乐知时怕自己忘记解签的话，拿出手机说要记录一下。

对方推了推眼镜。"这样啊。"对方说完了把签递给他，"你不给自己也求个签吗？大老远跑一趟多不容易啊。"

说得有道理，所以乐知时又抽了一个签，请这个高人帮忙解了，一起带回家。

坐在公交车上，乐知时累得睡着，结果一不小心坐过了站，在一个陌生的站下了车，又往反方向倒车，饿着肚子挤地铁，心神俱疲，好像经历了一次西天取经。

在地铁里，他把那两个签拿出来，又对应着去看解签的文字，起初为宋煜求到的是五百罗汉里的169号观身尊者，后来为自己求的是15号的佛陀密多尊者。相比较而言，他觉得给自己求的那个签寓意更好。

晚上，宋煜从学校回来，这是考前最后一天，放学早很多。

集训结束后进入冲刺期，宋煜就再也没有和乐知时一起上下学，即便是回到家，宋煜也会在自己的房间复习，不会出来。

乐知时也处在备考的关键期，又因为萌生出一些解释不了的感觉，最近也不太会主动找宋煜。

明明在同一个屋檐下，两个人却微妙地错开。

天又开始下起雨，这里每年高考几乎都要下雨，乐知时忍不住为此担心，他总觉得下雨不是什么好事。听到楼下传来动静，乐知时开了门，确认是宋煜回来，就站在他卧室门口等。

宋煜上到楼梯最后一级，侧头看了看，眼神亮了些许，垂下的眼睫又把这光压下去。

"有事吗？"他走过来。

乐知时两手背在身后，走廊柔和的光线衬得他眼神明亮，让宋煜想到了他曾经发过的那条短信。看来他的确是有误会，乐知时不会因为这样的话而生气。

"哥哥，我有一个东西想给你。"乐知时走近一些。

可宋煜似乎没有打开房门的意愿，他只是原地站着。"什么？"

乐知时不想让林蓉知道，他觉得自己跑去寺庙有点丢脸，所以再一次试探："我可以进去吗？只耽误你一会儿时间。"

"就在这儿吧。"宋煜站着没动，将猜到的答案直接说出来，"如果是你做了什么手工品或者其他东西，直接给我就可以。"

楼下，林蓉正巧抬眼望向楼上。"你们俩站在走廊干吗？乐乐，喝不喝果汁？"

乐知时连忙摇头说："我不喝。"他又转过脸，对宋煜露出一副可怜的表情，但没有要放弃的意思，只是这次没有伸手牵宋煜手腕。他那双大而通透的浅色瞳孔满是无辜，传递着需要怜悯的情绪。

宋煜有时候会怀疑，乐知时其实是知道自己拒绝不了他的，因为他的分寸总是拿捏得刚刚好，抬一抬脚，正好比自己设置的门槛高一点点。

他转身，默认一样打开房间门，先走进去，打开灯，而后又自顾自推翻自己刚刚阴谋般的猜想。

其实不对。

其实他对乐知时根本就没有门槛。

已经是夏天，卧室里白色的羊毛地毯被撤掉，又变回那个冷冰冰、没有人情味的空间。乐知时关上门，直入主题，将手里的护身符交给宋煜。

"这是我去归元寺求的符，他们说很灵。"乐知时生怕他不要，像个保险推销员一样加快语速介绍，"你知道吗？去那儿上香的人特别多，很多都是求这个符的，据说是开过光。那里好大，还很乱，我转了一上午才找到。而且别人烧香的时候都拜三下，磕头磕三次，我每次都比别人多一次。菩萨肯定看得到我的诚意。"

宋煜低头打量手里所谓开过光的符，听着他一口气说完的话，脑子里已经能看到这个傻子满寺院跑的画面。

他说多拜一次，一定不止一次。

"谢谢。"宋煜将符放到桌子上，没有了下文。

他们之间的默契告诉乐知时，哥哥的意思就是他可以离开了。他很明显开始难过起来，觉得哥哥的确和蓉姨说的一样，并不相信这种东西。

"不用谢。"乐知时吸了吸鼻子，下一句变得很跳跃，"今晚的雨要下到明天早上。"

宋煜看着他站在原地不想走的样子，有点动摇。他们彼此对峙，沉默了大概五秒钟，就在乐知时先选择放弃，要转身离开的瞬间，宋煜还是开口了。

"你拜的是哪个菩萨？"他拿起桌子上的护身符，问了个奇怪的问题。

显然，乐知时被问住了。他愣愣地抬头看着宋煜，脑子里思考着答案。

进了归元寺，他一心只想着找符，绕了大半圈终于找到一个，人又多，就跟在后面排队等着拜。具体是哪个菩萨……

有点想不起来，乐知时皱眉，像煞有介事地怪罪他："菩萨都是神仙，你怎么还能挑菩萨呢？"

宋煜无声叹了口气。

他现在怀疑乐知时其实真的是林蓉亲儿子，自己才是抱来的那个。

没过多久，乐知时又开口："哦，我想起来了，我拜的是双面观音。"他说完眼睛都亮了，那表情就像是在说，是不是很厉害，观音，还是双面的。

宋煜点点头，当着乐知时的面将签放进他明天要带走的考试袋里，和文具证件放在一起。

趁哥哥低头拉拉链的工夫，乐知时又赶紧拿出离开寺庙前求得的两个签，将写有佛陀密多尊者的那一支递给了宋煜，并非常郑重地告诉他，这是给他求的。

"我的？"宋煜低头看着签上的文字。

"西方有此快乐佛，推向人间尽欢笑。康壮前程任君行，万事可成无烦恼。"

怎么看怎么不像是他的。

乐知时点头。"对，我抽签的时候，旁边有一个对这个很有研究的高人，他告诉我这是上上签，特别吉利。他还说这个签文的意思是，抽到这个签的人慈悲善良，会一直无忧无虑，前程美好，一切顺利。无论想要求什么，都会心想事成。"

心想事成。

这么一解释就更不像了。

宋煜瞥了一眼，见他手里还握着另外一个，还没开口说什么，乐知时立刻敏感地捏住，解释说："这是我的。"

宋煜伸手。"给我看一下。"

从他手里拿过另一支签，其实比宋煜想象中要好一点，是观身尊者。他还以为是什么可怕的下下签。

"察见渊鱼者不祥，智料隐匿必有殃。且抛烦忧天地阔，顺其自然渊源长。"

"这个不是上上签，但是也不是很差。"乐知时想拿回去，但宋煜不打算给他，并且要他解释。乐知时只好简单说："就是顺其自然。"

为了证实这些东西真的很灵，他又补充道："好准，我最近复习好像进入瓶颈期了，很紧张，看来这个菩萨是告诉我，让我不要为这个发愁，要听天由命。"

被他这么一解释，宋煜竟然勾了勾嘴角，像是笑了。他把手里的签还给乐知时，顺势让乐知时听天由命回去睡觉。

乐知时这次没有强行留下，他知道不能再打扰了，也怕自己露馅，回去得很快。

门被关上，宋煜一个人坐回到桌子前，瞥了眼透明考试袋里那个红色的护身符，又注视着手里的签。上面的文字像是某种提示，在敲打和预示着什么。

能看清深渊的游鱼是不祥之事，窥见他人隐私的人会招致灾祸，越聪明，越容易深陷泥沼。只有暂且放过自己，放下这些庸人自扰，顺其自然，才能长久。

宋煜忽然发现，去古寺的人是乐知时，信这些玄妙教理的是自己，抽签的人是乐知时，在意签文偈解的还是自己。

因为乐知时不迷茫，不烦恼，他不是那些困于苦海亟待点化的信徒，他只在乎是不是能抽到可以送给宋煜的上上签。

哪怕只有一支，乐知时都会开心地把最好的替换给他。

看清这一点，宋煜就觉得自己更加无可救药。

第十四章
毕业纪念

抱着从宋煜这里获得的许多小玩意儿，乐知时心满意足，仰头倒在自己柔软的床上。

心也陷下去一小块。

乐知时怀疑，在他求护身符的时候，有人求了雨。

江城的六月，降雨量甚至都是用东湖作为计量单位来计算，本地人只会说，今天又下了几个东湖。乐知时目测，高考这两天保守估计下了六个。六是个好数字，哥哥高考必须吉利。

宋煜所在的考场地势很低，淹成一片，下沉式操场几乎成了一个湖。乐知时坐在林蓉的车里，盯着时间，还剩下不到五分钟。

雨顺着车窗玻璃往下淌，乐知时看不清外面，偷偷把车窗摇下来一点，撑着伞的家长把校门堵住，雨水从车窗的缝隙涌进来，打湿了乐知时的头发。

没过太久，他就从不远处看见一个撑着伞的高挑身影，从挤挤挨挨的家长中穿出，朝他们走来。

"哥哥出来了。"乐知时刚说完就打开车门，朝宋煜招手，大雨直往车里钻，只穿着短袖的乐知时打了个哆嗦。

宋煜的脚步明显快了些，俯身进车，关上车门，将雨锁在外面。

座位上都是乐知时的复习资料，他匆匆收拾，给宋煜腾出地方。

"你爸爸还在开会。"林蓉从一个大托特包里拿出一块折叠整齐的干毛巾，转过身来递给宋煜，"一会儿在吃饭的地方和咱们会合，想吃什么？"她虽然这么问，但也知道宋煜八成只会说随便。

宋煜把湿透的伞放在脚边。"小龙虾吧。"

乐知时听了比谁都开心。"我也想吃小龙虾。"

林蓉还有点吃惊，没想到他居然想吃这个。"好啊，那我跟你爸说一声。"

他们驱车前往餐厅，路上雨越下越大，还打起了雷。乐知时怕雷完全是生理反应，响动刚过，他就忍不住发抖，这个习惯小时候倒也还好，长大了就总是令他难堪，所以他都是尽量忍住，不让自己发抖。大家本来在车里聊天，乐知时因为太害怕，已经自动脱离了话题。

宋煜察觉到，拿出考试用的袋子，放到他们之间，低声说："你给我的东西，很有用。"

乐知时的注意力很快被转移，他扭头看着宋煜的脸，很小声问："真的吗？你考得好吗？"

宋煜点了点头。

乐知时很快开心起来，不过也没高兴太久，一个雷劈下来，正好就在他开口的时候，他又打了个战，声音都有点抖："太好了……"

宋煜觉得他这个样子有点可爱，垂下眼，靠在座椅靠背上。

乐知时找了个可以完全罩住耳朵的耳机戴上，播放摇滚乐，然后拿起他放在角落的大包搁到座位左边，半个身子扭过去，整个人都要埋进去地那样翻找。

他先是找出一个小小的紫色便当盒，转过身来直接放到宋煜腿上，然后又飞快转过去，拿出一瓶苏打水，递给宋煜。

他手上动作不停，又不说话，仿佛一个很忙的默剧演员。宋煜打开便当盒盖子，里面是切好的杧果、草莓和剥了皮的葡萄与荔枝，上面还浇了一点点金色的糖浆，看起来亮亮的，很可口的样子。

乐知时转过脸，给宋煜分叉子，他耳机里放着很大声的音乐，但似乎忘记对方是可以听见他说话的，所以只做了切水果的手势，最后指了指自己。

等红绿灯的间隙，林蓉正巧看到他们分水果。"那是乐乐刚刚弄的，可仔细了，葡萄籽都去掉了。"

宋煜吃了颗葡萄，很甜。乐知时也拿了个小叉子，叉起一块杧果塞进嘴里，又叉起一块荔枝，身子前倾，递到林蓉嘴边。

三个人分完了一小盒水果，最后还是乐知时吃得最多，以至于他在餐厅里落座的时候，开始担心起自己的胃口。宋谨在上第一道凉菜的时候就来了，身上的衬衫有点湿，一看就是赶来的，林蓉贴心地拿出包里的丝帕给他擦。

　　小龙虾上来的时候，乐知时忽然想起，哥哥中考完他们也是吃的虾，这让他萌生出一种近似仪式感的东西，心情更好了一些。

　　他期待着宋煜像三年前那样为他剥虾，可因为有林蓉这样的母亲角色在，乐知时的虾肉供应完全没有问题，也就等不到宋煜剥的虾。

　　大家都不太担心宋煜的发挥，在餐桌上热火朝天地计划着乐知时考完之后的全家旅行，宋谨建议去欧洲，但林蓉更想去埃及，两个人各自列举好处，让宋煜选择，宋煜却说想去日本。

　　乐知时往嘴里塞了一个梅渍小番茄，咬了一口爆出汁水，听到宋煜的建议，也是这样的感觉。

　　他连连点头，咽下番茄。"我也想去日本。我想去秋叶原。"

　　什么文化底蕴、优美风景，在宋家都赶不上两个小的的意愿大，敲定地点，宋谨就打电话给助理，安排行程预订机票酒店。一家人热烈讨论着出行计划，只有提出地点的宋煜保持沉默。

　　吃完饭他们没有在外停留太久，毕竟乐知时还要复习准备考试。回到家里，乐知时复习错题到晚上十二点，有点打瞌睡，手机振动了两下把他振醒，揉眼一看，是蒋宇凡给他发了个题，问他怎么做。

　　巧的是乐知时刚刚才看到和这题差不多的题型，他很快翻到错题本的那一页，拍下来发给蒋宇凡。

　　班级群里之前一直很热闹，乐知时没有参与，现在顺手点了进去，翻了翻聊天记录才知道大家在起哄。起因是（7）班的一个女生把自己的名牌送给他们班的一个男生，被同学看到，在群里开他们玩笑，说那个男孩脱单了。

　　"听说你俩是青梅竹马？住对门？"

　　"完全是小说剧情。"

　　"甜甜的早恋什么时候轮到我……"

　　乐知时有些不解，退出去问蒋宇凡。

　　乐乐：给名牌怎么了？

　　说题目的时候蒋宇凡没秒回，还以为他睡了，没想到一说这个就来劲了。

　　凡子：名牌不是写着自己的名字吗？反正在我们学校，从特别早开始，毕业的时候把名牌送给一个人就代表那个人很重要，也有人去要的，要得到是最好的，如果对方拒绝给出名牌，就说明"我一点也不喜欢你"。

原来培雅还有这么一个习俗。乐知时盯着屏幕看了一会儿，问出一个让蒋宇凡觉得奇怪的问题。

乐乐：男生可以送给男生吗？

片刻，蒋宇凡回复说："倒也没规定不可以。怎么，你该不会是要送给我吧，别送我这么珍贵的东西，一个篮球就够了。"

乐知时被他逗笑了，回了个表情包。

他还是有点困，想喝点冰的，于是独自下了楼。

时间太晚，楼下黑漆漆一片，他也懒得开灯，沿着墙摸到厨房，打开冰箱，从里面拿出冰镇的猕猴桃汁，喝了一杯，酸酸的，冰得脑瓜仁都震了震。他又倒了一杯，端着上楼。

宋煜的卧室门一向都紧闭着，这次却开了一个小缝，里面泄出一丝光，让乐知时忍不住靠近，做出了不在自己预期范围内的事。

"你还没睡吗？"

听见声音，宋煜抬头朝门口望去，看见乐知时穿着宽宽大大的奶蓝色 T 恤和白色短裤，端着一个玻璃杯站在门口。

"你怎么还不去睡，"宋煜把同样的问题抛给他，"明天不上课了？"

"我刚刚复习来着。喝果汁吗？"

没听到拒绝，乐知时自己就进来了。宋煜正躺在床上看新的纪录片，画面看起来很旧，一个裹着厚衣服的外国人站在一个积雪的山下讲解着什么，那里看着很冷，就和这个空调开得很冷的房间一样。

接过果汁的时候宋煜没有直接喝，而是放到了床边的柜子上。他卧室的灯都关了，只有投影仪散发出冷冷的蓝灰色调的光，落到宋煜的脸上，把他的五官衬得越发英俊起来。

乐知时打了个哈欠，宋煜让他回去睡觉，可他却坐到了床上，还把拖鞋脱了。"我想看一会儿这个。"

"你不会喜欢的。"宋煜很直接也很冷淡地说。

"我喜欢的。"

你喜欢我就喜欢。

乐知时看着投影中的景象，一群人在雪山上拿着仪器忙碌地做着什么。可是他听不太懂他们说的内容，于是问宋煜："他们在做什么？"

"测绘。"宋煜简单回答，过了几秒又补充道，"你可以理解为测量山的高度和形状，然后画地图。"

"哦，我明白了，原来地图是这么画的。"乐知时点点头，想到宋煜之前看的很多纪录片，好像都和这个测绘有关系。

宋煜的床每次都叠得整整齐齐，深灰色条纹的床品看起来也没有什么温度，但一旦打乱，棉被推开，就显得格外柔软和舒适。

乐知时先是单纯坐在床边，后来就把腿也放上去，再后来，宋煜都不知道他是怎么就挪到了自己身边，甚至很贴心地给自己的肚子上盖了一个被子角。

宋煜想问他为什么躺上来，可乐知时却转过脸，鼻梁和睫毛被投影仪的光照得亮亮的，声音很轻地询问："可以给我一个枕头靠着吗，哥哥？"

他叫哥哥的时候声音总是比平时要软几分，明明是已经过了变声期的男孩子，某些时候总是会显现出一点小朋友的语气。

宋煜递给他一个枕头，但是告诉他十分钟后必须回房间睡觉。

乐知时答应得很好，然后也开始认真看纪录片。他一会儿问这是哪座山，一会儿又问他们为什么要到山顶去测绘，要怎么测量呢？画好地图就是给别人看吗？问题一多，宋煜就觉得他是故意用这种手段好让自己忘记时间。

但他不会上当。

"你问题很多。"

乐知时停了停，眼睛盯着画面，缓慢地眨了眨，然后整个人往被子里缩，直到只能露出一双眼睛在外面。

宋煜知道他开始耍赖了，心里计划着要把他拎出去，但乐知时却赶在宋煜责难前闷闷地解释："你的空调开得太低了。"

"你回去就不冷了。"

"为什么你总是赶我走呢？"乐知时好奇地抬头看他，眼神天真，是单纯想知道答案。

宋煜顿了顿。"因为我喜欢自己一个人。"

乐知时不说话了，他觉得宋煜在说谎，没有人喜欢一个人待着。如果有也是暂时的。

或许他只是没有找到那个喜欢一起相处的人。如果出现的话，宋煜大概就不是这个样子，会笑，会期待那个人留下，还会把自己觉得重要的东西送给她。

比如名牌什么的。

乐知时想到了蒋宇凡的话，心里涌出一些奇怪的情绪来，最近这种感觉频频发生，让他觉得不舒服。正巧，他只侧了侧头，就看到床头柜上放着金属名牌，在投影变化的光线下发着光。

"哥哥，"乐知时取了那个名牌，放在手心，"这个可以送给我吗？"

宋煜皱了皱眉。"你要我的干吗？"

"你不是有两个吗？"乐知时攥住，睁大眼睛求他，"送我一个吧，就当是纪念品。"

在宋煜眼里，他现在的样子，和去水族馆想要一个小海豚挂件、去麦当劳想要套餐玩偶、玩游戏想集卡一模一样，没有什么分别。

转过脸，宋煜把空调温度调高了一些，眼睛注视着纪录片画面。

"随便你。"

真草率。乐知时想，这么轻易就把大家觉得很珍贵的东西送出去了。

乐知时低头看着手心里的名牌，觉得自己很幸运，如果晚一点找他要，这个小东西可能就会在宋煜明天返校的时候随意给到其他人手里，毕竟真的很多人喜欢宋煜。

想象另一个人握着这个名牌的样子，乐知时又有点感激宋煜的草率。

不需要他恳求太久。

一个纪念品就像一个安抚剂，要到之后小孩子就会安静很多，无论是在水族馆还是卧室的床上。宋煜把名牌给他，就能安安静静看完这一集。

播放下一集片头时，他的注意力分散到身边，发现乐知时睡着了，脑袋歪着，微卷的头发乱糟糟的，嘴唇有一点翘，看起来是真的累了，胸口轻微地一起一伏，可手里还攥着那个名牌。

宋煜试着叫他，让他回去睡觉，无奈叫不醒。用更大的声音或是强行推醒似乎都很残忍，所以他放弃了，不做任何动作。

秦彦发来一条消息，手机振了下，乐知时没醒，但轻微地动了动。宋煜很快拿起手机，第一次毫无延误地点开看了朋友的微信。

秦彦：网吧包夜都不来，刚高考完都不出来嗨，社恐大帅哥，您在家玩啥呢？

秦彦：别告诉我你睡了啊。

连续振动很麻烦，宋煜先是调了免打扰模式，然后回了一个字。

宋煜：嗯。

他把手机放到一边，自己也往下靠了靠，躺下来，但和乐知时拉开了距离。

被子里有一股淡淡的奇异果的味道，酸酸甜甜的，宋煜没有喝他送来的果汁，但好像已经尝到味道了。

天蒙蒙亮的时候乐知时醒了，感觉有点陌生，但很舒服，稍微睁了睁眼，发现自己是抱着宋煜的后背睡着的，手臂从他精瘦的腰绕过去，脸颊贴着他的脊背。

投影仪一晚上没有关，原来这部纪录片这么长。

像此时此刻流动的时间一样。

学校通知高三生在高考完第二天返校清书，宋煜的闹钟还是高考前定的，早上六点就响了，他有些困难地睁开眼关掉，床上空荡荡的，本来还想继续睡一会儿，但他想了想，还是强打着精神起了床。

投影仪被关掉了，连床头柜上没喝的果汁都不翼而飞，什么痕迹也没留下。

弯腰收拾被子，有什么东西掉出来，当的一声砸在地板上。宋煜看了一眼，是他的名牌，于是弯腰捡起来。

要的时候好话说尽，到手了就不管了。

门突然被推开，乐知时似乎很着急的样子，神色慌张，他咽了咽口水，说："我……我落东西了。"

宋煜假装什么都不知道，转身问："什么？"

乐知时很赶时间，直接冲上来翻宋煜刚刚铺好的床，虽然被他弄得很乱，但宋煜出奇镇定，一点也不生气，甚至有点心情愉悦。等到他发现乐知时确实很慌，他才递过去。"在这儿。"

看到宋煜手心里的名牌，乐知时很明显松了口气，从他手里拿过去。

"这么快就丢了，看来也不是很需要。"

乐知时不想让宋煜知道自己早上溜出去的时候多狼狈，所以他心平气和地接受了宋煜阴阳怪气的指控，顺从地说："下次不会了。"为了自证，他直接把名牌别在了校服上，和他自己的上下并在一起，然后飞快离开，去学校上早自习。

宋煜转过身，盯着又被他弄乱的床，看了一会儿，决定不整理，下楼吃早饭。

林蓉又榨了奇异果汁，她觉得宋煜可能不会太喜欢，所以没给他倒，没想到宋煜主动要了，还多喝了一杯。

"挺好喝的。"宋煜破天荒对林蓉的饮品做了评价，让林蓉心情大好。

高三生返校的轻松感都感染到了门口的保安，过去为难过学生的那些保安今天看起来都和蔼可亲。教室的黑板上写着"我们毕业了"，宋煜进去的时候就看了一眼，没有太大感觉。

教室里很热闹，周围的同学兴致勃勃地计划假期，班长拿着花名册让大家一一在谢师宴参加名单上签字。学校为了减轻保洁人员的工作负担，提前很久就和高三生强调禁止撕书狂欢，事实上真正想要撕书的学生也是少数。

很多人一来就把书搬下去卖了。

被大爷提到秤上的那一袋袋书，是他们紧紧绷了这么多天沉重又年轻的心。

秦彦来得早，东西都收拾完了，一身轻松地拉了个凳子坐在宋煜旁边。"我帮你？"

宋煜摇头，说自己可以。

"你怎么不让阿姨一起来。我爸刚走，把我的东西全拿走了。"秦彦揽住宋煜肩膀，"我多讲义气啊，留下来陪你。"

宋煜懒得同他插科打诨，默默整理着自己的复习资料。教室门口有些吵闹，秦彦撞了一下宋煜的肩膀，暗示他抬头，宋煜皱了皱眉，抬头看见不少女生，其中一个带了头，剩下的也一起走进来。

"美女欸。"

宋煜扭头看向秦彦。"哪儿有？"

秦彦："……"

最中间的那个女孩长得很漂亮，一头乌黑的披肩长发，有些羞怯，簇拥她的女生几乎都在推着她往里走。秦彦小声说那是高二的级花，宋煜对高二的人和事一无所知，更别提什么级花，只觉得这大概是秦彦喜欢的类型。

早上来学校的时候，还没上楼，宋煜就在楼下遇到了一个将他拦住的女孩，扎着马尾，笑起来很阳光也很自信，说着那些校园剧里类似的台词。宋煜保持距离站在原地听完了，拒绝了她的毕业礼物和告白。

对方不太死心地询问理由，宋煜说没什么理由，继续上楼。

只是摆脱她走到三楼的时候，他停在空中长廊口，沉默地站了一小会儿。

这几个进来的女生比起早上那位还要惹眼，班上收拾东西的人本来就很多，见到这架势都跟着开始起哄。

秦彦看着不着调，实际上是个很有分寸的人，平时在宋煜面前吵吵闹闹，有事没事就想逗逗这面瘫，到了这种时候反而不吭声，只是弯腰帮宋煜把书从抽屉里往外拿。

"这是什么，好大一本。"秦彦硬是把宋煜之前塞到最底下的手工画册给抽了出来，翻了翻，"这里面都是白纸啊。"

宋煜疑惑地回头，看到那画册的第一反应是夺回来。"这个不能扔。"

"我没说要扔啊？"秦彦觉得奇怪，他这么紧张，倒像是什么很重要的东西似的，可上面什么都没有，连个名字都没有，看起来像是全新的。

"那是写真本吗？还是皮面儿的，很贵吧。是不是……"

"闭嘴。"

那个女生被一路推到宋煜座位跟前，手里还提着一个很精致的礼品袋，上面是奢侈品牌的 logo（标志），宋煜仿佛根本听不见这骚动，专心整理。

级花本人没有开口，倒是她身边的朋友先开了口："宋煜，我们遥遥有话跟你说。"说完她又推了一把那个叫遥遥的级花，催她开口。

秦彦从现在就开始替她们尴尬了。

"宋煜学长，我喜欢你很久了。"叫遥遥的女生害羞地开口，将手里的礼物袋递出来，"这里面是我挑了很久的礼物，希望你喜欢，之前……之前你还在复习考试，我一直不敢说出来，怕打扰到你，现在你就要从培雅毕业了，再不说可能就来不及了。"

宋煜并没有伸手接下礼物，围观群众都在小声吃瓜，这让她的小姐妹很不满。

遥遥没有太介意，鼓起勇气，又问道："如果你愿意的话，我们可不可以试试看？"

宋煜整理到一半，看见了抽屉里的纸盒，是上次乐知时自己做的拿来放手绘止痛贴的。这样一比，这个盒子显得很幼稚，不昂贵，但宋煜盯着看了好一会儿。

见他有点走神，遥遥的那个朋友抓过她手上的礼品袋，将袋子放在宋煜的桌子上。"就放这儿，你送出去就行，要怎么处置他自己弄。"

这句话说出来，秦彦差点翻白眼，这怕不是个猪队友。

但宋煜依旧没什么表情，只是把乐知时做的盒子和其他东西分开，放进书包里。没有抬头，但总算是开了口。

"我建议你不要放在我桌上，到时候可能会被保洁阿姨拿走。"

对方显然被他的话狠狠噎了一下，那个遥遥脸上多少也有些难堪，但她和每个向宋煜表白的人一样，都做好了十足的心理准备，所以她又一次尝试。"学长。"她看了一下宋煜整理出来的纸箱，"这些你还要带走吗？如果可以的话，能不能送我一些笔记？还有就是，你的名牌……"

"家里有个弟弟。"宋煜打断了她的话，抱起地上的一个纸箱，放在桌子上，看向她。

"我的东西都要留给他。"

宋煜高考后的生活并没有比考前丰富太多。

他依旧每天早起，背着包去省图书馆一待就是一整天，下午回到家吃饭，晚上没事的时候，会在自己的房间打一会儿游戏，单调到不像十八岁男生的日常。

十五岁男生的兴趣爱好明显要广泛得多，但乐知时没有时间让自己的生活快乐起来，全部的时间都挤压在学习上，中考越来越近，一向不紧张的他都被迫和大家一起绷紧了神经。

宋家对他参加中考的紧张程度明显超过了宋煜，为了方便送他去，林蓉提前好几天去摸清考场路线，计划考试这几天的菜谱，生怕乐知时过敏或是吃坏肚子。

菜谱实验期间做的菜都被宋煜不情不愿地吃掉了。他作为亲生儿子的待遇就是给小儿子当免费的小白鼠，还不容反抗。

考前一晚，乐知时早放学回家，林蓉给他列了一个很长的注意事项，让他吃完饭一定要对着清单看一遍，避免忘记拿。乐知时觉得他们太夸张了，但连一向十分佛系的宋谨都觉得，这样的担心是应该的。

全家只有宋煜，对乐知时的考试表现出不关心的态度。

这种鲜明的对比让乐知时感到有些受挫。

他觉得宋煜没有像自己关心宋煜那样关心自己。

吃完饭他就被林蓉催着上楼洗澡。"你今天一定要早睡，知道吗？睡不好不是开玩笑的。"

乐知时点头起身，准备上楼，又听见林蓉打趣宋煜："小煜，你怎么每天往图书馆跑，该不会是和喜欢的女孩子约会吧？"

宋煜面无表情地说："你可以跟踪我。"

"那多没意思。"林蓉将碗筷收到洗碗机里，"我就是奇怪，你都成年了，这么多年在学校里真的没有喜欢的人啊？"

宋煜沉默，但表情更像是对这种八卦心理的无视。

林蓉自动把这当成否认，于是叹气道："你也太不像我了，我小学就有喜欢的男生了。"

乐知时拖着步子上楼回到卧室，林蓉连换洗的睡衣都给他放在了床上。

他不知怎么，脑子里一直回响着林蓉对宋煜调侃的那两句话，有点心不在焉，进了卫生间就脱衣服洗澡，水从头上淋下来，打湿头发和睫毛，眼前的一切都雾蒙蒙的，发白，发灰，然后他想象出宋煜在图书馆遇到某个女生的场景，是很俗套的情节，例如两个人恰好在同一层书架的两侧相遇，恰好又喜欢同一本书，然后又恰好在同一时间去拿那本书。

这种剧情在少女漫画里似乎经常出现，但乐知时不喜欢少女漫画。

他也不喜欢那个促使宋煜去图书馆的女生，尽管可能不存在。

这个略显恶毒的想法出现不过一秒，就被敲门声敲碎，烟消云散，乐知时抹了把脸，关掉水。

"谁？"

"我。"是宋煜的声音，"你在洗澡？那我等一下再来。"

"我洗完了！"

乐知时飞快地擦干了身上的水，又很随便地擦了几下头发，从淋浴区出来，却没有在干区发现自己的睡衣。

通常他会放在置物架上。

宋煜站在门口等。忽然间卫生间的门开了一个小缝，还以为他要出来了，没想到小缝里又伸出一只白花花的手，还冒着热气。宋煜不由得走过去，看他到底想干什么，刚站到门口，自己的衣服下摆就被乐知时的手一把抓住。

乐知时抓住衣服的准确度，简直就像《挖金矿工》里那只机器手抓金子一样，一抓一个准。扯了一下才发现不对劲，立刻松开，伸进门缝。

"你在干什么？"

"我……"乐知时躲在门缝后面，只露出一双眼睛，还有沾着水珠的脖子和小半边锁骨，"我忘记拿衣服了，在门口的架子上吗？"

宋煜收回视线，迟钝地看了一眼周围。"没有。"

乐知时忽然想起来。"在床上！帮我拿一下吧哥哥。"

宋煜走到床边拿起睡衣给他递过去，又站到他的书桌边，等他穿完衣服出来。

刚洗完澡的乐知时浑身都冒着软软的热雾，头发还有些湿。他光脚跑出来，踩在地板上，明明和宋煜也只差一个头，可宋煜总觉得他身上有一种自然而然的纯真。

他知道很多时候人都是基于自己对他人的期望在进行人际交往，这些期望是他们想象中的某种形象，是主观赋予的许多虚无的属性，例如善良、优雅、天真烂漫。

他知道这些，但还是会坚持认为，乐知时就是纯真的。

"找我有事吗？"乐知时稍稍仰起脸，看着他，睫毛上还沾着水珠，像叶尖上的晨露。

宋煜这才想起自己来的目的，他走到门口，把那个放在门口的小纸箱拿进来，放到地板上。"这是我毕业之后整理出来的，有的笔记你可能还用得上，可以留着看看。"说完，他又低头从口袋里拿出两样东西递给乐知时，一个是那天乐知时给他的护身符，另一样是一支笔。

"这是我平常最常用的笔，挺好写的，可以当备用笔。"简单说完，宋煜让乐知时早点休息，转身就要离开，可乐知时叫住了他。"这个是什么？"

宋煜一回头，看见他蹲在地上，手里拿着那本手工制作的速写画册，疑惑地朝自己歪了歪头。

"这……我之前买的，买错了，没用过。"

"在哪儿买的？画纸的质量好好！真的给我了吗？"乐知时抱着画本站起来。

宋煜闷闷地"嗯"了一声，转身就走了。

乐知时总感觉他这样子有些熟悉。

就像每次被撸到很舒服，但又假装很嫌弃的橘子，也是这样，从喉咙里发出闷闷的一声咕噜。

乐知时一只手抱着画册，另一只手拿着他送来的护身符和笔，低头仔细看了看。护身符正面没什么，和他送出去前一样，直到他翻过来才发现，原来反面写了字，是宋煜的笔迹，笔锋利落。

"无往不利。"他轻念出声。

原以为会写考试加油之类的话。

不单单是考试，宋煜希望他的人生中没有不顺利的事。

抱着从宋煜这里获得的许多小玩意儿，乐知时心满意足，仰头倒在自己柔软的床上。

心也陷下去一小块。

当考试真的到来时，比乐知时想象中轻松，考题也没有训练的模拟题复杂，数学稍稍难一些，但他很走运，最后两道大题都是他错题本上记录过的题，而且宋煜都给他讲过，印象非常深刻。

最关键的是，宋煜送给他的笔发挥了巨大作用。他自己带的笔出墨不流畅，好几支都是，还是他新买的一板笔，大概是批次质量不好。

幸好有宋煜的笔。

连着几场考下来，乐知时觉得自己发挥得还不错，心情愉快。最后一场他也本本分分检查到最后一秒。

考场外艳阳高照，乐知时一出来，就被撑着伞的林蓉看见，上前去把他接回车里。

"热吧乖乖，快进去车里吹空调。"

乐知时拉开车门，没想到宋煜竟然也在，这么热的天，他做梦都没想到宋煜会来接他。

"宋煜哥哥，你怎么在这里？"

他提问的语调完全暴露出大喜过望的态度，坐在驾驶座的宋谨开玩笑说："今天也是巧，我本来要去签约，结果甲方代表突然有急事，提前签约。小煜刚刚好像也说图书馆有什么事，所以下午没去。"

宋煜破天荒地主动补充："装修，只能外借。"

这对乐知时来说是个绝好的消息，好消息在他这里都没有可质疑的余地。但随之而来的，是一个坏消息。

"不能去日本了？"乐知时像泄了气的皮球一样靠在座椅靠背上，"我都做好攻略了。"

看好了可以和哥哥一起去的餐厅，他喜欢的周边店。

还有哥哥应该会很喜欢的富士山。

现在都没了。

林蓉也非常同步地靠在副驾驶："唉，谁能想到会有台风预警呢，还要持续这么久的时间。"

宋谨开导他们："安全第一，安全第一。"

日本游暂时搁置，乐知时为此沮丧了好一阵子，考完试的第三天，他们班的同学组织一起去聚餐和唱歌，乐知时本来兴趣缺缺，可蒋宇凡在聚会前两小时给他打了个电话。

"海贼王周边？限量那个？真的假的？"乐知时非常惊喜，在林蓉的投喂下吃了一大块西瓜，还是最中间那一块。

"那我也去，你等着我。"乐知时挂了电话，心满意足地上楼，下楼的时候抱着一个篮球，那是他很早就买好准备送给蒋宇凡的。

"你要打球啊？"林蓉问。

"这是我给蒋宇凡买的毕业礼物，一会儿我们聚餐的时候我送给他。"乐知时提前炫耀，"蒋宇凡给我买到了我一直想要的限量周边，本来我准备这次自己去日本买的。"

林蓉用圆勺，一点点挖出满满一盘西瓜果肉。"真好，过几天请小蒋来咱们家吃饭。"

乐知时走了半小时，宋煜才从房间里出来，林蓉正要把冰镇过的西瓜给他端上去，两个人在楼梯口遇见。

"正好，你下来了，快吃西瓜。"林蓉拉着他到餐厅坐下，想起来又数落，"你就一天天在家自闭吧，你弟都出去和同学聚餐了。"

宋煜抬头看了一眼时间，问："聚餐？在哪儿？"

乐知时每次出门前都会给家里人报备时间地点，这次也不例外。林蓉把地方说给宋煜听，宋煜只觉得有些熟悉。

聚餐的地方选的是一个带晚餐自助的量贩式 KTV，乐知时到得比其他人晚，大家已经开始吃吃喝喝起来。

"乐乐来了！"

"乐乐过来，来这儿坐。"

初中的男女生大多早熟，就算是在一个巨大的包厢里，大家也都分开坐，玩得好的女生一团一团，男孩子聚在角落。这里的光线不太好，乐知时小心地走到最里面，和蒋宇凡会合。

蒋宇凡见乐知时手里真拿了个篮球，觉得倍儿有面子，把乐知时揽到自己身边，拿出他的礼物。旁边的其他男同学对此羡慕不已。

"你俩关系可真好。"

"这篮球可以啊，咱们一会儿去打两场吧。"

乐知时其实并不是很喜欢 KTV 这种地方，很吵，人一多就很闹，开一些乐知时并不喜欢的玩笑，但蒋宇凡在，而且他的新周边制作非常精良。对着 K 歌大屏幕的光，乐知时认真观摩，以至于蒋宇凡出去上厕所，跟他打招呼，他也没听见。

班上有两三个男生十分早熟，谈恋爱抽烟打架一件事都不落下，KTV 简直就是他们的主场。乐知时有点饿，从蒋宇凡的自助餐盘里拿了一小块苹果塞进嘴里，刚嚼了两口，就看见那几个男生朝他过来。

"乐乐来了啊，怎么不唱歌啊？"

乐知时摇头，含混地说自己不太会唱歌。他们几个端着杯子，挤开了乐知时身边的人，坐了下来。乐知时想咳嗽，忍了忍，没咳出来，想喝点水，桌子上玻璃杯很多，都长得一个样，他拿了离蒋宇凡餐盘靠得最近的一个，喝了一口，发现不对劲，一股酒味。

"这是我的啤酒。"

"啊？"乐知时赶紧放下，咳嗽了几声，"你还是未成年人，不能喝酒。"

"真乖啊。"

"那是，你可别把乐乐这种乖宝宝带坏了。"他们几个人通通笑起来，乐知时感觉自己又被嘲笑了。除了喝酒，他们又开起了别的乐知时听不明白的玩笑。像是打哑谜一样，说几句，又笑乐知时单纯，然后自顾自继续。他们的大惊小怪让乐知时有些不高兴，但也不好意思说出来。

包厢里很热，这几个人闹了一会儿，又把乐知时架起来去了隔壁的一间无人的包间。

蒋宇凡唱完好几首歌，才发现乐知时不见了，在大包厢里找了一会儿没看见他的踪影，便推门出去，正巧看见乐知时从隔壁房间跑了出来。

"欸？乐乐！"

"我下去透口气。"乐知时跑得飞快。

这么一点啤酒，应该不至于会有这么激烈的过敏反应。可他实实在在觉得热，感觉空气稀薄，于是直接沿着走廊跑了出去，下楼，跑到 KTV 的门口，想要呼吸一点新鲜空气。

令他没想到的是，在大门口，他竟然看到了宋煜的背影，就站在一辆停好的黑色轿车旁。

乐知时以为是自己的幻觉，正在这时，二楼的窗户被打开，是秦彦的声音："宋煜，你还没散完啊，甭散了，他们抽烟你一会儿上来还是烟味。"

宋煜抬起头，但第一时间看到的是站在门口的乐知时，他对秦彦说自己先不上去了，然后朝乐知时走来。

"你怎么在这里？"乐知时站在门口的台阶上问他。宋煜走到他的面前，由于台阶的原因，他们第一次保持了平视的姿态。

"和你们一样，集体活动。"

宋煜说完，发现乐知时有些不对劲，两手插兜，脸凑近了一些，意在观察。

两个人鼻尖的距离一下拉近。宋煜身上散发出一股非常好闻的味道，是乐知时熟悉的沐浴露的香气，混合了一点点尚未散开的薄荷烟气味。

近在咫尺，乐知时的喉结动了动，克制自己不要乱想。

"你干什么了，脸这么红？"

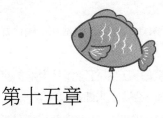

第十五章
顺其自然

他亲眼看到从自己身上延伸出某种从未想过的可能性，
而这种可能性和其他人都不一样。

太近了。

乐知时来不及回答宋煜的问题，心虚和慌张的情绪拉着他的身体后退，整个人直接被后面更高的台阶绊倒，身体向后倾去。

但宋煜更快一步拽住了他的手臂往前扯，乐知时就像一个失去自由意识的不倒翁，歪来倒去，最后一头栽进宋煜的怀里。

"你怎么了？"宋煜皱眉问他。可乐知时却十分不领情地挣脱出来，后退了几步站在更高的台阶上，说话都有些不稳："我没事。"

宋煜站在原地凝视着他，似乎在思考他这句话的真假。

乐知时的状态很不对劲，他无法向哥哥解释，干脆自暴自弃地蹲下来，把头埋进膝盖里，用其他事掩盖过去。"我刚刚不小心喝了别人一口啤酒，现在有点难受。"

听罢，宋煜心里的疑虑打消些许，也蹲了下来，握住他的手腕翻开查看手臂内侧，暂时没有出疹。他说是不小心，宋煜是不会怀疑的。

"喝了多少？"

乐知时摇头，但头还是埋着。"不多，一小口。"

被宋煜握住的那一截手臂很烫，他背后起了薄薄一层汗，有点想挣脱，又有点想维持原状。

这种矛盾的心理太奇怪了。联想到刚才在KTV里看到的，乐知时甚至有些潜意识的恐慌。

他亲眼看到从自己身上延伸出某种从未想过的可能性，而这种可能性和其他人都不一样。他不合时宜地想到刚刚其他的几个男生看到动图之后的反应，都是不约而同地嘲笑和讥讽，丝毫没有掩饰。

只有他是不同的。

为什么他笑不出来？

"回家吧。"宋煜松开了他的手腕，又拍了拍他的手，"回去吃一颗氯雷他定片。"

乐知时把头抬起来，脸因为憋闷变得更红了。"你也回去吗？"

宋煜对着他点头。"挺无聊的。"

"那你为什么来？"

宋煜的表情变了变，面对乐知时这种毫无顾忌的直接问法，他早就学会了转移话题，自顾自站了起来。"你走不走？"

"走。"乐知时毫不犹豫地跟着宋煜站起来，可下一秒又想起来自己的周边还在包间的桌子上，于是告诉宋煜自己要回去拿。

宋煜虽然不说话，但也默默跟在他后面。初三生订的集体大包间在一楼最里面，他们高三毕业班的则是在二楼，宋煜本来不想进去，一想到他刚刚不小心喝到啤酒，猜到里面应该有不太守规矩的人，所以还是跟进去了。

果然，乐知时带着自家哥哥再次进去，更是吸引眼球。KTV的氛围和在学校明显不同，大家起哄的劲更足了。

"哟，乐乐，哥哥接你回家啦。"

"你们家管得好严啊。"

宋煜冷着一张脸，一言不发。乐知时发现之前那几个拉着他看片的同学又回到这个包间了，他们正在唱歌，有点怕被缠上，乐知时飞快跑到自己之前坐的角落。

蒋宇凡还坐在那儿跟别人打游戏，一抬头正好看见他。"哎，你回来了？他们说你上厕所去了。"

"我要回家了，我哥来了。"乐知时拿起桌子上的周边，"你也早点回家。"

蒋宇凡连连点头。"打完这盘我也要走了，明天出来打球啊。"

"好!"乐知时一溜烟就跑了，生怕宋煜在这里待得不自在，又生怕那几个男生再拉住他干一些奇怪的事。

宋煜早他几步出来，手机振了振。

秦彦：帅哥你还回来吗？

宋煜低头打字。

火日立：我回家了。

秦彦：?? 你可太逗了，之前喊你你不来，突然又改变主意要来了，来了没一会儿又跑了，歌一首没唱，人家是K歌之王你是鸽子王。

这个笑话实在不算有趣，宋煜没有笑出来，一时间也不知道应该如何回复。

他也觉得自己的保护欲过于强烈了。

乐知时拿着他心爱的周边出来，和宋煜往公交站走去。他发现很多事就和失眠后躺在床上数羊一样，越念越睡不着。他现在越是告诫自己不要去回想那个画面，可那个广告动图就是不停在眼前晃，让他很是难堪。

公交车晚上的发车间隔变得很长，他们并肩站着，谁也不说话，马路上车来车往。乐知时没吃晚饭，肚子叫了一声，气氛变得更尴尬。

但宋煜没觉得怎么样，他让乐知时坐在这里等，没过太久，他就拿着红豆抹茶大福和一盒冰激凌出来，递给了乐知时。

公交车也来了。他们上了车，车上只有一个戴着耳机睡觉的年轻男人，坐在最前面。两个人刷卡，然后坐在最后一排双人座上。乐知时拆开大福，两口就吞没了，撕开冰激凌盖子慢慢享用。

吃东西的时候他的注意力就会不自觉转移。

宋煜帮他拿着手办，盯了一会儿。"你就是为这个去参加聚会的?"

"对。"乐知时毫不掩饰，并说这是他最想要的周边，"其实还有火影的那个，但是已经售空了，我准备在闲鱼蹲一蹲，碰碰运气。"

宋煜无声叹口气，他觉得哪天乐知时因为一个动漫周边跟人跑了也不是不可能。

冰激凌也是抹茶味的，乐知时觉得宋煜会喜欢吃，舀了一勺递到他嘴边，但宋煜还是拒绝了。乐知时只好自己吃完，把盒子放进便利店的塑料袋里，心满意足。吃下去的冰激凌让乐知时身体的热度降了下来，可他心里多少还是有些异样的情绪。

他发现自己不敢细想和深究，仿佛害怕知道什么似的。

青春期的萌动就像蠢蠢欲动的智齿，藏在最深处。那种存在感充其量只能算作隐隐可见，可就是让你无法忽视，总想着用舌尖去舔一舔，碰一下，但又得不到什么明确的回馈。

忧虑、好奇、恐慌、畏惧，这些情绪通通埋伏在暧昧的软肉里，你无法做出正确预期。

期盼它萌出，又害怕随时可能到来的隐隐作痛。

宋煜就坐在他的身边，不知道什么时候戴上了耳机。车子摇晃着向前开去，反光的玻璃映射出他英俊的侧脸，和一闪而过的霓虹一起，有种虚幻的美感。

乐知时看着玻璃窗，心中产生出一种年幼者对年长者的好奇。

"宋煜哥哥。"他侧过头。

宋煜摘下一只耳机，和他对视。

"你有没有看过那种视频？"乐知时的表情和语气都展露出显而易见的羞赧，可他好像怕宋煜听不懂似的，又特意补充了一句，"少儿不宜的那种。"

宋煜皱了皱眉头。"问这个干什么？"

乐知时这次没有被他的反问带跑，坚持问："你看过吗？"

宋煜沉默了一两秒，抬手就要戴上耳机，似乎不准备回答他的问题了。乐知时慌忙把他戴耳机的手摁住。"我就是好奇。"

"为什么好奇？"宋煜盯着他，眼神锐利。

乐知时没有避开宋煜的眼神，但顿了两秒才开口："刚刚有几个男生带着我看了。"

本来是有点害怕的，可宋煜的反应比他想象中淡定太多。"然后呢？"

他挑了挑眉，脸上依旧没有太多表情。"好看吗？"

乐知时垂下眼，咕哝一声："就那样吧。"他不敢说自己后来看到了什么，只说了前半部分，"我其实没怎么看清，他们都挤在一起，手机屏幕就那么小，而且还很大声地笑。他们说那个女生身材很好，我看不出来好不好，反正很白，是个外国人，那个男的……"

公交车里的广播报了站，乐知时如梦初醒般推了推他的肩膀，两个人这才下车。

"以后不要跟那些人混在一起，只会学坏。"宋煜告诫他，语气严厉。

但哪怕他不说，乐知时心里也是知道的。他从小受到的家教虽然不算铁腕，但一直都是引导着往好的方向去的，就连乐知时自己也不喜欢刚刚那群人的感觉。

而且他总下意识觉得，如果他学坏了，可能会被宋煜讨厌。

走在街上，夏天的风迎面扑过来，路边还有很多生意正旺的烧烤店，桌子摆在外面，一张挨着一张，大家坐在外面吃夜宵聊天。宋煜的声音在嘈杂环境里显得有些模糊，不那么严厉了。"有性意识萌发是很正常的事，你长大了。"

乐知时不知道应该如何接话，所以干脆没吭声。他们走过大排档的区域，周围一下子安静下来，只剩下夜里的蝉鸣，昏黄的路灯拉长他们的影子，黏到了一起。

低着头的乐知时又听见宋煜问："你看完就只有这些感想？"

他不知道为什么宋煜的话锋又变了，嘴硬说："嗯。"

宋煜也没有逼问下去，两个人就这样沉默地走到自家楼下的电梯，他抬手按了上行。等待中，宋煜又一次低声开口："其实你不需要为这种事产生羞愧心理，哪怕在看到的时候真的产生一些感觉或者反应都是很正常的，人类有性欲是本能。你可以好奇，可以去主动了解，但不要因好奇做出不该做的事。"

事实上宋煜并不想充当这方面的引导者，他强装出一副淡然的样子去处理这样的状况，只是不想让乐知时因为这件事而难堪。

但实际上，他不太愿意去想象乐知时看到那些画面的样子。

"性也并不是什么可耻的事。只有正视它，才能正确地对待它。"

宋煜一方面希望自己的弟弟可以正确对待性意识的萌发，另一方面又觉得，自己好像也没有什么资格去教导他。毕竟他所持有的念头才是大众意义上的"不正确"。这种违背常理的矛盾感让宋煜困顿，深陷其中，却还要学着去履行作为兄长的责任。

"都很正常，不用紧张。"

想到乐知时可以这么毫无负担地把这些事说给他听，宋煜愈发觉得，自己就应该安分守己地做一个好哥哥。

乐知时反复咀嚼着宋煜的话，心里的负担感好像小了一些。但他难以启齿的和宋煜所说的仿佛是两件事，程度不同，方向也不同。

这或许也是一样的道理，他说服自己。

但如果宋煜真的知道他看到了什么，还能心平气和地对他说出这番话吗？

乐知时拿不准。

电梯门开了，不知道是不是之前运输过什么，开门的瞬间有少许粉尘掉落下来，站在前面的乐知时吸了进去，忍不住咳嗽起来。

"你没事吧。"宋煜摁了楼层，他对气味没有乐知时敏感，没感觉到电梯里有什么异样，所以下意识低头检查自己身上是不是还有烟味。看到这一动作，乐知时摇头，平复了一下自己的呼吸，对宋煜说："不是你身上的，刚刚上面掉灰了。"

被乐知时发现动机，宋煜的语气转变得不太自然："我只是不想沾上烟味，很难闻。"

"是有一点点。但是不知道为什么，"乐知时背靠在电梯壁上喘气，咳嗽过后，苍白的脸泛了红，眼睛湿蒙蒙的，语气和眼神一样真诚，"在你身上就变得很好闻。"

宋煜没有回应他的话，像往常一样。

乐知时大多数时候是不需要回应的，从小到大都是如此，他随时随地、没有障碍地释放着对哥哥的喜爱，也并不认为表达情感有什么不合适。

但现在的他有些变了，偶尔也希望哥哥能回应一点。哪怕是像小时候那样果断地拒绝他，告诉他："我不喜欢你这样说，你以后不要这样了。"

他什么都不说，乐知时就想猜。但他不喜欢猜。

过敏的症状并没有出现，但他还是未雨绸缪吃了一片药。当天晚上，乐知时辗转难眠，大概半夜两点才睡着。

他做了一个很奇怪的梦。起初他躺在一片很美的草地上，天空很低，云絮飘浮。他伸了伸手，一片乌云落下来，不留缝隙地压在他的身上。一瞬间，乐知时几乎没有办法呼吸，他试着挣脱，那片云却聚拢成人形，是一个高大的男人形象，没有脸孔，给他的感觉却很熟悉。

密不透风地、苟合般地相拥让他窒息，那种发病一样的濒死感压迫着全部神经。但奇怪的是，他反而从这窒息中被逼迫出某种怪异的感觉。

梦里的云在最后毫无征兆地化成一摊热的雨水，将他淋透。早上五点，乐知时从梦中惊醒。

后来的许多天，乐知时都试图通过网络检索了解更多。他不想一直笼罩在懵懂的好奇心和畏惧之中，看了许多文章，做了很多测试，也一个人看了许多电影。大多是文艺片，画面很美，也很感人。但看得越多，乐知时越疑惑。

他看到网络上所谓十分具有吸引力的男人图片，没有太大感觉。一套套的测试做下来，结果也很模糊，并不是每次都一致。

这些都让乐知时感到困惑。

他的困惑总是表现得很明显，经常皱着眉神游，在陪同林蓉看电视剧的时候，会对着男女主角的对手戏发呆，或是摆出一副探究的认真表情，像是很需要一个人替他解答。所以在之后的某天，全家出游的时候，宋煜对望着一整片荷花发呆的乐知时说："你还记得你抽的签吗？"

乐知时回头，怀里抱着安静的棉花糖，有些茫然地看着他。

"顺其自然。"宋煜说。

他隐约觉得宋煜是了解他的，知道他为什么而感到迷茫，而他又一贯依赖宋煜，对宋煜毫无保留。

"我不太想和别人不一样。"乐知时很坦诚地向宋煜说出自己的想法，手掌轻抚棉花糖毛茸茸的脑袋，"这样很奇怪。"

"为什么？"

宋煜问出口的瞬间，棉花糖在林蓉的呼唤下溜走了。

乐知时坐在湖边的草地上，拿起一个完整的莲蓬，从里面剥出几颗嫩莲子。"小时候就和别人长得不一样，然后总是被特别关注。长大了也不想太出格。"他剥下嫩绿色的皮，露出白白嫩嫩的莲米，递给宋煜。

宋煜接过来，没有吃。他心里觉得，乐知时马上要上高中，面对新的不同的社交圈子，会担心是很正常的。两个人并肩坐着，六月底，正是荷花初开的季节，风把荷叶翻了个面，掩住新发出的、十分动摇的花蕾。宋煜低声开口："你知道人最矛盾的一点是什么吗？"

乐知时摇头，注视他的侧脸。

"我们会为了规避某些伤害，模仿大多数人的生活方式，把自己变得和别人一样，变得合群。这是人类的社交生存本能，就像大自然里的拟态，为了自保，动物也在进化中学会和环境融为一体，这样会更安全。"

"嗯。"

"但人类比动物复杂多了。"宋煜眺望远处的湖水，"我们有时候又会抱有一种期待，觉得我和别人不一样，偶尔会渴望自己能更特别一些，不想成为平平无奇的大多数。于是大家陷入自我挣扎，陷入矛盾。而消除矛盾，就需要舍弃。"

他说着，看向乐知时。"如果你更愿意泯然众人，就要放弃不甘平庸的那一部分自己。"

乐知时也抬头看他，浅色的瞳仁很清透，连深棕色的睫毛都被摇晃的阳光照得半透明。

他的眼底是思考的犹疑。

宋煜说完了自己该说的，转过了脸。宋谨在后面喊他，让他帮自己取新的鱼饵，宋煜应了一声，站起来。

只离开两步，乐知时就忍不住叫住他。

"那你觉得我应该怎么选？"

他身后，一枝孤零零的花苞在暖风里不安地摇晃。

宋煜停下脚步，半转过身。"你要自己决定，我也给不了你多么有用的建议。因为在我看来，你没什么可选的。"

乐知时疑惑地皱起眉。

"你生下来就是特别的。"宋煜抬了抬眉，"不是吗？"

湖畔的风吹开野蛮生长的花草，也吹散湿地公园挥之不去的水雾，覆盖了整个湖面的圆叶摇晃着，分开又交叠，这一池荷花也从零星的花苞变作满湖盛放的花朵。六月底的盛夏，一切都明朗起来。

高考出分的新闻都上了热搜，这种天大的事连不参与的人都很紧张，唯独宋煜淡定自若，查分的时候仿佛也是受命于他人，一副事不关己的样子。反倒是乐知时，前催后请，替他着急。

查出来的分数也和他本人一样很淡定，连班主任都打电话来贺喜，说 T 大没有问题，并给了宋煜很多报考建议，接完班主任的电话，又是学校领导的电话。宋煜后来懒得应付，称病全都交给林蓉处理。

乐知时比宋煜高兴一百倍，比他得知自己的分可以稳上培雅高中部火箭班还兴奋，他当即给蒋宇凡发消息炫耀，并额外说明他哥数学只扣了两分，强调了两遍。

得知儿子考得不错，宋谨也从公司赶了回来，说要庆祝，但他也知道宋煜不喜欢张扬，所以暂时没大张旗鼓地请客吃饭，和林蓉商量一番，决定在填报志愿前关起门来先庆祝一次。

"这些菜都是你们爱吃的，快吃快吃。"林蓉拿出一瓶红酒放在冰块里醒着，"今天开心，我们也可以小酌一点，乐乐不能喝。"

乐知时十分看得开。"没关系，我比较喜欢雪碧。"

宋谨站在桌子边，一边切烤羊排，一边问宋煜："你是不是早就看好学校了？闷不吭声这么久，也该告诉我们了吧。"

乐知时比谁都在意宋煜的答案，他想着之前夏知许说过的，他们去北京念书，他想知道宋煜是不是也会去那么远的地方。

连他的班主任和高中部领导都这么劝他，宋煜应该会去吧。

林蓉拿了三个酒杯出来，开玩笑说："如果真的去了 T 大 P 大，还是要请大家吃饭的，虽然我也不是很想见到嫂子他们，但没办法，亲戚朋友聚一聚比较合规矩……"

"我不去北京。"宋煜坐在椅子上，十分冷静，"我想报 W 大。"

"你的分……"

"没有所谓必须要上某所大学的分数，只有真正想读的专业和大学。"

宋谨显然是没有料到的，他的脸色因为意外而稍稍地变了变，但还是表现出理解的态度。"可以啊，如果你已经决定好的话。"

"W 大也好啊。"林蓉的心态转变得很快，T 大 P 大这样的学校在哪个家长心里都是首选，但得知自己的儿子愿意留在本市，她也很开心，加上林蓉知道宋煜的性格，宣布之前都做足了准备，她也不想表现得太反对，于是打圆场道："W 大离家近，想回来就能回来，我觉得挺好的。"

乐知时是很开心的，但他也知道察言观色，所以没有插嘴。

"那你已想好要选什么专业了吗？"宋谨问。

"测绘。"宋煜回答，"这个暑假我已经自学了不少，基本入门了，也提前掌握了一些相关的计算机知识，方便入学之后更快上手。"他看向宋谨，进一步说，"这个专业 W 大是最强的，不光是排名第一，学术资源和研究深度也是，而且未来的学术方向我也考察过了。"

宋煜比同龄人更早熟，这一点他们作为父母早有预期，但宋谨多少还是有些意外，他没想到宋煜连未来都已经规划好。

更没有想到的是，宋煜要学的是这个专业。

宋谨一时间没太控制好自己的表情，乐知时都看在眼里。

"这些都是后话，没关系，儿子考虑好就行。"林蓉撺掇着宋谨坐下，"我们先庆祝嘛。"

乐知时吃饭的时候问了宋煜很多问题，比如测绘是什么，学什么的，以后出来做什么，宋煜一一给了他相对简洁的回答，让他大概有了个概念。

"怪不得。"乐知时突然握住宋煜的手腕，"你上次送我的画……"

宋煜扯开他的手。"快吃饭。"

"什么画？"林蓉插进来调侃，"你们俩现在越来越多小秘密了。"

"没有，我什么都跟你说的。"

"我不信，那你告诉我你有没有喜欢的小女生。"

乐知时干笑了两声。"真的没有。"

宋谨也笑起来。"哪儿有你这样的妈，天天八卦孩子有没有早恋。"

"这很正常的，告诉我我可以引导啊，出出主意什么的。"

宋煜给林蓉夹了一筷子牛肉。"吃饭吧。"

"小煜又嫌弃我了！"

"……"

晚饭后，乐知时和宋煜一起给棉花糖洗澡，干燥的博美犬毛茸茸，像朵蓬松的云，一沾水就缩了水，体形小了一半。棉花糖不喜欢洗澡，总是想方设法逃跑，他们只能一个抱着另一个来洗。

洗到一半，乐知时身上湿了大半，宋谨出现在楼下浴室门口，语气温和地说："宋煜，你跟我来一下。"

宋煜被叫出去，浴室里只剩下乐知时和棉花糖，他们俩都湿乎乎的，而且都一样很紧张。

不紧张的反倒是宋煜，他已经预料到会被父亲叫去谈话，并不意外。宋谨拿了个篮球下楼，带着儿子走到小区里的篮球场。

两个人十分随意地打了打，一个防守一个进攻，进球后再相互交换。宋煜永远记得，小时候就是宋谨教会他打篮球的规则，告诉他这项运动不只要爆发力，更要沉得住气。

"太久没有一起打球了。"宋谨站在场地中间，投了一个球，篮球沿着抛物线落到篮筐，晃晃荡荡掉落进去，砸在地板上。他摇摇头，两手叉腰。"不行了，爸爸年纪大了，体力已经跟不上你了。"

宋煜将球捡起来，走到场边的自动贩卖机前，买了两瓶运动饮料，递给父亲一瓶。两个人坐下休息，面对着空荡荡的球场，宋谨叹了口气说道："我还记得以前咱们在这儿打球，也是面对面，你防守，又特别想赢，想把我的球抢走，结果一着急手把球拍了出去，正好砸到你弟弟头上。"

想到当时的情景，宋谨笑了出来。"把乐乐都砸蒙了，一屁股坐在地上，半天不起来，也不哭，就愣乎乎地看着那个掉在地上的球。"

说完他看向宋煜。"你那时候也很害怕吧。"

宋煜沉默着，算是默认。当时的画面已经模糊不清，但他还能回忆起那时候自己的紧张，因为太紧张，都想不起乐知时那时候的反应。

"但是乐乐不是很介意，你跑去找他，他叽里咕噜说了什么，好像还让你抱，不抱就不起来。"宋谨笑笑，"乐乐的性格太像他爸了。他长大之后肯定和你乐叔叔一个样子，你别看他好像什么都不懂，像个小孩似的，很多事他其实心里有数，只是不愿意想太多。"

宋煜知道父亲说的是对的，但总是不自觉地把乐知时当成一个孩子，明知道他已经长大了，还会时不时把他当作需要被保护的对象，仿佛自己可以从中获得什么乐趣一样，实际并没有，自己得到的只有与日俱增的负担。

"说说你的想法吧。"宋谨拿手里的饮料瓶碰了碰宋煜手中的，"为什么想学这个专业？和你乐叔叔有关吧。"

宋煜凝视着父亲，发现他其实什么都懂。

"我觉得乐知时也很像你。"宋煜忽然说。

宋谨知道他不是转移话题，笑起来。"他也很像你妈妈，毕竟是我们养大的孩子。反倒是你，好像是自己长大的，不太需要我们。"

宋煜摇头，否认了父亲的说法。"我很需要你们，每一个人。"他难得坦诚，但也只能点到为止。

起了阵风，球场周围的树枝摇晃着，蝉鸣叫嚣，宋谨问："我其实知道你从小就喜欢天文地理这些东西，可能和你乐叔叔也有关。小时候我忙着创业，乐奕带着你去了不少地方，爬山，看海。"

他说着，揽住宋煜的肩。"这么一想我儿子也真是厉害，那么小就去全国各地跑，见了不少很多大人都没有看过的风景吧。"

事实上，宋煜是家里不太愿意提起乐奕的人。对他来说，乐奕就像是另一个父亲，在他幼年的启蒙阶段就带着他见过了不同的世界。

他永远都记得乐奕站在山顶，对着缭绕的云雾大喊，希望身边的每一个人都幸福。

希望他以后的小孩也幸福。

宋谨笑道："我有时候也在想，如果他还活着会是什么样？他那么善谈，是那么好的一个人，乐乐如果由他们抚养长大，会不会比现在更好？"他顿了顿，又说，"所以我和你妈妈，我们真的很认真地在抚养乐乐长大，总觉得乐奕那家伙在天上看着。"

他看向宋煜。"你想想你小时候，他对你多好。他要是在的话，得多疼乐乐啊。"

宋煜鼻腔里泛起酸意，他有些抗拒继续深入这个话题，仿佛陷入一种两难的矛盾中，一方面他清楚，如果这个假设成立，乐知时一定更幸福，但另一方面，他又没办法想象这个世界上存在一个乐知时，没有和自己一起长大，完完全全独立于自己的生活中。

真可怕。宋煜想。

"我今天听到你说要学测绘，以后还要进行这方面的研究，心里是有一点抵触的。"宋谨敞开了对他说，"你可能也猜到了。"

"你是怕不安全。"宋煜知道他会这么想。毕竟无论现代科技多么发达，对测绘工作者而言，外出作业难以避免，可能会面临非常危险的地形考验。

宋谨点了点头。"你知道的吧，你乐叔叔的事对我来说还是有留下一点阴影的。"

他说得太含蓄，宋煜知道根本不是"一点"的程度。

"还是不一样的。"宋煜解释，"不管怎么说，距离可以外出作业还有很长时间，现在谈这个为时尚早，何况工作和爱好不同，安全措施的等级也不一样。"

宋谨何尝不知道这些，今时不同往日，外出作业都是常事了。

说到底，他只是心里过不去。

他拍了拍宋煜的膝盖，叹了口气。"去吧，爸爸就算不放心，也是支持你的。"说完，他露出一个笑容，"如果你以后能更加依赖我们，就更好了。"

宋煜垂眼，点了点头。

宋谨的手机响起来，是老婆催回家的消息，他站起来伸了个懒腰。"我们去给你妈带点冰激凌回去。"

"好。"

"对了，你估计还不知道呢，我跟你妈当年也是你乐叔叔撮合的。"

宋煜的确不知道，没人提过这件事。"是吗？"

"你妈条件好，又漂亮，追她的人不要太多。"宋谨开玩笑道，"虽然你爸我也是英俊潇洒，但是家境还是差了点，比你乐叔叔差很多。读大学的时候乐奕知道我喜欢你妈，你妈也对我有点意思，我不好意思追，全都是他撺掇的，在我们两个人之间忙来忙去，好不容易才成了。"

"没有你乐叔叔，说不定也没有你呢。"路灯下，宋谨的笑容带着几分怀念的意味，渐渐转淡了，说出一句像是感叹的话。

"大福星走了，给咱家留一个小福星，也挺好的，是吧？"

宋煜看着地面的影子，长长短短穿过树影，他点点头。

"嗯。"

买完冰激凌上楼前，宋谨突然接到一个外商的电话，他把便利店的袋子递给宋煜，让宋煜先上楼，自己打完电话再上去。

于是宋煜一个人开了家门，把父亲给母亲买的冰激凌交接过去，并拒绝接受母亲的狗粮攻击，独自上楼，谁知道经过乐知时房间的时候，卧室门突然打开，吓了他一跳。

乐知时站在他自己的房门口。"宋煜哥哥，你没事吧？"

宋煜觉得有点莫名其妙，说了句："你有事吗？"说完他就准备往自己房间走，谁知道乐知时把他拽了进去，还把门给关上了。

"干什么？"还没搞清楚状况，他就被乐知时直接摁在了卧室门板上。乐知时一只手摁在宋煜的肋骨上，另一只手抓住门把手。

"宋叔叔刚刚是不是拉着你出去训话了？"乐知时望着他的眼睛，眼神十分笃定，"他好像不太支持你去 W 大。"

"没有。"

"你说没有肯定就是有。"乐知时自以为已经把套路都摸透了，"宋叔叔说什么了，他要你去 T 大念书吗？"

刚刚他给棉花糖拿吹风机的时候，听见林蓉和闺密打电话，也是为宋煜不想去 T 大的事可惜。

大家说着都可以，去哪儿都行，其实心里还是想劝宋煜多考虑一下吧。

越想越觉得如此，乐知时松开摁住宋煜的手，拉开了卧室门准备出去。"我帮你去跟宋叔叔说，我能说服他。"

他一只脚刚迈出去，就被宋煜拽住，扯了回来。"你给我回来。"

乐知时和他面对面，见宋煜脸上的表情有些无奈，不禁问："你怎么一副想笑又笑不出来的样子？"

这时候倒是很敏锐了。宋煜松开他的手，说道："你脑子里都在想什么？"

"我想你的事啊。"

宋煜愣了一下。

乐知时的语气诚恳得过分。"你在饭桌上说要报测绘专业，我感觉宋叔叔和蓉姨都没有很支持。如果是我，看到大家的反应都是这样，肯定会有挫败感，谁不希望自己想选的路可以被认可呢。"

"所以呢？"宋煜望着他。

他抬头，眼神坚定地说："我支持你，什么时候都支持你。刚刚你不在的时候，我去查过了，测绘专业最好的学校就是 W 大，有人说是亚洲第一。而且我也知道，好多人在高考完都不知道自己应该学什么，你不一样，你想得很清楚，而且可以去最好也最合适的地方念书，我特别开心。我不想看到你因为任何人的说法改变决定，因为你很成熟，你知道自己想要什么，对吧？"

说着，乐知时抓住宋煜的手，虽然连他自己都不知道他实际上预判错误，但那颗急切地想要传达支撑意念的心，宋煜几乎能摸到心跳。

"哥哥，我永远都是站在你这边的。"

恍惚间，宋煜回忆起儿时球场发生的事。他终于想起来，那个时候被他砸到坐在地上的乐知时说了什么。

小小的乐知时忍住眼泪没有哭，还伸出胳膊对他说："小煜哥哥，你会打球了，好厉害啊。"

"你可以抱我起来吗？"

第十六章
开学礼物

躲在罩子里的人，还有他的地球仪，都很安全。

乐知时一本正经的一番话，最后换来的是宋煜一只大手覆在他脸上。

"干什么？"他抬手要把哥哥捣乱的手拿开，却听见宋煜说："你察言观色的能力还有待提高。"

"嗯？"乐知时两只手抓着宋煜的手腕，有些惊讶。

"他们都很支持我。"宋煜没做表情，歪了歪头，"和你一样。"

说完，他轻轻拍了两下乐知时的脸蛋，转身打开乐知时卧室房门。"走了。"

乐知时感觉自己又一次犯傻了，但想到大家都支持宋煜，他觉得犯这点傻也不算什么，皆大欢喜。志愿理所当然报上，录取通知书寄来的当天，全家人都特别开心。大儿子考上大学，于情于理要请亲戚吃一顿饭。

饭桌上，大伯好几次对宋煜的志愿表示不满。

"没有出息，考得好的都去北上广了，留在本地有什么意思？还是个这么冷门的专业，现在的年轻人，学的都是 IT 这种高科技，来钱快得很。"

对于这种家长式打击，乐知时很生气，可自己又没有立场去回撑，只好夹了一筷子牛肉给宋煜。

"我不缺钱。"宋煜很平淡地开口，"你说的专业很好，但我没兴趣。"

大伯母笑了一下，像是要打圆场："小煜，你伯伯也是为你着想，是，兴趣最重要了，可是测绘这个专业也太冷门了，好多人听都没有听说过呢，不好找工作吧。"

"再说了，W大是不错，可你这分数上T大也可以的吧，多可惜啊，哪怕去T大一个稍微普通一点的专业呢。你还太年轻，以后出去找工作，不管什么专业，T大一说出去就有面子，人家就瞧得起呢。"

林蓉压不住火。"这样的话，嫂子怎么不去T大食堂工作呢，为什么留在本地的学校？不蒸馒头争口气，T大的食堂说出去多有面子。"

大伯母被撑得无话可说，乐知时憋笑也憋得很难受，甚至开心地抖起腿来，被宋煜在桌下用手掌按住才停止。

气氛不太好，宋谨说了几句："小煜的分数的确是可以去那些学校，但是我们权衡了一下，如果去T大念一个他不喜欢的专业，出来找份不喜欢的工作，后面的生活都是被推着走的，我们不希望他这样。既然他已经有了人生规划，想要从事测绘方面的研究工作，自然是要选这个专业最顶尖的学校。当然了……"他看向宋煜，"伯伯和伯母的话也都是过来人的经验，你都要听一听。"

乐知时心想，他们连大学都没有念过，倒也不算什么过来人，只是在这件事上找到可以指指点点的机会罢了。

大伯母又叹了口气。"是啊，像小煜这种，不管是选了不喜欢的以后后悔，还是选了喜欢的再后悔，都是有退路的。实在不行，还可以继承你爸爸的公司嘛。你爸爸做生意这么辛苦，还不是为了你。就拿年轻人中特别流行的一句话来说，你有你爸爸，就已经是人生赢家了，其实不用那么努力。"

表面上她笑盈盈，明里暗里都是讽刺。宋煜懒得答应，姿态淡然地喝汤，完全无视这桌子上的人说的每一句话。

但一向性情温和的宋谨，脸色却严肃起来。"嫂子。"

大伯母见他收了笑脸，多少也有些惶恐，还没来得及多说几句，便听见宋谨说道："我辛苦工作，不是为了让他赢在起跑线，而是为了让我的儿子有自由选择的权利。"

宋煜的手也停了停。

"我能给他的，是坚持做自己的底气。"

乐知时突然觉得很感动，这样的饭局他从小到大参加过很多，小时候不懂，觉得大家和和美美。但自从上次探望爷爷时发生了那件事，他了解到原来伯母一家和他想象中并不一样，但每次相聚，大家也不会撕破表面的和气。

尤其是宋叔叔，乐知时从没有见他发过脾气，他始终是那个脸上带笑、缓解气氛的人。

但是这一次，他非常严肃地站出来，挡在了宋煜的面前，为宋煜的选择保驾护航。

乐知时为宋煜觉得幸福，又有点羡慕。

大伯母吃了瘪，自然而然也转换了话题，毕竟自己的小儿子还不知道能不能考上本科，在志愿方面纠结太多也是自己丢脸。一顿饭虽然吃得尴尬，但中国式亲戚饭局的奇妙之处在于，无论中间过程多么曲折、多么戏剧性，最终都可以是合家欢标准结局，不管真情还是假意。

在所剩无几的暑假里，乐知时也和宋煜一起去图书馆，两个人骑车到省图书馆，中途买一杯奶茶一杯柠檬水，在图书馆可以待上一整天。

图书馆里的确没有他幻想的什么女生，真正坐在宋煜对面，看着宋煜静静看书学习的只有乐知时。

他从小就视为标杆的人，一步一步地朝着自己的目标在前行，成为越来越优秀的大人。

培雅高中部快要开学，乐知时终于不跟着宋煜跑图书馆了，而是把自己关在房间里，一待就是一周。宋煜以为他是想趁着开学前多玩一会儿，看看漫画什么的，毕竟马上就要升高中，还要参加军训。但他没想到的是，在这几天里，闷在卧室的乐知时并没有玩。

高中开学比大学报到要早一点，在乐知时开学的前一天，他给还在省图的宋煜发了一条微信。

乐知时：我想吃烧烤，我们晚上去吃烧烤吧，正好蓉姨和宋叔叔今天不回家。

宋煜自然同意了。

他们在约定好的小馆子见面。好吃的烧烤店一般都很旧，藏匿在充满人情味的老社区里，门口摆出许多小桌子，供晚上做大排档使用。宋煜停了车，一进去，就看见坐在窗户边的乐知时，低头在看菜单。

乐知时的确长大了，手脚都很修长，皮肤白皙。人群里一眼就能看到他，除了外表的因素，还有那股无法忽视的、纯粹又干净的少年感。

宋煜走过去，坐到他对面，乐知时立刻抬起头，浅色的瞳孔亮了亮。"你来了，我已经点了一部分，你看还要不要加什么？"说完他用菜单挡住了自己的脸，很小声地给宋煜一个暗示，"隔壁桌点了一个蟹脚面，看起来好好吃。"

"你不能吃。"宋煜无情地回答，并抽过他手里的菜单。

乐知时很是沮丧，给自己倒了杯冰酸梅汤。"好吧。"再给宋煜倒的时候，他忽然发现，宋煜在蟹脚面那儿打了个钩。

"不是说不能吃的吗？"

"你可以吃蟹钳。"宋煜的嘴角微微勾了勾。他抬起手，叫来了服务生，询问道："蟹脚面里的热干面可以换成宽粉吗？"

"可以是可以，但粉比较容易断哦。"

乐知时已经很满足了。"没关系，粉也可以的。"

宋煜又检查了一遍他点的食物，没有太大的问题，于是把打过钩的菜单交给服务生，喝了一口乐知时递给他的酸梅汤，皱了皱眉。

"是不是很酸？"乐知时笑出来，"我刚刚喝了一口也好酸。"他的头发还是柔软的深棕色，放假在家太久没有剪，又开始打卷，很好揉的样子。

"你该去理头发了。"宋煜提醒。

乐知时点头，等餐的间隙，他从自己的包里拿出一个礼物盒，隔着桌子递给宋煜。

"这是什么？"宋煜问。

"你回去之后再打开，现在不可以看。"趁宋煜还没接到盒子，乐知时的手往回收了收，等到他点头答应，才松手给他，"我本来是要买的，但是我看买的也都没有很好。"

乐知时收回手臂，手握住塑料杯的杯壁。"我那天在微博上看到有人说，男生送礼物最好不要手工，没什么价值，一般来说，收到的人也不会很喜欢。"他手指握紧，杯子变形，里面的酸梅汤几乎要溢出来，"而且评论里的人好像也很赞同这个观点。"

"但是有点晚了，我是昨晚刷到的微博，这个已经做好了。"乐知时沮丧的表情尽可能地收敛，但还是很明显，"所以你回去再看吧，不，你把这个带去学校再拆，别在家里拆，我不想看到你收到之后不满意的表情。"

宋煜脸上的表情变了变，可这家伙完全不给他说话的机会。

乐知时抬头看向他。"如果你真的不喜欢也可以说出来,你早一点告诉我这件事,我就不会一直做这么多没用的手工了。"

说完,他仰头喝了一口酸梅汤,这架势,倒像是借酒消愁一样。

在宋煜眼里,乐知时自怨自艾的样子有点可爱,又有点可怜,于是他问:"那应该从什么时候告诉你,幼儿园?"

乐知时想了想,还真是,第一次送他礼物就是在幼儿园,老师教折的爱心。

"对啊。"乐知时很认真地说,"这叫及时止损。"

"我也不是没有拒绝过。"宋煜挑了挑眉。

也是。乐知时又说:"那说明你拒绝得还不够决绝。"

宋煜轻笑了一声。"你见过我收别人的礼物吗?"

乐知时摇头。"没有。但你收我的也是因为没办法吧,毕竟我是你弟弟。"

宋煜的手指轻轻敲打餐桌的桌面。"你要这么想我也没有办法。"

"来了来了,"乐知时用手撑住脸颊,"这一句我也在网上看到过,很多人吐槽的。"

宋煜没搞懂他在说什么,皱了皱眉。

"女孩子最讨厌男朋友说的话,里面就有这一句。"他还故意模仿出那种极其敷衍的样子,"你要这么想我也没办法,反正我就是这样。"乐知时说得起劲,完全没发现自己拿男女朋友的关系做类比,也没发现宋煜说这句话的时候并非敷衍态度,而是无奈。

"打扰了,你们的烤土豆片、肉筋、青椒,还有脆骨。"服务生端着烤串上来,打断了两个人的对话。乐知时说了谢谢,有点忘记了刚刚的聊天内容。

等到服务生离开,宋煜才开口道:"少上点网。"

乐知时瘪了下嘴,没有反驳,拿起一串烤土豆片吃起来。

没有面的蟹脚面很快也端了上来,原本蟹脚面的做法其实类似油焖小龙虾,只是食材换成蟹钳,烧过的蟹钳麻辣鲜香,酱汁丰厚,在里面放入热干面焖上一阵,让面充分吸收汤汁,是当地人非常青睐的一种消夜美味。

可惜的是乐知时不能吃面,主食换成粉,虽不及面那么入味,但口感更加柔顺清爽,味道也不错。

乐知时是非常看得开的人,吃不了的东西换一种做法,他也完全不会失望。生活中的许多事也是一样,注定得不到的就不会去想太多。

就连撬不开的蟹钳,他也会直接放弃,选下一个来吃。

乐知时总觉得，自己大概是最不会勉强的那类人。

大饱口福之后，他们回到家。棉花糖闹着想下楼，乐知时就一个人去遛狗。

宋煜回到自己的房间，坐在书桌前观察乐知时送的礼物，以往乐知时的礼物包装也是手工的，会画一些漫画点缀，但这次他似乎的确是受到了刺激，用了不知道从哪儿找来的成品包装盒，很精美，看起来也很像样。

但宋煜还是喜欢以前的包装，从小到大的礼物盒，他一个也没有丢过。

乐知时说不让拆，宋煜也照做了，直接把盒子放在了他即将带去大学的行李箱里，把行李箱合起来扣好，推到房间的角落。

在角落里待了不过四天，这个不大的行李箱就陪着宋煜去 W 大报到了。学校在江的另一边，离家不算太近，宋煜坚持一个人去，但宋谨和林蓉觉得这是儿子人生中的大事，无论如何也要送他。

学校依山临湖，古典建筑与西式风格被层层绿意融合，很美。迎接新生的志愿者都十分热情，尽可能地帮助入校新生。他们开车进来，学校比想象中还要大，林蓉想跟着宋煜进宿舍楼，被宋煜直接拒绝。

宋谨打圆场道："小煜都这么大了，你再上去折腾，会被室友笑话的。"

林蓉不以为意。"要是乐乐，肯定乐意让我上去。"

"所以你还有一次机会，不用遗憾。"宋煜说。

在宋煜的一再拒绝下，两个家长只稍微转悠了一下就回家了，毕竟他们的工作也很忙，学校又在同城，想来可以随时来。

送走父母，宋煜一个人拖着行李箱来到指定的报到地点，是文理图书总馆前的广场。他选的专业很冷门，报到人数比起大院来说少很多，效率高，排了没多久就结束。

报到完毕的宋煜拿着住宿表和地图，准备前往宿舍，上面提示可以乘坐校园巴士，于是他拖着行李箱，找到一个停靠点。

只身一人站了一会儿，宋煜低头看了看手腕上的手表，再抬头的时候，不远处另一个人靠近，拖着箱子，整个人看起来很苍白，也很疲惫。

人生中总是有很多的巧合。

数月前宋煜因没有联系方式而没能发出去的一句问好，此刻在脑海里盘旋。

但直到许其琛与他的距离只剩下不到三米，他也没能先开口。

后知后觉还有另一个人，凝视着手里地图的许其琛抬起头，和宋煜对视上。他的眼里有一闪而过的讶异，但很快又恢复成漠然的眼神。

他瘦了一大圈，本身就很单薄的身躯此刻看起来更是瘦弱，穿了件半新不旧的白 T 恤，浅色牛仔裤，戴着眼镜，双眼不算有神。

最后还是宋煜主动开口："好巧，没想到我们成了校友。"

许其琛抿了抿嘴唇，不太愿意说话似的，最后只点了点头。宋煜不确定他是认可这句话，还是单纯打招呼。

校园巴士迟迟不来，许其琛似乎想走，宋煜看他东西很多，箱子很大，心里有些动容。他其实根本不是一个乐于助人的人，但想到夏知许，又想到乐知时，无论他们谁在，都不会扔下许其琛不管。

于是他走上前，帮许其琛提走一个行李包。

"你不坐车也可以的话，宿舍应该在附近吧。"宋煜看了一眼他手里的住宿表，"我送你过去。"

"不用了。"这是许其琛说的第一句话。他整个人状态都不太对，好像风一吹就能倒下。

宋煜皱起眉，问出一个自己都觉得很可笑的问题："你还好吧？"

"嗯。"许其琛没有看他，"挺好的。"

"看起来不是这样。"宋煜很直接地戳破。

许其琛终于抬起头，望着宋煜。"我有什么必要说谎吗？"

宋煜顿了顿，一时间无法回答，毕竟他不算是许其琛的朋友，充其量是朋友的朋友。

"之前的事，我也听说了。当时知道你出事之后，夏知许很着急。"

他说的都是事实，其实也都是废话，这些许其琛不会不知道。所以他说完，许其琛也是面无表情，太阳很晒，两个人站在毫无遮挡的地方，面对着彼此。

"谢谢你告诉我。"许其琛看着地面的影子，一览无余的黑。

宋煜不希望许其琛是这样的态度，他试着替夏知许挽回点什么。"许其琛……"

"你觉得可惜吗？"许其琛突然抬头，直视着宋煜。

宋煜怔了怔。

"有什么好可惜的？"许其琛笑了一下，"现在这样有什么不好？"

宋煜一时间不知道应该说些什么，停顿片刻，还是开口说道："我知道是误会。"

误会。

许其琛仿佛丧失语言能力一般，眼神呆滞地看着远方的操场。张老师和自己的事姑且算是误会，毕竟对方只是追求自己的小姨。可当所有事砸下来，他竟然没有反驳的气力。

流言是最能摧毁一个人的，这些宋煜都知道，尤其是像许其琛这种敏感的人，可他始终觉得，这两个人的结果不应该是这样。但此时此刻，看到许其琛的样子，他心里又产生出一丝怀疑。

"你走得这么干脆，一点也不后悔吗？"

许其琛又笑了，蝉鸣淹没了他的轻笑。"如果要后悔，我该后悔的事真的很多。我应该后悔自己中考后让爸妈带我去旅游，应该后悔事故后活下来的只有我，后悔高中开学第一天坐那班公交车，正好就遇到夏知许。"

他的声音有些颤，说到最后停了几秒，稍稍恢复。"不，我可能最不该后悔的就是遇到他，毕竟他是把我重新拉起来的人。"

来了几个聊天说笑的女孩，大约也是新生，言语间满是期待，充满希望。

在这个一切都可以重来的日子，谁不是对未来充满希望呢？

许其琛从他手里拿过自己的行李，抬头对宋煜说："但如果重来一次的话，我宁愿没遇见过。"

说完，他礼貌地对宋煜露出一个微笑，仿佛第一次见面那样恬淡，他表达了感谢。"如果你真的想让我好过，在学校里就假装不认识我吧。毕竟我们两个学院，接触得应该也不多。"

"看到你我会不断地想到他，我不想再这样了。"

车来了，那群开心的女孩上了车，许其琛却自己离开了。

宋煜陷入某种难以言喻的情绪中，他上了车，车内的空间逼仄，令他透不过气。开学的第一天，他在新的学校遇到了称不上老朋友的熟悉面孔，但对方已经不再是当初的那个人。

他分配到的宿舍是一排还算新的楼房，四人间，他是来得最早的一个。宿舍还没有他的卧室大，宋煜开了窗，总觉得空荡荡的。他不太想停下来休息，于是开始收拾床铺，铺床垫、床单，打扫卫生，到最后，打开唯一的行李箱。

带来的东西少得可怜，左侧的半边箱子装的是他基本的衣物用品，右侧放着一个十分占地方的礼盒，还有一本相册。

宋煜将相册拿出来，翻了翻，里面全都是一个洋娃娃一样的小孩。

按照乐知时的交代，宋煜拿出提前好几天就收到的开学礼物，坐在椅子上，沉默地拆开包装。

其实他想象过很多种可能，关于这一次会收到什么离谱的玩意儿，但最终得到的和他的想象偏差甚远。

乐知时送他的是一个地球仪。

底座和支架都是木雕手工完成的，抛光做得很精致，还上了仿制金属铜色的漆料，而那个地球，上面的河流、陆地和山川，七大洲四大洋，经纬线，每一处细微的小细节小标记，全都是乐知时仿照着真正的地球仪，亲手画出来的。

他很难想象，这究竟花费了多少时间。

宋煜凝视着手里沉甸甸的地球仪，想到的只有许其琛的话。

失去希望的人可以选择两不相见，当作及时止损，可他没有办法切割这份关系，从那个擅自闯入的雨夜起，宋煜就成了一个哥哥，无论他愿不愿意，想不想改变。时间无法逆转，他们经历过的一切是回忆，也是牢笼。

宋煜有时候的确宁愿他们是陌生人，有着陌生人的开始。

但他又无法割舍那些一起长大的记忆。

本质上，他才是那个深陷矛盾，却又舍弃不了的人。

安静的宿舍里，宋煜将手里的地球仪摆在了他的书桌上，窗外传来了许多新生的声音，吵吵闹闹，充满了年轻人的朝气。他靠在椅子背上，伸长的手臂搭在桌面上，指尖轻点在球体上，让球体轻轻旋转，仿佛被风吹动。

这个地球仪在他的书桌上静静地待着，陪他度过许多个熬夜看书的夜晚。

第一次遇到下雨，宋煜在外面，总是担心宿舍是不是关好了窗，后来他不想担心，干脆做了个玻璃罩子。

三月，樱花开了，花瓣偶尔也会飘进来，被挡在玻璃罩外，无法落到乐知时笔下的任意一片洋流。

下雪的时候，宿舍里很冷，玻璃罩时不时会蒙上一层薄薄的白雾，里面那个小小的地球也变得缥缈模糊。

他偶尔会将指尖轻轻抵在玻璃罩上，留下一个指印，有时候甚至是一个名字。但存留的时间不久，很快会被擦掉。

仿佛什么都没有发生过。

躲在罩子里的人，还有他的地球仪，都很安全。

"宋煜这个地球仪在桌子上摆了都快三年了吧，跟新的一样。"舍友陈方圆吃着薯片，弯着腰仔细瞅着宋煜的地球仪，比去地质博物馆还上心，"画得真好啊，我还是第一次凑这么近看。"

"你可别动，一会儿他洗完澡出来看到该不高兴了啊。"另一个舍友，也是舍长王承之，收拾好东西，把包拉上拉链，看了看窗外阴沉沉的天，说："这天气，感觉又要下暴雨了，我得赶紧回家了，我妈还等着我吃中午饭呢。"

"走吧走吧，"陈方圆站直了，伸了个懒腰，"老刘陪女朋友，你要回家，一个个都走了，我一会儿也去我弟那儿玩。就剩下我们宋大帅哥一个人独守空闺咯。"

"他也是，明明是本地的，老不回家，天天窝在实验室。"

两个人正说着，宋煜从浴室出来，擦了擦头发，见王承之要走，提醒一句："记得带伞。"

"放心。"王承之背上包，"等我回来给你们带我妈做的卤牛肉。"

"我跟你一起下去吧，蹭个伞。"

"你这学期都丢了几把伞了，真是……"

宿舍又安静下来，宋煜吹干了头发，天变得更阴沉，明明是上午，看起来却是傍晚的天色。宋煜坐回自己桌前，打开台灯开始看书，手机振动了一下，他没有理会，以为是室友。

但振了一下还没完，是一而再，再而三，消息噌噌噌往外冒，这个风格，只有一个人。

所以宋煜放下了书，打开手机。

乐知时：哥哥，我放月假了。

乐知时：蓉姨给你炖了汤，但她有事不能给你送了，问我有没有时间，你猜我说什么？

乐知时：还有这种好事？

乐知时：以上就是来龙去脉。我要去你们学校找你，下午就到了。

乐知时：等我啊哥哥。

第十七章
落雨孤岛

为了一个相似的背影，淋一场滂沱大雨。

这理由太荒谬了，所以他临时编了一个。

"你的伞是透明的。"

　　发消息的时候，乐知时还在教室里，他得知提前放月假的消息，心情激动，第一次在老师还在讲台上的时候就偷偷使用了手机。

　　以致他完全没有听到提前到上午放月假的原因。

　　教室里，同学们为提前放假而激动，班主任又一次强调道："这次的暴雨预警是红色级别的，是今年目前为止最大降雨，住宿生尽量不要离开学校，安全第一……"

　　乐知时一颗心扑在微信上，他以为会等很久，可宋煜的回复比他想象中还要快。

　　哥哥：今天有雨，别来。

　　乐知时皱了皱眉，不太满意他的回复。

　　乐知时：那不行，活儿我昨晚就揽下来了，你不来见我，我就去你们实验室的楼里找你。

　　回复完之后，乐知时抬起头，见大家都开始收拾东西准备回家，于是把手机塞进口袋里，也抓紧时间收拾书包。手机调的是静音，等到从教室出来，上了公交车，乐知时才想起来，打开一看，果然有回复了，在自己发出最后一条消息的两分钟后。

哥哥：几点？

下面还有一条，距离这一条又隔了一分钟。

哥哥：我现在要去实验室，有一批新采集的数据需要处理，还要建模。你快到的时候先提前告诉我，我出来接你，记得带伞，路上小心。

宋煜平时话虽然少，但交代得很清楚，哪怕乐知时完全不了解这些工作具体是什么。

乐知时默读了一遍宋煜发来的话，感觉硬邦邦的，所以他给宋煜回了一个小狗点头的表情，使他们之间的对话显得柔软许多。

乐知时：我下午六点到。

他不想告诉宋煜自己提前放假，想给宋煜一个惊喜。就算宋煜要学习，也没关系，自己也可以坐在他旁边，不打扰他。

提前见到就很好。

回到家，林蓉正把煲好的汤盛到保温桶里，听说培雅提前放月假，她嘴里说着学校还算有良心，但又有点不放心让乐知时去 W 大了。

等到乐知时换完衣服下来，林蓉又说："你下午过去，路上下暴雨怎么办？坐车很不安全的。"

乐知时换了件雾霾蓝的短袖，下面是黑色牛仔裤，整个人显得手长脚长、白得发光。他手里拿了顶黑色棒球帽，坐到餐桌前，用叉子叉起一小块哈密瓜塞进嘴里。"那我坐地铁，反正也是直达，只是慢一点。"

"要不还是我去吧，"林蓉始终不放心，"我先开车过去再从 W 大去高铁站。"

"别，太麻烦了，你就是因为飞机航班取消才换高铁的，如果高铁也耽误了怎么办？"乐知时又起一块大的哈密瓜，伸长手臂喂到林蓉的嘴边，"蓉姨，你放心，不会有事的。"

乐知时又补充道："而且我准备提前过去，现在才十点，我过去正好在哥哥那儿吃午饭，我还没吃过 W 大的食堂呢。"

林蓉觉得这个办法可行，把手里的保温桶套进袋子里。"你跟你哥商量好了？"

乐知时点头，但没有把惊喜的事告诉林蓉。"他说会去门口接我。"

"你哥也是，回趟家多好。"林蓉蹲下，拉开烤箱的门，语气里带了些埋怨的意味，"去年还三个月回来一次，放完寒假开学，到现在也没回过一次家。"蛋黄酥和鲜花饼也烤好了，是林蓉特意给宋煜的室友准备的。

"可能是太忙了，他们说上了大学之后，有的专业比高三还可怕。"乐知时帮她把点心打包装进盒子，放进书包里。两种点心都是无麸粉做的，他装的时候尝了一块，很好吃，蛋黄酥还有热乎乎的流心，特别香。

分好点心收拾好厨房，林蓉把扎起来的鬈发散下来。"我看不一定，没准这小子交女朋友了，忙着在学校陪女朋友，就不想回家了。"

乐知时正把书包背起来，听到这句话，愣了一下。

林蓉喜欢开孩子的玩笑，但从来不放在心上，说过立马就忘了，话题转换得比谁都快。"去学校吃饭可以，但是千万要注意，不要吃不能吃的东西。"她把一些营养品也放进乐知时的书包里，"沉不沉？要不还是少带点吧。"

"不重。"乐知时抬头看了看表，时间不早了，他转身催促林蓉赶紧去高铁站。

两个人最后是一起出的门。林蓉把乐知时送到了地铁站，把伞放在他手上，不停交代，仿佛他还是个小孩似的。乐知时笑着说："要不你跟我一起去吧，别去找叔叔了，咱俩一起 W 大双人游。"

林蓉这才放下心，笑了起来。"那你叔叔太可怜了。好了，你快去坐地铁吧。"

"嗯，到了给我打视频啊。"乐知时坐上下行的扶手电梯，回头冲林蓉摆手。

地铁站里人很多，大多是放假的学生，还有周末出来玩的人，乐知时上了车，运气很好地找到了一个边缘的座位，坐了下来。他的前面站着一对年轻的情侣，男生个子比较高，右手拉着拉环，左手搂着女友的腰。女孩站不稳，手臂环抱住男友的腰身，埋在他胸口，十分依恋的姿态。

距离过近，乐知时觉得自己这么睁着眼看着他们俩有点不礼貌，何况这个女孩还有意无意在瞟他，于是乐知时压了压帽檐，闭上眼装睡。

跟自己的脑子说好了是装睡，可乐知时竟然真的睡着了，再醒来的时候情侣已经不在，车停下来报站，好巧不巧就是他要下车的那一站。

车厢里的人还是很多，乐知时立刻站起来，背着包提着保温桶，从沙丁鱼罐头一样的车厢里往外挤，赶在关门前的最后一刻出来，乐知时如获新生，简直是从鱼罐头里游回海洋的程度。

他坐上电梯，在心里感叹自己今天的运气好到不像话，刚好有个座位，还刚刚好在到站的时候醒过来。可等他走到地铁站口，看到瀑布一样的雨，愣了一秒。

地铁口摆摊的老奶奶仰着头，看着这个模样漂亮的大男孩，像是被小偷偷过之后那样摸遍自己全身，然后懊恼地转过身，走了没两步又转回来，对着暴雨发愣。

老奶奶试探性地问了句："小帅哥，买伞吗？十五块一把，很便宜的，最后一把了。"

然后她就心愿得偿了。

乐知时买下最后一柄不能折叠的透明伞，撑开之后，刚准备离开，又看见老奶奶低着头，整理了一下被淋湿的摊布，上面是新鲜的栀子花和玉兰花，摆得十分整齐，所剩不多。

瞟了一眼大雨，乐知时停下脚步，蹲了下来，轻声询问："奶奶，这个花怎么卖？"

"你买花呀？"老奶奶先是少许讶异，但很快就开始为乐知时介绍起价格来，她的耳垂上戴着的也是新鲜的玉兰花耳环，说话的时候会轻轻摇晃，散发出淡淡的香气。

地铁站的门口人潮拥挤，大家都很忙碌，步伐匆匆，没有太多人关心这微不可闻的花香。

"我全都要了。"

老奶奶笑得合不拢嘴，替他把花都小心穿起来。"是要送给女朋友吧，我给你穿起来，可以挂着，很香的。"

乐知时付了款，很诚实地笑着说："我没有女朋友。"

"哎呀，不可能的，这么好看怎么会没有女朋友。"老奶奶把花用透明的袋子装起来，递给乐知时，"我每天在这里坐着，你是我见过最帅的小伙子。"

乐知时被夸得有些不好意思，帮她把摊位收拾了，并一再催促，说暴雨会下很久，让她赶紧回家。

看着老奶奶打着一把格子花纹的旧伞走得很远了，乐知时才离开地铁站，撑着他本可以不用买的透明雨伞，往 W 大走去。

上了高中之后，乐知时时不时会在放假的时候提出要来找宋煜，但基本上都是被拒绝，他也知道宋煜很忙，没时间陪他玩，所以后来也就不主动打扰了。只是有一次林蓉来看宋煜，带上了乐知时，但连宿舍都没有进。

再后来，他也越来越忙，假期越来越少，更没有合适的理由来 W 大。

滂沱大雨下个不停，雨滴打在透明的伞面上，声音不小，地面已经积了一层水，乐知时的帆布鞋没一会儿就湿透了。W 大实在是太大，一进去就晕头转向，乐知时按照地图 App 往里找，中途还拦住一个女生问路，最后总算是找到了那栋非常隐蔽的教学楼。

时间刚过中午十二点，天黑压压的，被乌云遮了大半天光。来得这么早，说不定可以赶上宋煜吃饭，乐知时很清楚，宋煜对吃饭很不讲究，忙起来就忘记吃，这个时间点如果没有人催，他吃过饭的可能性也不大。

他开始幻想宋煜见到自己的模样，一定会先怪他不提前通知，打乱计划，然后会摆出一副不太情愿的表情，告诉他下次不可以这样，然后带他去吃东西。

快走到楼前，乐知时的脚步停了停，换了手提保温桶，用另一只手撑伞，手腕有点酸，他交换的时候正好起了阵风，伞差点被吹翻，乐知时抬手去稳住伞柄，帽子就被掀走，落在地面，快速地被雨水浸透了。

乐知时想弯腰把帽子捡起来，可手里的伞柄和袋子怎么倒腾都不方便，太累了，他站在原地，仰头叹了口气，忽然看见那栋教学楼下出现了一个熟悉的身影。

是宋煜。

再没有比这更巧的了，乐知时正要喊他的名字，又看见他身边走出来一个个子娇小的女孩。两个人靠得挺近，宋煜手里拿着一把黑色的折叠伞，女生说话的时候一直抬头望着他，还轻微踮了踮脚，说个不停，宋煜偶尔会点一下头，简短地回答两句。

说不上为什么，看见宋煜点头的时候，乐知时的心口突然产生了一点无端的低落感和焦虑，潜意识冒出来，催促着他离开这里。雨下得好大，落在伞面上，地上，无处不在，没有任何东西躲得过。

前一秒还为帽子操心的乐知时此时顾不上太多，转过身，用伞挡住了自己半个背影，步伐很快地离开，到后来甚至跑了起来。

他能感觉到地面的雨水增多，裤腿已经泡在雨里，虽然他的上半身还没有淋到雨，但这种从下而上的湿冷的水仿佛把他缠住了，令乐知时感到不适。慌不择路下，他从一条小径穿了出去，试图找一个方便躲雨，又可以让他坐一坐的地方。因为他的确有点累了。

逃跑时，脚步溅起的水花发出了些许声响，但很快就隐没在躁动的大雨中。教学楼的屋檐下聚了越来越多的学生，讨论着中午去哪个食堂吃饭的话题。

"宋煜？你还在听吗？"

宋煜的目光收回来，但眉头还皱着，有些敷衍地为自己的走神道歉。"抱歉。"

"没事，"女生笑得很明朗，并不十分在意，"剩下的我们下午再讨论吧，先去吃饭。"她自觉自己这样的邀约已经十分自然，不太可能会遭到拒绝。

可没想到宋煜拿出了手机，低头拨出了一个电话，然后有些心不在焉地对她说："我有点事，不吃了。"

"啊？不吃了吗？"女生错愕了一下，又靠近一些，看向宋煜，发现他的注意力已经完全不在自己身上，甚至拉开了一点距离。

她试图换个说法，脸上流露出请求的神情，声音很轻地说："那你可不可以送我回一下宿舍？我没带伞。很近的，就在那边。"

雨实在太大，周围的学生有不少都是一个带一个，共享同一把伞快速离开这里。她注视着宋煜，见他第二次拨那个没人接的电话，以为他没有听见自己的询问，准备再次开口。

"借给你了。"宋煜把伞递给了那个女生，冲进雨里。

女生拿着伞愣在原地，她不明白好端端的，宋煜怎么突然有了这么着急的事，急到把唯一的伞丢给她，也不愿意先送她过去。

很显然，她也不会猜到，这一切只是因为一个相似的，有一点可能性的背影。

乐知时撑着伞，感觉自己像条旅途坎坷的流浪狗，被雨水拖着，步伐沉重。不知不觉间，他转到某间食堂，一层的大厅是很通透的落地窗，里面看起来也很干净。他走上台阶，收了伞进去。

等到找到靠窗的位子坐下来，乐知时终于把手里的东西都放下，手掌都勒红了，他搓了搓手，想找找有没有带纸巾，摸了摸兜，最后只拿出手机。

屏幕亮了亮，上面显示四通未接来电，都是宋煜打的。

乐知时吓了一跳，突然想起自己因为上课的习惯，到现在也没开振动，完全没有提醒。他慌忙拿起来准备回电话，谁知对方更快一步打了过来。乐知时有些害怕，战战兢兢地点了接通。

"你现在在哪儿？为什么不接电话？"宋煜的语气不太好，和他平时很不一样，很急，好像在生气。

乐知时想回答宋煜的问题，可他真的不知道自己在哪儿，他慌张地退出通话页面想看看地图，又担心拿开会错过宋煜说话，只好站起来随便问了一个周围的人："你好，请问这是哪个食堂啊？"

宋煜在电话那头，听见路人很模糊地报了一个地点，他立刻说："等着我。"

乐知时坐回了那个靠窗的位子上，低头看了看已挂断的页面，把手机放在桌子上，过了两秒，他又拿起来，调成振动模式。

乐知时垂着头，脑子钝钝的，凝视着自己手心被勒红的地方，还有被雨淋湿的塑料袋。他拉开袋子，低头探了探，里面的花还好，还是很香。

这个场面和他来之前想的不太一样，狼狈许多。他开始觉得自己的好运又溜走了。

少顷，手机又一次振动起来，乐知时立刻接通，贴在耳边。

"你在几楼？"

乐知时知道他可能已经到了，扭转着身子去看门口，向宋煜解释自己的位置："我在一楼，靠近大门的地方，你进来之后右转应该就能看到我，我穿的是……"

"蓝色上衣。"宋煜先说出口。

声音在电流声中变得沉郁。"找到你了。"

这么快？乐知时迷茫地四处张望，寻找宋煜的声音，谁知背后突然传来敲击玻璃的声音。

咚咚——

乐知时扭头，宋煜就在外面，握着手机，浑身湿透，和他之间只隔着一层被雨水模糊的透明玻璃。

他屈起的指节还靠在玻璃窗上，接触的那一点点面积，也洇着湿润的水渍。

鬼使神差地，乐知时把手掌贴了上去，盖住他的指节。但下一秒，他又觉得自己的动作过分傻气，尴尬地想要收回。

可宋煜总是更快一步。

屈起的指节伸展开，手掌翻转，接着自然而然地贴上了乐知时的手心。

"跑什么？"

宋煜人站在他面前，声音却从电话里传出来，语气也比之前和缓很多，让乐知时产生一种迷蒙的感觉。他问完问题，手垂到身侧，人也离开这里，往食堂走。

趁宋煜看不到自己的这段时间，乐知时皱了皱眉，想起自己刚刚落荒而逃的样子，没法解释。他抱着侥幸心理，觉得宋煜并没有看到他，只是猜测。

没给他太多思考的时间，宋煜就来到了他的面前，把电话挂断了。他的脸上满是水珠，短发和眉毛都淋湿了，连睫毛上都挂着细小的水滴，明明应该很狼狈，却产生出一种奇怪的、迷人的气质。

这张脸应该没有人不喜欢，乐知时这么想，完全忘记了他为什么会淋湿，明明带了伞。

宋煜又问了一遍："你刚刚为什么要跑？"

"我没跑。"乐知时下意识嘴硬起来，"你看我拿这么多东西，跑得动吗？"他最后嘟囔一句，"我刚来。"

"你觉得你很擅长说谎吗？"宋煜说话间挑了下眉。

尽管他的语气并不温柔，但乐知时能明显感觉到，看到自己之后，宋煜不像刚刚一接通电话时那样着急，语速慢了下来，也没那么生气了。

不过这种变化对宋煜这样不苟言笑的人来说，实在是太轻微了，换成其他人可能觉得毫无分别，更像是乐知时想太多。

他盯着宋煜深黑的瞳孔，内心挣扎了一下，最后还是选择认输。"你看到我了？不应该啊，明明我转过去之前你都没有发现的。"这一点他很确定，他还用伞挡住了。

宋煜把他掉落的帽子放在桌上。

为了一个相似的背影，淋一场滂沱大雨。

这理由太荒谬了，所以他临时编了一个。

"你的伞是透明的。"

"啊……"乐知时低头看了看还在滴水的雨伞，的确是透明的。

他太傻了，竟然用一把透明雨伞做遮挡物。

"不是说六点吗？"宋煜问。

乐知时抿了抿嘴唇，最后还是把自己失败的惊喜计划向他和盘托出。宋煜似乎也不觉得太意外，只点了点头，问他有没有吃饭。

"没有。"乐知时摇头，解释自己一回家就来了这边，但他又站起来，背着包准备走，"你们这边的食堂可以打包吗？我不想在这儿吃，你都淋透了，先回去洗个澡吧。"

宋煜默认了他的提议，站了起来，十分自然地抓住了乐知时背包的袋子，把包拿过来背上，再提上装有保温桶的袋子，最后说道："拿着你的伞。"

"哦。"乐知时拿好伞和花，跟在哥哥后面，宋煜问乐知时有没有想吃的，乐知时只说不饿，一心想让他早点回去洗澡，怕他着凉。

但宋煜似乎已经有了目标，没考虑太多，径直走到一个排了长队的窗口。他停下脚步，眯着眼望了望前面。

乐知时很喜欢他这样的小动作，略微眯着眼，有种大猫的感觉，感觉很可爱。虽然可爱这种词和宋煜绝对是绝缘的，但某些时候，乐知时的脑子里会不自觉蹦出这样的形容。

排队的人很多，乐知时想帮宋煜提袋子，但被拒绝了，他的手指尖都还在滴水。乐知时伸出手指尖，接住了那一滴滴下来的水。

"你的伞呢？"他问宋煜。

宋煜很快回答："借给别人了。"

乐知时想到刚刚在楼下看到的场面。"是借给那个女生了吗？你只有一把伞，还要借给她。"

早知道我就去接你了。

"我不想跟人共伞。"队伍稍稍往前挪动些许，宋煜又说，"她是和我分到一个小组的同学，数据采集有点问题，找我讨论。"

原来如此，乐知时点了点头。"那你下次就不要把伞借出去了。"他自己也觉得这样不太绅士，换了个说法，"你叫我一声，我就停下来，你就不会淋雨了。"

宋煜想说什么，嘴唇动了动，最后还是放弃了。他觉得乐知时可能自己都搞不懂自己，没必要让乐知时更加迷惑。

他们排队买到了两份菠萝饭，然后又去其他窗口买了清蒸武昌鱼、蒜蓉空心菜和糖醋里脊，最后打包去往宋煜的宿舍。

借口已经被淋透，宋煜让乐知时自己一个人打伞，可乐知时怎么都不愿意，非要贴着宋煜。于是说着不愿共伞的宋煜主动拿起了伞柄，但几乎把整个透明伞盖都倾到乐知时那边。

乐知时发现之后，会推他的手腕，但没有太大用处，管不了太久，过一会儿，伞就会自然而然倾斜过来，像某种不合理的固定程序。

外面的积水越发多起来，没过了脚踝，乐知时的裤子已经湿到膝盖，还戏称这是毛细现象。前头走过去一个脚步飞快的女孩，一只手撑着伞，另一只手提了一大兜水果，光是用无名指和小拇指就提起一碗牛肉粉，总感觉岌岌可危，但又稳稳当当。

下雨天的时候，人类都会变得很有趣。绕来绕去的时候，乐知时对宋煜抱怨自己刚刚过来的时候差点迷路。"我不应该从那个正门进来的，走了好远，晕头转向，后来我在老理学楼那边遇到一个姐姐，她给我指了路。"

正说着，一辆车飞驰而过，眼看着要溅起水花，乐知时没来得及躲，只感觉腰被揽了一下，跟着整个人都被拽过去，避开了水。

车已经开过去很远。

宋煜的手没有及时放下，还停留在乐知时腰间。他回头望了一眼那辆车，然后转过来，话题也还停留在乐知时刚刚抱怨的事上。"樱花大道上你都能迷路。"

大概是因为他略带嘲笑的话，乐知时的耳朵有点烫，低垂着眼睛，底气不足地说："樱花没开的时候我也看不出来那是樱花大道，和普通大道没区别。"

宋煜发现他说得竟然还有那么一点道理，所以也懒得反驳。后知后觉察觉自己手的位置不太对，假装若无其事地放下来。"走吧，快到了。"

宿舍楼比乐知时想象中陈旧，他以前觉得宋煜这样的洁癖重症者可能不太会想住在宿舍里，说不定住不习惯就会经常回家，但这个想法最后也落了空。

宋煜和宿管阿姨打了招呼，带着乐知时上楼，楼道里光线不算好，但打开宿舍门，朝南的空间还是很敞亮。宿舍里没有其他人，乐知时走进去，左看看右看看，最后盯着他们的窗子，他很喜欢，窗外是雨水浸过的青葱。

他第一眼就认出了宋煜的桌子，一丝不苟的风格。"这是你的床，是吗？"乐知时抬头望了望，床品和家里的也差不多，都是非常性冷淡风的烟灰色。

"嗯。"宋煜把东西放下，衣服太湿，贴在身上，他从衣柜里找出两套衣服，一套给了乐知时，"都是新的，没穿过，你等下可以换。"

"穿过也可以。"乐知时舀了一勺菠萝饭塞进嘴里，米饭糯糯的，还有果仁和葡萄干，"这个好好吃，有点甜味。"他又舀了一勺凑过去递到宋煜嘴边，"你吃。"

宋煜吃了一口，但皱了皱眉，似乎不合胃口。乐知时奇怪道："你不喜欢还买。"

"我没吃过。这家总是排队，他们都说好吃。"宋煜随口说完，拿上衣服进了浴室。

没吃过。

乐知时低头看了看菠萝饭，用勺子戳了两下，心里有什么一闪而过。

趁着宋煜洗澡的工夫，他给林蓉发了微信，问她是不是已经坐上车了，暂时没有得到回应。但桌上放着的另一部手机振动了一下，屏幕亮起来，是宋煜的。乐知时不小心瞥到内容。

Daisyyy：宋煜，你的伞我放在你的工位了，谢谢，我还买了一杯奶茶，记得喝哦。

那种不太舒服的情绪又一次涌来，像下不尽的雨。乐知时替他按了锁屏，屏幕变黑。他环视桌面，想找点事做，于是转头把湿掉的帽子和雨伞暂时靠边放好，又拉开书包，把林蓉塞进去的流心蛋黄酥和鲜花饼拿出来，一一分装好，放在宋煜室友的桌子上。

做好分配工作，他又把打包好的饭菜也摆出来，用保温桶的盖子给宋煜倒了一碗热腾腾的汤。一扭头，看见椅子上挂着自己买的花，乐知时拿出来，甩了甩上面的水珠，挂在宋煜桌前的墙壁上。

违和感满满，但显得很温馨。

拍了张照，乐知时发给了林蓉。盯着他和林蓉的聊天页面，乐知时又想到刚刚的那条消息，但这次他的关注点发生了倾斜，只觉得宋煜好厉害，可以清楚地记得谁是谁，都不用修改备注。

宋煜从浴室里出来，整个人还是湿淋淋的，但是散着热气，他换了件白色的衣服，整个人柔软很多。

他看见乐知时坐在自己的桌子前，把两双筷子都拆出来搁在碗边，桌上的饭菜摆得很整齐，每个室友的桌子上都放好了点心。

这画面是他没有想过的，有种很微妙的愉悦感冒了出来。宋煜站在浴室门口，走了会儿神。

"你洗好了？"乐知时先回了头，冲他笑，"快来吃饭。"

宋煜擦了擦头发。"你洗吗？"

"我饿了，想先吃点东西再洗澡。"乐知时问可不可以借用室友的椅子，宋煜点头，拿来对面的椅子放到乐知时旁边，坐了下来。

乐知时把汤推到哥哥面前，说："你快趁热喝，喝了不会感冒。"这种话很没有科学依据，但宋煜还是照做了，他低头喝着母亲煲的汤，听乐知时讲在学校发生的种种。

"培雅马上就要办七十周年校庆了，现在他们都在准备呢，每天都很热闹，你也可以去看看。"乐知时吃得很香，他一路过来，又累又饿，心情还跌宕起伏的，好在有美食聊以慰藉。

宋煜把糖醋里脊夹到他碗里。"你们也参与吗？"

"怎么可能，我们都高三了，还有一个月就高考了。"说完，乐知时自我放弃地靠在椅子上，"好累，我感觉已经好久没有放假了，每天都睡不够，昨天月考考文综的时候差点睡着。"

宋煜大概能想象到那幅画面，卷子上说不定还有他不小心戳上去的墨点，应该很好笑，但还是正经地问："考得怎么样？"

乐知时又活了，坐直之后喝了一大口汤。"还可以，不难。"作为班上少数的几个文科男生，乐知时的成绩还是名列前茅的，只是都已经快毕业了，他喜欢在长廊背书的习惯还是没有改，有时候是吃饭时间，有时候是下晚自习。不想学习了，也会在那儿坐一坐。

他现在不会坐在长廊的椅子上看漫画了，也没有人会跑到那里去接他了。

"我也想来 W 大。"他突然来了这样一句，感觉没头没尾的。

宋煜抬头看了他一眼，又垂下眼，收拾了自己的碗筷。"你可以多看看学校和专业。"

乐知时不太喜欢他这样的回应，好像自己在他眼里还是一个小孩子，说出来的话都是一时兴起。但他又明白，无论如何，宋煜也不会对他说，可以啊，你来我会很开心。

他见宋煜的手机屏幕又亮了亮，试着转移话题。

"刚刚你洗澡的时候，手机振动了，好像有人给你发消息。"乐知时装出一副自己完全没有看到内容的样子，单纯提醒宋煜。

宋煜"嗯"了一声，但似乎并不打算查看。

"你不看看吗？"乐知时皱眉。

"再说吧。"

乐知时也不知道自己的动机是什么，反正他说出来了："那个找你借伞的女生，给你买了奶茶，让你去喝。"

说出口的瞬间他就后悔了，一是暴露自己看到了信息内容，尽管不是故意的，二是他的语气实在是太奇怪了。

宋煜眉头微微皱起，盯着乐知时的脸。"你怎么了？"

看到他之后突然转头跑掉，现在又执着于一条微信。

乐知时被他问住了，眼睛眨了一下，然后突然就不太想说话了。

雨越下越大。

"我吃饱了,"他站了起来,"我可以去洗澡吗?"

宋煜当然不会说不,也不会追问下去。宋煜带着乐知时进到浴室,把自己淋浴时会穿的拖鞋给他,告诉他往哪边是热水,最后教他怎么使用那个非常难用的吹风机。

"这是我室友的,有点接触不良,你握的时候把下面的线绕上去一圈。"

乐知时嘴里说着听懂了,其实没怎么听进去。浴室的空间很狭小,两个人站着有些挤,乐知时转过去把淋浴开了,谁知淋浴头的方向有点偏,正好淋到他身上。他慌张地后退了半步,拽住衣摆就把上衣脱了。

不知道踩到什么,乐知时滑了一下,整个人向后倒去。

宋煜的心悬了一下。

"没事没事。"乐知时用手掌扶住墙壁,站稳了,"这个拖鞋有点滑。"

"小心点。"宋煜松开手,发现自己握得太紧,这么短的时间,就在乐知时手臂的后侧留下红印。他没再往乐知时那儿看,自己转过身,说:"我出去了,你洗吧。"

虽然浴室环境不太好,但水温很舒服,和家里差不多,乐知时都不用再调整。他洗澡的时候有些失神,总想到刚刚宋煜和别人说话的样子。他觉得自己有点莫名其妙,好像不希望宋煜和任何人说话似的。

但他又希望宋煜和室友的关系好一点,希望宋煜每天的生活都很顺利。

思绪混乱,打成了一个死结。乐知时洗得有些头晕,于是很快地冲掉了泡沫。

宋煜给他的是一件海蓝色的 T 恤,正面什么都没有,他还以为自己弄反了,翻过来一看,反面印着一块芝士,好像是《猫和老鼠》的联名。乐知时套在身上,很大,空荡荡的,领口一扯半个肩膀都能露出来。他注视着镜子里的自己,这个颜色显得他更加白了。

但是裤子有些大了。乐知时弯腰看着空荡荡的裤腿,卷起一小截,然后起身拿起吹风机,按下开关。

宋煜收拾好桌子,听见浴室里传来吹风机的声音时断时续,就知道自己是白教了。他站在原地没有过去,等了三秒,果然,浴室的门打开,乐知时探出湿漉漉的脑袋,表情有些不好意思。

"哥哥,我还是不会用这个吹风机。"

到最后还是宋煜给他吹的头发。乐知时乖乖坐在椅子上,闭着眼,任由宋煜拨弄着他的头发,宋煜的手指很长,插进发缝的感觉很舒适,会让乐知时产生出一种可以依靠的安全感。

"你染过的颜色掉了。"宋煜的手捻了捻他棕色的发丝，想到之前回家，发现乐知时染了黑色的头发，看起来有点不像他，不过当时也没有多问，只觉得是小孩子的一时兴起。

"嗯。"乐知时垂着头，"就算不掉色也剪掉了，头发长得太快了。"

他想想，自己高中三年到如今，做过最叛逆的事也不过是染了一次黑发。

理由更是离奇，只是因为宋煜上学期参加他家长会的时候，太多人对他说同一句话。

你和你哥哥长得一点也不像。

那天还是他的十八岁生日。

"不要染了，这样就挺好的。"宋煜的手不小心碰了碰乐知时修长的后颈，那里长着一枚不起眼的痣，大概连乐知时自己都不知道。

宋煜以前偶尔会对着这枚痣发呆，有时候被乐知时发现，他会笑着问自己是不是在他背后贴了字条，为什么一直盯着看。

宋煜没有恶作剧的癖好，只是对这种天然的印记会有一种奇怪而复杂的感情。

"你觉得我染黑色不好看吗？"

刚问完，宋煜桌子上的手机开始长振，乐知时帮他拿起来，往身后递过去。

宋煜的思绪被打断，接过手机，是舍长的电话，他停了吹风机，接通电话。

"到了，他现在在宿舍。嗯。我知道，一会儿就让他回去。"

坐在椅子上的乐知时听见这句，立刻转过头来，对着宋煜摇头。电话那头的人似乎也在说什么，宋煜走到窗户边，往下望了望。

"已经淹了吗？"宋煜顿了顿，声音很低，像是自言自语一样说，"那他等会儿怎么走……"

听到这句话，乐知时莫名其妙地有些开心，而且还松了一口气。

宋煜没说太多便挂断了电话，室友群里有两个视频，一个是淹水的地铁站，另一个则是大到完全撑不住伞的雨。

陈方圆：一年一度的看海提前到来了，同志们，我们又一次拥有海景房了。

"外面是不是淹得很厉害？"乐知时也站起来，跑到窗户那儿看了一眼，果然，雨水有增无减。

"嗯，今天是红色预警，可能会像之前一样整个淹掉，到时候出去就很不方便了。"

"那我今天可能回不去了。"乐知时的语气实在有些明显，完全没有回不去的遗憾，只有藏不住的雀跃，可一转身，他就看见宋煜拿起了他的书包，"你要干什么？"

他的语气仿佛被当面夺走零食的小孩。

宋煜把书包的拉链拉开，检查里面有没有漏装的东西，但他忽然发现，就在这个黑色书包的内侧，竟然别着他当时随手送给乐知时的名牌。

看到自己名字的一瞬间，他产生了一种迷茫的感觉。

"哥哥。"

听到乐知时的声音，宋煜回过神，放下书包。"现在地铁站淹了，坐车也不安全，我这边没有你睡觉的地方，学校附近有几家酒店，我看一下能不能订到。"

窗外突然闪过一道刺眼的白光，乐知时经历过太多次，身体记忆让他先捂住了耳朵，果然，下一瞬间，一道巨大的响雷劈下来。

宋煜看见他的肩膀抖了抖，但还是拿出了手机，准备订酒店。

看到他这样，乐知时觉得很难受。这种感觉就像跑遍了各种水果店，好不容易找到一颗脆桃，满怀期待地咬下去，却是软的。

可是，是他自己要来的，就像桃子也是他自己买的。

不能不吃完，每一口都吃得很沮丧。

正是放假的时间，大学附近的酒店本身就很难订到，加上这几天的特殊天气，更加不方便。宋煜点开了几个条件不错的酒店，每个都是满房。差一点的酒店他连点都不想点开，想想里面的条件和状况，他就不想让乐知时住进去。

何况他还是过敏体质。

想到酒店里的床单不够干净，可能还会有烟味，宋煜觉得，如果让他一个人住在那儿，一晚上辗转难眠的可能是自己。

就在他纠结其中的时候，手腕突然被握住，乐知时不知道什么时候走到他面前了。他穿着自己买来却从没穿过的衣服，身上散发着和自己一样的沐浴露香气，头发柔顺，眼神无辜。

他用很轻的声音喊了一声哥哥，然后说："我不想出去住。"

握住他手腕的那只手白得可以看见清晰的血管，鲜活地跳动着，宋煜很清楚，这样的皮肤一搓就会发红，会发烫。就像他小时候，稍稍一哭，脸就会红，像颗脆弱的桃子。

　　"外面打雷了，我晚上睡不着。"他用宋煜几乎没有办法拒绝的理由请求着，如同第一次闯入宋煜卧室那样，只是比起儿时的痛哭，现在这样的方法似乎更让宋煜无法说出拒绝的话。

　　他似乎比小时候更加会吃准宋煜的念头，手一伸，就摸到宋煜的软肋。

　　乐知时望着他，那双大而漂亮的眼睛里满是请求，但又像是其他会让人产生错觉的情绪。

　　"我可以住在这里吗？就一晚。"

第十八章
隐藏线索

他发现宋煜很狡猾，很能隐藏，可以把一个谜语藏很久很久，
然后在自己无法继续追问的时候透露出一个线索。

宋煜的挣扎其实很短暂。

因为真正不想让乐知时走的人是自己。

得到首肯，乐知时心满意足，松开了手，拿着自己的书包坐回到宋煜的椅
子上，满脸都是开心。乐知时问宋煜下午还有没有要忙的事，自己会不会打扰
到他。

宋煜摇头。"你的作业做完了吗？"

"早就做完了。"乐知时对他说，"书我也背了，我是准备好才来的。而且
我也带了复习资料，晚上可以看。"

他前一天得知林蓉需要他帮忙送东西，提前把作业做完，月假前的那天上
午也在做作业。他是个一旦专注，效率会很高的人，尤其一想到是来见宋煜，
专注力简直加倍。

宋煜点头，听见乐知时手机一直在振动，提醒了一下，又说自己要下去买
点东西。

外面又闪了一下雷，乐知时的肩膀不自觉抖了抖，检查手机的来信，而后
抬头对宋煜说："我可以跟你一起下去吗？"

"外面雨太大了。"

"那……"乐知时冲他摇了摇自己的手机，"我可以玩一下游戏吗？同学叫我，我分散一下注意力。"

的确，外面还一直在打雷。宋煜点头，但还是忍不住嘱咐："少玩游戏。"

"我很少玩的。"乐知时解释，"我游戏玩得很菜，所以也不是特别喜欢。"

宋煜已经换好了鞋，"嗯"了一声，拿起宿舍的备用伞就出门了。

外面的状况比他想象中还要糟糕，水已经淹过了台阶，快要和宿舍一楼的门禁门齐平。他蹚水出去，风大雨大，外面的人少了很多，校园超市里的人倒是不少，挤挤攘攘。这座城市的暴雨季相当夸张，大家都积累了不少经验，每到下雨都会习惯性囤货。

一般这种人满为患的地方，宋煜都敬而远之，但他这次没有犹豫地进去，很快速地买了乐知时喜欢并且可以吃的零食，全新的毛巾、软毛牙刷和拖鞋，前往等待付款的队列。

好不容易快排到，看见经过的女生手里拿着乐知时曾经说过喜欢吃的冰激凌，又从队伍中撤离。

从冰柜折返回队列，感觉时间成本又增加了至少二十分钟，这种情况一般来说会让宋煜很没有耐心，但现在他的心情倒还不错。

手机屏幕显示有新消息未点开，是 QQ 的推送。宋煜很少使用社交软件，尤其上了大学之后，大部分联系工作都转移到微信，QQ 几乎停用。从前的群聊他也都设置成不提醒状态。

这次点开，果然是乐知时发说说的提示。

本来也是在排队，宋煜闲来无事，点开看了看，是一张照片，是乐知时拍下的他的桌面，上面摆着打包好的饭菜和排骨藕汤。

乐知时：好吃！又多了一条考 W 大的理由！

下面的评论数量完全体现出乐知时的好人缘，满屏幕的"乐乐"也能看出他在校园社交中的团宠地位。回复的内容大多是跟 W 大有关，还有很多他的好友调侃乐知时是兄控，一放假就去找哥哥。继续翻了翻，宋煜的手指停住，被其中一条引起了注意。

我就是新世界的卡密：吃货，这么大的雨还跑那么远，也不怕半路被人卖了。这个鱼我也会做，我跟你打包票我做得比食堂好吃一百倍，不信你来我家！

乐知时回了一句：真的假的，你还会做清蒸鱼吗？

我就是新世界的卡密：那是，我还会弄成孔雀那种摆盘，厉害吧。要不我下周带饭，让你尝尝？

乐知时十分天真地回复了一句好呀，又说自己很喜欢吃鱼。

两个人的聊天有一长串，话题已经和乐知时发的图片不相关。对方似乎很会聊天，直接扯到了假期后返校的事，说自己喝到一款很不错的手工酸奶，杧果味的，可以带给他喝，但是要乐知时上次提过的自家烤的肉桂卷交换，而乐知时也同意了，从回复的时间上看，没有太多犹豫。

间隔一分钟之后，那个人对他提出玩游戏的邀请，乐知时拒绝了，说自己不擅长，可对方仿佛很熟悉他似的。

我就是新世界的卡密：我知道啊，放心，哥带你升段位，保证你这次能吃鸡。

外面打着雷，乌云压下来，把整个校园都裹进深黑的低气压中。宋煜把手机放回口袋里，看了一眼没太挪动的队列，开始烦躁起来。

一分钟后，两个结伴的女生朝宋煜靠近，占据了本来就很狭小的走道，其中一个拿着手机，大着胆子对宋煜说了一声："同学你好。"又问他："可以加个微信吗？"

宋煜的脸色格外差，连应付的念头都没有，直接找借口打发："抱歉，我不用微信。"

对方像是预料到没这么容易，所以没有轻易气馁，又试探了一次。"那……QQ呢？"

宋煜皱了皱眉，语气变得更差了。

"这是我最讨厌的社交软件。"

最后，他比预想中多花了半个小时才回到宿舍，还在开门时就听见乐知时在房间里非常激烈地打游戏，十分懊悔地说着"完了完了，我送人头了"之类的话。

他的耳机声音似乎开得很大，两个手肘撑在桌面上，完全与世隔绝的样子。宋煜把伞收起来挂在门口的架子上，换下鞋，听见乐知时对一起打游戏的同伴说："谁是小宝贝？你不要乱说。"

眼睛还盯着屏幕，手有些慌乱地操作，似乎是被队友逗笑了，说着："好恶心啊。"

宋煜没有第一时间放下东西，在原地站了站，看见乐知时自我放弃似的，把抬着的手放下，埋怨队友影响他发挥，过一会儿又很认真地说："你不要随便给别人起绰号，现在好了，我死了。"

对方似乎还在说话，乐知时把手机放下来，有点负气地说："我看你一个人怎么赢。"结束游戏，他伸了个懒腰，但视线仍然停留在手机屏幕上，选择了继续观战。

宋煜耐心全失，不想等他发现了，自己走过去把买的零食和冰激凌放在桌子上，一言不发，从里面拿出日用品拿去洗手间。

"你回来了？"乐知时很快摘下耳机，都没有在意冰激凌，直接站起来跟着宋煜走，"买了什么？给我买的吗？"

"牙刷，毛巾。"宋煜把洗漱用品摆好，提醒他不要用错，然后转身出来，把新的拖鞋拆开放到他脚边，但没有说话。

不知道是不是错觉，乐知时觉得哥哥出去了一趟，心情似乎变差了。他不喜欢宋煜心情不好，为了缓解，他主动把自己刚刚打游戏的糗事分享给宋煜。"我刚刚把手雷看成烟雾弹，差点把我队友炸死，幸好他跑得快。"

其实乐知时不喜欢输，他也不喜欢被人嘲笑，但是如果对方是宋煜他就完全可以接受。只要宋煜听完会笑。

但这次好像不管用。

宋煜拿出一瓶冰可乐，语气并没有缓和多少："是吗？"说完，他仰头喝了一口，皱了皱眉，拧好盖子放回桌上。

看宋煜这样，乐知时有些无措，他的手机一直振动，消息不断，但他完全没心思回复。他拿起宋煜给他的冰激凌。"这个我超级爱吃。"用勺子舀了一勺递到宋煜嘴边，"你吃。"

宋煜自然是没有吃的，和往常一样。但和平常又不太一样的是，他看了一眼乐知时的手机，转而瞥了眼乐知时，说："不看看是谁发的？"

乐知时把手收回来，自己吃掉那口冰激凌，拿起手机飞快回复了，又放下。"我队友，问我还打不打。"说完他又自己补充了一句，"不打了，一直输，好没意思。"

宋煜对他的话没有回应，将自己桌子上的笔记本端走，放到对面室友的桌子上，开了机。

"你要学习了吗？"乐知时也转过来，盯着宋煜的背影。外面的雷似乎停了一会儿。

"嗯。"事实上宋煜手头上要忙的都已经忙完，已经没什么需要做的。在乐知时说要来的时候，原本不去实验室的他在洗完澡之后也出去了，只是想抓紧时间把小组的数据分析工作快速收尾。

他检查了一下邮箱，看到老师发来的文献。才上大三的宋煜因为成绩出众，提前被学院里的科研大牛相中作为培养对象，早早地进了实验室，被师兄师姐戏称为研 0 新生。

回复完老师的邮件，宋煜又清理了一下自己放在桌面的数据文件，点开刚下载好的文献。

乐知时感觉他真的很忙，自己一个人吃完了冰激凌，然后扭转着身子趴在宋煜椅子的靠背上，下巴尖抵着手臂，就这么盯着宋煜的背影，一声不吭，像吃饱之后默默陪着主人的小狗。

暴雨天，太阳全都被乌云遮住，明明才下午四点半，光线却已经暗得可以。

不知道过了多久，乐知时感觉自己都快要睡着了，忽然听见宋煜的声音。

"刚才跟你打游戏的人是谁？"

他的语气仿佛很随意似的，也没有回头，像是随口一问。乐知时也蒙蒙的，抬起头，坐直了，揉了揉眼睛。"我同学。"

"你们班的？"

乐知时点点头，忽然想到他可能看不见，又嗯了一声，说："就坐在我后排。"

宋煜又不说话了。乐知时从椅子上站起来，从书包里翻找出厚厚一本笔记，拉着椅子凑到他身边，说："我可以坐在你旁边复习吗？"

"你想玩游戏也可以，不用管我。"宋煜有些无动于衷。乐知时发现他始终纠结游戏的事，仿佛自己在他眼里是个网游成瘾的家伙。

他短促地皱了下眉，靠宋煜很近，有种撒娇的姿态。"我其实没有很喜欢玩游戏的，只是你不在，有人叫我，我又怕打雷，所以才答应跟他玩两局。你在的话我根本一点都不想玩游戏。"

这句话似乎让宋煜有点受用，他终于扭头看了乐知时一眼，只是眼神里还是有些许怀疑。

"真的。"乐知时把手机交给宋煜，还打开游戏页面给他检查，"不信你看我的段位，超级差的，我都没有玩过几次。"

游戏返回到大厅页面，画面上有两个人，其中一个是他口中的队友，ID 也是"我就是新世界的卡密"，和宋煜想象中一样。

宋煜别过脸，表现出一副对他的游戏并不感兴趣的样子，手指在笔记本的触摸板上轻轻滑动。"你现在最重要的事是学习。"

"我知道。"乐知时低头翻开笔记本，"我每天都在努力学习。"

"少和喜欢打游戏的学生玩。"宋煜很不自然地教育了他一句。

"你说刚刚那个吗？"乐知时低头看笔记，翻了一页，随口说，"他成绩还不错的，有时候超常发挥还会考过我，数学特别好，但是英语就没有我好了，上次月考他……"

"我对你同学的事没兴趣。"

乐知时抬头看着他，"哦"了一声。事实上他也没有想聊别人的意思，只是想通过对方的成绩侧面证明他的成绩也很不错。

他看见宋煜戴上了耳机，拧开可乐瓶，灌了一大口，又放到桌子上。

平时宋煜都不怎么喝可乐，今天碳酸饮料的摄入量实在有点奇怪。乐知时疑惑了一下，看到可乐瓶的包装不太一样，好像是樱桃味，他觉得这种口味一般都是黑暗料理，想问问宋煜的喝后感，但怕被他嫌弃，所以还是低下头默背笔记。

在宋煜几乎要把可乐喝光的时候，乐知时忍不住抬头，给宋煜递了张写着字的便利贴，他的字体很漂亮。

"我不喜欢和别人玩游戏拖后腿，你可以带我打吗？"

宋煜握着可乐瓶转过头，乐知时摘下他一只耳机。

"那个游戏给我推送过 QQ 好友，里面有你。我看到过你的段位，很高，战绩也很厉害。我还给你发过消息，但是你没有回复过。"

宋煜放下可乐瓶，用自己的 QQ 登录了游戏，点开消息栏。

"我这学期很忙，没有上线，收不到消息。"他偶尔玩几次，忙起来一学期开不了几局，消息堆了很多，往下翻了翻，他看见一个 ID 为 Cheese1010 的 QQ 好友，给他发了好友申请，还有不少消息，几乎全是绘文字 emoji 表情，最早的是三个月前，发了一个爱心。

"我知道。"乐知时又抬手把耳机给他戴上，"不然你不会不理我的。"

可乐瓶里的可乐所剩无几，宋煜喝了这么多，乐知时觉得樱桃味应该非常好喝，于是趁他不注意拿来瓶子，喝掉了最后一口。

好难喝。乐知时吐了下舌头，把瓶子丢到垃圾桶。

宋煜通过了乐知时的好友申请，并承诺乐知时，高考完之后会带他一起玩，两人组队。

　　他是上大一才开始玩游戏的。

　　起初，宋煜以为自己可以很好地适应离开家的生活，认为繁重的课业足够充实每天的生活，但事实证明并非如此，哪怕白天真的很累，晚上躺在床上，闭上眼，他依旧很难入眠。

　　后来被室友拉着一起打游戏，发现可以暂时转移注意力，所以玩了一阵子。宋煜很擅长用狙，操作很稳，升段位很快，但打了没多久，转移注意力的效果明显下降，他就不太想玩了。

　　乐知时低着头，开心地看着他们的好友页面，又问宋煜可不可以收他为徒。但宋煜很快地拒绝了。

　　"为什么？"乐知时觉得游戏里的师徒关系很有意思，很多人都这么一带一，他同学一直诱惑他让他拜师，但乐知时从来没有动摇过。他只想和宋煜打游戏，当他知道宋煜也玩这款游戏之后。

　　"我们的关系还不够复杂吗？"宋煜看着文献说。

　　也是。

　　乐知时觉得还是叫哥哥比较顺口。

　　结束了游戏话题，两个人开始默契地坐在一排学习起来。乐知时觉得宋煜有种会让他安下心来的神奇力量，在他的身边，只要不打雷，自己就可以很专注地背书，记忆力都好了不少。

　　两个人都是一学起来就会忘记时间的人，乐知时背完书，又过了一遍文综选择题错题集，抬头一看，都七点半了。

　　"难怪我有点饿了。"乐知时仰靠在椅子上，"晚饭时间都过了。"

　　宋煜也才想起来，他吃饭总是不规律，所以也忘记这件事。他拿起手机问乐知时："想吃什么，点外卖吧，外面的雨一直没停，楼下可能已经淹了。"

　　"外卖可以送进来吗？"乐知时表示怀疑，"我想吃螺蛳粉。"

　　宋煜对他的要求提出质疑，但乐知时的确很想吃这个。"下雨的时候就是很适合吃螺蛳粉，还有火锅，这种汤汤水水的吃了特别舒服。"

　　"歪理。"嘴上这么说，宋煜还是给室友陈方圆发了微信，问他有没有螺蛳粉。

　　陈方圆：吃完了。不过我有酸辣粉，很好吃的，还有泡面，都在我桌子下面，你自己拿！还有火腿肠！

"酸辣粉也可以的。"乐知时看到电脑屏幕上的聊天框，"泡面应该也挺好吃。"

"应该"两个字让宋煜觉得他很可怜，所以摸了一下他的头。

乐知时如愿以偿地吃了一顿非常不健康的饭——泡到软软乎乎的酸辣粉、薯片、麻辣味魔芋爽和一大把波力海苔。已经很饱了，宋煜还是逼他吃了一个苹果，乐知时撑到完全不想动，在桌子上趴了好一会儿。

感觉自己的胃在很努力地消化食物，乐知时的大眼睛四处乱瞄，他中午买的花已经有些蔫了，但还是很香，墙壁上贴了很多便笺，上面写着乐知时看不懂的专业笔记，还有一些应该是天体图和地质图，桌上的书撑里摆着整齐的专业书和工具书，还有打印出来的论文。

没有他做的地球仪，这一点让乐知时有些失望，但很快就过去，他想，手工的地球仪不够准确，摆上来是不是显得没有专业素养。

也不像手表，可以每天戴在手上。

乐知时的眼睛继续瞄，看到一个手掌大的瓶子，就在保温杯旁边，包装是全英文的，上面写着什么什么软糖，前面那个单词他不认识。

正好宋煜洗完澡出来，乐知时转过来，拿起那个瓶子冲着他摇了摇，问道："这是吃的吗？"

"不是。"宋煜走过来，从他手里拿走瓶子，放回原处，"褪黑素，是激素。"

乐知时自动归类为保养品。"我可以吃吗？"

"不可以。"宋煜催促他洗澡，乐知时不得不行动起来。

每被催一次，乐知时都有一种正在和宋煜当室友的错觉。这种感觉很能刺激乐知时的愉悦感，仿佛他们其实并不是差三年的兄弟，而是同龄人。他们一起念书，一起上学，每天还可以一起起床和入眠。

他不必每天在家等着，每隔一周问林蓉宋煜会不会回家。

等到两个人都洗完澡，接到了林蓉打来的视频电话，一家四口分隔两地，隔着屏幕聊了很久。上海似乎也下了大雨，宋谨的工作也暂时取消，两个人只能待在酒店看看江景。宋谨戏称这是老天安排的蜜月之雨，被林蓉一下子推出画面。

乐知时也觉得这雨很巧，不然他现在可能已经回到家里，一人一猫一狗，无比凄凉。

乐知时看了一眼宋煜，觉得他更凄凉，毕竟他连猫和狗都没有。

电话挂断后，宋煜又开始催促他睡觉。

"你不是一直说自己平时睡不够，今天可以当作补觉。"

他们的宿舍是标准的上床下桌四人间，宋煜让乐知时上去，睡他的床，毕竟他用的床品和家里的是一个品牌，应该不会出现过敏的情况。

乐知时乖乖躺上去了，手机也被宋煜拿走。空调开着，他钻进被子里，一瞬间被熟悉的、宋煜的气味包裹，甚至让他产生了一种柔软得可以陷下去，可以无限坠落的幻觉。他有一瞬间希望自己可以永远在里面埋着，除了宋煜谁也找不到他就好了。

高考很辛苦，学习很累，他想在宋煜的被子里躲一躲。

"我熄灯了。"宋煜说完，宿舍里的灯就灭了。黑暗像一床更大的被子，用极快的速度一下子扑下来罩住了他。乐知时很自觉地往里靠了靠，给宋煜留出了空。

但他等了很久，宋煜也没有上来。他又耐心等了一会儿，觉得已经过去很久了，这才忍不住扒着床的栏杆往下望，看见宋煜安静地坐在下面看书。

"你不睡觉吗？"乐知时问，"已经十点了。"

"我不困。"宋煜说，"你先睡吧。"说完他又补充道，"我和室友商量过了，我睡他的床。"

乐知时无比失望，他紧紧靠着墙壁，给宋煜留出来的空位瞬间没了意义。

他没有回应。

两个人都沉默了一阵子，乐知时最后妥协似的转了过去，面对着墙壁，假装自己已经睡着了。但他听见了宋煜关台灯的声音，也听见宋煜爬上了另一张床。

他在心里宽慰自己，这张床的确太小了，可能宋煜只是在洁癖和狭窄中选了一个更容易忍受的。

黑暗的空间格外安静，乐知时劝着劝着，倒也迷迷糊糊入眠了，可就在半梦半醒的时候，窗外闪过一道白光，整个空间亮了一下，少时，一个大雷劈下来，把乐知时惊醒了。

他醒来的动静很大。宋煜直接翻身起来，还以为他掉下去了。"乐知时？"

"嗯……"乐知时的声音很虚，像是生病出了冷汗的感觉，但他没有掉下来，只是把被子蒙住了头，闷声闷气又含含糊糊，"我没事……"

他其实也一直觉得，自己都十八岁了还怕打雷，说出去都很丢人，该锻炼锻炼，再加上刚刚都睡着了，哪怕被吓出冷汗，乐知时也想再试试入睡。

但这雷声根本不是说停就能停的，最可怕之处在于你能感应到它的频率，知道它很快又会出现，于是惴惴不安，这口气根本松不下来。

又劈了三次之后，乐知时还是想求宋煜陪他一下，他把一只手伸出被子外，想扶住栏杆起来。

但没想到的是，他伸出的手竟然被握住了。

乐知时疑惑地掀开被子一角，露出眼睛往下望，看见宋煜已经站在床下。

"没事吧？"宋煜很轻地捏了一下他的指尖，"你的手很凉。"

乐知时摇了摇头，又一道雷劈下来，他的手就忍不住往回缩。都已经沦成这样了，宋煜连他被吓哭都司空见惯，乐知时觉得自己也没必要逞强。

"我有点睡不着。"他没说怕，"你可以先上来陪我一下吗？"

黑暗中，他仿佛听到宋煜很轻地叹了口气，也可能是他听错了，反正宋煜最后上来了。乐知时感觉自己又活了过来，他拼命往墙壁那边缩，期望宋煜躺下来的时候会有一种"其实他也不占地方"的错觉。

但事实证明，这张床对两个男生来说还是太小了，何况宋煜是个一米八六的大高个。

"我是不是挤到你了？"乐知时的语气有些不好意思，整个人都不敢挨着宋煜，生怕他觉得挤。

宋煜说："没有。"又说："你很瘦。"

乐知时这才放心，伸手把宋煜拽进被窝里，空间很小，两个人平躺基本放不开，只能侧着睡。宋煜背对着他侧过去，一言不发。乐知时也和他同方向转过去，背靠墙面，面对着宋煜宽阔的后背。这块给他空出来的空间被挤得满满当当，他背后的体温散发出某种疗愈的物质，看不见摸不着，但会让乐知时安心。

他们像一个密封袋里仅剩的两个牛角包，失去宋煜，乐知时会感觉岌岌可危。

越长大，他越知道这种焦虑感是不太对的，不正确的，他被教育做一个独立的人，他也努力过了。

但宋煜如果就在身边，他还是会忍不住靠近，才能稍稍缓解这种难熬的焦虑。

雨声和雷声混杂在一起，都是乐知时熟悉的记忆要素。小时候黏着宋煜睡觉的记忆被唤醒，那时候他也是这样，但始终不被允许抱住。

所以乐知时就像小时候那样，把自己的额头贴在宋煜后背上。

宋煜一动不动，也不说话，仿佛真的只是来陪陪乐知时。一想到他有可能会在自己睡着之后消失，乐知时就睡意全无。

雷声一下一下地击打着，乐知时渐渐又缩进被子里。宋煜忍不住提醒道："被子不要盖过头，对呼吸不好。"

乐知时这才乖乖地往上，还是把额头靠在宋煜身上。

"你会掉下去吗？"他问宋煜。

宋煜很快回答："不会。"

乐知时又说："你要是困就睡吧，不用管我。"

宋煜沉默一会儿，说："我不管你就不会上来了。"

说得有道理。

"你是不是睡不着了？"宋煜半晌又说了一句，语气听起来有几分别扭，"害怕的话，可以靠在我身上。"

"嗯。"乐知时很听话地靠在他身上，下巴贴着他肩膀的部分，觉得这样很舒服，所以鼻子很惬意地呼出一口气。

然后宋煜的头偏了一下，往前躲了躲。

乐知时其实很想让自己睡着，但他一闭眼，闪电的光就会把房间照亮，这一瞬间会唤醒他很多的记忆，比如宋煜想把他送去酒店的样子，还有宋煜在食堂和自己手贴手的画面。

还有宋煜和那个女孩子说话的场景。

这看起来比他要求宋煜陪自己睡觉还要任性，但乐知时真的不喜欢宋煜和别人说话。

雷声始终停不下来，同莫名其妙的失落感、脆弱的意志力切磋，好像大雨中的拉锯战。

就在宋煜望着对面室友的床帘花纹发呆的时候，他听见乐知时开口，很突然。

"蓉姨说，你不回家，可能是因为你有女朋友了。"

宋煜的心往下沉了沉，然后否认道："没有，我只是有点忙。"

他又听见乐知时说："我今天会转身跑掉，也是因为想到这句话。我以为你在谈恋爱，不想打扰你。"他又补充一句，"我那个时候出现会有点多余。"

宋煜已经很习惯乐知时的直接了，他只是觉得有些好笑，当时自己不过是应了两句话，充其量点了点头，竟然可以被理解成这样。

"你觉得我和她隔了二十厘米站着说话就是谈恋爱吗？"

"那你说谈恋爱应该是什么样？"

宋煜不说话了。过了好一会儿，他才又一次重复自己之前的声明："反正我没有恋爱。"

乐知时很轻地说了句"好吧"，可他忍不住又说："我们班恋爱的男生和女生，每天有聊不完的话题，网上聊，见面了也说说笑笑的。"

宋煜觉得乐知时还是不相信自己的话，但聊个天就被误解成恋爱实在太荒谬。"如果你是看到我和另外一个人抱在一起，然后觉得我恋爱了，这都稍微合乎逻辑一点。"

乐知时闷声说："是吗？"

宋煜正要说是，又听见乐知时说："这逻辑也不可靠，你抱过我。"

听到这句话，宋煜差点笑了，觉得有时候乐知时的胜负心也很奇怪。"小时候的事拿出来举例就是诡辩。"

"不是小时候。"乐知时很快反驳了他，似乎觉得这样背对着说没有震慑力，所以把宋煜拽了过来，让他和自己面对面躺着。

黑暗中，宋煜可以看见他的眼睛，窗外的一点微光照进来，把他的眼睛照得亮亮的，那张倔强的脸也格外好看。

"你高考完我去你房间看纪录片睡着的那天，你把名牌送给我的那天，半夜的时候，你翻身把我抱住了。"

单纯为了示范，乐知时拉开宋煜的胳膊，钻进他怀里，把头埋在他的胸口。

"就是这样。"

乐知时也不知道自己是怎么做出这样的动作的。

念头好像自然而然从脑子里冒了出来，连同宋煜当初拥抱自己的画面。但真的钻进宋煜的怀里之后，听到他的心跳声，乐知时惊醒过来，感觉自己疯了。

雷声又一次劈下来，原本想离开的乐知时下意识抓住了宋煜的衣服。

他听见宋煜的声音，带着迷茫。

"你说什么？"

果然不记得了。

乐知时平白生出不甘心的情绪来，其实对他们来说，拥抱并不算多么要紧的大事。小时候宋煜经常抱他，念小学的时候下很大的雨，也是孩子的宋煜会把他抱起来，让他可以像树袋熊一样盘在宋煜身上，不会踩在雨水里。

虽然打雷的时候不被允许抱着睡觉，但在他难过的时候，宋煜会主动抱他。拥抱是一种无声的安慰。

这些对乐知时来说都习以为常，但他就是对宋煜在睡梦中的相拥耿耿于怀。

明明他是被抱住的那个，但主动的一方却什么都不记得。

换一个人在他身边，他也会一个翻身就抱在怀里吗？

"我没说谎，就是这样的。"乐知时有些固执地重复了一遍，埋在他胸口的头抬了起来，望着宋煜的眼睛。

距离好近，哪怕在黑暗中，他也隐隐能看到宋煜的脸，能感觉到宋煜在皱眉。

"我没有觉得你说谎。"宋煜的心跳比乐知时想象中还要快，震动感在黑夜中被放大，"我只是不记得发生过这样的事了。"

说完他顿了顿，又道："抱歉，睡着的时候没有太多意识。"

乐知时渐渐松开了手，在下一道白光闪过的瞬间主动从宋煜的怀中退出。他忽然想通了，猜想宋煜只不过把那时候的他当作放在床上的抱枕，或是被子，这本身也不是什么了不起的事。

"你不要道歉，我也只是举例子。"

拥抱也代表不了什么的绝好的例子。

隔着几厘米的空隙，乐知时对宋煜坦白了自己的念头。"我其实很喜欢你抱着我的感觉，很有安全感。"仿佛很怕被责难似的，乐知时很快又自己承认，"但这很奇怪，我知道。"

宋煜很安静，只是在听到他说这句话的时候隔着被子，摸了摸他的肩膀。

这个动作让乐知时感觉受到了鼓励，他又看向宋煜的眼睛。"就今天一晚上，你可以抱着我吗？"

他开始不断地合理化自己的要求，就像他想吃某种东西的时候，会逻辑清晰地摆出各种动机。"外面的雷一直不停，我总是睡不着，和你在一起会比较有安全感。我快点睡着，你也可以不用担心我，不用管我了。这算是特殊情况，不会每晚都是雷雨天。"

感觉宋煜没有在第一时间拒绝，乐知时又靠近了一些。"你不用动，我贴着你就行，我不压着你胳膊睡。"

宋煜忽然觉得有些好笑，但又有点笑不出来。他已经快分不清，究竟是自己一厢情愿地觉得乐知时幼稚，还是乐知时真的长不大。

宋煜忍不住伸出手，很轻地盖住他的耳朵。

"不管你举出什么例子，我都没有恋爱，这是事实。"

乐知时的眼睛闭着，看起来很顺从也很乖。"那如果你恋爱了呢，你会让我知道吗？"

"你想知道吗？"宋煜脱口而出，问完后自己又有点后悔。

乐知时不知道自己想还是不想，他不想被蒙在鼓里，但是知道了可能也不好受。他不太希望把自己的哥哥分给其他人。

共享同一个枕头的距离，两个人的呼吸也在空气中交融。宋煜在这种静谧又折磨人的气氛中等待着乐知时的答案，等来的却是乐知时的话锋一转。

"我的同桌是个女生，她也有一个哥哥。"乐知时特意补充道，"是亲哥哥。"

"她之前跟我抱怨，她哥哥自从恋爱之后就不经常在家了，以前放假的时候会带她去欢乐谷，或者去吃很多好吃的，但现在他都会刻意和她保持距离，怕女朋友不开心。"

乐知时说着，像是气不够似的，闭着眼长长地叹了口气，声音沉闷。"今年她哥哥结了婚，搬出去有了自己的家庭，之后她就很难见到他。我对她说，你可以去找他啊。"他的睫毛轻微地颤动，"但她说她找过，她在哥哥的新家里，很像一个做客的外人。其实这很正常，换一个角度来看，没有人愿意自己的爱人把感情分给其他人。所以我同桌也说，自己只要习惯了就好了。"

宋煜默默听他说着，想到了小时候的乐知时。那个时候童真童趣，可爱又认真，什么都不忌讳。但现在类似的话题再次出现，他也不能用当时的语气去叙述了。

"我们以后也会这样吧。"闪电闪过，把乐知时的脸色照得苍白。雷声落下，他似乎醒悟过来，自我否认道："亲兄妹都这样，我们以后只会更加疏远，我都不是你的亲弟弟。"

不知道是不是错觉，宋煜总感觉乐知时要哭了，心揪了一下。他对自己罪恶私心的抗拒终究还是输给了对乐知时的共情，自我放弃似的把乐知时拉入怀中，说："不会的。"

乐知时不大相信。"是你说的，人和人很容易走散。我现在越来越相信这一点了。"他闭上眼，下巴抵在宋煜肩窝，像是自言自语一样问，"我们为什么不是亲兄弟呢？"

宋煜的手搭在他的后背上，闪电后把他抱紧，有些无奈地反问乐知时："你为什么想和我做亲兄弟？"

"因为社交关系很脆弱。"乐知时的手环住宋煜的腰身，"可如果是亲兄弟，就算别的关系切断了，血缘关系是割不断的。"

听到这句话，宋煜觉得乐知时既天真又残忍。

他早就明白自己的私心，所以从没有一刻期望过和乐知时是亲兄弟，他希望他们最好没有关系，是偶然相遇的陌生人。

这份关系里最好不要掺杂其他任何的情感，他会减少些负担感，不会在拥抱乐知时的时候想到自己的父母，不会在牵手的时候背负他人的眼光。

也不会分不清乐知时对他究竟是什么感情，不会产生太多侥幸心理。

见宋煜不说话了，乐知时摸了摸他的后背，语气变轻松一些，说道："我是不是很奇怪？"

奇怪的不是乐知时，应该是他们的状态。

宋煜不回答，乐知时又说："你会觉得我很变态吗？"

这句话差一点把陷入伤感的宋煜逗笑，他低声说："不会。"并且很正直地只碰了碰乐知时的头发，"你小时候就是这样。"

乐知时困惑又倦怠地问："为什么？"

宋煜说："可能是因为你小时候对我建立了亲密依赖，一般来说是孩子和父母才会有的情感关系，也有兄弟姐妹，情况特殊，你的依恋对象变成我，所以会产生分离焦虑。其实也是正常的，有的人年纪很大了，离开父母还是会难过。"

听他说话，乐知时觉得很安心，思考力在睡意干扰下明显下降，只抓住了分离焦虑这个关键词。他觉得很有道理，和宋煜分开真的会让他焦虑，所以他抱着宋煜，在宋煜怀里蹭了蹭，很像是撒娇。"那你可以不离我太远吗？可以多回家吗？"

宋煜的身体僵了几秒，感觉完全不是自己的了。

但他觉得给乐知时一个承诺会让乐知时比较容易入眠。

"嗯。"

"真的吗？以后也是？"

明显听到乐知时开心起来，宋煜又忍不住点了下头。

乐知时再次把头埋下来，准备入睡，他发现自己其实很容易从宋煜身上获得想要的东西。宋煜看起来很难亲近，但其实是个很容易妥协的人。

轻声说了句"晚安"，乐知时安心地闭上了眼睛。

雨一直肆无忌惮地下着，很吵，宋煜的手掌没有离开过乐知时的侧耳。直到雷声完全消失，乐知时的呼吸变得平稳，宋煜才放下手，轻轻搭在乐知时的腰上。

深夜是人类意志最薄弱的时候，很容易做出一些冲动的选择。所以宋煜也放纵了一秒，他低下头，很轻地吻了吻乐知时的发顶。

除了窗外的雨，无人知晓这一吻。

天快亮的时候，乐知时迷迷糊糊醒了，发现宋煜没有趁他睡着后离开，很开心。单人床太逼仄，他的腰有些酸，闭着眼在宋煜怀里躺了一会儿，感觉有些热，又转过身，额头靠在墙壁上。

睡梦中的宋煜感觉到乐知时翻身的动作，也动了动，下意识从背后抱住了乐知时，整个后背都被安全地裹住。

乐知时第二次醒来的时候是七点半，外面很亮，他用被子蒙住头，又想起宋煜的嘱咐，扯了一点下来。

后知后觉地感觉到床上少了个人。乐知时眯着眼翻了个身，趴着，伸出一只手臂在栏杆外甩了甩，含混又没气力地叫着宋煜的名字。

也不知道重复了几遍，他终于听到些动静，很费力地抬了抬脑袋，睁开眼，看见宋煜从浴室里走出来，带上了门。乐知时揉了揉眼睛，趴在宋煜的枕头上，懒懒地道："你怎么早上也要洗澡……"

宋煜像是没料到乐知时醒这么早似的，在看到他的那一刻有些讶异，但很快就恢复了。"这样比较快清醒。"

他还想说让乐知时多眯一会儿，自己去买早餐，没想到乐知时主动爬了起来。没住过宿舍的乐知时下梯子的动作很不熟练，宋煜就站在一边，随时准备扶住他。

不过他没能上手，乐知时安全着陆，光脚踩在瓷砖上。宋煜勒令他穿拖鞋，乐知时才飞快踩在拖鞋上，伸着懒腰，像一个合格的学人精那样说："我也要洗澡。"说完他就朝浴室去了。

宋煜无奈地瞥了一眼他的背影，然后低头拿起桌子上的手表戴在手腕上。然后他像是忽然想到什么似的，回头看了一眼浴室，然后懊悔起来。

果不其然，打开淋浴的乐知时在里面大叫了一声。

"水好冷！"

就算调回到合适的温度，乐知时出来的时候也还在抱怨："你不会用冷水洗澡吧，好冷啊，会感冒的。"

宋煜没有解释，要解释"一个二十一岁男青年早上起床为什么要洗冷水澡"的问题，很有可能会把自己绕进去。

他不想出现那种此地无银三百两的尴尬局面，所以及时转移话题，催促乐知时和他一起去吃早饭。

楼下的水没有像宋煜预料中那样没过一楼，反而退了不少。乐知时全身都穿着宋煜的衣服，怕踩湿裤腿，特意选了条只到膝盖的短裤，白花花的一双小腿露在外面，又细又长。

乐知时喝了一碗热乎乎的蛋酒，是鸡蛋冲在烧开的醪糟米酒里做成的，甜甜的，滋味醇厚，他又吃了一个手掌大的面窝，这是油炸早餐里少数他不会过敏的食物。他喜欢掰开来吃最里面焦脆可口的内圈，然后咬一口软嫩的外圈，咸香酥脆，还可以尝到米浆和大豆的滋味。

"晚上是不是还要上晚自习？"宋煜递给他一张纸巾。

提到这个，乐知时就开始丧气。"是啊。"

"吃完午饭就回去吧，我送你。"宋煜也喝了一口蛋酒，"撑过这一段时间，就可以休息了。"

乐知时虽然很不想走，但还是点了点头。"而且棉花糖和橘子在家肯定很不习惯。"

宋煜观察乐知时的表情，没有太难过，感觉他确实长大了。

吃完饭，乐知时说油炸的东西有点腻，想买饮料，宋煜只好带他去了昨天自己去的校园超市。乐知时是典型的天秤座，有严重的选择困难症，所以定定地在放饮品的那排冰柜前站了很久。

宋煜陪他站着，周围来往的人不少，好些女生都往乐知时的方向瞟。他的外表很出众，又是有别于众人的混血脸，引起关注是很常见的事。但宋煜觉得不太舒服。

这比他自己被人围观的感觉更差一些。

"这是你昨天疯狂喝的那个吧。"乐知时拿起樱桃味可乐回头看宋煜。

宋煜纠正说："没有到疯狂的程度，只是口渴才喝。"

这个饮料让他想到了同样不太愉快的记忆。

乐知时看着饮料的包装，露出嫌弃的小表情。"你不觉得这很像小时候喝的那种退烧糖浆吗？一模一样。"说完他放下可乐，拿了一瓶柠檬味的苏打水，"就这个吧。"

在结账的地方，乐知时又抽了一支柠檬味的棒棒糖，让宋煜一起结账。

出来之后，宋煜开始嘱咐他："你在学校不能随便吃别人给的东西。"

"我没有。"乐知时反驳，"我不会那么傻。"

明明都答应吃别人从家里带来的饭了。

"不管是鱼，还是什么甜品，家里不是没有，没必要吃外人给你的。"

乐知时觉得他说这句话的语气有点怪怪的，但还是应承下来："我知道的。"

宋煜这才罢休。

两个人在校园里散步，积水多的地方，乐知时的脚都泡在水里，不小心踩到什么，叫了一声。

宋煜低头一看，竟然是条红色的锦鲤，他语气淡定地说："可能是淹水之后从旁边那个湖里跑出来的。"

但乐知时觉得不寻常，他觉得自己超级走运，还对着被他踩过的锦鲤双手合十拜了一下。"保佑我顺利考上你的老家。"

宋煜说他迷信，他却开始数落宋煜："你高考的时候，我可是不辞辛苦替你去求神拜佛了。"

宋煜总是平直的嘴角不禁弯起些许，很自然地顺势问他："那你高考想要什么？"

听宋煜这么说，乐知时愣了一下，他完全没有考虑过这个问题。"我得想想。"很快他说，"首先……"

宋煜挑了挑眉。"你是有多少要求？"

乐知时抓住宋煜的手臂，制止他打断自己的话，然后仰着脸对他说："首先，我希望你能鼓励我考上 W 大。剩下的我都还没有想好，截止日期自动延长到高考完一周后。"

宋煜垂下眼，似笑非笑，像是对他这种修改规则的行为表示纵容和默认。

买来的棒棒糖乐知时留在了离开的时候吃。假期快要结束，地铁站人很多，宋煜刷了卡，说要送他回家，但乐知时不想让宋煜一个人再坐回来，所以很成熟地拒绝了。

上一班地铁在他们下电梯的时候呼啸着离开了，乐知时感到非常庆幸。

他和宋煜并肩站在地铁的安全门前，玻璃中映着两个人的影子。他全身都穿着宋煜的衣服，看起来也并没有变得更像宋煜。但现在的乐知时，开始学会不为一段不存在血缘的关系而焦躁。

想到上次家长会时的自己，乐知时含着棒棒糖，甚至笑了出来。

等地铁的过程中，乐知时一再重复自己昨晚的请求，宋煜耐心答应，表示下个周末一定回家看他。

"你没有什么话要跟我说吗？"乐知时仰起头望向宋煜的眼睛，抿着嘴，笑得很好看。

新一班地铁的声响在逐渐靠近，头顶传来播报员的声音。

"亲爱的乘客您好，开往天河机场方向的列车马上就要到站了……"

被将要到站的地铁吸引了注意力，乐知时的身子往前倾了倾，侧过头，朝轨道光亮处望去。下一秒，他的手腕被牵住。

"……请先下后上，注意站台与列车之间的空隙。"

空隙缩短，宋煜的声音出现在耳边。

"乐乐。"

乐知时回过头，蒙蒙地看向他。

宋煜的表情很柔软，和往常不太一样。"鼓励的话，其实在上次家长会的时候，我就写在你的数学教辅上了。"他的眼神带着一丝狡黠，但神色镇定，"我知道你不喜欢数学，不会往回翻，果然没注意到。"

地铁安全门打开，那个长长的密闭空间一下子打开，从里面出来许许多多行色匆匆的人，去往不同的方向。乐知时感觉自己的手腕被松开，他被人潮推进那个狭小的移动空间里。

他发现宋煜很狡猾，很能隐藏，可以把一个谜语藏很久很久，然后在自己无法继续追问的时候透露出一个线索。

宋煜很会折磨人，乐知时现在迫不及待想要回去。

车门关上，播报从室外转移到车厢内。

"……请站稳扶好，下一站……"

乐知时的手机振动了一下，他点进去，信息跳转出来。

哥哥：其实我很希望你能考上 W 大。

哥哥：我在这里等你。

第十九章
蜿蜒回响

他曾经写下的无人知晓的话，也得到了回应。

地铁里声音嘈杂，乐知时盯着手机屏幕上的信息，面无表情，心跳得很快。

他锁上屏幕，抬头看了看地铁内的路线和站名，忍不住再次打开屏幕，把宋煜发来的消息又看了一遍，然后截了一张图，仿佛这样就不会丢失宋煜说过的话。

乐知时拉着拉环，凝视着地铁玻璃窗映照出的自己，出现些许幻觉，里面的那个人长得和自己一样，只是穿着培雅的学生制服。

于是他想起宋煜代替林蓉参加他家长会的那天。

那是去年的 10 月 10 日，乐知时的生日。在生日当天开家长会实在是一件不太让人高兴得起来的事，而且那天天气很冷，早上起来的时候降了温，乐知时原本穿着单薄的运动服校服，后来被林蓉叫住，勒令换成了针织背心配制服外套。

事后想想，乐知时十分感激蓉姨当时逼他换了正装，因为中午吃饭的时候他又收到蓉姨的消息，下午她和宋谨要参加一个非常重要的酒会，宋煜会替她参加家长会，并且她说周末会给乐知时好好地补过生日。

午饭其实很难吃，胡萝卜炒蛋加上一份用胡萝卜代替冬笋的鱼香肉丝，但乐知时心情奇好，亢奋到午休都没有睡，赶着把自己的桌子全部收拾了一遍。下午同桌来上学，看见他焕然一新的桌面都吓了一跳。

"你怎么做到的？"

乐知时用湿纸巾擦完了第三遍，扔掉纸巾，拍了拍手。"无他，唯手快尔。"

后来他在这张重获新生的桌子前坐了三节课，每到下课都收得干干净净，连抽屉都是，终于挨到了家长会。大部分同学都是非常讨厌这种会议的，好一点的可以在家长会期间全程隐形，差一点的就是送自己的家长来参加公开处决大会。

乐知时也是第一次这么期待。

天气比早上更差了点，外面乌云密布，乐知时开始担心会不会下雨，宋煜是不是有带伞。班主任提前进门，把准备好的 PPT 在教室的电脑里试播了一下，顺便嘱咐学生一会儿在走廊等候。

很快，班上的第一个家长来了，是某个女同学的妈妈，穿得很朴素，有点茫然地出现在教室门口。乐知时看着那个同学把她妈妈引到座位上，终于也忍不住出了门，先是在走廊的围栏上趴了一会儿，然后走到楼梯口。

"乐乐，你爸来还是你妈来啊？"站在楼梯口的另一个男同学拿肩膀碰了碰他。

"他们都有事。我哥来。"

"你有哥哥啊，太爽了吧。"

又走过来一个女生，说道："你不知道吗？哦，对，你初中不在这儿，他哥以前是咱们学校高中部的学长，又帅成绩又好。"

乐知时小小的虚荣心膨胀起来，替自家哥哥说了句"也没有那么夸张"。谁知下一刻一扭头，就看见本尊。

宋煜穿了件和头发一样黑的风衣，衬得他五官凌厉、气质出众，在一众家长之中格外好辨认。他上楼梯的时候也抬了抬头，正巧与乐知时对上视线。原本平直的唇角微微动了动，冷淡的神色退去少许。

"哥哥。"乐知时上前了几步，在宋煜上来的时候站到他身边，"我带你去我位子上。"

身后的女生还在跟刚刚的男同学讨论："我没骗你吧，是不是大帅哥？"

这是宋煜第一次来乐知时的教室，但感觉更新奇和激动的人反而是乐知时。

他的位子在教室第三组的倒数第二排。乐知时把宋煜领过去坐好，还指了指自己刚刚接好温水的水杯，说："你可以喝，如果渴的话。"

他说完，宋煜点头，观察了一下他的桌子，脸上没太多表情，但夸了一句："这么干净。"

旁边的女同桌立刻对着帅哥出卖了乐知时："他今天收拾了一中午。"

被当场拆穿的乐知时瞪了一眼同桌。"没有一中午这么夸张……"乐知时还想给自己挽回一点面子，可发现宋煜似乎并没有太关注这个，而是自顾自环视着教室四周，便问他："你在看什么？"

宋煜收回视线，看向乐知时。"我发现这是我高二时候的教室。"

培雅经常会换教室，有时候返修连教室门口的牌子都会换掉。乐知时上高中以来，算上分班一共换了四次教室，没想到最后竟然要从宋煜高二待过的教室毕业了。

"真的吗？"乐知时的开心在宋煜看来总是有些没来由。

宋煜点了点头，手肘撑在桌上，很平静地补充了一句："我就坐在你后面。"

他这句话太有迷惑性。

仿佛他们真的在一间教室，他也真的每天都坐在乐知时的背后，只要乐知时想，一回头就能看到他。

在某个时间延迟了一年的平行时空，如果与乐知时现在所处的宇宙重叠，那么宋煜就可以陪着乐知时度过高三难熬的每一天。

乐知时愣了一秒，然后情不自禁地露出笑容。

"你座位上有什么我不能看的东西吗？"

听到这句，乐知时摊了摊手，十分大方地说："没有，你随便看。"

他收拾得这么干净只是为了照顾宋煜的洁癖。

班主任催促着学生离开，他也没办法继续久留，只好跟着其他同学一起出去。大家不约而同地站在窗户外往教室里瞄，观察老师和自家家长的反应。不过这次家长会，宋煜的出现算是一个特殊情况，特别吸眼球。周围的同学都在议论，男生说宋煜球打得好，女生说宋煜长得帅成绩好，炫兄狂魔乐知时反而说不过他们。

他一心只望着宋煜。其他家长都很认真地抬头看着班主任说话，一副"为了我的孩子一定要足够虔诚"的表情，可宋煜没怎么抬头，而是弯了弯腰，从乐知时的抽屉里拿出一沓卷子和教辅资料。

"你惨了。"同样站在窗外的同桌对乐知时说，"你哥在看你卷子了，他回去不会跟你爸妈告状吧。"

大家也都笑起来，但乐知时出奇地冷静。"不会的，他从来没有告过状，而且我爸妈也没有很在意我考得好不好。"

"是吗？真好啊。"

"那他干吗拿出来看？"

"就是，反正我不喜欢别人翻我的东西，帅哥也不行。"

听到这句，乐知时皱起眉。"他是我哥，不是别人。我喜欢让他翻。"说完他走到一边去了。他是出了名好脾气好人缘，别说发火，连重话都没说过几次，这次明显不高兴，让周围几个女生挺惊讶的。

另一个同学又说："乐乐，你跟你哥真的一丁点都不像欸，他看着好高冷啊。不过他五官也好立体，也是混血吗？为什么他头发、眼睛都这么黑？"

乐知时觉得他的问题很多，但还是回答道："他不是混血。"

"怪不得，你俩长得真的完全不一样。不是亲兄弟吧，表兄弟？"

乐知时沉默了，他不是很想回答这个问题。

上了高中之后，宋煜和他分开，乐知时即便再去高三(5)班旁边的自习室里，也没有可以一起回家的人。他有时候会在食堂的高考红榜上对着宋煜的名字发呆，不过那个榜也只张贴了一年，第二年换上了另一批人。

他有点后悔自己留在培雅，倒不如去一个新的地方，那里不会让他时时刻刻想到宋煜。去食堂想到宋煜讨厌的菜，去操场想到宋煜投球的样子。

最可恶的就是三楼的空中长廊。

"不是亲兄弟的话，关系不会很亲密吧。"

他望着窗玻璃，自己的脸和宋煜的侧影重叠在一起，像摄影里的双重曝光。

乐知时忽然非常希望自己和宋煜长得一模一样，像到旁人一看就能猜到他们的关系，这样就再没有人质疑，他自己也有一块不会患得患失的砝码。

没过太久，班主任从讲台上走下来，打开教室门让班长带着他们出去等，或者先回家。刚合上教室门，一个女生在外面提议去食堂，其他人也纷纷同意，于是大家一起下去了。

乐知时有些舍不得，最后多看了几眼。宋煜脱了风衣外套搭在椅子背上，穿了件白色针织衫，很安静地坐在里面，握着他的笔，低着头，表情很认真，像是在思考什么。

这让乐知时恍惚间回到三年前，他站在教室外面，等待还没有下课的哥哥。

"走吧乐乐。"

乐知时回头。"嗯。"

家长会的内容和流程其实都大同小异，班主任说说高考严峻的形势，再把最近一次的模拟考成绩拿出来通报一次，宋煜都很熟悉，只是角色发生了对调，他如今也成了坐在下面听的人。

没有太多心思听下去，这些东西他听了三年，换汤不换药，就算是不听，他也比在座的对高考一无所知的家长更会引导。

宋煜翻看着乐知时的卷子，英语还是一如既往地好，连他都有些好奇，是不是真的有所谓血统这种玄学加成。但他的数学和其他科目比起来没有到特别好的地步，分数起伏比较大，不稳定，好的时候可以考非常高的分数，差的情况下会被其他好学生拉分。

他找出乐知时的错题本，顺手也翻了翻，发现乐知时记过的错题在最新一张试卷里又错了。这些题目在宋煜看来都有很清晰的脉络和套路，于是他干脆拿起笔，借着这段时间帮乐知时把错题系统地整理了一遍，还在乐知时的错题本上分类写出常见的几种解题套路。

很专注地整理了一段时间，忽然听见班主任提到乐知时的名字，宋煜抬起头，发现前座的家长也在看他。

"乐知时同学的家长其实是我们培雅的优秀毕业生宋煜同学，他当年在学校成绩一直名列前茅，高考成绩也非常优异。"说完班主任用充满期待的目光注视着宋煜，"今天过来也是很巧合，能不能给我们其他家长分享一些复习期间的心得，或者身为家长需要注意的事？"

宋煜对这样的环境十分不适应，感觉现在自己不像是乐知时的哥哥，更像是他父亲。这种奇怪的辈分错位让他不自然地抿住嘴唇，沉默片刻，才沉声开口："其实到这个阶段了，谈学习心得已经晚了。"

他的话实在是太直接，弄得班主任也有点小尴尬。"啊，确实……"

"不过家长需要做的事，我觉得还是有的。这最后的半年很关键，如果可能的话，尽量不要给考生太多压力。与其一味地让他们学习或是补身体，不如多关心关心他们的心理状况，少一点打击教育。"说完，宋煜还是给班主任留了一个台阶，抱着营业的态度对她露出一个不太明显的微笑，"其他的我觉得老师您已经说得很好了。"

大概是他带着光环，说什么都有家长赞同。全身而退之后，宋煜把注意力放回到自家弟弟的试卷上，看得差不多了，他将试卷按顺序理好，重新放回抽屉，并把错题本压在上面，好让乐知时回来之后就能看到。

拿卷子的时候不小心带出来一本数学教辅，紫色封皮的，宋煜闲来无事，稍稍翻了翻，这种不用上交的教辅资料一般都没有写得很满。

果不其然，不仅写得不多，这本教辅似乎还是乐知时拿来打发时间的好工具，右下角是乐知时画的简笔漫画，是某个他很喜欢的动漫人物，快速翻过去的话，能看到一套完整的打斗动作。

这种事只有乐知时干得出来。

宋煜忽然觉得家长会也很有意思。再看看内容，不少页面都有写到完全认不出的字体，越写越飘，到后来则变成一个个戳上去的点，一看就是困到失去意识，还强撑着写字的状态。

光是看着这些痕迹，宋煜都可以在脑海中描摹出乐知时鲜活的样子。

翻到某一页，他停了下来，凝视了少时，拿起笔，在下面也写上一行字。

时间很快消遣过去，散会后，有好些家长来到宋煜的桌边，希望他可以再多分享一点，尽管宋煜一向冷言冷面，但也不好做得太明显，就说了两句，直到有家长要他联系方式，询问可不可以请他当家教，宋煜才开口拒绝。

"我很忙，都不怎么回家。如果真的要教，肯定是教我自己家的小孩。您说是吧？"

穿上风衣离开教室，宋煜没有看到乐知时的踪影，于是给他打了个电话，没人接，乐知时在校的时候手机都是静音或关机，宋煜猜想他并没有看到，索性自己去找。

事实上乐知时都没有把手机拿出来，被许多同学围着的他现在正在食堂里，独自面对非常尴尬的场面——一个他从来没想到会喜欢他的女同学突然对他表白，还准备了一个小小的生日惊喜。乐知时则被起哄的男生按在了一个座位上，连起身都做不到。

"这是我今天中午特意出去取的蛋糕。"坐在对面的女生把蛋糕推到他面前，脸上的表情很是羞涩，"他们家的蛋糕很好吃的，我提前一周才订到。"

蛋糕看起来的确很漂亮，玫瑰荔枝口味，最上面还写了"祝乐知时生日快乐"的字样。

大家都在一旁起哄，大部分人都不知道他的过敏原是小麦，唯一的知情人蒋宇凡还在理科班，他们起哄让乐知时切蛋糕尝一尝，乐知时拒绝不了，心里想着，挑一点奶油吃应该不会有事。

于是他拿起一只叉子，象征性地想刮一点奶油下来，顺便在心里盘算着等一下要怎么不失礼貌地脱身。

但他的计谋还没能派上用场，下一秒，手腕就被一只熟悉的手牵住。

一抬头，对上宋煜那双冷厉的眼。

"他过敏，不能随便吃外面的蛋糕。"宋煜语气冷淡，直接将乐知时拉起来。

坐在对面的女生表情有些尴尬，刚表白完就给表白对象吃可能会过敏的食物，这种情况的确不妙。但乐知时还是好脾气，对她说："没事的，你别放在心上，谢谢你特地买给我。"

没让他说太多，宋煜就拉着他出去了。

外面刮起了风，下起了雨，地上都是不小的雨点，这么快的速度，乐知时猜想是阵雨，他缩了缩脖子，跟上宋煜的脚步。

"别人给你吃你就吃，我说过多少遍？"宋煜表情不善地说，"小时候的教训还不够？"

乐知时有些委屈。"不是，我没有要吃，刚刚她……"

宋煜的脚步停下来，看着乐知时。"跟你表白你就可以吃了？"

他怎么会知道是表白……

乐知时迷茫地站在原地，很短促地瘪了下嘴，又收回表情。"我没有，我只是想尝一点奶油，让她心里好受一点。"

宋煜站了一会儿，雨开始下大了。他说了一句"知道了"，便往前走到停车的地方，拿出车钥匙按了一下，又绕到副驾驶那头，替乐知时开了车门。

乐知时顺从地上了车，坐在宋煜的旁边。他发现宋煜的头发理短了一些，是真的很黑，看起来就不像是很好摸的那一类，这种发色的差别可能是他和宋煜外表上最大的差距。

他忽然想，要不自己也去染个黑头发好了，这样会不会更像一点？

他真的很想要一种独一无二，也没有办法随时切断的关系。

脑子里很混乱，外面忽然起了雷，乐知时条件反射地抬起手，但被宋煜按住了手背。宋煜没有说话，另一只手打开了车载音乐，是可以放松心情，舒缓的古典钢琴曲。

他握住乐知时的那只手一直没有松开。

宋煜是世界上最了解他的人，可以吃什么，不能吃什么，讨厌什么，喜欢什么，连上课时会有的小动作，他都了如指掌。一切的细枝末节，都是这么多年的时间累积下来的。

乐知时看着他扭转身子，从后座拿出一个简洁漂亮的白色盒子，放在乐知时腿上。

"这是什么？"

"自己拆开看。"

打开来，里面是一个巧克力蛋糕，浓郁的香气扑面而来，蛋糕光滑的淋面像镜面一样反射出漂亮的光泽，很有宋煜的个人风格。

"家里的无麸粉用完了，买杏仁粉跑了好几家，做得有点赶。"宋煜的完美主义让他降低了自我评价，但乐知时却非常喜欢，没想到宋煜记着自己的生日，还花这么大的功夫给自己做了一个蛋糕。

"看起来好好吃。"

乐知时还以为要到周末才能好好地过一个生日，还以为宋煜不会回来，也不会陪他。

闪电的白光稍纵即逝，没等乐知时有动作，宋煜先抬起手，捂住他的耳朵。雷声和他的声音一同到来，重叠着心跳。

"生日快乐。"

乐知时记得自己坐在车上，吃了很大一块蛋糕，鼻子上还沾了巧克力的甘纳许淋面，一小块，宋煜非常阴险，没有告诉他，以致回到家里乐知时才发现。

他还记得那天林蓉和宋谨都没回家，他缠着宋煜说了很久的话，在宋煜的房间做作业，一直到十二点过去。

宋煜当时还问他，花钱买的那些教辅，有没有好好做。

当时乐知时以为宋煜只是站在家长角度随意询问，是家长会的后遗症，现在想想，原来他是在暗示。

地铁比往常开得快了很多，乐知时刷卡出站，好奇心驱使他以最快的速度赶回家里，寻找埋藏这么久的答案。

林蓉也才从机场回家不久，见乐知时一回来就钻进房间里，还挺奇怪，端了碗红豆双皮奶上楼去。见乐知时费劲地够着书柜顶上的纸箱子，她敲了敲开着的卧室门，说道："宝贝，你在干吗呢？来，吃双皮奶。"

乐知时朝门外看了一眼，伸长胳膊还在艰难挣扎。"蓉姨，我上学期拿回来的书是在这个箱子里吧？"

林蓉放下双皮奶，站在原地想了想。"欸，不对，我好像给你收到那个白色的矮柜里了。"

"是吗？我找找。"

猜想乐知时可能是去 W 大受到了什么刺激，回来准备发愤图强了，林蓉不敢打扰。"你记得吃啊，想要什么告诉蓉姨。不要太辛苦了。"

"嗯，好。"乐知时蹲在矮柜前，头也不抬，一本本翻找着。房门被林蓉带上，他找了十几分钟，终于翻出几本之前买的数学教辅。范围缩小，乐知时把这些书都抱到书桌前，一本本翻看。

直到看见被他画过漫画、最打发时间的一本，延迟半年的羞耻心冒了头，乐知时才隐隐觉得自己找对了。

是什么呢？

翻书的手忽然停了停，乐知时的视线跟着停驻。

是一道函数应用题，题目很长，第一问是要求计算某公园的客流量。乐知时对这一题还有印象，因为题干实在冗长，而且感觉没在说人话，提炼条件都很困难。那时候的他正处在做题的倦怠期，读完题，满脑子只有公园、游客、假期这些关键词，根本不想算。

所以当时，他十分叛逆地写了一句话。

"解：不想算题，只想去玩，客流量这么大多我一个不多啊。"

但重新回顾的时候，下面又多了一行字，是完全不同的凌厉字体。

"再坚持一段时间，高考完就带你去，想去哪里都可以。"

这就是他说的鼓励吗？

乐知时的心怦怦地跳了起来。他忽而产生一种错觉，感觉他和宋煜就像是科幻电影里存在于两个不同时空的人，在某个奇妙的瞬间突然对上了频率，一切开始有了交集。

他曾经写下的无人知晓的话，也得到了回应。

指尖麻麻的，心脏涨得满满的，像溢出的雨水。乐知时伸出手，很轻地摸了摸宋煜写下的那行字，不自觉在心中默念几遍。

他觉得还有，宋煜应该不止留下这么一点痕迹。尝到一点甜头，乐知时继续翻下去，认认真真地翻了好多遍，但像这样消极怠工的时候并不多，大多数时间他都在认真做题，勤勉学习。

可供宋煜发挥的地方似乎也没有很多。

乐知时有些沮丧，但这样他就已经很满意了。

合上教辅，他对着封面发了会儿呆，脑子里一瞬间闪过什么，耳朵烧烫起来。

他上课不好好听讲的时候，好像做过一件很蠢的事。

想到这里，乐知时飞快地翻动着教辅材料，终于找到了自己黑历史的那一页。

他当初闲来无聊，练字似的，把宋煜的名字在这一页写了一遍又一遍。再看一次这些被他写下的名字，乐知时都觉得心跳加快，他分不清是窘迫，还是其他的什么心情。阅读的时候，脑子里都是自己的声音，在一遍遍地喊着哥哥的名字，不希求回音。

忽而，他怔住了，定定地凝视着他写下的最后一个名字，依旧是那两个字，二十画。

宋煜。

在那下面，多了一个字，如同回响。

嗯？

第二十章
安眠条件

感觉电话那头传来稳定的呼吸声，宋煜放缓速度，慢慢停了下来。

这个世界上最复杂、最难解的问题，好像暂时得以平息了。

迟来的谜底并没有减少乐知时的喜悦，反而让这种惊喜效果翻倍。

返校上晚自习之前，他将那本被他丢在角落半年的教辅书装进书包，可书太沉了，乐知时又拿出来，把宋煜留言的那两页小心地剪下来，夹在宋煜送给他的那本灰色速写本里。

看着上面宋煜的字迹，乐知时忽然产生出一种强烈的分享欲，可他没有合适的分享对象，想了一圈，觉得谁都不合适，最后发了一条仅自己可见的说说。

Cheese1010：时隔半年的留言，已接收！

乐知时觉得，宋煜可能是老天派来驯服他的天才。他实在想象不到，原来自己有一天也可以不用为分离而焦虑，甚至迫不及待地想回到家里。

宋煜任何一点草蛇灰线的伏笔，无论什么时候都可以勾起他的情绪。

手机振了振，是宋煜的消息。

哥哥：到了吗？

乐知时先是下意识回复到了，但又删掉那两个字，把他拍下的那两页教辅的照片发了过去。

乐知时：你好能藏啊。如果是我，早就憋不住拿给你看了。

宋煜看着乐知时的回复出了神，想到小时候和乐知时玩捉迷藏的时候，的确像他说的那样。他们如果都是躲藏的那一方，乐知时是待不住的，太久没有被找到，他就很想自己出去，每次都是宋煜捂住他的嘴，强行让他跟着自己躲好，哪儿也不许去。

有时候宋煜是寻找的那一方，他在房间里喊一喊乐知时的名字，如果乐知时在，一定会多少有点动静。所以乐知时总是输，因为他藏不住。

但宋煜不一样，只要他想藏，乐知时永远找不到他。他会急得哭起来，直到宋煜受不了，自己站出来。

他们之间的关系好像永远如此，说不清是谁被谁胁迫。

宿舍的门忽然打开，宋煜回过神，往门口看了一眼，是舍友陈方圆，对方似乎也刚从外面回来，嚷嚷着累，把包搁在自己的桌子上。"我还以为要淹一周呢，都盼着放假了，没想到今天就退水了，果然还没到正式看海的时候。"

他说着，看见自己桌子上摆得整整齐齐的点心酥饼，有些疑惑，又瞄了一眼其他室友的桌子，最后两手往兜里一揣，晃悠到宋煜跟前。

"啧啧啧……"

宋煜一脸莫名其妙地抬头，瞥了他一眼，视线又回到自己的书上。"发什么神经？"

"老实交代，是不是带女生进来了?! "

宋煜皱眉，翻了一页书，语气淡定："你疯了吧。"

陈方圆把手往宋煜桌子上一撑。"休想骗我，桌子上都摆了给我们的点心了。"

宋煜头也不抬。"那是我家里人给我送来的，我放的。"

"你放屁。你从来不会给我们摆得这么整齐，你每次从家里带了什么东西都是直接扔在窗台，让我们自己去拿的，而且你看看这儿，"陈方圆指着宋煜墙上的花，"你看这小白花！"

作为一个不折不扣的戏精，陈方圆站在宋煜桌前，像只小狗一样努力嗅着花的气味，然后十分惬意地感叹："啊，嫂子的香气。"

宋煜鸡皮疙瘩都起来了。"……你有病吧。"

"我有非常严重的颜控症，能被你这种眼睛长在天上的人看上一定是个超级大美女，肯定是肤白貌美长腿甜心，想看。"

明明知道陈方圆喜欢插科打诨，但宋煜似乎被他魔性的叨叨给洗脑了，还真的一一对应起来。

肤白、貌美、长腿、甜心……其实差得不大。

混血在陈方圆眼里估计更是大大的加分项。

"我感觉我桌子都被嫂子收拾过了，贼干净。"陈方圆蹿回对面，摸了一把自己的桌面，出人意料地洁净，他回想了一下自己走之前的样子，"我记得我桌子上几本书摆得可乱了，椅子也是歪的。"

宋煜十分无语。"那是我收的。"

陈方圆直接否认："我不信，你没这么好，我一定是有嫂子了。我要见我嫂子！"

"你去梦里见吧。"

宋煜也不想解释来的人是他的弟弟，反正说出来陈方圆也不会相信。

果不其然，陈方圆看到宿舍卫浴里还没来得及收拾的洗漱用品，直接在浴室里大声嚷嚷起来。

"她还过夜了?! 宋煜你！你可真行！"

宋煜戴上耳机，叹了口气。"我没那么行，你想太多。"

乐知时返校后的一周，培雅就举办了七十周年校庆大典，学校很重视这个难得的周年，举办得声势浩大，初中部和高中部一起，热热闹闹地庆祝了好几天。

但快乐都是别人的，身为高三生的乐知时不配拥有活动时间。

培雅在这方面一向很舍得花钱，为了纪念七十周年，校领导特别邀请了一支专业摄影团队全程拍摄录制这次的校庆活动，与活动无缘的乐知时和同学一起走在从食堂回教学楼的路上，误打误撞被正在拍摄的导播拦住，录了一个简短的采访和祝福。

校庆活动包括联欢会和文化节，邀请的范围也很大，连宋煜这种毕业三年的都收到了短信，但他实在太忙，没有时间回去。

何况乐知时也不参与，宋煜觉得没有回去的必要。

只是在当天晚上，正坐在宿舍写报告的宋煜收到了林蓉发来的连环微信，点开全都是视频和照片，原来林蓉自己跑去玩了。

妈：我去看乐乐，顺便拍了一些，给你看！

这种程度，完全是顺便看乐乐吧。

宋煜对她拍的那些照片和视频不太感兴趣，滑动鼠标随意地往下翻了翻，没什么新鲜的，准备直接关掉，正巧，林蓉又发来了一条新的消息，只不过是一篇微信公众号的文章转载。

妈：小煜你快看，这里面的视频里有乐乐，三分十二秒！

看到这句话，宋煜才点进去，链接跳转到培雅中学的官方微信号，是一篇记录了这次校庆活动的文章。滑动鼠标，宋煜找着母亲说的视频，终于在最下面看到了，标题是培雅师生庆祝学校七十周年。

刚点开，舍长王承之拿着手机就凑过来。"宋煜，那个申请表你填了吗？我发给你了啊。"

"嗯，我等下填。"

"忙什么呢？"王承之看了看他的电脑，"校庆？你是培雅的啊，我看朋友圈最近不少人转，原来都是你校友。"

宋煜点了点头，直接把视频拉到三分十二秒处，果然看到了乐知时。

视频里，这家伙还迷迷糊糊地走在路上，也不看路，被拦住的时候还有些慌。

采访的主持人十分热情，引导乐知时看镜头。"同学你好，最近培雅校庆你有没有参加啊？"

似乎不止一个机位，乐知时找了一会儿镜头。"啊，我……我高三了，没时间参加活动，但我其实很羡慕能参加的同学。"

对方又问了一些问题，乐知时都非常认真地回答了，还站得很挺拔。

见宋煜看得认真，王承之忍不住问："这小帅哥是混血吧，你认识吗？"

宋煜看了一眼舍长。"嗯，我家的弟弟。"

"你还有个弟弟啊，真好。"王承之显然是误会了，"你家基因也太逆天了。"

宋煜没有解释，再回头看视频的时候已经到了送祝福的环节，乐知时笑得像朵向日葵似的，笔直站着。"希望我们学校以后越来越好，再办七十年。"

这时候画面里突然多出来一个男生，个子很高，比乐知时还要高出大半个头，头发理得很短，从后面一把搂住乐知时的肩膀，笑得很阳光。"再办七十年怎么够，七百年吧。"

在视频里，乐知时没有直接甩开他，反而还被逗笑了。"七百年也太久了。"

那个男生仍旧以这个亲密的姿态揽着乐知时，还伸出手对着镜头比了半个爱心，乐知时一开始没有反应到，被他用肩膀撞了撞，意识到之后乐知时傻笑着把他的手拍开。"好奇怪啊你。"

"这有什么奇怪的，培雅生日快乐！"

很快，镜头切换，视频里的人变成其他的学生。王承之还在感叹："以你弟的颜值在这个视频里简直鹤立鸡群。虽然刚刚他那个同学长得也有点小帅，但还是比你弟差了一截。"

正说着，他感觉宋煜没有回应，有些奇怪。低头看了一眼，宋煜的脸色似乎变差了。

错觉吗？

宋煜没有再看那个视频，直接点击了关闭，打开了王承之的对话框，找到那个表格。

"这就是你说的申请表吧？"

王承之反应了一下。"啊，对……你填好给我就行。"

怎么回事，感觉突然换了个人。

一晚上，宋煜都显得格外沉默，而且和平时不一样的是，他很早就上了床，似乎打算休息。睡在对面的陈方圆觉得不太对劲，发了个消息问王承之。

陈方圆：送鱼今天咋了？这么早就上床睡觉了，不会是病了吧。

王承之：不知道，晚上填申请表的时候就有点不正常，好像是看了个视频突然不高兴的。

陈方圆：视频？我鱼哥不是被绿了吧！

王承之：……怎么可能，他连对象都没有，没谈就绿啊。

陈方圆：我觉得他有，我的第六感告诉我，宋煜在谈恋爱。

躺在床上的宋煜对两个室友的聊天完全不知情，他只是单纯地想早点睡觉，但事与愿违，越是想早点睡觉，越是睡不着。

他再一次打开手机，光亮打在墙壁上，他犹豫着点开和林蓉的聊天记录，盯着那条链接，正要点进去，微信弹出新消息提示，是乐知时的。

乐知时：哥哥，我这次周测数学分考得很高，你看。

乐知时把他拍下的试卷照片发了过去，然后非常愉快地又把自己的试卷拿起来看了一眼。没一会儿，他收到了宋煜发过来的消息。

哥哥：嗯。

只有一个嗯吗？乐知时对这个回复感到有些失望，但他看见对话框的最上面，那里显示着正在输入中，于是他非常耐心地等了等，等到那行提示消失，对话框里也没有出现新的消息，过了一会儿，又开始显示正在输入中……

乐知时着急地直接发过去一条。

乐知时：你在写论文吗，哥哥？

一分钟后，他终于得到了宋煜的消息。

他先是甩了张乐知时接受校庆采访时的截图，不是别的画面，就是那个未果的比心。

哥哥：这就是拉着你打游戏的家伙？

看着宋煜发来的截图，乐知时皱了皱眉。

乐知时：你把我截得好难看啊，都糊掉了。

哥哥：不要转移话题。

乐知时想了想，觉得这是个给宋煜打电话的绝好机会，准备直接拨通语音电话，不过一不小心选错，变成了视频通话。

手忙脚乱之下，乐知时想趁宋煜没有反应过来赶紧挂断重拨，没想到宋煜接了。

摄像头里，宋煜那头一片黑，似乎已经熄灯，唯一的光源就是手机屏幕的光，只够照亮宋煜的脸。

也是奇怪，在这种光源下，宋煜的脸反而格外立体好看。镜头很近，他的五官也放大许多，仿佛就靠在身边一样。

乐知时发了个小呆，手机振动一下，他退出去发现是宋煜发来的消息。

哥哥：为什么视频？

哥哥：宿舍熄灯了，不能说话。

乐知时退回视频页面，冲着宋煜比了个 OK 的手势，然后告诉他："我本来是想打语音的，不小心点错了。"

手机又振了一下。

哥哥：那我挂了。

乐知时立刻对他摇头。"别别别，我想跟你视频，就一会儿。"

哥哥：你没有什么要解释的吗？

看到这句话，乐知时才想起来打电话的初衷。"哦，对，你说打游戏，我现在都不打了，回来之后一次也没有打过。截图里的这个确实是之前带我打游戏的那个同学，我跟你说过来着，不过你是怎么知道的？"

视频里，乐知时能看到宋煜绷紧的嘴唇，看起来不是很开心的样子，他放软了声音，喊了一声哥哥，手机才振动了一下。

哥哥：猜的。

"你好厉害啊，一猜就猜对了。其实我就跟他打过两三次，他跟我们班其他男生打得更多。"

哥哥：你们的关系很好吗？

看到这句话，乐知时拿起桌子上的酸奶，吸了一口，语气随意地说："还可以吧，我跟我们班上的人关系都不错。"

宋煜编辑了几个字，最后又把里面的参照对象删掉，换成了另一个人。

哥哥：跟蒋宇凡比呢？

乐知时的回答几乎没有犹豫："那还是不能比的，高二分班我们才认识，当然还是蒋宇凡跟我关系最铁。"

听到这句，宋煜感觉憋着的一口气松了下来。

他不知道自己的直觉到底准不准确，但他看到那个视频的时候心情的确不怎么样。

打视频的机会不常有，乐知时趁机对着哥哥说了一堆最近发生的事，棉花糖最近又胖了多少斤，橘子一天要吃多少猫罐头，镜头里宋煜的表情变化并不大，但换了个方向，似乎选了个更舒服更放松的睡姿。

盯着屏幕，乐知时也不自觉地趴在了桌子上，侧着，脑袋垫在手肘上。凑这么近看，宋煜的睫毛都很清楚，他的轮廓就在眼前。

乐知时静静地注视着，感觉又回到了和宋煜被大雨困住的那天晚上。

"哥哥，你怎么这么早就睡觉了，是不是很累啊？"

听着乐知时说了好一会儿话，宋煜也有些恍惚，忘记自己不能开口的事，嗯了一声。

"那我不跟你说太久了，免得打扰你睡觉。我也要背书了。"乐知时怕他还觉得自己玩游戏，又特意说，"我一会儿就卸载那个游戏，等考完我再下回来。"

宋煜没说话，嘴角的弧度稍稍缓和些，乐知时就冲他笑。"那你快睡觉吧，晚安。"

"晚安。"

宋煜下意识低声说出口，那头挂了视频。他忽然听见宿舍里传来贼兮兮的笑声，疑惑地转身，三道手电光对准了他，简直就像三堂会审。

"跟谁晚安呢大帅哥，这么贴心，高冷人设崩得稀碎啊。"

"你想多了，肯定是跟我说晚安呢。"

"我们宿舍又一个要脱单了吗？"

"你们真的很无聊。"宋煜戴上耳塞，闭眼睡觉。

这一次他很快就入眠了。

高考迫在眉睫，教室黑板的右上角写着大大的倒计时数字，每天都变，时间越来越少。

大家来得越来越早，走得越来越迟，把全部的精力和时间都投入到最后的复习冲刺中。

空气好像被压缩了一样，沉重得难以流动，和怎么都记不完的知识点一起压在大家的肩膀上。

乐知时心比较大，和其他人比心态还算平和，他的同桌已经哭了两次，第一次还躲着乐知时，自己在女厕所哭完，红着眼睛回来，乐知时知道她压力大，给她吃了自己刚买的彩虹糖。第二次就直接趴在桌子上哭了。

"不是吧张悦月，还没考你就哭啊。"

听到有人拿这取笑，乐知时郑重地说："哭是释放压力的有效途径，就是要考前哭，考完之后再哭都来不及了吧。"

就这样，高考前最后十几天就这么兵荒马乱地一闪即逝。一晃神，就到了考前最后一晚。为了放松，班主任站在讲台前，给他们讲自己当年高考时候发生的糗事，乐知时听着听着，有些恍惚。

明明很讨厌每天起早贪黑，讨厌日复一日背着大同小异的知识点，也讨厌一遍遍刷同样的真题。这种枯燥、乏味又紧绷的日子，他每天都期盼着能早一点结束。

可这一天到来的时候，乐知时又觉得很不舍。

距离晚自习结束还有半分钟的时候，班上的一个男生突然大喊了一句："高三（10）班加油！"

本来大家都愣了愣，但也只是两三秒，有人笑出来，也有人跟着大喊加油，越来越多，这种声音穿透墙壁，蔓延到隔壁班。

不知怎么的，整个高三都开始喊起来，响彻楼宇，像是在给彼此加油打气。

骑车回到家里，乐知时按照林蓉说的喝了一杯温牛奶，早早地洗漱、上床，检查所有明天需要带去考场的东西，然后准备休息。

躺在床上的时候，才晚上十点半。

他根本睡不着。

翻来覆去很久，乐知时发现自己心跳很快，脑子里不断想着明天的事，越想越觉得精神。

太紧张了。

他拿出手机，锁定的屏幕亮起来，背景是他上次去 W 大时拍的那个正门。黑暗中，他定定地看了很久，直到宋煜发过来的消息出现，才回过神。

哥哥：记得检查每一支笔是不是好用。放轻松。

哪有这么容易。乐知时感到苦闷，当初宋煜高考的时候，紧张到生病的是他，现在轮到自己高考了，还是这么紧张。只考一次试，紧张两次，太亏了。

他觉得自己这样下去根本睡不着，犹豫了半天，最后还是忍不住给宋煜拨了电话。提示音只响了一声，电话就接通了。

"怎么了？"宋煜的声音在无线电波下显得格外沉郁，在黑暗的夜里给了乐知时一个具象化的安慰，仿佛一团灰色的云，看起来很冷，但伸手就能触到一片柔软。

乐知时窝在被子里，翻了个身。"我有点失眠。"

"睡不着？"

他听见宋煜的声音有些刻意地压低。

"嗯。我试过了，可能是太紧张了，越想睡越睡不着，你可以跟我说说话，转移一下我的注意力吗？"

宋煜那头安静了两秒。"你确定听我说话，不会让你更睡不着？"

乐知时想了想，觉得他说的也有道理，但有个例外。"你给我讲数学题的时候，我会很容易犯困。"

电话那头的宋煜似乎轻笑了一下，被乐知时敏锐地捕捉到，所以乐知时也笑了。

"我现在去哪儿给你找数学题来讲。"宋煜的语气里透着些许无奈。

"也是。"乐知时闭上眼，想象宋煜就在身边，"那你能不能假装成一个数学老师，念点我听了会困的东西。"

耳机里传来些许杂音，像是找东西的声音。很快，乐知时听见宋煜起身，似乎转移了地点，环境背景音都变得不太一样，空旷了许多。

没过几秒，他听见宋煜低声问："《牛津通识读本：数学》，怎么样？"

"这个名字一听就很催眠。"乐知时表示赞同。

他听见书页翻动的声音，紧接着，宋煜沉声开口了，宋煜的音色低沉，情感起伏不大，但有着很动听的共鸣，可以抚平乐知时躁动的情绪。

"……当我们考察一个物理问题的解答时，十有八九能够就其中科学贡献部分和数学贡献部分划出一道清晰的界线……"

他念的文字晦涩艰深，但传达到乐知时的耳中，文字似乎就被剥落了，成为单纯的音频波形，灌入乐知时心中。他随着波动的频率时起时伏，呼吸放缓，四肢松弛，最后进入一种平稳的、沉静的状态之中。

"……结果发现，即使是非常简单的相互作用粒子模型，其行为也极其复杂，会引发极为难解，事实上多数都未能解决的数学问题。"

感觉电话那头传来稳定的呼吸声，宋煜放缓速度，慢慢停了下来。

这个世界上最复杂、最难解的问题，好像暂时得以平息了。

"晚安。"

站在无人的楼道，宋煜轻轻合上了手里的书，静静站了片刻，回到宿舍。

高考的时间和其他的时间仿佛不是一个流动速度。感觉不久前才刚踏进考场，看着监考老师拆密封袋，一转眼一天就过去了。

第一天考下来，乐知时觉得还算不错，数学卷子里有不少他整理过的题。培雅安排了接他们回学校的校车，车上的同学们都在对答案，他不想听，就戴上耳机听音乐。

听说他们的试题上了热搜，乐知时也没有心情看，只是打开了和宋煜的聊天框。

乐知时：你昨天给我念的书，催眠效果真好。

乐知时：你睡不着的时候也会看吗？

快下车的时候，他才得到宋煜的回复，字里行间透露着对他的无奈。

哥哥：我看这种书不是为了睡觉。

乐知时对着手机笑了出来。

第二天的英语和文综都是他的强项，但乐知时还是央求宋煜能再给他读那本书，宋煜答应了。

同实验室的学姐看着宋煜起了身，抱着一本厚厚的书去了隔壁茶水间，还以为他是想休息，毕竟他为了早点把数据处理完，忙了一整天，连晚饭都顾不上吃。

她想了想，拉开抽屉，从里面取出一包即食麦片和奥利奥，起身给师弟送过去。

走到茶水间的门口，她看见宋煜的背影，戴着耳机，拿着一本书不疾不徐地读着，声音说不上变了，但和他平时在实验室说话的语气完全不同，不是冷冰冰没有感情的。

这很微妙，因为他念的也不是什么散文诗，更像是枯燥乏味的数学科教类读物，可那种暗藏在声音里流动的情感，却是显而易见的。

直觉让她没有打扰，轻轻带上了茶水间的门，把没送出去的麦片和饼干放到宋煜空旷的工位上。

她忽然发觉，这个一直沉默寡言的师弟其实也没那么不一样。

拼了命把三天都不一定能完成的工作量压缩到两天，大概也是赶着要去做什么事，见某个人吧。

晚上的安眠读物让乐知时第二天精神饱满，考试科目都是他擅长的，天气也好，一切都很顺利，铃声响起，他最后看了一眼卷面的姓名。

感觉就像是参加了一次长跑体测，他在队伍里拼了命地向前跑，沿着规则和他人的希冀，不断地和意志力挣扎。

到最后一秒的时候，秒表按下终止。他浑身的力气都被抽走，离开这片困住他的跑道。

终于结束。

大家比想象中冷静许多，只有一个学生在走出考场后大声喊了一句什么。乐知时在熙熙攘攘的人群里，跟着大家一起往考场外走，外面有很多家长，他的视线没有焦点，抱着一个微妙的念头反复搜索。

最终，目光和一双眼睛意外间对上视线。

宋煜穿着白色 T 恤、蓝色牛仔裤，戴着之前乐知时去 W 大见他时戴的棒球帽，对着乐知时露出一个很淡的笑。

明明这一身都很普通，乐知时却觉得光好像都落到了他身上。

他跑上前，在宋煜面前停下。

"看起来考得不错。"宋煜简单评价了一下他的状态。

乐知时脸上的笑藏不住。"和我的第一个高考愿望已经很接近了，看来 W

大的锦鲤还是保佑了我。"

宋煜挑了挑眉。"你踩了它，它还保佑你，真是条以德报怨的鱼。"

两人说着话，看见不远处的林蓉和宋谨冲他们挥手。一家子难得凑齐，林蓉坐在副驾驶，开心地一直聊天。乐知时感觉时间进入了某种循环，好像回到了三年前，宋叔叔开车，蓉姨坐在副驾驶，非常认真地规划着考后的计划。

"一会儿回家吃，我做了你们俩最爱吃的菜，还有芝士蛋糕和杨枝甘露。"

乐知时点头，看见宋煜靠在椅背上，小声问他什么时候来的。

"刚才，坐地铁过来的。"宋煜很简短地说。

坐地铁一定很累，乐知时又问："你没开车啊？"

"有点困。"宋煜的手肘撑着车窗窗沿，扶着下巴，"开车比较危险。"

乐知时挨他更近一些，扯了一下宋煜的手臂，冲着他拍了拍自己的肩膀，一脸自己非常值得依赖的表情。"你可以靠着我睡觉。"

宋煜瞥了他一眼，又别过脸。"我可不是你这种小孩。"

坐在副驾驶听了一个来回，林蓉忍不住笑起来。"那你可说错了。今天咱们这个车里啊，乐乐是最大的。"

宋谨开着车，很是配合地问了一句为什么，林蓉说："因为考生最大啊。"

"对。"乐知时扯着宋煜，硬是把他拽到自己的肩膀跟前，"你就靠着我睡一会儿吧，醒了就到了。"

似乎怕宋煜还不答应，乐知时凑到他耳边，用很轻的气声说："就当是这两天的回礼，你不是也帮我催眠了吗？"

乐知时的手抓着宋煜的肩膀，感觉他的身体似乎僵了一下，好在这个说法起了作用，宋煜最后还是同意了。他有些不情不愿地歪下来，又调整了一下，似乎觉得并不是很满意。乐知时还以为他要起来，问道："我的肩膀是不是骨头太凸了？不舒服是吧？"

"嗯。"

下一刻，原本以为会起身坐直的宋煜，压了压帽檐，又一次靠下来。只是这次，他的目标并不是乐知时的肩膀，而是直接枕在了乐知时的腿上。

"这样好多了。"

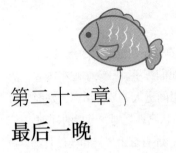

第二十一章

最后一晚

和你一起，挥霍我在高中的最后一天。

乐知时的身体不自觉绷紧了。

原来借膝盖给别人当枕头会这么紧张。他不由得想到自己小时候，似乎经常枕在宋煜的腿上，睡得特别熟。

现在角色对换，乐知时有种神奇的体验，同时也产生出一种微妙的负担感，一下都不敢动，生怕宋煜觉得不舒服，睡不好。

他低下头，看见宋煜的手轻轻放在他的膝盖上，宋煜的手指很长，骨节分明，是乐知时从小到大见过最好看的手。

最重要的是，他还戴着那块旧手表。

乐知时不禁有些后悔，早知道宋煜会一直戴着，自己当时就应该再攒一攒，给哥哥买更好更贵的表。

车子开得平缓，但赶上高峰期，外面很吵，乐知时学着宋煜哄他睡觉的样子，将自己的手轻轻掩住宋煜的脸侧，看向窗外。

裹住夕阳的云变成了柔软的粉橘色。

天空是一碗清澈的银耳甜汤，上面飘浮着一大块西柚味的棉花糖。

快到家的时候宋煜就醒了，他脱下帽子很快地理了理头发，又重新戴上，转了转脖子。醒来的这么巧，乐知时都怀疑他到底有没有睡着。

"睡得舒服吗？"

乐知时着急询问的样子就像一个刚下载下来就要求用户评论反馈的 App。

宋煜只看窗外，不看他。

"还可以。"

听不出什么语气，但乐知时已经很开心了，哪怕腿有点麻。

一家人坐在一起吃了顿难得的团圆饭，庆祝乐知时渡过高考这个大难关，宋谨忍不住喝了点酒，吃着吃着就说到乐知时的爸爸，脸涨得通红，还差点哭出来，幸好有乐知时和林蓉两头哄着，才没真的掉眼泪。

"乐奕看到你这样真的能笑死。"林蓉坐回到自己的位子上，给宋谨盛了碗汤，"多大的人了。"

宋谨长长地叹出一口气。"我这几天天天在办公室跟乐奕说，让他保佑乐乐别出什么岔子，一定要顺顺利利的。"

他的办公室桌子上一直摆着他们高中时候的合照。

听到这句话，宋煜面无表情地问："他回你了吗？"

乐知时乐不可支，笑得往宋煜肩膀上趴。"回了就是灵异片了。"

"不过你这次这么顺利，高考也没下雨，真是运气好。"林蓉也忍不住感叹，"乐奕和 Olivia 如果能知道，应该也很开心吧。哦，对了……"林蓉像是想起什么似的，突然起身离开，回来的时候拿了个相框，里面装的相片是上次校庆乐知时接受采访的单人画面。

"看，我们家乐乐多帅，这种高光时刻就必须留着。"

乐知时吃了一大块粉蒸排骨，含混地说："这种也不算高光吧，我就是被人中途拦住采访而已。"

"那也是因为你好看才拦你啊，不然怎么不去拦其他人呢。"林蓉把相框递给宋煜，让他传递给乐知时，想起来校庆那天给他发微信来着，"我给你发的母校校庆照片看了吗？还有你弟弟的采访视频。"

提到这个，宋煜的表情明显变难看了。"看了。"

"你的语气好敷衍啊，你现在不仅嘲讽母爱，也开始对弟弟痛下杀手了吗？"

宋煜无话可说，把手里的相册塞到乐知时手里。

林蓉给乐知时夹了一块糍粑鱼。"说起那个采访视频，还挺巧的，沈密也跟你一起接受采访了啊，那孩子也挺逗的。"

"嗯。"乐知时很认真地吃鱼，没有接林蓉的话。倒是宋煜，皱眉看向林蓉，问道："沈密是谁？"

"你看我就说你没看那个视频吧。"林蓉像是抓住了他的把柄似的，摇了摇头，解释说，"沈密就是后来冒出来的那个高个子男生啊，乐乐分班之后的同学吧。那小孩特别逗，有一次下雨乐乐把手机落在公交车上了，他还跑来家里还给乐乐，是个挺好的小孩。"

宋煜觉得莫名其妙，扭头问乐知时："手机你都能丢？"

乐知时抬头的时候有点蒙。"我……我也不知道，冬天穿得厚，从口袋里掉出来的。"

宋谨好像也想起来了。"啊，那个小孩，是不是后来还去阳和启蛰帮忙来着？"

"对。"林蓉喝了一口杨枝甘露，"就是沈密，正好路过，帮我搬了不少东西。那孩子特别会说话，性格也好，我留他吃饭他还送我花。"

乐知时没放太多心思在他们的对话里，只默默喝完了自己的杨枝甘露，扭头发现宋煜那碗压根没动。"哥哥，你怎么不喝？"

宋煜沉默了两秒，才低头开始喝甜品。

吃完饭，乐知时和林蓉一起下楼遛狗消食，回来之后见宋谨独自一人在客厅看球赛。

"你儿子呢？"

"一直在上面，没下来。"宋谨的眼睛都不带转的。

"估计又睡了。"林蓉被蚊子咬了几个包，拿药膏给自己抹，又抓着乐知时检查他身上有没有。"还行，没咬你。宝贝你去看看橘子吃没吃饭，它最近都不好好吃饭，别是生病了。"

乐知时点头，在一楼转悠了好几圈也没看到橘子的踪影，刚一上楼，就瞧见橘子在宋煜门前，抬着爪子抓挠了两下，似乎准备站起来扒住。

"找到你了。"

门是虚掩着的，橘子一扑上去就开了条小缝，然后乘势钻了进去，乐知时晚了一步，没逮住，只好进去抓它。

走到门口，就看见橘子跳上了床，乐知时站在门外轻轻地喊了宋煜一声，没有回应，他走进去，发现宋煜在床上睡觉。

房间里没开灯，很黑，乐知时脱了拖鞋，光着脚进去，想着抓住橘子就离开，可这猫实在狡猾，直接钻到了宋煜的怀里。宋煜戴着耳机，似乎真的很累，睡得很沉。

"跟我去吃饭。"乐知时拿着逗猫棒小声哄它，想带它走。可橘子咕噜了一声，背了过去。

乐知时叹了口气，站在床边看了几秒宋煜的睡脸。月光从窗帘的缝隙间滑进来，落在宋煜的脸上，柔和了他锋利的眉眼。

他觉得自己不能再发呆了，于是弯下腰，想把橘子从宋煜的怀里抱出来。但身为一只橘猫，太久没有亲手抱它的乐知时错误预估了它的重量，没能成功抱出来不说，脚还不小心在地板上滑了一下，整个人栽到宋煜床上。

见宋煜皱着眉睁开眼，乐知时尴尬而不失慌乱地朝宋煜露出一个笑。"那个……我其实是想带走橘子，不小心……"

"不小心把自己送上床了。"宋煜的声音很沉，手臂搭在自己的眼睛上。

这么说虽然很奇怪，但是的确符合事实。

乐知时本来想起来，也该起来，但看见宋煜没有生气，又有点想赖在他床上，于是往前趴了趴。"你现在睡，晚上不会睡不着吗？"

宋煜的眼睛被遮住，乐知时看不见，只能盯着他的嘴唇。他的嘴角很平，嘴唇微微张着，过了几秒才开口，带着一点未散的倦意。"无所谓了。"

"不行，颠倒生物钟对身体很不好的。"乐知时伸手抓住宋煜挡在眼睛上的手臂，拿下来，然后有一下没一下地捏着他的手掌，但声音还是很轻，没敢闹，"你已经睡了两个小时了，再睡晚上就睡不着了。"

他的尾音听起来有种撒娇的意味，宋煜没睁开眼睛，只是说："所以你的任务从带走橘子变成带走我了。"

乐知时笑了一下。"本质上差不多。"

都是哄猫。

宋煜侧过脸，看向乐知时，语速很慢地说："你把我吵醒了。"

乐知时听罢直接趴到宋煜跟前，距离一下子拉近。

这下反而是宋煜想躲了。

"你可以陪我去个地方吗？"乐知时眨了一下眼睛，手还紧紧抓着宋煜的手掌。

一定是因为没有睡醒，所以宋煜就这么稀里糊涂地答应了乐知时。明明他真的很困，也很讨厌被人吵醒，但对象换作乐知时，他就脾气全失。

而他对乐知时的忍耐程度不仅限于此。

晚上九点半，两个人站在培雅大门正对面的街上，面前车来车往。宋煜扯了扯身上这件过去偏大现在正好的校服外套，十分不理解地问乐知时："为什么不明天来？明天你可以光明正大地返校清书。"

"可是你进不去啊，我刚刚说了，我想和你一起来。"乐知时的眼睛瞄准大门，见已经有不少初中部的学生下晚自习出来了，人越来越多，从校门口扩散到附近的街道上。趁着这个机会，乐知时拽着宋煜就往学校的方向跑。

"我们就假装是忘拿东西的初中学生，别说话，不要看保安。"

宋煜任由他扯着，像一只没有自由意识的小鱼氢气球。

尽管两个人在人群里真的非常显眼，但因为的确穿着本校校服，保安并没有拦住他们。成功混进学校之后，乐知时极其兴奋，转向宋煜说："你是不是好久没有回来了？有没有一种重回高中的感觉？"

宋煜和以往一样镇定，只是脱了外套，露出里面的白 T 恤。"这就是你高考后的愿望？"

"这是其中之一。"乐知时的语气依旧贪得无厌，他跑下楼梯，头发被夏夜的风带起，校服外套灌满了风，像只自由自在的鸟。

看着他的背影，宋煜的心也一点点变轻。

太久没有回到培雅，宋煜还以为自己会觉得很陌生，但学校还是那副样子，没什么太大的变化，唯独之前说过要拆的旧校舍，如今已经变成了一幢新的实验楼。曾经在那里的小猫，如今四散到万家灯火之中。

明明已经离开了三年，恍惚间，宋煜却感觉仿佛昨天他还在这里，过着忙碌又简单的中学生活，和乐知时假装着毫无关系的陌生人。

"这里没有人，我们进去吧。"

逆着放学的人潮，他们来到操场。培雅的操场是用铁丝网围住的，大门已经落了锁，但大家都知道在体育场靠近逸夫楼的那个角落，有一个侧门，那里的锁早就坏了，只能搭着。

"你是不是不知道这个门？"

"知道。"宋煜有时候中午会跟着秦彦来这里打球，只能从侧门进。

他跟着乐知时进去，他们像两条漏网之鱼，从一张大网钻进另一张小网。宋煜习惯性未雨绸缪："你不怕一会儿有人来抓你？"

"不会吧。"乐知时什么时候都喜欢抱着侥幸心理，"今天高三的老师学生都不在，值日的肯定也比平常少。万一抓到就跑呗，我们腿长的还跑不过腿短的吗？"

他总是可以自圆其说。

蝉鸣搅弄着沉闷的夏夜，偶尔有风穿过白杨林，飘到操场上，吹开六月黏稠的空气。乐知时挨着宋煜，走在画着三分线的篮球场上，低着头，注视着他们的影子，长长的，交错着，浓郁的黑在地面交融，相触后又很快分开。

"之前我真的好想快点毕业，想快点离开这里。"乐知时看着操场旁的小树林，"高考前我天天在那里面的石头凳子上背书，被蚊子咬了一胳膊的包，回去还要吃过敏药，然后继续背。"

他长长地叹口气，说："没想到这么快，我的高中生活就真的结束了，再也没有了，今天是最后一天。"

见他这样，宋煜有点想笑，原地停住，站在篮球场的最中间，转过身看着他。"所以你就特意跑来这儿打发时间？"

"这不叫打发时间……"乐知时本来还想狡辩，但辩无可辩，索性承认，"对。就是这样。今晚之前的我没有时间，"乐知时迎着月色，方才的不舍消去许多，笑容美好，"但现在我有了，所以考完之后我要做的第一件事，就是挥霍时间。"

和你一起，挥霍我在高中的最后一天。

宋煜似笑非笑，也没有回应。他们之间好像也不需要时时刻刻回应。

乐知时突然发现了什么，叫了一声，宋煜还以为是什么路过的小动物，没想到是一个卡在篮板和篮筐之间的篮球。

"这肯定是谁留在这里占位子的。"他跑了过去。

培雅的男生很多，高中部加上初中部人数庞大，篮球场成了非常稀缺的资源，所以大家经常提前占位，有篮球卡住的球场就是有主的，这已经成了约定俗成的规矩。

乐知时站在篮筐下，伸长手臂纵身跃起，用手指将那个篮球打了下来，接住后拍了拍，落地的声音在空旷的篮球场扩散开来。

"你可以教我灌篮吗？"乐知时问完，将球扔了过去。

宋煜很敏捷地接住，问他为什么想学。

"我之前老是被人盖帽，我也想试试扣篮。"乐知时很不服气地望了望篮筐，"可能是我弹跳力还不够。"

"这种招数看着花哨，不会也没什么，练好三步上篮就可以了，得分最重要。"

乐知时并没有被宋煜的实用主义打动，还是一心想学灌篮，他央求宋煜试一下："你肯定会，我听蒋宇凡说 W 大的测绘篮球队超强的，你不是也在篮球队里吗？哥哥你扣一个我看看吧。"

宋煜站在原地拍了几下球，最后还是拗不过，答应了。

他活动了一下脚踝和脖颈，运球上前，单脚起跳纵身一跃，左臂直接抓住篮筐，右臂展开猛地将球扣进筐中。整个篮球架都摇晃起来。

乐知时怔了一下，他不仅轻松扣篮，还是抓筐的那种。

"宋煜哥哥，你太厉害了。"

听到乐知时发自肺腑的夸赞，宋煜不得不承认，还是有一点受用的。以前刚上高中，宋煜就成了校篮球队的主力，一旦上场，只专注得分的宋煜一向两耳不闻场外事，对其他人的声音完全摒除，除非他清楚乐知时在旁边看。

那时候的他们在学校里还没有交集，乐知时有时候会站在人群中围观，但不会像其他人一样，放开声音喊宋煜的名字。

乐知时也不会知道，每次宋煜进球，回头第一个去看的，永远都是他。

哪怕面前放着一个标准答案，扣篮这种技巧也没那么容易抄会，乐知时试了好几次，还是做不到。有些沮丧，他蹲下来重新系紧鞋带，准备再试一次。

宋煜看他反复尝试，担心伤到跟腱。"扣篮不是一天两天就能学会的。你暑假可以多练练弹跳和爆发力，之后会轻松点。"

"那你会陪我吗？"乐知时站起来，很直白地表达，"我想跟你一起打球，之前都没有一起打过。"

在他上初中的时候，宋煜在篮球队已经战绩辉煌，可没人知道他是宋煜的弟弟，他也不能缠在宋煜身边。等大家都知道了，宋煜也上了高三，离开了篮球队。

在培雅待了六年，到了最后一天才能和宋煜站在同一个球场打球。

看出乐知时脸上的遗憾，宋煜别过脸，望了望月亮。"再说吧。"

说完，他又低声补了句："有时间的话，也不是不可以。"

每当宋煜使用双重否定，都让他显得格外含糊其词，含糊的是他别扭的真心。

能从哥哥这里得到一个模棱两可的承诺，乐知时已经非常满意了，趁着手感还在，他又试了试三分球，准头还不错。

"唉。"

听到乐知时叹气，宋煜瞥了他一眼，看似不在意地问："怎么了？"

乐知时运球到篮筐下，手一抬，送球入筐，随即又捡起来，用胳膊把球夹在胯边。"高三毕业前的最后一天，乐知时在培雅的扣篮记录依旧为零。"

乐知时抬头望着篮筐，自我放弃似的耸耸肩。"算了，这个计划就留到……"

话还没说完，他忽然间就悬空了。猛然间脚不着地，乐知时吓得尾音都飘起来，手里的篮球差点没握住。"哥你干吗?!"

宋煜沉声说了句别动，就这样抱着他的腿一步步往前走，最后在篮筐前站定。

"投啊。"他的语气还是淡淡的，仿佛做出这种怪异举动的人并不是他。

"啊?"乐知时看着近在咫尺的篮筐，有些发蒙，一低头，看见抱着他的宋煜朝他歪了下头，似乎在质问怎么还不动。

于是他行动了，在半空中将手里的球扣进篮筐，以从来没有想过的姿势。

"两分。"宋煜开口像个铁面无私的裁判，但行为却是偏心到南极圈的程度。他松了手，放下还蒙着的乐知时。

这是作弊吧。

咚——

咚——

篮球落下来，乐知时的心还飘浮在夜空。

站在他面前的宋煜挑了挑眉。"培雅中学高三（10）班乐知时同学。"

被点到名，乐知时抬起头，看见宋煜嘴角勾起一丝笑意。

"扣篮记录加一。"

乐知时望着宋煜的脸，出了神，但没有太多时间容他思考，突如其来的手电筒灯光晃到眼前，太刺眼，乐知时下意识撇过头眯住眼。

"有人来了。"宋煜迅速反应过来，拽起乐知时的手腕就往侧门跑。

果不其然，体育场铁丝网外出现几个人，为首的拿着堪比探照灯的手电筒朝着正门跑来。"你们是哪个班的? 放学了怎么不回家!"

"糟了，好像是圆规。"乐知时听出他的声音，拼命往前跑，"怎么会这么倒霉。"

宋煜推开侧门，拉着乐知时离开。两个人从篮球场出来，一时间不知道应该往哪边去，乐知时想到新实验楼背后的墙开了一个小门，和家属楼小区通着，于是反握住宋煜的手，带着他往那个方向跑去。

圆规在后面追得很紧，一边追一边大喊站住，乐知时感觉自己光是跑都快喘不上气，想不明白他到底为什么这么精神。

"这边。"两个人从新实验楼的右边绕到后面去，那里停着一排车，左右两边有两处三米高的方柱雕塑。

"先在这里躲一下。"乐知时把宋煜拽到雕塑的后面，抵在方柱上。方柱的宽度不够，乐知时怕被发现，就面对面挨着宋煜的胸口站着，试图去听周围的动静。

教导主任带着人追过来，以为他们跑进新实验楼里，于是从一楼进去，好巧不巧来到正对着雕塑方柱的教室里。

"去哪儿了，大晚上不回家，要跑到哪儿去！"

教导主任的声音在空旷的教室里显得尤为清晰，像是被放大了一样。

手电筒的灯光忽然从窗沿往外照出来，乐知时本来伸出了小半个头，趴在雕塑方柱后偷看，见到光立刻往雕塑后头躲。

收回来的瞬间，一不小心对上宋煜沉黑的双眼，后知后觉地感受到过近的距离。

"我非得捉到你俩……"

乐知时也不知道自己哪儿来的心虚，只觉得好热，跑得好热，贴在一起也很热，他试图往后退半步，却被宋煜抓住手臂。宋煜轻轻摇了摇头，看起来比自己淡定得多。

乐知时也不敢动了，手电筒的灯光在黑夜里横冲直撞，就像此刻的心跳。他觉得自己是太过紧张，于是在心里默念，祈求教导主任可以快点离开。

这似乎起了点作用。

教导主任离开了刚才的那间教室，去往其他地点，手电的灯光也远了。乐知时这下才松了口气，紧绷的身体松弛下来。

"吓死我了。"

乐知时的额头抵在宋煜的肩膀上，微微喘气。

几分钟后，教导主任像是放弃了，实验楼的很多教室和实验室都是上着锁的，即便学生想藏也进不去。他们下了楼，试图绕到背后。

放松了没有多久，乐知时的心又一次提起，好在宋煜反应很快，拉着他往雕塑的侧面躲了躲。

教导主任也跑累了，举着手电大致扫了扫，视线范围内没有发现人影，也就骂骂咧咧地放弃了。

过了好一会儿，乐知时才小声开口问："走了是吗？"

见宋煜点了下头，他这才放心，肩膀都松下来。

"果然人一立 flag 就会倒。"乐知时一面领着宋煜往那个小门走，一面吐槽，"幸好我对这边比较熟，之前我就观察过这个门。"

他们的脚步踩在草丛里，发出簌簌的声响，和蝉鸣混在一起，是夏天的声音。

"你观察这个干什么？"

乐知时没有回头，自顾自说："因为我经常一个人找地方背书啊。这里人很少，我有次背书的时候看到很多家属区的退休老师带着他们的孙子孙女来学校玩，就是走的这个小门。"说起来他的语气还变得有几分得意，"我还把这个告诉了蒋宇凡，他后来溜出去都是从这儿走的。"

"你没溜出去过？"

"没有。"乐知时不确定宋煜这个问句究竟是质疑他偷跑出去，还是质疑他对这个门的熟悉程度，他觉得更倾向于后者，所以又强调说，"反正我几乎每天都背书，一周至少六天，每次我来的时候都看见有人经过的，绝对靠谱。"

但这后来也成了另一个 flag。

当乐知时站在那个小铁门前，疯狂摇晃那半个拳头大的门锁时，宋煜好整以暇地站在一旁，双手抱胸，复述了乐知时翻车的关键词："对这边比较熟，一周至少六天，绝对靠谱。"

乐知时尴尬地仰起脸。"可能今天就刚好是关闭的那一天……吧。"

他们最后是翻墙出去的。

这块挨着家属区的后墙虽然有点高，但至少上面没有什么防翻越的尖锐物，比起培雅其他的校墙来说，友好度已经很高。宋煜稍稍助跑了一下，借着固定在角落的金属垃圾桶，蹬了一脚就翻上去，动作行云流水，看这娴熟度，乐知时都怀疑他不是第一次干这种事。

"你以前是不是也翻过墙啊？"

宋煜已经翻到对面，没有回答他的问题。乐知时采取的是保险的战术，踩上垃圾桶的顶，靠着长腿够墙头，最后爬上去，累得坐在上面。

视角转变，坐在上面才发现这墙比他想象中还要高，一下子有点不敢直接往下跳了。

"这个高度我的腿会摔断吗？"他很认真地发问。

宋煜仰面望着他，一副非常无奈的表情，认真地说："不会。"

"那我的脚会扭到吗？扭了脚你还陪我打球吗？"

"你的问题太多了。"宋煜面无表情地走到他下面，抓住乐知时晃荡的脚踝，然后抬起头，朝他伸开手臂，"跳下来，不会摔的。"

尽管他的表情一点都不热情，完全不像是要好好接住的样子，但乐知时心里还是涌现出完全的信任，还有一点开心。乐知时想起小学一年级的暑假和宋煜一起去学游泳，他抱着游泳池边的金属扶手怎么都不肯下水，无论是哪个教练来劝说，都不起作用。

最后也是宋煜，游了过来，冷着一张小脸抓住乐知时打战的小肉腿，让他跳下来。

那时候的乐知时很认真地问他："我会淹死吗？"

宋煜说："不会，我会接住你。"

所以他很听话地跳了下去，这次也一样。无论是小时候的乐知时还是长大之后的乐知时，都准确无误，也毫发无伤地扑到了宋煜的怀里。

"终于出来了。"

刚跳下来，旁边单元楼就出来一个丢垃圾的阿姨，抻长了脖子瞅了一眼正抱着的他们。视线恰好对上，乐知时赶紧站好。

"走了，回去。"

"嗯。"乐知时也脱下外套，在腰上一系，跟上宋煜。

出了家属院，门口是一条还算繁华的小吃街。他们在学校里耗了两个小时，已经快十二点了，又是打篮球又是跑路，乐知时感觉有些饿了。他扯住宋煜的手臂，往小吃街的方向走。

宋煜比谁都清楚他的意思，但也没阻止。

乐知时站在一家卖汽水包的店跟前，看着老板把锅盖打开，用夹子一个个给煎包翻面。

"吃汽水包啊，有糯米的、萝卜的，还有粉丝的，吃哪种？"

宋煜见乐知时站着不动。"又不能吃，盯什么？"

乐知时像个没有感情的重复机器。"对啊，又不能吃。"

宋煜觉得他有点可怜，借口说自己想喝绿豆沙，乐知时的注意力很快转移。"我刚刚看到那边有。"没吃上汽水包，但买到两杯冰的绿豆沙，乐知时吸了一口，甜甜沙沙的，浑身都舒服了。周边的小摊位摆着各式各样的夜宵，脆皮的三鲜锅贴、拌了芝麻酱和海带丝的凉面，还有大泥炉烤出来的又薄又脆的霉干菜锅盔，看起来都特别好吃。

但乐知时都不能吃。

卖凉面的阿姨十分热情地和宋煜打招呼："吃凉面吗帅哥？"

宋煜站定，询问可不可以换成米粉，正好凉面摊位也卖炒粉，阿姨也爽快地换了，拌的时候还是忍不住问："凉面就是吃面的筋道，怎么要换成粉呢？"

看着乐知时在旁边咽口水，宋煜淡淡地说："我不喜欢吃面。"

两个人坐在很小的折叠桌前，分着吃了一整碗很不一样的拌粉，还有一份香香辣辣的烤嫩豆腐。塑料凳子太矮，两个人的腿都没地儿放，只能伸长。

宋煜没有太关心他之前的考试，也一直不想给乐知时太多压力，但在吃夜宵的时候随口问了一句："有没有看好专业和学校？"

说完，他又补充了一句："其实也不着急。"

前后矛盾让他显得有些心虚，但乐知时并没有发觉，赶着把一块豆腐塞进嘴里，结果烫得又想吐出来。

"你怎么吃东西的时候就不惜命了。"宋煜很不留情面地吐槽。

"好烫。"乐知时费劲地咽下去，回答了宋煜的第一个问题，"W 大啊，我就是奔着 W 大考的。"他几乎是脱口而出，显得有些草率，但喝了一口绿豆沙之后，乐知时又说，"专业的话，我有几个备选的选项，准备这段时间好好地做一下功课。"

他自信满满把杯子放回到桌子上。"我这次一定要好好选一个专业。"

宋煜观察他的表情，垂下眼，眼神变得柔软起来。"你这么说，心里应该已经选出来了。"

"你怎么知道？"乐知时感觉自己在宋煜面前完全是透明的。

宋煜看着他，似笑非笑。"就凭你的选择多虑症，如果不是已经有了偏向，不会这么胸有成竹，应该非常焦虑才对。"

"好吧，被你猜中了。"乐知时吃掉所剩无几的拌米粉，"我说出来你可能会笑我。"

宋煜一本正经地说："我笑出来的可能性应该比其他人小。"

听到这句话，乐知时自己先笑了出来。"说得也是。"他拿筷子尾在桌面轻轻敲着，然后凑近了些，小声对宋煜说，"我想学法律。"

这个答案的确有些出乎宋煜的意料，但他想了想，大概也猜到为什么。

"可能这个理由听起来很不成熟，但是我真的觉得律师这个职业，在某种程度上是为了捍卫正义而生的。"像是很怕宋煜会觉得他是一时热血上头，乐知时又连忙解释，"虽然这种正义不一定是事实正义，更像是程序正义，但无论如何，我都觉得，拥有帮助其他人伸张正义的能力是一件很了不起的事。"

乐知时说话时，眼睛总是亮亮的，透着一种天真，很容易让人觉得他说出来的话也是天真简单的。但宋煜知道，尽管乐知时不是真的那么了解这个行业，但他对正义的向往是与生俱来的，那些他喜欢过的英雄角色，都像是某种精神图腾，早就刻在他的秉性里。

宋煜不禁想到小时候，他问乐奕为什么要做记者，那时候的他也不懂，只记得乐奕回答说，记者是可以揭露不公的职业，自己可以替无法发声的人发声，可以将无法被看到的黑暗面公之于众。

那个时候的乐奕，好像也是这样，眼睛都在发光。

果然是亲父子。

"你是不是还是觉得我很幼稚？"没等到宋煜的回应，乐知时忍不住还是问出了口。

宋煜回过神，望向乐知时的眼睛。"是很了不起，你说得没错。"

乐知时一下子开心起来，抓住宋煜的手腕。"那你的意思是支持我对吗？"

宋煜撇开眼。"好好学习吧，这些都是后话。"

虽然被泼冷水，但自己这种非常不成熟的念头可以得到宋煜的支持，乐知时已经心满意足。"如果能顺利考上，我一定会好好学习的。"

吃得差不多，宋煜付了钱带他离开。

气温降了些许，终于不那么闷热，两个人肩并肩走在空旷的马路上，享受着夏夜的宁静。想到刚刚在学校里逃跑的事，宋煜都觉得好笑。

"我在这里上了六年学，从来没有这么狼狈过。"

乐知时笑出来。"对啊，你当时在高中，如果被抓住和女生早恋，通报批评，肯定会被全校议论。"

怎么会有那样的事？宋煜垂下眼。

走着走着，乐知时忽然想到什么，猛地拉起宋煜的手腕，看了一眼他的表。

"怎么了？"

"快没有时间了。"乐知时飞快地在身上摸索着，一辆汽车从他身边飞驰而过，带起他的额发。

宋煜好奇他究竟在找什么，还没来得及问，乐知时就自顾自说起来："高三（10）班乐知时，被教导主任追杀记录加一，成功逃脱记录加一，翻墙记录加一，实现了从无到有的质的飞跃。"他仰着脸，笑得像个小孩。"还剩最后一件事就可以圆满杀青。"

说完，他向宋煜伸出手。

一个金属名牌静静地躺在掌心，被路灯照得闪闪发亮。

"宋煜哥哥，这是我的名牌。"乐知时抓起宋煜的手，将名牌塞进宋煜手里，就像开学时宋煜悄悄塞给他时那样，"送给你了。"

宋煜看着手里的名牌，心里泛起难以言说的情绪。

"你不准备留给其他人？"

乐知时摇头，说出来的话直接又坦荡："从来没有其他选项。"

听到这句话，宋煜的心情更是复杂，昏黄路灯下的乐知时好看得不像话，连睫毛都是透明的浅金色，自以为埋得很好的回忆和欲望，在看到他的笑之后，通通往外翻涌，像雨水冲翻整个城市的烟火。

秒针压着心跳的频率跳动，转过数字十二，一切归零。

一去不复返的年少青春，都凝在一块刻着姓名的金属片里，交到另一个人手中。

晚上吃得太撑，乐知时早有预感自己会睡不着，他猜宋煜也是一样，于是不由分说直接溜到宋煜的房间，软磨硬泡让宋煜陪他玩一会儿游戏。乐知时其实真的不擅长这种游戏，也没那么喜欢，以前和其他人玩的时候，每次搜房子他都兴趣缺缺，觉得很是无聊。但是和宋煜一起，乐知时就变得格外积极，要是能搜到点什么好东西都会格外兴奋，问宋煜要不要，不要也要强行给他。

就连傻傻地在游戏里给宋煜跳舞，乐知时都觉得很有趣。

玩得太晚，到了凌晨三点乐知时才回房睡觉。早上的时候林蓉赶着去阳和启蛰准备，也就没有叫他们来吃早饭。宋煜起得稍早，洗漱完下楼想给乐知时热杯牛奶，没想到才刚下楼就听见门铃声，响了很久。

走到大门口，宋煜看了一眼监视器的屏幕，不知道人是不是已经走了，屏幕上没有人。

两秒后，他还是打开了门，走出去，看见一个人蹲在门外。

对方似乎把他认成了别人，一开始还很开心地站起来，但见到脸之后表情就变了。他的个子很高，很短的头发，穿一套运动衣，手里抱着个篮球。

宋煜很快认出来，眼前这个人就是当时出现在采访视频里的沈密。

"早上好。"沈密先开了口，语气亲切，"这是乐知时的家没错吧，我想找他出去打球。"

他看着宋煜，试探性发问："你是?"

第二十二章
催化反应

如果你不认同我的观点，那我就对你的审美表示合理怀疑。

宋煜脸上的表情没有太多起伏，也没有回答他的问题。

"先自报家门才是基本的社交礼仪。"他淡淡开口。

听了这句话，对方笑起来，抓了抓头发，语气大大咧咧的。"对对，我都忘记自我介绍了。我是乐知时的同班同学，我叫沈密。"说完他又看了一眼门牌号，"我没找错地儿啊，上次也是这里，还是阿姨给我开的门呢，你是?"

宋煜神色自若，看着他的眼睛，天然一副很难让人亲近的气场。

"我是他哥。"

沈密脸上的表情变得有些惊讶。"他还有个哥哥啊，啊，对，我好像是听人说过，不过乐知时倒没有跟我提这茬。"

宋煜挑了挑眉。"他也没有说过，自己有一个叫沈密的同学。"

"不会吧? 我都跟阿姨打成一片了。"沈密笑着拿出手机，点开相册，翻出他录的视频，点开播放，拿到宋煜眼前。

是他课间的时候用短视频 App 录的乐知时，画面里的乐知时正在吃零食，被拍之后一直笑着拿手挡镜头，喊沈密的名字，让他别拍了。

"你看，我就坐在乐乐后头。"

宋煜看完视频，表情平静。

沈密收起手机。"没事，咱们也算认识了，哥你能帮我叫一下他吗？今天不是要返校清书嘛，我想着叫上乐乐一起，清完书我们就去打球。"

"他还在睡觉。"宋煜低头看了一眼手表，又抬头，靠着门框有条不紊地说，"我提醒你一下，现代科技里有一项成果叫作手机，你完全可以在前一天打电话通知乐知时，告诉他6月9号上午九点和你碰面一起返校清书，这样可能比直接来他家敲门效率更高，毕竟……"

宋煜笑了笑。"你也不知道他昨晚做了什么，会不会晚睡，对吗？"

听完宋煜这一番话，沈密脸上的笑收敛了一些，但也只是短暂的两三秒，他又点了点头，十分阳光地说："对，是我考虑不周了。主要是我也住在附近，一时兴起就来叫他了。你是不知道，他平时都可勤快了，班上早读到得最早的就是他，没想到一考完就熬夜赖床了。"

他脸上的笑容和亲昵的措辞都在提醒宋煜，他们是关系不错的朋友。

把弟弟的朋友拦在外面，怎么看都不是一个哥哥体面的做法。

"那个，哥，我刚刚跑来的，有点口渴，可以进来喝点水吗？"沈密看着宋煜，"顺便我也等等他。"

最后沈密如愿以偿进来。

"水在厨房中岛，冰箱里有饮料，自便。"宋煜说完，回到厨房流理台，把打开包装的牛奶倒进马克杯里，放进微波炉加热。

沈密也走到厨房，给自己倒了杯凉白开，沉默地喝了一半，楼上就传来了动静。

"哥哥？哥……"乐知时趿着拖鞋，见宋煜的房门是敞开的，里面没有人，从楼上看客厅似乎也没有人，还以为他不在，抱起走道的棉花糖，一边捏着棉花糖的爪子一边换了个叫法，"宋煜？"

宋煜端着牛奶杯，从厨房往外走，到客厅仰头看了一眼乐知时。"叫谁？"

乐知时睡得头发乱翘，露出一个心虚的傻笑，趴在栏杆上叫他哥哥。

"早上好啊。"

宋煜的旁边出现另一个人，乐知时愣了愣，有些意外。"沈密？你怎么来了？"

"想跟你一起回去清书啊，你忘了考试前一天我们约好考完一起打球的事了？"沈密两只手把腰一叉，仰头朝乐知时笑，"居然还在睡，你看看太阳都到哪儿了？"

乐知时想起来。"啊，对。我昨晚跟我哥玩太久，都忘了清书的事了。"

"不会吧？"沈密叹口气，"我可是一大早特意跑过来找你欸，你该不会要放我鸽子吧？"

"没有，但是我不是很想打球，要不我们先去收拾东西吧。"乐知时抱着棉花糖，又看向宋煜，"不过刚刚蓉姨给我打电话，说让我们中午去阳和启蛰吃饭。"

宋煜不说话，反倒是沈密激动地搭话："是吗？真好啊，阿姨做的饭真的超级好吃。"

鸽了打篮球的事让乐知时有点不好意思，所以他补偿性地提出了一个自己觉得很不错的提议。"那要不然这样吧，我们先去清书，然后一起去阳和启蛰吃饭。"他又看向宋煜，脸上露出那种每次求情的时候都会出现的表情，"哥哥，你可以开车陪我去清书吗？"

宋煜沉默了一秒，说："我是工具吗？"

乐知时立刻反驳："当然不是，我就是想让你陪我去。"

最后宋煜还是妥协了。

乐知时很快换了衣服下楼，并且十分自然地跑过来就着宋煜的手喝了一口他端着的温牛奶。宋煜虽然不情愿，但想到乐知时自己搬书打车也不方便，还是换了衣服陪他出去了。

路途上多了一个人，坐在驾驶座上的宋煜反而显得有些多余，因为坐在副驾驶的乐知时和坐在后座的沈密聊的都是他们（10）班的事，诸如还没开的谢师宴，某某高考完在网吧待了一夜，又或者是谁考完后对谁表白了。

这些都是宋煜不熟悉的空白领域，他第一次产生出其实他也没那么了解乐知时的荒谬念头。

巧的是路况也让人焦躁，又碰上一个红灯路口，沈密的话题已经转换成暑假计划，他聊着一个月之后的漫展，恰好是乐知时最感兴趣的话题。

"你也要去吗？"乐知时整个人扭转过去，"我也想去！"

宋煜瞥了他一眼。"坐好，危险。"

被敲打之后的乐知时很乖地面向前面坐端正，看了一眼宋煜，又伸出手摸了一下宋煜的手臂。"好长的红灯啊。"

宋煜觉得这是乐知时的某种安抚，乐知时似乎很擅长调节他的心情，简直是手到擒来，时机准确。但宋煜又想，可能乐知时自己都察觉不到自己在安抚。

他只是习惯了自己的脾气，知道怎么去拿捏。

沈密提议一起去，还说他已经做好了功课。"你放心，跟着我绝对不会走丢。"

红灯转绿，宋煜再次踩下油门，乐知时答应了沈密的邀约。

清书的时候宋煜进不去，只能在车上等，来来回回好几趟，沈密都十分热络地帮乐知时拿东西，忙上忙下，仿佛他自己并没有多少书要清。

"没有了？"

"嗯！"乐知时把最后一捆放进后备厢，"全部收完了。"

沈密站在乐知时的后头。"谢谢宋煜哥，不然我们可能就得叫车了。"

宋煜把盖子合上，没说话，直接回到驾驶座，驱车前往阳和启蛰。时间卡得正好，去的时候林蓉正在安排服务生上菜，隔着落地玻璃窗看见乐知时从院子里进来，又瞧见紧跟着他的沈密，便十分热情地出来迎接。

沈密是个会来事的人，上来就对林蓉说："阿姨，我又来打扰你了，你做的饭太好吃了。"

"什么打扰不打扰的，你要喜欢天天来吃都行。"林蓉笑着把他拉进去，亲生儿子都没看一眼。

宋煜仿佛一个透明人，不作声地走在后面，只有乐知时回头，拉住他的手臂说："刚刚有学妹给我送奶茶。"

宋煜没什么感情地反问了一句："好喝吗？"

"我没收。"乐知时进了餐厅，他们的位子靠近玻璃窗，"我可不是那种不喜欢别人还心安理得喝别人奶茶的渣男。"

宋煜轻笑了一下。"你最好不是。"

乐知时坐下来，扭头对宋煜疑惑地皱了下鼻子，感觉他说话的语气怪怪的，像是跟谁生气一样，而且他还坐到对面去了。

见宋煜不说话，乐知时主动坐到了他身边。"你什么时候放暑假啊，我们去游泳吧，这附近新开了一家游泳馆，水很干净。"

"游泳馆？"帮着林蓉端菜的沈密放下一盘糖醋鱼，坐到了乐知时对面，"你说的是不是地铁口那家？我刚办了卡。"

宋煜勾了勾嘴角，对乐知时说："这么巧，你想做什么都刚好有人陪。"

乐知时对着他皱了皱眉。"你不去吗？"

宋煜没有直接给出什么回应。林蓉过来，沈密往里靠了靠。"阿姨辛苦了！"

"没事，这次有好几个新菜，都是这个季度要推的，你们试试？"

饭桌上，林蓉询问沈密考得如何，沈密笑着把挑好刺的鱼夹给乐知时。"挺好的，应该能去想去的学校。"

"不错啊。"林蓉笑着问，"你想去哪儿？"

"W大。"

沈密说出口的瞬间，宋煜的筷子顿了顿。

"你也去W大啊，我也想去。"乐知时吃了一块樱桃肉，然后又给宋煜夹了块更大的，小声对他说，"这个很好吃，你尝尝。"

沈密看了一眼他没动的鱼。"我知道啊，你天天在我跟前W大W大的，我耳朵都起茧子了。"

"多好啊，要是能一起考上就太好了，相互还能有个照应。"林蓉很是高兴，给沈密盛了一碗海米排骨汤，"我们家乐乐一天天跟个小朋友一样，从小我就怕他被人骗被人欺负，你要是去了W大可要多照顾他啊。"

沈密笑着接过汤。"那当然，阿姨你放心吧。"

乐知时对这句话不太满意。"我不是小孩了，而且哥哥也在W大，有什么事我会找他的。"

林蓉故意逗他："你哥忙得要死了，还能管你。"

"原来宋煜哥也是W大的啊，"沈密脸上露出些许讶异的神色，"真巧，那我们以后就是学长学弟的关系了，太棒了。"

宋煜瞟了他一眼，懒得搭话，心里只道并不巧，你前座就是为了我才考W大的。

一到了要夸哥哥的时候，乐知时就格外激动。"对啊，我哥超级厉害的，他现在都跟那些读研究生的学长学姐一起做实验。"

"哇。"沈密脸上也露出几分崇拜，"乐乐，你和你哥给人的感觉完全是两个样子，真不像兄弟。"

乐知时不喜欢这句话，有些不满地扬了扬下巴，说："再不像他也是我哥。"

"是吧？"林蓉仿佛从沈密身上找到了认同感，"你知道吗，乐乐小时候比现在还可爱，我牵着他出去超拉风。在幼儿园门口接他放学的时候，别人都叫我'那个洋娃娃的妈妈'，特别有面子。"

沈密睁大眼睛。"有照片吗？我特想看他小时候，是不是跟那种童模差不多？"

乐知时一口拒绝。"不行，不要看我小时候。"

大部分时候乐知时是不喜欢被人说可爱的，在他心里，可爱这种词等同于幼稚、天真、不够成熟。

因为他有非常想要追赶的目标，所以总是极力地想要淡化和宋煜之间的距离。

林蓉跳过了乐知时的拒绝，对沈密说："照片在家呢，你下次去玩的时候我拿给你看啊。以前有两大本，不知道怎么搞的，"说到这里，林蓉脸上露出些许困惑，"现在家里只剩一本了，我怎么找都找不到。"

话音刚落，宋煜就呛了一下，低头咳嗽，乐知时立刻把自己的水递给他，拍他的后背，小声问他有没有事。

"是不是卡着鱼刺了？"沈密很是关心，"我妈说喝点醋管用，要不试试？"

乐知时摇头，十分认真地拒绝。"那是偏方。"

宋煜喝了一口乐知时递过来的水，低声说了句没事。

"说起来，刚刚还有女生要给乐乐送名牌呢。"沈密笑了笑，"但是惨遭拒绝。"

"名牌？"林蓉疑惑地询问，"那不就是你们每天上学戴的那个？要别人的有什么用，又不能戴。"

"阿姨你不知道，现在送名牌都等同于表白了。"

听到这句，林蓉的八卦之心熊熊燃起。"真的呀，乐乐你干吗不收啊？"

乐知时张了张嘴，哽了一下，犹豫两秒才小声说："我早就有了，不需要其他的。"

"真的假的？你收了谁的？什么时候？都不告诉我。"

林蓉的反应让乐知时有种引火上身的感觉，也不知道为什么，就开始支支吾吾："……送名牌收名牌也不一定就是那个意思啊，有时候关系好的朋友也可以送，纪念嘛。"

他很少会这样，一般都是大大方方很直接地说出来了。

可能是昨晚没有睡好，精神不济，乐知时自我安慰。

林蓉锲而不舍地问："所以说你收了谁的？"

还没等乐知时开口，宋煜很直接地承认："我的。"

饭桌上的三个人都看向宋煜，但宋煜依旧是那副事不关己的淡然模样，一本正经地说："我高三毕业的时候，乐知时找我要的，因为我考得不错，他想沾沾运气。"

这番话在林蓉听来十分合理。"原来是这样。"

她拿起汤匙搅了搅碗里的汤，开玩笑道："你哥的名牌可不好拿，不知道外面多少小女生惦记呢。"

沈密笑起来。"这么抢手啊？"

"对啊。"乐知时颇有些得意。

低头的时候，他发现宋煜穿了和他一样的鞋，相同的款式，只是颜色不同。只是一点细小的相似，乐知时却因此开心起来。

林蓉给乐知时夹了一筷子空心菜。"马上就上大学了，可别像你哥一样，一门心思扑在学习上，过得像个苦行僧一样。你们这个年纪，就是要多出去转转，多认识些朋友。"

"阿姨说得对，我也是这么想的。"沈密说，"我暑假就想找个地方实习，攒点零花钱，上了大学就不太想找父母要钱了。"

原本沈密在林蓉面前就是热心又懂事的形象，听了这话，林蓉更是欣赏他的想法。"不错嘛，那现在有没有合适的工作？"

沈密摇头，又叹了口气。"不太好找，现在很少有地方要刚毕业的高三生兼职的。"

见他一副苦恼的样子，乐知时也想出出主意："要不去试试家教吧？"

"现在家教太饱和了，家长们都只要名牌大学生。"

林蓉想了想，说："不然你来阳和启蛰吧，你能说会道的，性格又好，可以来帮我。"她拍了拍沈密的肩膀，"阿姨不会亏待你的。"

"真的吗？阿姨你太好了吧！"

看着对面热闹的场面，宋煜感到无话可说，只是扭过头对乐知时说："你都已经有专业的考虑了，暑假在家放松一下，看看书，充实一下自己吧。"

"我知道的。"乐知时像是不假思索地握住宋煜的手腕，小声问，"我可以去 W 大找你吗？他们说 W 大的图书馆很好。"

"太远了。"宋煜说，很快他又补充一句，"放暑假我也会回来的。"像是安慰一样。

林蓉也劝乐知时："你就听你哥的，在家多休息休息，养足精神再学习吧。"

沈密看着宋煜和乐知时，半晌说出一句："你们兄弟感情可真好，羡慕，我小时候也特别想要一个哥哥。"

　　乐知时颇有些得意，心里觉得即便沈密有哥哥，一定也不会像宋煜这么好，这么优秀，于是更觉得自己幸运。

　　林蓉感叹道："是啊，乐乐从小就最黏他哥了，小时候那真是半步都离不了，吃睡都要一起。"

　　沈密看了眼宋煜，又笑起来。"那他们以后有对象了怎么办？到时候不是也不能住在一起？"

　　这句玩笑话让对面的两个人都沉默下来，乐知时有些发怔，眨了几下眼睛，桌面忽然振动起来，是宋煜的手机。宋煜拿着手机离席，到不远处的落地窗前接通。乐知时默默看着他的背影，脑子里还盘旋着方才沈密的提问。

　　没太久，宋煜就回来了。林蓉询问他是不是有事。

　　"嗯。学长打电话告诉我，下午要开临时组会，要我在组会上报告一下之前的数据。"

　　乐知时有些失望。"那你要走吗？"他提出要求的时候总有些心虚，所以提问的声音也变轻了，"可不可以请假啊？"

　　宋煜点了点头，喝了一口水之后放下杯子。"组会不能不去，最近的工作进展要和组里的其他人一起交流，数据都在我这里，随便请假就太不负责了。"他说完，拿上了车钥匙，似乎已经准备要走。

　　都已经这样了，乐知时也没有其他办法阻拦。他脑子里思考着下午强行跟去的可能，但宋煜开会，他无论如何也不可能混进去，可能还会给宋煜添麻烦。

　　"你哥真厉害啊。"沈密又是那种崇拜的语气，"不像我，只会带着你到处玩，完全不想学习工作。要换我，回都回来了，肯定就不去开组会了。"

　　这些浮在表面的小把戏已经让宋煜厌倦了。

　　但沈密显然没有，又补充道："明明也只是比我们大三岁而已，怎么这么成熟。"

　　宋煜站起来，对沈密露出一个和善的笑。

　　"可能是因为我上过大学吧。"

　　想到他们的书还在车里，宋煜提出和林蓉换车，交换了钥匙，离开阳和启蛰。没多久，乐知时就追了出去。

宋煜已经发动了车子，但见到乐知时出来，还是摇下车窗，看向他。

乐知时跑得有些喘，趴在他的车窗边，叫他哥哥，又问："你是不是不高兴了？"

宋煜的手肘搁在窗沿，挑了挑眉。"为什么这么问？"

"我也不知道。"乐知时抿了抿嘴唇，"总感觉你和沈密不太对付，可能是我的错觉。但我不喜欢他那么跟你说话。"

宋煜看他一脸忧愁，有点想笑。"朋友来家里吃饭，你就把他扔下一个人跑出来，还说他坏话，真的好吗？"

他又故意说："沈密对你这么上心，干什么都陪着，不像我，回都回来了，还要去开组会。"

乐知时觉得他一上午说话都别别扭扭的，被逗笑了。"你这么说话好奇怪啊。"他伸出手把宋煜的手表调整了一下，表盘对正了，"你开车慢一点，迟到一会儿应该也没什么吧，你还没有要进去读研呢，现在就这么压榨……"

"要跟我走吗？"宋煜突然开口。

乐知时一下子愣住，还以为自己听错了，直直地盯着宋煜，握着他手腕的手都松了。

"开玩笑的。"宋煜脸上带了点笑，伸手捏了捏乐知时的后颈，"进去把饭吃完。"

最后宋煜还是自己走了，像是一瞬间清醒过来那样。

然后乐知时也清醒过来，独自回到了阳和启垫。

在进门前，乐知时很不适应地摸了摸自己的后颈。

他希望宋煜不要说这样的玩笑话，可以真的带他走，但又觉得开玩笑的宋煜和平时不一样。

矛盾和困惑让乐知时在返回后仍沉浸在自己的世界里，几乎没有搭沈密的茬，也忘了告诉沈密不要这样和他哥哥说话。

吃完饭，林蓉把两个孩子送回去，路上沈密几乎没有主动吭声，和来的时候相比完全变了一个人。乐知时隐约感觉气氛有点不对劲，但他捉摸不透，一向也不喜欢琢磨别人的心思，而且他感觉沈密总是变来变去，平时好端端的，遇到他哥哥就变成另一个人，现在又变了。

这些都让乐知时想不通，但他不希望自己的朋友和哥哥相处不来。

沈密的家和宋家是同小区的不同两期，距离很近，林蓉先把沈密送到家，让乐知时帮他把书搬上去。

电梯里很安静，乐知时盯着屏幕上不断变化的数字，忽然听见沈密开口。

"乐乐，你觉得你哥和你关系怎么样？"

"很好啊，他是我见过最好的人。"乐知时不假思索地回答，胳膊有点酸，他把书抵在电梯壁上，"我不是跟你说过很多次吗？"

"对啊。"沈密笑了笑，"我只是觉得他太冷淡了。"

不像个好哥哥的样子。

乐知时想到吃饭时候的事，觉得沈密可能对他哥有偏见，于是又解释："他真的很好，你想象不到的那种。"

听到他这么说，沈密笑出来，抱着书瞥了乐知时一眼。"你知道你有时候说话很像小朋友吗？就是形容词匮乏的那种，一个好字翻来覆去的。"

"因为我不知道怎么形容。"乐知时跟在沈密后面出了电梯，说的话也很诚实。

沈密开了门，把沉重的书包卸下来，和手里抱着的书一起放到玄关，然后接过乐知时手上的一摞。"谢啦。"

乐知时忽然想到什么。"啊，你的篮球好像落店里了。"

"没事，我今天也没什么心情打了。"沈密活动了一下胳膊，"好累，才搬了这么一会儿书就腰酸背疼的。"

乐知时点头。"行吧，反正你要去阳和启蛰，球放那儿也可以，下次我们再打吧。"想到篮球，他就想到和宋煜在学校偷偷打球的画面，脸上浮现笑意，然后像平时一样，一脸开心地把这件事分享给沈密，"我跟你说，昨晚我哥带我打球了，我还扣篮了。"

但他很快又诚实地承认："虽然是作弊的结果。"

沈密也笑起来。"那也很棒了。"

说完，他忽然想到什么，让乐知时稍等一下，然后回到客厅，从茶几下面的抽屉里拿出什么，赶回玄关。"这是漫展的门票。"他递给乐知时，"这次我会提前一天提醒你的。"

"你都买票了啊，"乐知时接过来，兴致勃勃盯着票面，"我回头把钱给你。"

沈密摸了摸后脑勺。"那就没必要了，没多少钱，还是托你的福我才能找到打工的地方呢。"说完，他抿了一下嘴唇，"那个，我今天去你家找你，感觉你哥不是太欢迎我，也不相信我是你朋友，就有点不大高兴。所以我骗他说我不知道他是你哥，其实我第一眼就猜到了，和你描述得一模一样。"

坦白承认之后，沈密又看向乐知时。"倒是你，真的从来没有在他面前提过我啊。"

"你不该骗他。"乐知时的专注点很偏，但面对后一句，他也表现得很老实，"我也提过你的，只是没有说太多。"

"反正我今天说话没太收住，嘴上没个把门的，说了特别多有的没的，你别不高兴啊，我不会没事找事的。现在想想，我直接冲到你家去的确有点憨，没礼貌。而且我也是真的觉得你哥很厉害。"

"没关系，我确实有点接受不了别人说我哥不好，从小就这样。他是有点生人勿近的性格，一开始和不熟悉的人接触都有点冷漠的，但他真的是很好的人，你以后就知道了。所以你也不要针对我哥，可以吗？"

"我看出来了，你啊，就是个彻头彻尾的兄控。"沈密脸上的笑收了收，然后催促他快点回去。

回到车上，林蓉不知道从哪儿弄了一个超大的巧克力排，费力地掰了一块放进嘴里，看到乐知时，又给他掰了一块。

"我送你回去，一会儿我再回阳和启蛰。"

"我也可以过去帮忙啊。"乐知时说。

"别，哥哥刚刚给我发消息说你没睡好，让我把你送回来睡觉。"林蓉发动了车子，嘴里含着巧克力，说话有些含糊，"沈密今天也怪怪的，这是他第一次见小煜吧。"

"嗯。"

"小煜就是不爱说话，这一点你要跟沈密解释解释。"

"我说了，他知道的。"

林蓉把巧克力递给乐知时，方向盘打到底，拐了个方向出去。"沈密这孩子其实对你挺上心的，感觉也是真的把你当很亲的朋友，进来帮我端菜的时候我问他这几天是不是准备放松放松，他说的那些项目全都是你喜欢的。"

"我知道他对我很好。"乐知时低头搜索着漫展的票价，然后打开微信给沈密转账，一身轻松后又补充了一句，"我的朋友都特别好。"

"不过……感觉沈密有时候太着急了，对好朋友的占有欲藏不住。"她笑起来，"果然还是小孩子啊，沉不住气。"

乐知时听着林蓉的话，思考了一会儿。"蒋宇凡好像不会这样。"

"小蒋那孩子心眼儿跟你一般大，傻乎乎的。欸，最近都不见他人影，不会是谈恋爱了吧？"

"你怎么知道？"乐知时看向林蓉，一副觉得她料事如神的样子。

林蓉啧了几下。"你们这个年纪的小男生啊，真的很容易看透的。除了你们哥俩，明明应该是桃花满天飞的吧，愣是一个喜欢的没有。"

乐知时掰了一块巧克力喂给林蓉。"我有啊，我喜欢蓉姨。"

林蓉被喂了一嘴巧克力，含混道："你们这个年纪的小男生最会甜言蜜语！"

"你怎么可以讽刺我的真心呢？"乐知时学着林蓉的语气，弄得她没办法。

回家之后，他给宋煜发了个消息，把沈密今天说的话一五一十告诉了宋煜。

但等了好一会儿，他也只等到宋煜一条无关痛痒的回复。

哥哥：我不会干涉你的交友，只要你觉得对方是真心的就好。

高考之前，乐知时的确想过一定要睡个昏天黑地，补回来这些觉，但真的操作起来才发现很困难，人的生物钟是刻在身体记忆里的，一到点他就睡不着了。所以后来的乐知时就像宋煜当初那样，每天骑着车去省图看书。

他也清楚，自己对法律的兴趣其实基于一个非常浅薄的层面，有可能看一本《中华人民共和国民法典》就兴趣全失，所以他花了很多时间在看书上，看到一些令人振奋的案例，他会十分激动，在图书馆一待就是一天。

在漫长的十几年里，乐知时一直如此，循着宋煜走过的路，重复他的足迹，过自己的人生。

沈密也没有像之前说好的那样每天约乐知时出门，和宋煜见过一次面之后，他发现这两个人之间的关系比他想象中还要密切，很难撼动，索性以退为进，每天在阳和启蛰帮林蓉做事，清闲的时候在餐厅看看书。

偶尔乐知时也去餐厅，他们一起吃饭，然后顺路回家，所有乐知时新追的动漫他都看，所以什么时候都能有的聊。

宋煜的暑假放得比想象中还要晚，回来的第一天就被林蓉叫去了阳和启蛰。

这段时间林蓉接了一个订婚宴的单，是闺密的孩子，所以她花了不少心思设计菜式、布置场地，运来了新鲜的紫藤、铃兰和白玫瑰，恨不得把整个阳和启蛰布置成仙境。

宋煜去的时候，阳和启蛰的员工都在调整座位，他一眼就看到同样穿着制服的沈密，在帮一个女服务生搬椅子，一个人拿了四把。沈密也看到了他，隔着几米远冲他笑了笑，叫他宋煜哥。

虽然对他印象一般，但宋煜还是点了点头，然后绕过他们，径直朝餐厅里走去。一进去，他就看见乐知时拿着一长串紫藤花踩在长桌上，很费力地想要挂在天花板上，可那些垂下来的紫藤花不断地糊在乐知时脸上，遮住视线。

就在乐知时苦苦挣扎的时候，宋煜踩上桌子，替他撩起挡在眼前的紫藤花，用手拢在一起。

视野一下清晰，紫藤花的后面出现宋煜的脸孔，乐知时的眼睛一下亮起来。"你回来了？"

"嗯。"宋煜用另一只手帮他把花枝固定在钩子上，往后顺了顺花藤，"可以挂最后一段了。"

乐知时往后退了一步，但他在这一节花藤耗了太久，已经忘记自己差不多快要站到桌子的边缘，这一退，他整个人都失去平衡，控制不住地往后仰去，好在宋煜眼明手快将他拉住，直接扯到了自己怀里。

"吓死我了。"乐知时靠在宋煜怀里，出了一身虚汗，一抬头看见沈密拿着多余的椅子进来，撞见这一幕，他的表情似乎有些奇怪。

"你小心点。"宋煜一回头，也看到沈密，揽在乐知时腰间的手放了下来，"你下去吧，剩下的我来挂。"

但乐知时不愿意走，他站在桌子周围打转，像是生怕宋煜会犯和他一样的低级错误似的。

沈密绕过他们，一声不吭地把靠墙放着的花篮都拿出去，按照林蓉说的摆好，最后叫了乐知时一下，让他站在餐厅里面帮忙看看摆的字样对不对。

挂完紫藤的宋煜靠在桌边，注视着隔着落地玻璃窗的两人，乐知时告诉沈密该往左还是往右，两人比画来比画去，也不知道沈密做了什么举动，逗得乐知时趴在玻璃窗上大笑。

一直忙到晚上九点，整个场地才差不多布置完。林蓉要开车送三个女员工回去，于是让宋煜带两个小孩回家。

路上乐知时和沈密说着即将到来的漫展，有些兴奋。"大后天应该也有很多人cos（角色扮演）我喜欢的角色，我要带上单反。"

沈密挨着车门坐，可以完整看到乐知时的侧脸。"你自己也可以cos啊，你比他们长得都好看，五官又立体，cos一些角色都不需要戴假发。"

乐知时摇了摇头。"还是算了，我喜欢看，不喜欢被人看。"

红灯，宋煜停下车，随口插了一句："你站在那儿就有人看。"

"是啊。"沈密很自然地表示了赞同。这次的他仿佛吸取了教训，在和乐知时聊天时也会时不时试探性地和宋煜交流，例如询问宋煜 W 大的食堂如何，寝室是几人间。

虽然不那么喜欢他，但看在乐知时的面子上，宋煜也一一给予答复。三个人在车上的氛围多少还是有些尴尬，但好过第一次。宋煜知道自己没有什么立场去干涉其他人的行动。

或者干扰乐知时的意志。

车这样封闭狭窄的环境，很适合观察。沈密的视线落在乐知时身上，和在学校不同，乐知时充其量只会不断地提到哥哥，用那种崇拜的语气，但真的面对面观察，他才发现更多。

乐知时聊得开心的时候总是喜欢去抓宋煜的手，哪怕那只手是在方向盘上放着，他也会下意识去碰一碰，仿佛已经养成了习惯，而宋煜也纵容得很，连说都不会说一句。

把沈密送到楼下，乐知时摇下车窗和他说明天见，沈密也笑笑，临走前对宋煜说了声谢谢。

上楼之后，乐知时又溜到宋煜的房间，他现在对此驾轻就熟，只需要一个送水果或牛奶的借口，他就可以进门，然后趁宋煜不注意赖一会儿，直到宋煜回过神，把他赶出去。

他觉得宋煜很多时候反射弧都很长，他可以像棉花糖一样窝在宋煜的房间，不被发现。

宋煜靠在懒人沙发上，手里拿了本书。乐知时端了一盘葡萄进去，自然而然地歪倒在他旁边。"哥哥，我们打游戏吧。"

"沈密不是打得很厉害吗？"宋煜翻了一页书，轻飘飘道。

乐知时皱了皱眉。"但是我想跟你组队。"

"他现在应该在线等着你吧。"

他对宋煜的态度感到很不能理解，于是放下手机，盯着宋煜。"你为什么老是提他？"

宋煜用无所谓的语气说："没什么，就是觉得他人挺不错的。"

"然后呢？"乐知时的手机熄了屏，他又解锁，回到游戏大厅的页面。

宋煜说："没有然后。"但没一会儿又开了口，十分随意的语气，"沈密会扣篮吗？"

"会。"乐知时给游戏里的自己换了件上衣，是宋煜喜欢的蓝色，他特意买的服装，"他是我们班的小前锋。"

宋煜"嗯"了一声，又翻了一页根本没有看进去的书，没什么感情地罗列了一堆沈密的优点："会打篮球，也会玩游戏，人很开朗，能说会道，个子也高。"

"我也不矮啊，"听到这句话，乐知时立刻把腿搭到宋煜的腿上，"我一米八了，你看我腿多长。"

"差一厘米吧。"宋煜瞥了他一眼，故意装作嫌弃的样子把他的腿拿开，"我看过你高考体检报告。"

"现在都已经过去一个多月了，一厘米总要长的吧。"乐知时有些不服气，"而且我也开朗啊，篮球和游戏可能没有他打得好，但是我……"

宋煜转过脸，看向乐知时。"你什么？"

"我长得好看。"乐知时说完，自己反倒不好意思起来了，低头往嘴里塞了一颗葡萄，结果酸得整个脸都皱起来，"这葡萄有毒，不能吃。"

宋煜绷住嘴角，保持着脸上冷冷淡淡的表情，和抬头的乐知时对上眼神。"那你觉得沈密长得好看吗？"

口腔里还残留着葡萄的酸涩，那种尚未成熟的味道很持续地作用着乐知时的大脑，他一动不动地盯着宋煜，似乎想从宋煜的表情里读取些什么。

房间里很安静，忽然间宋煜的手机响了起来，不知道来电人是谁，他只低头看了一眼，另一只修长白皙的手就出现在视野里，把宋煜的手机拿走，摁了静音。

宋煜抬起头，想说话，但也被乐知时抢先一步。而他这一番煞费苦心的阴阳怪气落到乐知时的耳朵里，似乎也完全跑偏，跑到一条宋煜自己都没有料到的路上。

"我觉得他没有我好看。"这样的话从别人嘴里说出来多少有些自信过头，但乐知时就是这么直率。一向很难生气的乐知时这次甚至带了点赌气的意思，握着宋煜的手机不打算还。

"如果你不认同我的观点，那我就对你的审美表示合理怀疑。"

第二十三章
独家偏爱

公平起见，不能只有我家的护旗手收不到花。

宋煜盯着乐知时，一开始还绷着张脸，突然间就笑了出来。

"你笑是什么意思？"乐知时抓着宋煜的肩膀摇了他两下，但宋煜反而笑得更加明显，不像平常那样只有嘴角弧度，眼睛也弯了，整个人都变得鲜活起来。乐知时越是不让他笑，他越是止不住似的，甚至倒到一边。

"到底笑什么？哪里好笑了？"

但他并没得到答案，非但如此，像是被传染了一样，乐知时也莫名其妙笑起来，歪倒在宋煜身上。稍稍冷静下来，他还是勒令宋煜停止这种行为，并且还惦记着刚刚的提问："你太不严肃了，你不会真的觉得他比我好看吧？"

宋煜脸上笑意未退。"我觉得你脑子和别人不一样。"

"你怎么还开始人身攻击了？"乐知时扯着宋煜的衣服，拿着他的手机，像握着小锤子那样敲了敲宋煜的腿，"肃静，你对我的观点有没有异议？"

"没有异议，可以吗小法官？"

宋煜瞥了他一眼，笑过之后的脸上，神色似乎也变得温柔。

乐知时就这么神不知鬼不觉地说了一句"可以"，事后又觉得有点傻气。

他忽然发觉宋煜已经很久没有像这样笑过了，遍寻记忆，乐知时很难想起类似的场景。哥哥在他面前似乎永远都是一个程序固定的精密机器，执行着不会错的指令，做着永远正确的事。

忽然间，乐知时坐正了，盯着宋煜沉黑的双眼。

"哥哥，你笑起来最好看。"

宋煜怔了怔，但没有持续太久，他就将视线移开，并且从乐知时手里把自己的手机拿走，脸上的笑意已经完全看不见。他又变回那个安静寡言的宋煜。

手机屏幕亮起，上面显示未接来电是秦彦的。

"我接个电话。"

等到宋煜起身离开，乐知时挪了挪，靠在宋煜刚刚倚靠过的懒人沙发上，上面还保留着哥哥的体温。他复盘了一下，觉得是自己想得太多，所以宋煜才会笑他。

但他也希望宋煜能多笑笑，像刚才那样，嘲笑他也无所谓。

时间一晃而过，收到录取通知的乐知时非常开心，更令他开心的是他的朋友们也有不少和他考入了同一所大学，蒋宇凡虽然分有点悬，但因为考的专业十分冷门，所以也有惊无险地进入 W 大，与乐知时成为校友。

最让乐知时惊喜的是，开学去 W 大的当天，他发现蒋宇凡居然和他成了室友。

"我们专业正好多我一个人，要和别的专业混着住。"蒋宇凡高兴得说话都眉飞色舞，"本来我还有点烦，这里离我们院好远，没想到是和你住一块儿，肯定是老天爷被我们真挚的友谊感动了！"

"你说得对。"乐知时也很开心，拉着他一起去吃了一顿肯德基。虽然他几乎什么都吃不了，只能吃点冰激凌。

唯一的遗憾是开学这段时间，正好撞上宋煜去山区野外作业，没有办法送乐知时来学校，也不能像之前乐知时要求的，带他摸清楚 W 大的每一条路。

"听说沈密也考到法学院了？"蒋宇凡喝了一口恋桃乌龙茶，"他也挺厉害的，之前就转到你们（10）班，培雅转班可不容易，现在又跟你一个学院。"

"但我们不是一个专业。"圣代甜过了头，乐知时蹭了口饮料压了压，"我开学的时候他帮我搬了好多行李，后来我才知道他其实住隔壁楼。"

蒋宇凡忍不住感叹："真仗义。肯定又是阿姨给你打包的一大堆东西吧，有好吃的吗？给我分点。"

"有啊，蓉姨都给我打包好了，你的，沈密的，我其他室友的，但是她也不知道你已经占了我一个室友的份额，所以多了一份，我准备给秦彦哥哥。"

"啊，对，秦彦学长也在来着，特长生。"蒋宇凡吃舒服了，靠在椅子背上伸了个懒腰，"真好啊，大家最后都聚到一起了。"

报到完的第三天就开始了军训。这座城市的天气热到夸张，人站在太阳底下几乎就是一块行走的黄油，感觉随时随地都能熔化。这种热和单纯的晒不同，这里地处长江，湖泊众多，气候潮湿，一到夏天如同天然的蒸笼，外出即蒸桑拿，更别提新生们还要穿着制服军训了。

乐知时每天回到宿舍都感觉自己剥了一层皮，洗完澡躺在床上就能睡着。但他还是会强忍着困意，给远在外地的宋煜发消息，给宋煜分享自己的新生生活。

山区的信号不好，宋煜很少能即时看到，他们之间的沟通总有滞缓，乐知时默默地发送着，隔一段缓冲时间，得到三两句回复。

这种难以跨越的延迟仿佛无法消除。

因为乐知时的长相特殊，军训的时候总是会被格外注意，无论是一起军训的女同学，还是他们的教官。军训的教官总是喜欢用十分严肃的表情和口吻开学生玩笑，乐知时就是那个频繁被拉出来遛的对象。

"你长得太白了，晒黑点更有男子气概。"

这是教官说的话，乐知时当真了，于是第二天他没有按照蓉姨的嘱咐涂防晒霜，没想到一天下来，他的鼻子就脱了皮。

回到宿舍，乐知时录了个视频，给宋煜展示他脱皮的鼻尖。"哥哥你看，我像不像洋葱。"

收到宋煜回复的时候已经是第二天的中午，吃完饭准备独自去取快递的乐知时走在路上，着急回复宋煜的消息，因为对方似乎对他不好好防晒这件事有点生气。

吃饭的时候乐知时就觉得没有胃口，没吃太多，天气实在是热得可怕，他盯着屏幕，热得都有些眼花，头也晕晕涨涨，才编辑完两句话发出去人就有点站不住了，呼吸困难，一阵反胃。

因为身体一直不太好，乐知时对不适的生理反应已经很敏感，他想找一个可以坐下来的地方，但刚走了两步，眼前就黑下来。

一双手扶住了他的手臂，他听见一个很温柔的声音："同学，你没事吧？"

视线稍稍恢复些许，面前站了个长相漂亮身材高挑的女生，穿着浅蓝色连衣裙，一头乌黑微卷长发。她的眼神很是担忧。"你是不是中暑了？额头好多汗，我扶你找个地方休息一下吧。"

乐知时很轻地说了谢谢，女生显然比他熟悉这一片区域，直接带着他从一片小花园绕到一个便利商店，里面有空调，一进去乐知时就舒服不少。

"你在这儿坐一会儿。"她把乐知时带到吧台座位，"我很快回来。"

乐知时怕自己哮喘发作，摸了摸口袋里的药雾喷剂，拿了出来随时备着，然后拿出手机，把没有发完的消息给宋煜发过去。

很快，那个女生回来了，她的手上拎了一个小袋子，然后又在便利店门口买了一瓶水，走到乐知时跟前，把水拧开递他。"你先喝点水。"

塑料袋被她打开，声音窸窸窣窣。"我帮你买了藿香正气水和降温贴片。"她撕开一片贴片，很自然地摘掉乐知时头上的帽子，给他贴上。

"我自己来吧。"

"没事，已经贴好了。"女生把藿香正气水也打开，"每年都有学生中暑，这可不是小事，轻一点的只是头晕，严重的会得肠胃炎，要是发展成热射病就要抢救了。"

"你是学姐吗？"

对方很温柔地笑笑。"我一看就比你老是吗？"

"不是，"乐知时立刻解释，"我是感觉你很熟悉这里，好像也不止一次见到别人中暑。"

"对啊，我大三了。之前在校队当经理，你知道队员们训练也经常中暑的。"她大方地自我介绍，"我叫南嘉，法学院的，你呢？"

乐知时有些惊讶，没想到会有这么巧的事。"我也是。"

"那我们是直系学姐和学弟的关系了？真的好有缘。"南嘉也觉得神奇，"这样的话，我们以后可能会常常见到，你有什么需要帮忙的都可以找我，不要跟我客气。"

稍稍缓过来一些，南嘉建议他起来走走，又从包里拿出一个小电风扇递给他。"你用这个吹着，先不要戴帽子了。"知道乐知时要取快递，南嘉带他走了一条更近的路，两个人顺道回法学院。途中乐知时一直对她表示感谢，但南嘉说不要放在心上。

"我也有个弟弟，和你差不多大，一个人在外省读大学，我看到你会想到他。"南嘉说完又笑起来，"当然了，他没有你长得帅。"

回到宿舍楼下时遇到下来买饮料的蒋宇凡，他看见南嘉特别激动，等到南嘉一走，他就跑过来拉住乐知时。"哎，你小子怎么跟法学院院花走到一起了！"

"院花？"乐知时不明所以，"你说南嘉学姐？"

"对啊，你不知道啊。新生报到的时候她是志愿者的组长，当时给我指路了。"蒋宇凡满脸写着兴奋，"接我的大二学长就说这是法学院院花，人美心善，很多人追呢。"

乐知时忍不住吐槽他："你可是有女朋友的人，别忘了啊。"

"明白，我只是对美抱有欣赏的本能，我最喜欢的当然还是我们家小雅。"蒋宇凡打量了乐知时一眼，看到他额头上贴的退烧贴，"你怎么了？不舒服吗？不会是过敏吧！"

乐知时怕他大惊小怪，于是一边上楼一边解释，顺便说了偶遇学姐的事。

"果然帅哥就是好，偶遇的都是院花。"

"什么啊，你中暑也会遇到好心人的。"

下午的军训蒋宇凡帮乐知时请了假，因为乐知时体质特殊，又有哮喘病史，教官也不敢马虎，乐知时得以在宿舍休息了一下午。但即便室友们撺掇他干脆不要继续军训，乐知时还是坚持第二天就归队。某种程度上他也是倔脾气，做什么事都很认真。

离最后的会演不到四天，他又是被营长选中的护旗手，丝毫不敢懈怠。

护旗人数并不多，都是从各个学院挑选出来的五官端正、身材匀称的学生，在会演开始的时候护送国旗。这对乐知时来说是非常光荣的事，上高中时他最遗憾的就是没能成为升旗手，只是因为选拔的时候他没操作好，升上去的旗哗啦啦滑下来，让他整个人都蒙住。

于是他就和这个光荣使命失之交臂。

为了这次不出差错，他经常在解散后留下来单独训练，绕着操场踢正步，不少人看，但乐知时并不在意别人的目光。

军训会演的当天，身为学生会文艺部部长的秦彦也出现在主席台，乐知时一开始没有注意到他，直到自己举着班级大旗经过主席台时，听到熟悉的声音，才发现正在播报的就是秦彦。但踢着正步的他没有办法回头去看。

解散之前，各个学院的护旗手都收到了女孩子送的鲜花，除了乐知时，因为法学院一直都没有安排送花的先例。

不过乐知时并不失落，因为他觉得手捧鲜花是一件有些尴尬的事。

等到会演完全结束，教官带着方阵离开大体育场，乐知时的手机响起来，是秦彦的电话。

"乐乐？你现在到体育场门口等一下我。"

等了十分钟，两个相伴的女生上来搭讪后又离开，乐知时终于等来了秦彦，他手里还拿着一束向日葵，让乐知时摸不着头脑。

"拿着吧。"

乐知时觉得很奇怪，他还从来没被男生送过花。"不用了吧。"

"看你那一副大可不必的表情。"秦彦憋不住笑，对他说了实话，"这是你哥订的，让我在你会演的时候送给你。他这会儿还在山里呢。"

"我哥买的？"乐知时立刻收了过来。黑色色雾纸包装着十一枝开得正好的向日葵，花朵巴掌大小，每一朵都是精心挑选的，生机勃勃。中间夹着一张黑色卡片，是打印出来的寄语，没有落款。

"恭喜你成功完成会演，小旗手。"

送花不像是宋煜的风格，但寄语是。卡片翻过来，上面是这种花的介绍语，品种名很特别，叫 Earthwalker，地球行者。

"我也不知道为啥挑这种花，玫瑰不香吗？人家送玫瑰送百合，都挺好看的。果然像宋煜这种母胎单身就是直男取向吧。"

乐知时低头盯着这张卡片，心里冒出一个非常微妙的猜想，也许是他想得太多，但或许这真的是宋煜打的一个谜语。

其实花名就是宋煜的落款吧，地球行者。

这样隐藏在表象之下的，只有他们俩可以领会的含意，总会让乐知时产生很大的满足感，仿佛他真的是有别于他人的，特殊的那一个。

秦彦见他站在原地发起呆来，两手往兜里一揣。"走，哥带你吃饭去。"

"啊？"乐知时抱着花，"我们这样去吃饭不好吧。"

"怎么，你怕别人误会啊。"秦彦笑起来，"放心吧，我女朋友也在，你嫂子，带你见见面。"

童年的黑历史让乐知时对嫂子这个词有着天然的抗拒，所以他没有作声，但还是跟着秦彦走了。路上他偶遇一家花店，买了个晶莹剔透的玻璃花瓶，吃饭前先回了宿舍，把向日葵整理好放进花瓶，换了衣服才下来。

秦彦把他带到学校附近的一家小餐馆，面积不大，但生意好得出奇。他口中的女朋友早早就来排队，是个长得很可爱的短发女孩，和秦彦很般配。

"我发现大家突然都有了女朋友。"乐知时没头没脑说了这样一句话。

"是啊，你啥时候找啊？"秦彦点了菜，虽然乐知时没有吭声，但他点的恰好都是乐知时可以吃的。秦彦的女朋友拿出手机，看着一个帖子，说："还说呢，你学弟这次军训简直是收割了一片少女心，堪比三年前……"

"三年前的宋煜。"秦彦非常默契地接过来，然后告诉自己的女朋友，"他们俩以前在我们高中就可打眼了。"

一大盆水煮鱼端上来，最底下垫了豆芽、千张和嫩海带，上面是满满的江团鱼片，汤红鱼白，顶上撒了一层香葱芝麻，老板娘跟着过来，手里拿着一个铁勺，里头盛着热油，往盆里一浇，香气扑了满脸。

"没有那么夸张。"乐知时给他们倒了酸梅汤递过去，想到一件事，于是开口问秦彦，"我看到社团最近一直在招新，篮球队是不是也是这个时间招人？"

秦彦夹了一片肥嫩的鱼肉给女朋友。"你算是问对人了，我就是校队的副队长，专管招新的，最近可不是在招人吗？昨天都面了一批了。你也想进来啊。"

"对啊。"但乐知时还是很有自知之明，"我身体素质赶不上其他人，可能选不上总队。"

"你可以先去系队培训，真想去也是进得去的，就是可能暂时不能上场。"

"系里我已经报名了，他们说会有训练，打得不好也不用担心。"为了进系里的校队，他还特意找了南嘉学姐，尽管南嘉现在已经不在系队，但还是直接把他带了过去，一切进行得很顺利。

当天南嘉给他发了很多关于系队校队关系的介绍，还有训练相关的，但又不会多聊天，让乐知时觉得她是个热忱又有分寸的人。

秦彦点了点头，表示赞同。"那确实，而且你过去了还能赚个人气，体力跟不上可以只上半场啊。只怕你哥不同意，万一有个好歹。"

乐知时心道，自己就是为了他才想进校队的。

"哥哥他在校队里应该是主力吧。"

"可不是嘛，有他的话看比赛的人都多了。"秦彦说完长叹了一口气。

乐知时有些不解，问道："怎么了？"

"前段时间我告诉他早点回来训练，结果他跟我说他要退队，说太忙了，没时间打比赛。"秦彦舀了一勺汤汁倒在他的米饭上，拌了拌，"他要是真退了，我们损失一员大将，还不知道能不能找着个不拉胯的。"

听到这句，乐知时忽然就失望了，他从来报到的时候就想着进篮球队，还计划着先进到系队，再慢慢往总队发展，没想到宋煜要退。可如今他都已经报名了，还麻烦了师姐，退队未免儿戏。

晚上的 W 大依旧很热闹，和秦彦分开，乐知时动作很慢地往宿舍移动，宋煜一天不回来，他就一天觉得这里不像 W 大，很陌生。他独自一人的时候就会习惯性往图书馆钻，像还没开学前那样看自己的专业书。

晚上十点回到宿舍，乐知时发现桌上放了一堆吃的，有很多都是他常买的零食。在上面和女朋友打视频的蒋宇凡撩开床帘，摘下一边耳机说道："沈密刚刚来了，给你买了水果零食啥的，还给我们买了奶茶，哥们真不错。"

"他走了？"乐知时坐下来，晚饭很撑吃不下零食，只摸了摸向日葵的花瓣。

"嗯，等了你一会儿，你没回来就走了。"

乐知时说好吧，又说明天去他宿舍转转，就进了浴室。出来的时候看见放在桌上的手机亮了亮，走过去一看，是宋煜的消息。

哥哥：我明天回来。

上一秒还像霜打的茄子，这一秒乐知时立刻活了过来。

乐知时：真的吗？我明天去接你，你们在哪个地方下车呢？

发出去之后他自己又默念一遍，发现他真的很心急。

哥哥：直接送到校门口的，你不用来接。

乐知时并不满意，他还是想第一时间见到宋煜。无论什么时候，只要是和宋煜见面，他都不觉得麻烦。但他表示不同意的消息才编辑了一半，就收到宋煜的新消息，像个及时打下的补丁。

哥哥：我去找你。

乐知时的嘴角一下子就扬起，这个补丁成功地补住了乐知时心里的小窟窿。

"乐乐看到什么了，这么高兴？"端着洗脸盆进来的室友瞅着乐知时，"抢着红包了？"

"没有啊。"他的回答都不自觉带了开心的上扬语调。再坐下的时候看到自己桌子上的向日葵，乐知时想了想，还是拍了张照片，发到了朋友圈，没有配文字。

发出去的时候他才发现忘记设定可见范围，这条不小心成了公开朋友圈。

但他还没来得及删掉，就已经被人发现。

第一个点赞的人是沈密，他还发了两条评论。

沈密：哟，谁送的？

沈密：看见我给你买的零食了吗？

乐知时没有回第一句话，因为觉得宋煜不会想让别人知道他给自己送花，这对宋煜来说太不常见了，仿佛会破坏他形象似的，所以乐知时只回了第二个问题，表示非常感谢。这条朋友圈很快又多了几个点赞，包括秦彦和南嘉学姐。

最后一个是宋煜。看到点赞提示，乐知时觉得宋煜不会评论，这不是他的风格。但几秒后，他收到了新的提示，是宋煜的评论。

哥哥：我还以为我送的你就不会拿出来秀了。

乐知时觉得很惊讶，他甚至退出去又点进来，重新看了一遍，的确是宋煜本人。

这条稀奇的评论自然也招来了看热闹不嫌事大的秦彦。

秦彦学长回复哥哥：你鬼上身了吧？（送花服务也很诡异，但本帅哥依旧无偿提供了帮助。）

乐知时以为宋煜不会回了，于是把手机放下，给自己的 Earthwalker 喷了点水。

令他意外的是，宋煜居然回复了。

哥哥：有什么诡异的，其他的护旗手不是也有院里的人安排送花。

哥哥：公平起见，不能只有我家的护旗手收不到花。

林蓉总是会开玩笑说，不知道宋煜像谁，这孩子的心比石头还硬，戳也不会动，敲也没反应。

心硬的宋煜总是自得其所，对他人和外界不感兴趣，不表达也不显露，乐知时觉得他喜欢过那种藏起来的生活，的确像一颗埋起来的石头。

他一旦表达点什么，就显得格外突兀。

在熄了灯的宿舍里，乐知时反反复复打开手机，点开那条朋友圈，看一眼又关上，感觉自己再这样下去一定会失眠，他只好抱着这种不牢固的快乐强迫自己闭眼睡觉。

宋煜结束外出作业回来的当天，正好乐知时要参加总队面试。原本没底气的他被秦彦拉上，说好歹去看看，刷下来也没关系，于是他被说服了。就在和秦彦约好在学校体育馆见面前一小时，他接到了宋煜的电话。

"我快到你们院了。"宋煜问他在哪儿。

乐知时二话没说，直接跑去找哥哥。太阳很大，树影与光斑交错，乐知时穿着一身白底黄边的球衣，从几个撑着遮阳伞的女孩身边跑过，带起一阵风。

宋煜站在一幢教学楼一楼的透明玻璃窗边，半低着头看手机，明明里面人来人往，可他仿佛带有天然与世隔绝的气场，乐知时一眼就看到。

他推开门进去，空调开很大，一热一冷害得他忍不住打了个冷战，正巧被抬头的宋煜看到，宋煜的眼神很清楚地从淡漠变得有了情感，从一楼大厅立柱朝乐知时走来。

"怎么穿成这样？"宋煜打量了一下他的球衣，锁骨胳膊都露在外面，本身皮肤就已经很白，再穿一身白色球衣，太阳底下一站，小瓷人一样晃眼。

"我一会儿要去体育部，秦彦哥哥说带我去参加选拔。"乐知时怕被宋煜嘲笑，采取了自戕式堵嘴攻击，"我知道肯定选不上，就想去看看。"

靠近了，乐知时闻见宋煜身上淡淡的柠檬味，是他惯用的沐浴露的香气，又发现宋煜穿了件什么装饰都没有的宽松白 T，没背包，头发松散，有种慵懒感，一点也不像是从外地风尘仆仆回来的样子。

"你的身体打比赛很危险。"宋煜还是说了。

乐知时转移话题道："你回来还洗了澡吗？"

宋煜怔了怔，半晌"嗯"了一声，表情有些别扭。"洗了自在点。"

"好好闻。"乐知时又凑近一步，"我特别喜欢这个沐浴露的味道，有点像以前我高中同桌给我闻的什么男友香。"

宋煜说话的节奏经常被乐知时突如其来的表达打断，他有时候不得不自己找回来。

他先是说喜欢可以买一样的，然后低头，把手伸进裤子口袋。"这次出去捡到个东西。"他说得特别随便，仿佛捡的是什么没人要的废纸团或饮料瓶，但拿出来的时候，乐知时才发现，这是一块很奇特的石头，表面是黑色的，有点像煤块，虽然乐知时没有见过真正的煤块。

他小心地把躺在宋煜掌心的石头拿起来，不大，也就一个山竹的大小，形状有些奇怪，外层是黑色，转了一圈乐知时发现有一侧被切割了，切面里是莹润漂亮的蓝色石质，上面交错着几缕深色线条。

"这是什么？好漂亮！"乐知时抬头看他，琥珀色的瞳孔都在发亮。

宋煜又拿出一个透明的小袋子，里面装着一个很薄的石头切片标本，袋子上贴了一个标签，写着绿松石三个字，还有地点和时间。

"去的那个山区好像正好是这种石头的产地，野外作业的时候我碰巧看见了，就捡了一块，切片做了标本，剩下的我拿着也没有用，给你吧，如果你想要的话。"

他的语气依旧是那种无所谓的态度，但乐知时非常开心。"我当然要！"他的视线从石头转移到宋煜脸上，"是大家都捡到了吗？"

宋煜移开视线。"也不是。"只有他一个人而已。

"我也觉得。"乐知时盯着他的礼物，"这个看着黑不溜秋的，丢在山沟里应该很难辨认吧。你真厉害。"

他的赞美永远毫无保留。

"没什么，总归是学过一点。"

"这一整块都给我吗？"乐知时握着石头看向他，"全部？"

宋煜点头，晃了晃手里的标本。"我只要一小片，剩下的都是你的。"

"以后也是吗？你以后还会捡到很多特殊的小石头吧，可以都送给我吗？"乐知时说话一着急就习惯伸手去抓宋煜的手腕。他的手很热，宋煜的皮肤是凉的，传导的不只是体温，还有许多隐隐作祟的情绪。

"我的本职工作也不是捡石头，只是碰巧。"但宋煜还是补充了一句，"遇到了还是会带走。"他瞥了一眼乐知时，"你要这么多石头有什么用？要卖吗？"

乐知时摇头。"当然不卖，我都要自己留着。这是地球行者的纪念品。"

宋煜脸上的神色又一次别扭起来，他转移了话题，问乐知时和秦彦约的几点。乐知时这才如梦初醒，抓着宋煜的手看时间。"还好还好，还有半个小时。"

原本宋煜说要回宿舍睡觉，但乐知时说他想让宋煜陪着壮壮胆，宋煜最后还是拗不过同意了。

"但别人可不知道你是我弟弟。"

"那没关系啊。"乐知时很天真，"你在那儿站着我会比较安心，不太会紧张。"

从这栋楼走到体育馆，一路上都很热，乐知时有点羡慕地看着路上撑伞的女生。"我也想打伞。"

宋煜看着他露在外面的皮肤，白得晃眼睛。"你应该穿个防晒衣。"

乐知时略过他的建议。"我跟你说，蒋宇凡每天都在我面前炫耀，说有女朋友特别好，他现在每天出去都可以借着给女朋友撑伞的名义打伞，不用被暴晒。还说他女朋友的手小小的特别可爱，捏起来很舒服。"

宋煜听了，捉住他的手掌拉起来，有些不合时宜地说："你的也不大。"

乐知时听了皱起眉，觉得这是一种讥讽，他抽出手。"挺大的，我可以单手握住篮球，十秒钟。"

"真厉害。"宋煜毫无感情地赞美道。

两个人在体育馆楼下见到秦彦，对方正蹲在台阶前打游戏，接地气到了极点，一直到宋煜走上台阶站到他跟前，秦彦才抬起头。"哟，回来了啊。你也来陪你弟？"

他看向乐知时。"乐乐穿这身球衣真帅。"

"我不能来吗？"宋煜问。

秦彦站起来，活动了一下脖子，带着俩人往楼上走。"谁说的，你这个渣男虽然辜负了我，但我们队永远铭记你的贡献。"

这话怎么听怎么搞笑，乐知时顺口问了一句："那你们有面到合适的新人吗？可以跟我哥比的。"

"瞧瞧乐乐这话说的，潜台词就是没人能跟你哥比嘛。"秦彦打趣完又正经地说，"还真的碰到一个合适的，身体素质爆发力都还可以，技术还有进步空间，估计能顶上宋煜的空缺，万幸。"

乐知时点头说了句，"那就好"，身处走廊就已经能听见篮球鞋在地板摩擦的声音，秦彦推开门，里面人不少，老队员和前来参加面试的新生分开在两个区域。秦彦走在前面，迎面会有许多人与他和宋煜打招呼，乐知时觉得有些别扭，有种被两个大佬架着走进来的错觉，每个人都会顺带看他一眼。

于是他往后退了退，秦彦看到一个人，扭头跟他俩说："哎，那就是我说的之后要替宋煜的新生。"说完他对着一个人的背影吹了个口哨。

对方转过来，乐知时有些惊讶。"沈密？"

沈密也看到他们，把球扔给其他人，热情阳光地跑过来。秦彦一副很是满意的表情，双臂环胸，拿肩膀撞了撞宋煜的肩。"怎么样？我给你找的这个接班人还不错吧？"

"不错。"宋煜眼神暗下来。

来到跟前的沈密亲切地和他们打招呼："秦彦学长，宋煜学长。"然后冲乐知时笑，"乐乐，你也来了啊。"

"我过来看看。"乐知时有点没有底气，但还是冲他笑，"恭喜你呀，听说你进总队了。"

沈密抓了抓后脑勺的头发。"啊，主要是赶巧，正好宋煜学长要退。"

"没有。"宋煜淡淡地说道，"我只是退居二线，并不打算离队。"

秦彦扭头对着宋煜，眼睛瞪得像铜铃。"大哥，你玩我呢。"

"真的不退吗？"乐知时抓住宋煜手臂，开心得要命，"那哥哥你还继续留在篮球队是吗？会不会太辛苦？"

宋煜明明回答的是乐知时的问题，眼睛却瞟了一眼沈密。"偶尔打打也没什么。"

沈密的脸上倒也没有太失望。"真好，我之前还因为不能跟宋煜学长切磋，觉得很遗憾呢。"

乐知时连连点头。"我哥打球真的很厉害，你跟他练练肯定能进步。"

无论如何，宋煜不退队对他们来说都是天大的好消息。秦彦虽然觉得自己被狠狠地玩弄了，但还是非常兴奋地把这个消息分享给其他的老队员。

"真不走了？太好了太好了！"

"我还难过了一阵子呢。"

"难过之后看球的妹子少一半吗？"

"哈哈哈！不过宋煜学长怎么突然改变主意了？"

"我也好奇！"

大伙正八卦着，室内篮球馆的门又被推开，乐知时扭头，往那边望了望。"欸？南嘉学姐？"

南嘉的出现让整个球馆的男生都沸腾起来，秦彦也不例外，唯独宋煜看向乐知时，问道："你跟她很熟吗？"

"啊？"乐知时眨了眨眼，"说来话长，南嘉学姐帮了我好多忙，人超级好。"

这个评价危险系数不算太高，所以宋煜暂且搁置了。

南嘉穿了身和平时很不一样的黑色合身运动装，头发扎成马尾，看起来元气满满。她热情地跟所有人打招呼，美女学姐在男生队伍里的人气不言而喻。"训练辛苦啦，我给你们买了奶茶，一会儿就送到了。"

"谢谢学姐！"

"学姐真是太好了！"

"别客气啦。"南嘉最后走到秦彦这边，看到宋煜，南嘉的眼里明显有些惊喜，"不是说你要退队吗？"

"他小子吃了吐吐了吃，又不走了。"秦彦吐槽。

宋煜嫌弃地瞥了他一眼，南嘉又说："也就是说你也回来了？"

"也？"乐知时疑惑地看向南嘉，忽然想到中暑那次南嘉随口说起的她在球队当经理的经历。

秦彦一个激灵。"我 × ，你要回总队了是吗？"

"对啊。"南嘉歪了一下头，脸上的表情很俏皮，"之前的普法志愿者工作结束了，这学期还有余力，我就申请调回总队当经理了。"

"你等着，我要把这个振奋人心的消息告诉他们。"说完秦彦就跑了，没多久整个场子的男生都知道了这个消息，就差欢呼雀跃了。

"学姐可真受欢迎啊。"乐知时远远看着那帮兴奋的男生，忍不住感叹道。

南嘉拍了拍乐知时的肩膀。"乐乐今天参加面试吗？我给你量臂展，让我感受一下混血儿的优越比例。"

"他腿可长了。"沈密忍不住夸赞。

"我知道你。"南嘉朝他握拳伸出一只手，两人碰了碰拳，"潜力股啊，加油。"

乐知时发现，受欢迎的人往往都会有一种天然的亲和力，就像南嘉一样，她可以真诚又游刃有余地与任何人交谈和接触，这样可以充当润滑剂的个性，做球队经理再合适不过。

连着两个好消息，秦彦当下拍板道："面试完之后去聚餐啊，都不许跑，今天两员大将回归，又来了这么多新朋友，大家伙好好庆祝一下！"

一说到面试，乐知时的肚子就有点闷闷地疼，这是他紧张时会出现的应激反应。他抓住宋煜的手臂，很小声说："我有点担心。"

宋煜抬手，像一个亲切的学长那样拍了两下乐知时的后背，给了乐知时很大的安慰。

这种转移注意力的方式极其有效。在某个瞬间，乐知时又闻到宋煜身上很淡的沐浴露气息，很好闻。

面试比想象中快很多，南嘉帮他们测量了体重、身高、臂展等一系列生理数据，剩下技术面试交给队长。

"真的没有长。"乐知时嘀嘀咕咕，从测量身高体重的仪器上下来，不信邪地又站上去一次，数据还是一样。南嘉觉得他的样子特别可爱，问道："怎么了？"

"我没有长，还是差一厘米才一米八。"乐知时的脸上满是困惑，"我觉得我长了，都快三个月了。这一厘米怎么这么难长呢。"

秦彦说他可能骨头闭合了，但被南嘉打断，笑着说："肯定是我们的仪器有问题，我给你填一米八。"

"你这个是虚报吧？"秦彦故意大声说，"太没有篮球经理的操守了。"

"那怎么了，"南嘉一面录入数据，一面调侃，"你们男生一米七都能报成一米七五，一米八能报成一米八三，要是真长到一米八五，恨不得能刻在脸上当通行证。"

乐知时被逗乐了，回头看着过了一米八六，正在帮忙做技术面试的宋煜，一个带球过人，行云流水地上了篮，脸上毫无波澜。在一群个子都不低的队员里，他也完全鹤立鸡群。

面试结束，大家离开体育馆。乐知时因为体质特殊，还是不能进入总队，南嘉一路上都在安慰他，但其实乐知时本人早有预料，这个结果符合他的预期，所以并不是十分失望。

秦彦和宋煜他们这些老队员走在前面，和新招的成员边聊天边往校外走。他们要去聚餐，事实上落选的乐知时是不想跟去的，但宋煜在，他又有点动心。加上秦彦和南嘉都让他跟着一起去吃饭，乐知时也没能推托。

"没事的乐乐，你可以来总队训练啊。"南嘉说，"你想什么时候来都行，反正你秦彦学长也在。"

"那……"乐知时犹豫了一下措辞，"宋煜学长也会训练吗？"

"他？"南嘉露出一个笑，"很少。不过大一入学的时候宋煜每天都来，经常待到最后一个走。"

乐知时很直接地问："你怎么知道？"

她的脸上露出一丝怀念的神色。"那个时候我也刚进来，当篮球经理的助理，每天就帮忙清点篮球啊，订球衣什么的，做这种很小的杂活，有时候大家训练完了不收拾，我还得留下来清理。所以每天有很多课余时间待在球馆，有时候就坐在观众席赶作业。一开始宋煜都不知道我在，他以为球馆里没有人，自己一个人反反复复地练投球。"

说到这里，南嘉笑起来。"我也不知道他有什么好练的，命中率已经特别高了。有一次我忍不住，就坐在观众席问他为什么一直投球，他第一次看到我，但是没有跟我说话，直接拿上衣服走了。"南嘉看向乐知时，表情带了些她平时完全没有的情绪，像是撒娇一样，语气很可爱，"超级冷漠的。"

乐知时想说宋煜不是那样的人，但他又隐隐觉得其实南嘉是知道的，所以什么都没有说。他忽然产生了一个荒诞的念头，他希望那个时候默不作声坐在观众席的人是自己。

交际达人秦彦选了个常去的烧烤店，里面气氛很适合聚会。走到门口的时候南嘉像是忽然想到什么似的说道："啊，对了，你昨天的朋友圈，我看到宋煜有回复，你跟他……"

前面一个男生进去，很不绅士地只顾自己，没有管后面的人，沉重的玻璃门往回滑，就要关上的时候，乐知时抓住门的边缘，拉开来让南嘉进去。秦彦在里头喊南嘉的名字，让她过去挑桌子。

这么一弄，南嘉也忘记问刚才的话了，忙不迭地赶去。

沈密不知道什么时候来到乐知时身边，但乐知时的目光只在宋煜身上，宋煜似乎被一群人围住了。一个人高马大的学长朝他俩走来，说话流里流气的，很重地拍了一下乐知时的肩膀。"哎，他们说你是混血，你是哪国混哪国啊？"

乐知时觉得这人有点不礼貌，但他还是认真回答："我妈妈是英国人。"

"哦，英国啊，小女生就喜欢你们这种混血长相。"学长说着类似夸奖的话，但表情有些不屑，"你跟南嘉很熟？你也是法学院的？"

见乐知时不想吭声，沈密接了话："是啊。学长你也是？"

"嗯，我是你俩亲学长。"他伸手，似乎想揽乐知时的肩，但沈密颇有些不识趣地站到了两个人中间，还笑着说："学长，那我以后有事是不是可以请教你啊？"

"可以啊。"学长瞥了他一眼，听到那头订好了桌子，就朝那边扬了扬下巴，"走呗，咱们法学院的坐一块儿去。"

乐知时并不喜欢这种擅自主张，他只想跟宋煜坐一块儿，但直接提出这个请求似乎显得他很幼稚，更何况这个局事实上和他关系不大，说难听点，他就是个蹭饭的，没有太多提出要求的资格。

人太多，他们分了两个大桌。就才犹豫了一下，他就被迫被带到了其中一个桌上，里面有一半的人是法学院的，另一半是电气工程学院和土木学院的。令乐知时唯一感到舒适的是，他左右两边分别是沈密和南嘉，不然他可能真的会直接逃走。

坐下来之后，乐知时就一直给宋煜发消息，然后抬头往他的方向看，但宋煜被身边一个男生牵绊住，一直找他问问题，似乎没有时间看手机。他把手伸进口袋里，握着宋煜给他的小石头。

等待上菜的期间，大家都在聊天，聊着聊着，其中一个男生突然举起手机说："哎，有人发朋友圈说宋煜学长回来是为了南嘉姐。"

然后很快，整个桌子上的男生都开始起哄，还有人转过身对另一桌的队友开玩笑，所有人都跟着闹起来。

沈密看了一眼乐知时，感觉他的表情比想象中还平静。

身处议论中心的南嘉一直试图阻止他们的打趣。"不是，你们别乱传好吧？我们俩谁都不知道对方要回来啊，纯属巧合。"

那个最先起哄的男生又开始咂舌："啧啧，这都开始我们俩了。"

"能不能不要断章取义啊？"南嘉正色道，"真的不要这样，毫无关系的事。你们真的太无聊了。"

乐知时现在是真的想出去了。不仅想自己出去，他还想带走宋煜。

那个有点为难乐知时的学长把起哄的男生摁下来。"吃你的饭，我看一会儿上酒堵不堵得住你这破嘴。"

空调温度很低，南嘉问乐知时冷不冷，在面试的时候她得知乐知时有严重的过敏症，体质比较弱，于是格外照顾。但这些表现在那个大块头学长看来都很刺眼。

酒比菜上得快，一大箱运了过来。乐知时抬头去看，宋煜被秦彦揽着，一言不发，也朝他这边扭头，两个人的视线正好碰上。两边都很吵，又隔了两张桌子，彼此都不知道对方桌上发生了什么。

乐知时对着他比了个"手机"的口型，但宋煜脸上有些困惑，眯了眯眼。

乐知时又比了一次，唇型夸张，有点可爱。宋煜好像理解了，低下头似乎在找手机。

"那什么，废话就不多说了，迎新大家痛痛快快喝就完了，今天一个都不许跑啊。"大块头学长一瓶瓶把酒开了，往其他人那儿递，一人一瓶的架势。

乐知时喝不了酒，特意跟他说："学长，我过敏，喝不了啤酒，不用给我开。"

"扯淡，十个说自己酒精过敏的九个都是假的。"大块头学长直接把手里这瓶强行递给乐知时，"拿着。"

南嘉有点不高兴了。"你干吗啊王志，说了过敏，不是开玩笑的。"

"喝一点不会怎么样的。"王志对着南嘉语气温和了点，但态度没变，"拿着啊，我跟你说跑不了的。"

乐知时手都不伸，局势很僵。沈密很会看眼色地接了过来。"那什么，学长我替他喝了得了，你看怎么样？我可以对瓶吹。"说完他真就直接开吹，一灌就是大半瓶，乐知时拉他都来不及。"不用你喝。"

沈密擦了擦嘴角的酒，把瓶子放在桌上，笑了笑。"学长，你看他就……"

"就什么就？你挺能的啊，才第一天就替别人逞英雄了。我答应了吗你就喝？"王志越说越拦不住，拿着一瓶新开的酒直接绕到乐知时身边，不顾南嘉和沈密的阻止，直接对乐知时说："你今天必须给我喝了，这是基本的礼貌，要尊重前辈们，知不知道？喝了就是条汉子，哥就佩服你。"

乐知时抬头看向王志，语气很平静，说的话很直接："但我不需要你佩服我。"

"你！"王志想直接去抓乐知时的手，准备强行让乐知时拿着酒，但很快，他的手就被另一个人抓住，很不客气地甩开来，没有让他碰到乐知时的手臂。

乐知时一抬头，看见了宋煜。光是看一眼他的表情，乐知时就知道他很生气。

王志对宋煜也一向看不顺眼。"怎么？你也来跟我作对啊。"

宋煜语气冷淡地说："他不能喝酒。"

王志气极反笑。"真逗，这是我们法学院的新生，我教我自己的学弟做人做事，你一个测绘的来凑什么热闹？"

宋煜讥笑一声，轻声念了句："学弟……"

他看向王志，眼神冷厉。"真不巧，你猜他是谁。"

王志脸色变了变，盯着宋煜那张比平时更冷漠的脸。

"我的弟弟，轮得到你来教？"

第二十四章
凌波栈道

就是因为很美，才想把第一次的经历留到你来的时候。

两个人差点打起来，乐知时想都没想直接站起来挡在宋煜前面，好在秦彦、沈密和其他男生及时拉住起冲突的两个人，才没真动起手来。

在篮球队这么久，宋煜一直都像个幽灵，如果没有秦彦，他可能永远都游离在众人之外，不说话也不社交，除了训练和比赛，与其他人再无交集。尽管冷漠，也从来没有和其他队员发生过冲突。

这次爆发太不像他的作风，所以很多人都觉得诧异。当然，更令人意想不到的是，这个备受秦彦照顾的混血学弟，竟然是宋煜的弟弟。

"好了好了，这才是第一天，不要伤了和气。"秦彦在中间调解，他拍了拍王志的肩，"志哥，人家小朋友说了不能喝酒真不是骗你的。你是不知道，以前我们一个高中的，乐乐开学典礼上过敏发病，差点休克，可吓人了，得亏他哥在才捡回一条小命。你说本来咱们吃饭是图个开心，万一真弄出点事，算谁的啊？"

他这一番话绵里藏针，明里暗里提点王志，转头又对其他队员说："今天的酒我一个人买单，请大家喝，想喝多少喝多少，不想喝的也不用硬撑，我一会儿叫服务生拿点可乐雪碧，大家好好吃。"

"买什么可乐？"南嘉瞥了他一眼，脸上的表情带着点置气的意思，"我之前买的奶茶没人要喝是吗？都这么喜欢喝酒，那以后我再也不给大家带奶茶了，白费心思还没人领情。"

王志的脸色变了变，本来梗着的那张脸此刻更是不舒服，但又似乎想开口说点什么。其他男生听了，更是立刻说"怎么会呢，我就爱喝奶茶，不爱喝酒"这样的话。

"我真的很不喜欢男生在饭桌上劝酒，无论是劝男生还是女生，都是违背他人意愿的。"南嘉看向王志，"你也是学法的，应该知道有多少民事纠纷都是喝酒喝出来的吧。"

尽管不情愿，但南嘉都这么说了，王志还是有些烦躁地让了步。"行行行，都是我找事。"

"好了好了，咱们就当作什么事都没发生吧。"秦彦看了眼沈密，笑起来，"你们看小沈都上头了，吹了大半瓶脸通红。"

秦彦一边说场面话圆气氛，一边拿手攥着宋煜的胳膊，像是生怕他甩脸色跑掉似的，也给宋煜递眼神。"别气了别气了。"

宋煜还是冷着一张脸，懒得和他们多说一句话，瞥了乐知时一眼，说："坐我旁边去。"

"嗯。"刚刚还惊魂未定，生怕哥哥跟这个王志打起来，这一刻乐知时又开心起来，心满意足地跟在宋煜后头。原本坐在宋煜旁边的那个问题很多的学弟，一听说可以换到南嘉学姐身边，疯狂傻笑，简直求之不得。

"果然学长再有魅力也比不过学姐啊。"秦彦坐下来感叹，看到乐知时，又忍不住笑，"乐乐一过来整个人都活了，在那边的时候我瞟了你几眼，跟被人抽了筋似的。"

"我想跟你们坐一起。"乐知时有一点不诚实，其实他就是想和宋煜坐一起，所以他又很快转移话题，试图减轻自己说谎的罪恶感，"秦彦学长，你们点了什么？我想吃烤青椒。"

"点了，都是你爱吃的。"秦彦瞅了瞅一言不发的宋煜，趴在桌上对乐知时说，"你多大面子啊，你哥来球队这么多次，就几乎没来聚过餐，还不是因为你在才来的。这也是头一回点菜，平常就是个甩手掌柜，啥也不管的。"

说完他又看向宋煜。"嘻，甭跟王志置气，他那个浑不吝出去了迟早惹事，没必要跟他掰扯，传出去不好听。"劝完他又拿肩膀轻轻碰了下宋煜，笑嘻嘻说，"别人生气我不气，气坏身子无人替。"

原以为宋煜不会搭理，谁知他竟来了句："是吗？那我前脚刚走，是谁立马找了个替我的？"

"哎，你这小气劲。"秦彦笑得不行，"乐乐你看看你哥！快给我主持一下公道！"

乐知时原本咬着筷子头，听了也跟着笑起来，望着宋煜的侧脸，说："谁让你要走的。"

宋煜扭头，不大高兴地看了乐知时一眼。乐知时立刻抬手摸摸他的手臂，一副讨好的小表情小声说"错啦错啦"，哄了两下，宋煜这才扭回头，闷不作声地喝了一口白开水。

烧烤一份接着一份上上来，孜然、辣椒的气味很能勾起食欲，乐知时拿起铁扦子穿成的串，全用筷子撸到碗里，把扦子放到一边，然后自己拿筷子慢慢吃。

"你们这次野外作业怎么样啊？"秦彦边吃边聊，"我听说你们还睡了帐篷，真的假的？"

"嗯。"宋煜说去的那个山区地势特殊，村子都在山下，人烟稀少。

"你应该去学个攀岩啊野外求生啥的，万一有个好歹……"秦彦的玩笑话没有说完，就被宋煜拿手肘撞了撞，后头的话都撞回了肚子里。秦彦一开始还以为宋煜开不起玩笑，但很快反应过来，隔着宋煜瞅了眼乐知时。

宋煜也看过去，好在乐知时吃饭的时候是真的很认真，好像正在和一个烤鸡爪较劲，没有听见秦彦的话。

秦彦转了话题，声音大了点。"火日立你不仗义，外出作业也算出远门吧，都不给我带点特产啥的。"

吃完鸡爪的乐知时正巧听见秦彦的话，问道："他没给你带礼物吗？"

宋煜扭头瞥了眼乐知时，像是在告诫他不要说，但乐知时完全没有在意宋煜的想法，只顾着向秦彦炫耀："哥哥给我带了。"

"果然，不能跟死弟控做朋友。"秦彦吐槽。

说着乐知时万分积极地从口袋里摸出那块小石头，伸长手臂隔着宋煜递给秦彦。"你看！"

秦彦看到石头的第一瞬间就扑哧一下笑了出来，甚至都没拿手接。"这什么啊，我以为是啥好东西呢，就给你捡了个黑不溜秋的石头回来。"

"不是的！"乐知时对秦彦的说法很不满，想跟他解释，但隔在他们之中的宋煜把乐知时的手拽过去。乐知时十分倔强，被扯开之后又从后面包抄，强行拽着秦彦给他看另一面。"学长你看这边，外面看起来很普通，但是里面很漂亮。"

"啊……"秦彦这下才看见，"里头是蓝色的欸。"不过他的新奇也不过几秒，"可这不还是石头嘛。"

乐知时感觉自己说不过秦彦，明明就是很珍贵的石头，秦彦却不当一回事。

发觉乐知时的失落，宋煜扭头，假装不经意地对秦彦说道："这是绿松石。"

秦彦也是有家底的，看原料看不出，一听名字自然就知道了。"真的假的，绿松石？这个市价多少？"

宋煜淡淡道："高瓷高蓝的几千块一克，这块高瓷天蓝，你自己估吧。"

"×。"秦彦立刻变了脸，"煜哥你厉害啊，捡石头都能发家了，还有吗？给我来点，那块太小了，有没有西瓜大小的？"

宋煜不再搭理他，自己默默吃饭。

"原来这么贵啊。"乐知时靠宋煜很近，几乎要贴上他手臂，"你真的是捡的吗？"

"不然呢？"宋煜给他夹了一筷子烤青椒，"别看了，吃饭。"

乐知时乖乖听了话，一顿饭吃下来，他发现其实大部分的队员人都不错，说话也很幽默风趣。

不过大家对乐知时的外表和他与宋煜的兄弟关系多少都有些好奇，这都是人之常情，乐知时也习惯了。

他不习惯的是宋煜现在会开始解释，说他们不是亲兄弟，没有血缘关系。他以前几乎不会这么说，无所谓其他人怎么理解，只要不会提及乐知时离世的父母。

所以现在听到宋煜亲口承认，乐知时感觉有些陌生，不是为他们不是亲生兄弟而惋惜，而是说不出的一种情绪。

仿佛宋煜一面公开承认他们的关系，又在默默抵触兄弟这个定义，很矛盾。

局散了，大家都各回各的宿舍，南嘉说沈密好像是醉了，提出跟另一个法学院的男生一起送他回去。

"南嘉跟那个新来的沈密说不定有戏哎。"秦彦八卦地开着玩笑，"我感觉他们看着还蛮般配的。"

乐知时想，可能并不是这样。

"有戏就好了。"宋煜的声音很低，说这句话的时候有点含糊。

"你说什么？"

"没什么。"

乐知时跟着秦彦和宋煜溜达，校园很大，他们就这么漫无目的地瞎转。

"你女朋友呢？"

宋煜已经是第三次问这个问题了。

"你怎么一直关心我老婆啊？"秦彦完全没有领会到宋煜的意思，"她今天去隔壁找闺密玩了，把我一个人孤苦伶仃地丢下了。"

假模假式地抽泣了几下，秦彦又揽住宋煜的肩说道："善良如我，哪怕被你放了这么多年的鸽子，都不会抛弃你，还有你可爱的弟弟。"

乐知时很直接地说："我可以不用你陪的，秦彦学长。"

"你这孩子咋回事？"秦彦气笑了，吓唬他，"我给你把小石头卖了啊。"

三个人快走到靠近东湖的侧门，起了阵风，潮湿的空气扑在脸上。秦彦突然接到一个电话，像是他女朋友的，乐知时发现他平时虽然痞里痞气很爱开玩笑，但每次跟女朋友说话都特别温柔，细声细语的。

"啊，你去了吗？你别自己过去，等着我啊，你一个人会被欺负的，行，我马上到。"

看秦彦挂了电话，宋煜抬了抬眉。"怎么？你女朋友去斗殴了？"

"开什么玩笑。"秦彦装好手机，"她要考研了不想在宿舍住，我这不也想着实习面试吗？就说在外面租个房子，这样也方便。"

乐知时非常好奇。"你们要住一起吗？"

"那是，不然我俩一人租一间啊。"秦彦笑了，"她刚刚说她回来的路上约了看房，之前在网上看好了的，我现在去陪她。对不起了小宋同志，这次终于轮到哥们我鸽你了。"

宋煜求之不得，顺道问了一句："哪个小区？房子好吗？"

"还凑合，一个 loft（有阁楼的小户型），上下两层，看着挺温馨的。主要是她喜欢落地窗，可以看看湖。"

秦彦走之前宋煜又说："拍个视频，我回头看看。"

"你也要出去住啊？"秦彦说，"你不是已经保研了，差不多都定下来了吧。"

乐知时有些惊讶，这些事宋煜都没跟他说过。

"随便看看。"宋煜没说太多，匆匆打发他走了。

一下子只剩下他们两个人，乐知时想说话，宋煜的眼神往远处望了望，说："去那边吧，你应该还没来过。"

乐知时的注意力果然被转移了，他看向宋煜说的那个方向，人还不少，来来往往的。"那是哪里？"

"凌波门。"

宋煜带着乐知时过去，一出去，视野内便是一大片微波荡漾的湖水，豁然开朗。天色已经黑了下来，日头落尽了，只剩下暗蓝色的、与湖水接连的天空。

凌波门外的这片湖上有许多窄而迂回的栈桥，交错在湖面上。乐知时几乎是一瞬间就明白为什么这里要叫凌波门，涨起的湖水离栈桥的桥面也只有几十厘米，许多学生和游人在栈桥上站着，仿佛真的行于水面，凌波微步。

"我们也上去吧。"他拉着宋煜的手腕跑过去，才发现栈桥比想象中还要窄，大约只有半米宽，细细长长。栈桥石廊也没有任何扶栏，支撑点是许多根扎入湖水的石柱，每隔半米一根，撑起宛转迂回的栈道。

乐知时第一次走，还有些战战兢兢，生怕自己掉下去，两只手臂不自觉伸开保持平衡，他一边往前，一边频频回头说道："我不会掉下去吧，我好久没有游泳了，这个球衣我才穿了一次。"

果然是惜命。宋煜嫌他吵闹，抓住了他的手。"掉不下去。"

他们就这样一前一后，牵着手往湖的深处走去，在某一个转角，乐知时停了下来，说："我想坐在这里。"

和许多在凌波门的人一样，他们就地在栈桥上坐了下来。天又沉了些许，暗蓝色变得更浓，九月的风掺着湖水的湿润气味，柔柔地扑在脸上，遥远的湖对岸亮起了灯，灯火璀璨温柔。

乐知时晃荡了一下腿，又往宋煜那边挪了挪，问道："哥哥，你以前是不是经常来？"

宋煜望着远方，摇了摇头。"我只在岸上的长椅上坐过，第一次上栈桥来。"

乐知时觉得不可思议。"这里这么漂亮，你为什么不上来？"

就是因为很美，才想把第一次的经历留到你来的时候。

不只是凌波门的栈桥，还有每周五会放映露天电影的梅园小操场，早春时节樱花烂漫的樱顶，映着远山中灿金银杏海的老斋舍拱门，到了冬天会被皑皑白雪覆盖的行政楼操场……

太多地方，宋煜都一个人默默走过，但从不停留，仿佛多停一会儿，下次陪乐知时来看，就不那么好看了。

哪怕他觉得乐知时不一定会来这所学校。

宋煜沉默了片刻，随便找了个理由搪塞他的提问："因为我不想坐在地上，太脏了。"

乐知时觉得很好笑，虽然这符合一个洁癖的画风。"那你现在不是也坐上来了吗？有什么区别？"

"区别就是你在这儿。"宋煜看向他，一本正经地说，"我要是不上来，万一你掉下去我怎么跟我妈交代？"

说得也有道理。

"好吧。"乐知时晃荡着他的长腿，正要说话，隔了几米地方的一个男生直接从栈道跳了下去，溅了乐知时一身的水，也吓了他一跳，他立刻想起来，又被宋煜给拽住。

"很正常。"宋煜还拉着他的手，"你看下面还有不少人在游泳。"

乐知时这才发现，果然在不远处的湖里有一拨人在游泳，玩得很开心的样子。

"夏天的时候还有跳东湖的活动，各种方式往下跳。"宋煜凝视着湖面，像是在回忆，"有的骑着自行车直接下去，有的会带一个跳板，还有情侣抱着一起跳。"

在灯火的微光里，乐知时望着宋煜的侧脸，感觉他说话很温柔，放空的眼神也是，仿佛这些他都亲眼见过，来过这里很多次，看到过形形色色的人。

他好奇宋煜是自己来的，还是和别人一起来的。但乐知时一旦想象那个画面，想到宋煜独自一人坐在岸边长椅的样子，就觉得很难过。他不太能接受宋煜形单影只的落寞样子，会替宋煜感到难过。

但乐知时仿佛更加无法想象宋煜和别人一起来，一起坐在那个长椅上，他会替自己感到难过。

这样矛盾的情绪像是慢性作用的药物，一点点侵蚀着乐知时的心。起初他感觉不到，但渐渐地，这些感觉越来越强烈，时不时就会发作，让他没来由地陷入消极的幻想中。

"这里有时候可以坐船。"宋煜开口打断了他的思绪，"下次可以碰碰运气。"

"嗯。"乐知时应了一声，"在这里看夕阳肯定很好看，是吧。下次我们一起来看夕阳好吗？你不忙的时候。"

宋煜点了点头。

他想到秦彦租房的事，于是随口说了一句："我也很喜欢看湖，这里风景真好。"

"我们家虽然很大，但是只能看到小区的绿化，能从阳台看到湖应该很棒吧。"

想象一下就觉得很满意，乐知时四处打量，发现在刚刚有人跳湖的那个栈桥拐角又上来了新的人，也是两个男生，不过他们靠得比宋煜和他还要近，头和头几乎重叠在一起。

乐知时有些好奇，于是多望了一会儿，一瞬间，他的眼睛惊讶地睁大了些许。

这让他的心里涌现出一种道不明的情绪。视线所及之处，右边的男生做出一个大胆的举动，在他的脸上泛起可爱的笑。

天完全黑下来了，湖面波光粼粼，那些隐秘的情感被风吹散，散落在这些闪光的碎片里，溶进湖水中。

"在看什么？"宋煜下意识往乐知时视线方向望去，也发现了那一对，但他没多说话。

乐知时把脸转过来，垂着头，手掌撑着栈道的石面，不安地晃了晃悬着的腿。"没什么。"

虽然这么说了，但乐知时依旧不习惯对宋煜藏着掖着。于是过了两秒，他转过脸问宋煜："你看到了吗？"

宋煜不像他想象的那么讶异，一脸平静地说："嗯。"

湖水很沉默，日头都落尽了。晚风吹在身上，稍稍有些凉。乐知时陷入沉思，一时间有些出不来。

见乐知时不说话，宋煜想着要不要说点别的，但没想到，乐知时竟然抬头问他："哥哥，你会觉得奇怪吗？"

说话的时候，乐知时撑着栈道的手跟着动了动，指尖碰到了宋煜的，有些凉。宋煜看着乐知时，又装作漫不经心的撇开了眼，语气平淡地说："有什么奇怪的？和我们有什么关系。"

他仿佛不是反问，只是简单的陈述。

"所以你觉得可以接受？"

面对乐知时的提问，宋煜陷入一种僵局。他不想给出任何引导，但也不想说出违心的话。

"轮不到我接不接受，这是别人自己的事。"

这样的话听起来似乎太冷酷，于是宋煜又补充了一句："只要是真心喜欢，都没有错。"

"对啊。"乐知时轻声附和，像是在自我说服。

宋煜发现自己的心真的很硬。

他们之间的关系就像一触即破的泡沫，乐知时可以肆无忌惮，但他必须小心翼翼，承担所有后果。

他希望自己真的是一块顽石。

风凉下来，乐知时紧贴着宋煜的手臂，像是企图从宋煜身上获取一些温暖，他又闻到宋煜身上好闻的味道了。

不知道从什么时候开始，乐知时想拥抱宋煜，在得知他曾经有过那么多自己不曾参与的记忆时，乐知时会觉得无力。

他像是生了场大病，原以为自己可以不求回报地追逐一个人，但他其实没那么伟大。

他需要回报，需要一个完完整整只属于自己的宋煜。

这种有些病态的占有欲就快把乐知时的心吞噬了。

他无法再继续刚才的话题，于是吸了吸鼻子，换了一个新的。

"哥哥，下次外出作业是什么时候？"乐知时问。

宋煜说不太清楚，乐知时又问自己是不是可以跟去，宋煜拒绝了。"有点危险。"

乐知时很懂事地妥协了。"那你会给我带石头的吧。"

他侧过脸看向宋煜。"只给我一个人带。"

"会给你带。"宋煜给了他确切的承诺，"但这些石头也没有用，你不研究这些，其实对你来说没什么意义。"

"那送给别人会更有意义吗？"

面对乐知时突如其来的发问，宋煜皱了皱眉，问："为什么要这么说？"

乐知时一时语塞，没有给他答案。

他忽然很缺乏安全感，在各个方面。害怕出现那么一个让宋煜更在意的人，然后就没有他的位置，更害怕宋煜某一天突然消失，从此再也不回来。

"我就是不想你给其他人，不给可以吗？"

宋煜敏锐地察觉到乐知时的变化，很快心软了，他抬起手，轻轻摸了摸乐知时的发顶，说："可以的。"

他不想让乐知时失望。"我会尽可能给你找不同的纪念品，可能不是每次都这么值钱，你别抱太高期待。"

乐知时拿出他送的绿松石，低头凝视着那个散发着瓷光的蓝色切面。"好啊。不管你给我什么，我都很开心。"

这些跋山涉水的礼物，他都会好好保管。

"为什么？"宋煜忽然想问，于是脱口而出。

这一次乐知时很坦诚。"因为知道你回来的时候会给我礼物，我就会比较容易接受你走。"

听到他的这句话，宋煜才忽然明白过来。

原来乐知时听到饭桌上秦彦说的话了，那个让他学习攀岩以备不测的玩笑话。他只是装作没有听到，假装自己在认真吃饭，不想让他们在饭桌上因他尴尬。

他也忽然发觉，其实很多时候，乐知时并不像他想的那样迟钝，那样好骗。

他早就不是那个什么都不懂的孩子了。

"哥哥，"他的声音低了下来，"你可以去很远的地方，或者很危险的地方，如果你真的喜欢。"

乐知时的手攥得很紧，他其实不是非要纪念品不可，他没有那么幼稚，哪怕出现会让石头变得更有意义的接收者，也没关系。

"但你不要忘记，我还在等着你的礼物。"

乐知时只是想要宋煜的一个承诺，一个习惯。让他时时刻刻记得保护自己，有人在等他。

他看向宋煜，湖畔的风吹开他的额发，露出漂亮的眉眼，他开口，语气是很罕见的平静。

"我那时候太小了，没有挽留的能力，他们一去不回，我也只能被迫接受。但现在我长大了，我不想接受类似的事了。"

乐知时说："不要离开我，不要留下我一个人。"

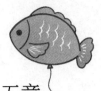

第二十五章
稻草与刀

又或许是他真的无路可走，所以慌不择路地选择了南嘉，
希望可以从她身上获取一根救命稻草，或者一把断绝念头的刀。

　　宋煜还是没有忍住，拥抱了乐知时，但他克制住只用很轻很轻的力气，让这个拥抱看起来更像是安慰，而非占有。

　　"不会的。"宋煜的声音有些哑，"不会再有这样的事发生了。"宋煜已经足够聪明，但他弄不懂应该怎么让乐知时明白他其实非常在乎乐知时，其实一点也不想离开乐知时。他的感情就像是冰山一角，能展露给乐知时的永远只有万分之一，这样才能足够接近一个兄长的正常表现。

　　但现在他越来越难平衡情感上的输出，想让乐知时知晓自身的重要性，但又不愿把真正的欲求展露给乐知时，借着乐知时对他的信任和依赖，满足自己狭隘的占有欲。

　　"答应过你的事，我都会做到。"

　　乐知时很安静地被他抱着，没有掉眼泪，也没有回应，比湖水还要沉默。宋煜因此而感到些许不安，仿佛乐知时认为他说的话并没有效力，乐知时也不会再像小时候那样反复询问："真的吗？你保证。"

　　他有些害怕乐知时长大了，并不需要他的承诺了。

　　但乐知时最后还是抬起了手，轻轻抓住宋煜后腰的衣服布料，这又给宋煜一些安慰。尽管在这个相拥结束的时候，衣服上的褶皱也随之消失，没有留下什么证明。

感觉乐知时的胳膊有些凉，宋煜提出送他回去。站在栈道上的他们如履薄冰，手却可以紧紧地相握，一旦回到岸边，又回到安全距离。

站在宿舍楼下的时候，乐知时已经恢复过来，仿佛已经忘记了刚才的话题，他又开始对着宋煜笑了。"如果你去球队训练，可以提前告诉我，我想和你一起训练。"

宋煜点头同意，然后抬手碰了碰乐知时的脸，最后将手放在他的后颈上。

宋煜没有说话，乐知时不知怎么的，仿佛动不了似的，就这样静静地和他待了一会儿，直到宋煜先开了口，让他回去休息。

于是乐知时独自回到宿舍楼，走到四层，乐知时忽然听见有人叫他的名字，一抬头发现是沈密，就站在楼道的窗边。

"你怎么在这儿？"乐知时想到他喝醉了，又问，"你还好吗？"

沈密笑起来，先回答了第二个问题："没那么夸张，我只是有点上脸，其实没有醉。"他很快又说："我回去之后给你发消息，看你没回，就自己过来串楼了，等了一会儿你也没回来，正准备走。没想到你正好回来了。"

乐知时也露出一个笑。"对，我跟我哥在学校逛了逛。"

"我知道。"沈密脱口而出。

乐知时本来想问沈密有没有事，但这样的问法不好，他又提出邀请："你还想不想上去坐坐？"

沈密一反常态地拒绝了。"不用，不早了，你快休息吧。我也只是过来看看你，怕你因为今晚的事不高兴。"他又安慰道，"别为那种人不开心，没必要。"

乐知时点头。"我知道啊，你放心。"乐知时站在楼道看沈密走，一直等他走到楼下，从窗户那儿看见他的背影进入隔壁楼。

那种缺乏安全感的情绪仍旧笼罩着乐知时。以往他得到宋煜的保证之后，这种症状就会减轻，但这次似乎并没有。宋煜明明给出承诺了，但对他一点帮助都没有。

乐知时觉得很无助。

但宋煜答应过的事的确都做到了，包括带着乐知时训练，尽管他真的很忙，每周也至少陪着乐知时练两次。有一次他来的时候还戴着眼镜，通常宋煜会把眼镜留在实验室的工位上，防止丢失，因为他只有学习和工作的时候才会戴。但那次他自己都没有意识到，并且还穿着不适合打球的白衬衫。

那个时候，乐知时正在投一个三分球，他所在的场子正对着篮球馆大门，所以看到宋煜进来的时候，他算准了一定会进的球一下子就偏了，很荒唐地变成"三不沾"。

乐知时觉得有些丢脸，但宋煜穿着白衬衫戴着眼镜的样子又很好看，两种情绪一冲，他就忘了自己在干什么，只是傻傻地对宋煜说："你戴眼镜打球，会不会掉下来啊？"很快他觉得自己的问题很傻，又补充说，"应该不会，你鼻子很高。"

宋煜抬手摸了摸眼镜，这才发现哪里不对，他没说自己是从临时会议过来的，只说戴着眼镜看得更清楚点，就没摘。

他总是这样，用不大不小的谎去掩盖自以为不痛不痒的心思，反正乐知时分辨不出。

训练的时候总免不了会遇到沈密。一开始宋煜对沈密有着很大的偏见，但相处下来，他发现沈密是真的很想和乐知时做朋友，对乐知时也是真心付出，这个年纪的小孩子对朋友多少会有些占有欲，也算正常。

有几次宋煜从后面环抱住乐知时，教他投球，沈密看到的时候手上的动作会顿一顿，之后又当作无事发生那样，继续和其他人一起训练。

除他之外的其他人，更不会因为宋煜和乐知时关系近而奇怪，因为大家默认他们是一起长大的兄弟。

篮球馆的人不会开乐知时和宋煜的玩笑，但还是改不了议论宋煜和南嘉的老毛病，哪怕每次南嘉都会严肃拒绝，宋煜也会直接不给脸面地离开。乐知时有时候也很好奇，究竟大家是觉得他们哪里很相配。

他思考的时候，会去看南嘉。她很漂亮，明明长着一张矜贵的脸，却一点架子也没有。温柔的时候让人如沐春风，强硬的时候会让人信服，而不是反感。有时候她和宋煜会不经意站到一起，画面的确很好看。

经过一番思考和观察，乐知时似乎也渐渐相信这个事实。

他们的确是很相衬的。

他最近的心情就像是九月摸不准的天气，前一天热到穿短袖，第二天就突然降温，打得人措手不及。

乐知时两次都穿错衣服，上完课跑回宿舍加外套，一来二去，有点感冒。

像是陷入恶性循环一样，感冒又加重了他情绪上的低气压。

明明离凌波门夜聊都过去两周了，他还是没什么长进。

下午的专业课开始得比较晚，乐知时被总队的学长们拉到食堂一起吃午饭，宋煜、秦彦和南嘉都不在，所以他坐到沈密的旁边，左手边是另一个开朗的学长。他们聊天的时候会说 NBA 球赛和其他学院的八卦，乐知时有些走神，下午的专业课很难，他前几节就有点掉进度，最可怕的是教授还不给课件，他想着吃完饭买杯咖啡，听课的时候精神一点。

"哎，乐乐，问你个问题。"

旁边学长的话打断了乐知时的忧虑，他抬起头，认真看着学长的脸。"嗯，什么问题？"

"你哥以前真的没有谈过恋爱吗？"他的表情很好奇，"他这样的男生应该很多人追吧。"

"没有谈过。"乐知时回答，"他好像不是很感兴趣。"

坐在对面的学长笑起来。"关键一般上高中的时候早恋也不会告诉弟弟吧。"

"你说得也对啊。"

乐知时摇头。"他真的没有。他身边从来没有走得近的女生。"

"是吗？大学霸的世界我们是真的不懂，听说他高考分贼高，跑去学测绘这种坚苦专业也是绝了。"

"他很喜欢这个专业。"乐知时又强调说，"他喜欢就很好。"

"你对你哥真不错，我要是有你这么个弟弟就好了，带出去都贼拉风。"学长笑起来，还给乐知时夹了一筷子自己的铁板鱿鱼拌面，"多吃点。"

乐知时不好说自己不能吃，沈密倒是手快，趁学长不注意，直接把面从他碗里夹走了。

"哎，那我再问你一个问题。"学长又转过头，看向乐知时，"你想过以后有个什么样的嫂子吗？"

其他几个男生都不约而同地笑起来，笑的样子有些奇怪。

乐知时摇头。"没有。"

"真的假的？"斜对角一个学长笑道，"我哥每次带女朋友回家，我都多看几眼。"

"啧啧，老张原来你是这种人！"

"哎，谁不喜欢嫂子啊！"

"别带坏学弟好吧。"坐在对面的学长看向乐知时,"你真没想过啊,那假如……"他思考了一下,像是想到一个不错的选项,"我打个比方啊,如果是南嘉学姐当你的嫂子,你高兴吗?"

乐知时沉默地看着他,半天也没有回答,然后突然咳嗽起来,越咳越厉害,一时间停不下来。

"学长,你们好八卦啊。"沈密开了口,"南嘉学姐知道了又要生气了。"

"开玩笑嘛,光吃饭好无聊啊。"

"这种绯闻最好不要成真,宋煜这种敌人太强大了,不是他我就还有机会。"

"你梦里的机会吧!"

乐知时的胃有点难受,手心出了层薄汗,像是情绪突变的应激反应。从小医生就告诉他,哪怕是过敏性哮喘,也要注意情绪,少生病,保持乐观,这样才可以最大程度降低发病的风险。他是个听话的孩子,一直都是这么要求自己的。

但他现在越来越难控制自己的情绪,就像发病时控制不住呼吸。

吃完饭,沈密说要去取快递,让乐知时陪他一下,乐知时当然没有拒绝,他们就这样和学长们分开。但沈密其实并没有快递可取,他带着乐知时进了便利店,给乐知时买了杯热奶茶。

"请你喝这个,她们说好喝。"沈密说。

乐知时说:"谢谢,你总是请我吃东西。"

沈密笑了笑。"你吃东西的样子会让人心情变好。"

乐知时又说了谢谢,两个人坐在高脚椅上喝奶茶,沈密聊了很多他最近遇到的有趣的事,乐知时沉默地听,偶尔被他逗笑。离开便利店后,乐知时问沈密:"你觉得南嘉学姐和我哥配吗?"

沈密盯着他看了两秒,然后笑出来。"这可不是我说了算的。"

"那谁说了算?"

"谁说了都不算吧。"沈密笑了笑,"我还说我和你是最好的朋友呢,不都是动动嘴皮子的事。"

乐知时沉默了,过一会儿他说:"你是我的好朋友。"

沈密没有对这句话给予评价和回答,但他一路把乐知时送到教室门口,又拍了拍乐知时的肩。"乐乐,别想些有的没的,把自己绕进去了。开心一点。"

沈密说的话总是很有道理,但乐知时也总是听不进去。

专业课开始之前，乐知时坐在阶梯教室又把之前的笔记看了一遍，他不想掉队，学习的时候也会让他更专注，情绪更平静。快上课了，进来越来越多的同学，乐知时都没感觉，直到上课敲铃，他才回神抬头。

但站在讲台上的并不是那个很难搞的老教授，而是南嘉。

话筒里南嘉的声音比平时要稍微严肃一些。"今天王教授参加一个研讨会，没有办法来上课，我是他的助教南嘉，这节课我会带着大家看一些实际案例，顺便回顾一下之前老师讲过的其他内容。你们也可以当今天是一堂复习加答疑课。"

她看了看手里的花名册，最后还是放下。"我就不点名了，大家应该都挺自觉的吧。"

一个男生开玩笑道："幸好今天来了，赚翻了。"

所有人都笑起来，包括乐知时。

他发现自己无论如何都对南嘉讨厌不起来。

南嘉的专业成绩一直名列前茅，能力很强，帮助他们把前面的课程内容梳理了一遍，逻辑串联得很完整。乐知时感觉自己之前没理解的部分都疏通了，一些很难记忆的点也能很好地消化。

一节大课讲下来，南嘉一直面带笑容，很多学生走的时候都跟她打招呼，她也一一回应。乐知时收拾了书包走过去，喊道："学姐。"

"怎么样，看到我是不是很意外？"南嘉拔掉U盘，跟他一起出去，"怎么你精神不太好的样子，我请你喝咖啡吧，这层楼转角有一个自助咖啡机，味道还不错，你喝过吗？"

乐知时摇头，又说这门课有点难，而且他有点感冒，才会精神不济。

"啊，我当时上这门课也是，经常云里雾里的。"她小声对乐知时说，"这个教授自己很厉害，讲课不太行。不过我这里有他之前的课件，虽然有些改动，但也差不多，你需要吗？"

"嗯！"乐知时开心起来，又抱怨道，"他现在都不给课件了。"

南嘉领着他到了转角的自助咖啡机处，给他买了一杯焦糖玛奇朵，说是这款最好喝，有很浓的坚果味。

"这次没时间，下次我带你去喝现磨咖啡。"

正说着，旁边走过来一个女孩，大老远就喊着南嘉的名字。"你怎么在这儿？"

南嘉回头。"玥玥。"南嘉朝她举了举手里的咖啡杯,"我助教课刚结束,跟学弟一起喝咖啡提提神。你中午说宿舍漏水,解决了吗?"

　　乐知时看向那个叫玥玥的学姐,猜到她们是室友关系,仿佛很亲密的样子。她走过来,也对乐知时亲切地打招呼:"我知道你,乐知时是吗?你是宋煜的弟弟。"

　　"学姐好。"

　　"你好你好,你可太有名了,一进来就成了我们法学院的院草了,超多人讨论你的。"她性格开朗,说话的时候都眉飞色舞的。

　　乐知时不好意思地摇头,不知道怎么接话。

　　玥玥盯着乐知时,又看向南嘉,冲他使个眼色。"哎,你跟宋煜的弟弟关系这么好,是不是有所图啊?"

　　南嘉皱眉。"你在乱说什么?八竿子打不着的事。"

　　"你矜持什么啊,真是的。"她又冲着乐知时笑,"告诉你一个秘密,你南嘉学姐大一入学就喜欢你哥哥。"

　　乐知时的心有点钝痛,他张了张嘴,想说点什么,可对方又抢先说了一句。

　　"你帮帮你学姐呗。"

　　没等乐知时反应过来,南嘉找了个借口和她室友分别,拉着乐知时走了。

　　他们从教学楼出来,在后面的小花园长椅上坐了下来。其间南嘉一直对乐知时说:"我室友是个比较大大咧咧的女孩,她说的话你不要当真,都是玩笑话。"

　　乐知时手里的咖啡凉了一点,可以入口了。

　　他没喝太多,但咖啡因作用来得比想象中快,他感觉手指都有点发抖。也不知道是不是又穿少了,乐知时有些冷。

　　南嘉说自己总是免不了被开玩笑,不光是宋煜,还有其他人,她说着又笑起来。"还有人开我和你的玩笑呢,是不是很好笑?"

　　她解释的样子好像坐实了他们的话。

　　乐知时抬眼,看向南嘉。"学姐,你真的喜欢我哥吗?"

　　南嘉静了静,然后坐到乐知时的身边,她低头看着杯子里的咖啡,过了好一会儿才开口:"是,我大一的时候就喜欢他。但是……"

她抬头，看向乐知时。"乐乐，我不需要你帮我。"

乐知时皱了皱眉。"真的吗？"他甚至控制不住地给了南嘉一个笑容，说出他自己都觉得很虚伪的话，"我可以帮你啊。我以前就帮人给他递情书，应付那些加不到他好友转头来找我的女生，这没什么。"

他想说"如果是你，我也更乐意一点"，但最后还是说不出口。

他发现自己现在甚至有点喜欢这种自我伤害的感觉了，仿佛他再痛苦一点，就不会这么迷茫。

南嘉偏了偏头，也对乐知时笑了笑。"我说不需要的原因，是我现在处在一个慢慢放弃的阶段。不过本身之前也是单方面暗恋，除开我自己的情绪成本，其实我也没有实际付出过什么。就是自己喜欢上，再自己放弃，从头到尾也不会影响到宋煜和其他人。"

乐知时有些不能理解。"放弃？"

他觉得放弃宋煜简直是世界上最难的事。

"你真的可以放弃他吗？"

南嘉看着他的眼睛，语气轻松地说："放弃是不是听起来就挺没出息的？但其实，我做这样的决定是有自己的考虑的。"

她的手指轻轻敲击着纸杯的杯壁。"我觉得，有两点指标可以衡量要不要放弃一个人：第一，他有多大可能性接受我？第二，我对他的喜欢，值不值得我去付出大量的时间和情感去勉强？"

看出乐知时有点迷惘，南嘉笑着解释："先说第一点吧，我明显能感觉到宋煜不喜欢我，是完全没兴趣的那种，光是这一点可能就已经很难。那么我就要考虑到第二点，我是喜欢他没有错，但这种喜欢真的值得我消耗精力放弃生活，像偶像剧里演的那样奋不顾身去追求他吗？这样他就会爱上我，给我回应吗？"

起风了，一片叶子落到南嘉的长裙上，但她没有拂去。"你知道，很多人觉得女孩子一旦爱上一个人，就会丧失心智，喜欢到放弃自我。但我好像做不到这一点，我有太多的目标，太多想做的事了。"

"所以你觉得一件事没有太多希望，就可以选择放弃，是吗？"乐知时问。

"不是的。与其这么说，不如说我在他和我自己之间，选择了我自己。"南嘉看向他，"比起喜欢他，我更爱我自己。我不想放弃我自己，所以我要放弃宋煜了。"

乐知时发觉南嘉真的很清醒，某种程度上和宋煜很像，但比宋煜还心无旁骛。

"南嘉学姐，你真厉害。"他的语气里有些羡慕，又很真诚，"可以这么理智地做决定。"

南嘉苦笑了一下。"谁想在感情方面保持理智呢，还不是因为没有得到偏爱。"

她抿了一口咖啡。"其实我隐隐感觉宋煜是有喜欢的人的，可能是某种不靠谱的直觉吧。"

这句话让乐知时有些难受起来，他的手撑着长椅，鼻子有些堵，仿佛感冒忽然加重了似的。他伪装出一副好奇的模样，轻声问道："是吗？你觉得是谁啊？"

"你都不知道，我当然也不知道啦。"南嘉笑了，但只是一会儿，她脸上的笑容就渐渐敛去，"我只是觉得，很多时候宋煜做一些事都是在转移注意力，比如我之前说的投篮。他有时候会发呆，像是在想谁，女生很敏感的，都能感觉得到。"

乐知时的心情变得很复杂，当南嘉真的承认自己喜欢宋煜的时候，他觉得很痛苦，仿佛这就等同于他们即将在一起，宋煜将离开他一样。可南嘉说她放弃了，乐知时就突然产生了一种令自己都觉得鄙夷的轻松感，很明显地松了口气。

可现在，他又变了，他迫不及待地想知道宋煜是不是真的有喜欢的人，喜欢的是谁。

真可怕，乐知时觉得自己一刻也不能忍，无论他如何说服自己，这样的心态显然都是不健康的，是病态的，绝对不该是一个弟弟该有的念头。

"乐乐，我跟你说的这些话，你别告诉你哥。"南嘉对他露出拜托的眼神，"我只是想跟你解释清楚，免得闹出更多麻烦。何况，他知道了的话，可能也会觉得尴尬吧。"

乐知时点了点头。"我明白的。"

"还有……"南嘉呼出一口气，拍了拍乐知时的肩，"我说的这些关于恋爱的思路呢，都只是针对我自己，因为我很自私，对成本和回报斤斤计较，而且我能感觉到对方心有所属。但是——"

她的语气又变得很郑重，充满了鼓励。"如果你遇到喜欢的人，不要学我，要是真的很喜欢，还是要勇敢一点。"

说不上为什么，乐知时忽然有点眼酸。"真的吗？"

"对啊。说不定对方也是抱着同样的心情，如果错过就太可惜了。"南嘉抬头，望着天空中的云，自言自语，"宋煜是很好，但我也不差，我一定会遇到一个肯让我不计成本，也会给我回应的人的。"

乐知时看着南嘉的侧脸，犹豫了一会儿。在他心里，南嘉是一个可以帮他拨开迷雾的人，她清醒而真诚，让乐知时不自觉产生信赖。

又或许是他真的无路可走，所以慌不择路地选择了南嘉，希望可以从她身上获取一根救命稻草，或者一把断绝念头的刀。

"学姐。"

南嘉回头。"嗯？"

乐知时微皱着眉，声音很轻地说："怎么分辨对一个人是喜欢，还是其他感情？"

看着乐知时的眼神，南嘉沉默了两秒，用不太轻松但很平静的声音回答："乐乐，如果你对一个人只抱有其他的感情，他很好很好，你看到他想到他都会很开心，会觉得温暖。"

"会让你不可控地感到痛苦的，才是喜欢。"

第二十六章

在所难免

禁忌本该克制欲望，反而催生出更大的欲望，将他吞噬。

乐知时是宋煜唯一的过敏原。

　　和南嘉分开后，乐知时饭也忘了吃，一个人浑浑噩噩回了宿舍。

　　正是饭点，宿舍里一个人都没有。乐知时的眼睛很痛，精神不济，整个人头昏脑涨的，他打算洗个热水澡后睡一觉。不过他的运气和状态也不相上下，洗到一半，宿舍的热水器突然坏了，无论怎么调水都冰凉。没有别的办法，乐知时只能快速冲干净，擦干水换上衣服出来。

　　其间宋煜给乐知时发了两条消息，一条是说他被叫出去做地面测量，晚饭后不能陪乐知时训练，另一条是问乐知时在哪里。

　　钻进被子里的乐知时冷得牙齿打战，抖着手打出"在宿舍睡觉"几个字，把手机设置成免打扰模式。

　　他不知道自己究竟睡了多久。整个梦境都显得格外脆弱，一动就醒，醒过之后又很快再次昏睡过去，所以梦也是破碎的，全都是小时候的记忆，每一个都与宋煜有关。无论在梦境还是现实里，他都是追逐的那一方，追逐到跌倒，但每一次宋煜都会回头等他，除了最后一次。

　　宋煜头也不回地走了，背影消失得很快，周遭的一切熔化到流淌下来，景象怪异离奇，所有事物都染成红色，变作滚烫黏稠的熔浆裹住乐知时，他呼吸不了，无处可逃。

在濒临窒息的时候，乐知时像是自救般苏醒。床下似乎有人在叫他的名字，可他抬不起眼皮，只觉得眼睛胀痛，浑身的骨头都酸疼无比，费了点气力才转身，在被子里含糊地回应了一声。

他好像听到了蒋宇凡和沈密的声音，蒋宇凡说自己要出去，请沈密帮忙。可这些声音在乐知时听来就像是隔了一堵墙，那么不真实。直到沈密和蒋宇凡两个人合力，把乐知时从床上弄下来，乐知时才有了具体的知觉。

痛，哪里都是。

蒋宇凡找了件长羊毛针织衫给乐知时套上，感觉他两脚虚浮，又询问："乐乐，你还能走路吗？"

乐知时听清楚了，点了点头，声音虚弱地说："可以，我没事。"

"你别说话了，你烧成这样了也叫没事吗？"沈密的声音有些高，听着让乐知时心里震了震。他没有反驳，但很固执地要自己走。没有办法，两个人架着他一起从楼上下去，走在楼梯上的时候，蒋宇凡就明显感觉到乐知时有些不省人事了。

他们从楼里出来，蒋宇凡立刻叫了车，可老师那边又打了一个电话催他，他不能不走。"沈密，我这边催死了，你一个人能行吗？"

"可以，你去吧，回头给你打电话。"

"好，我弄完了立马去医院找你们。"

最后只剩下他们两人，宿舍楼下的风似乎又把乐知时吹清醒了一点，他含含糊糊地说不想去医院，不喜欢医院，沈密耐心劝他，然后把他的胳膊拉过来，要背他，但乐知时不愿意，他知道沈密是要让他去医院的。

"我不喜欢，我讨厌去医院。"乐知时说话都很费力，反反复复就是那些，毫无逻辑。

沈密不再管他愿不愿意，直接将他拽过来，想强行背起他。

但很快，他的行为就被一束刺目的远光灯阻止，沈密皱着眉看过去，发现一辆黑色轿车靠近，他猜到了车上的人是谁。

果然不出所料，宋煜从车上下来，步伐很快。沈密的动作僵硬了一些，他把本来要背上的乐知时放下来，但还是攥着乐知时的手腕。乐知时看起来一副很不情愿的样子，是不情愿去医院，可在宋煜眼里就变成其他原因。

"你在干什么？"

哪怕沈密攥得很紧，宋煜还是一下子就把乐知时带过去了。

明明乐知时刚刚还那么坚持，但听到宋煜的声音，他几乎是一瞬间认输，倚靠在宋煜身上。

皮肤相触，宋煜才发现乐知时不对劲，他抬手摸了摸乐知时的额头，又看向沈密。

沈密沉着一张脸。"他病了，我要带他去医院，就是这么简单。"

宋煜盯着他，几秒后说："谢谢，他生病的时候脾气很坏，你搞不定，我开车带他去。"说完宋煜就打横抱起了半昏迷的乐知时，把他抱上车，关上副驾驶的门。

他转身，看到下意识跟过来的沈密，出于一种误会了沈密的抱歉感，宋煜的语气变温和了些许。"你早点回宿舍吧，有什么事微信联系你。"

可不知道为什么，或许是这一句，又或许是上一句，沈密突然就被激怒了，他垂在身侧的手攥成了拳头，隔着半米的距离盯着宋煜，用不大不小的声音说："宋煜，你对他不能永远是这样的态度。"

宋煜望向他，并不说话。

沈密笑了一下，仿佛对宋煜这种置若罔闻的样子很是不满。"仗着哥哥的身份，仗着这么多年积攒下来的感情基础，享受乐知时对你的崇拜和依恋，又不戳破。宋煜，你知道乐知时总是不开心吗？他因为你觉得困惑，觉得很难过，这些你都知道吗？还是你装不知道啊。"

看着宋煜一言不发，沈密也觉得没意思，他越过宋煜的肩看了一眼车上的乐知时，他的头歪在车窗玻璃上，看不清脸孔。

"你要是想当好一个哥哥，你就认认真真，心无旁骛地当吧。"

一直到沈密离开他们，走到另一栋宿舍楼里，宋煜都没有说话。他感到极度不舒服，哥哥这个身份从六岁起就和他捆绑在一起，无论他愿意还是不愿意，这个身份都已经成为一张皮，长在了他的身上。

沈密的话就是一把刀子，活生生将这层虚伪的皮揭下来，让宋煜不得不直面血肉模糊的真相。

他的确想得过且过。

回到车上，宋煜依旧觉得情绪难平，他朝着医院开去，车开得很快，恍惚间他甚至产生了一种很可怕的念头，如果这时候突然出现另一辆车与他相撞，他好像也愿意，反正乐知时在这里。

但这个念头只存在了一秒，他很快就降下速度，迫使自己冷静地驾车，安稳地抵达医院。他再次把乐知时抱起来，发现乐知时比自己想象的还要轻。急诊室的人很多，乐知时靠着宋煜坐在走廊的座椅上，时不时会睁开眼看一看，又很难受地闭上。

轮到乐知时的时候，他忽然又恢复了一点精神，明明不愿意来看病，真正面对医生的时候又很配合。

"烧到 39.4 摄氏度了。"医生语气平淡，告诉他们应该早一点来。宋煜则更是后悔，他甚至都不知道乐知时发烧的事。

乐知时是变了，他只是怕去承认。过去的他任何小事都会献宝似的告诉宋煜，可现在不会了。

"有没有药物过敏？"

宋煜说有，然后将乐知时过敏的药都列举出来。

"你是病人什么人？"医生问。

宋煜顿了两秒，挣扎了一会儿，还是回答："哥哥。"

"发烧不是很大的事，本来不需要住院，而且现在医院也没有病房了。但我看他有过敏性哮喘的病史，感冒咳嗽是很容易引发哮喘的，我开了止咳的药，一定要观察陪护，这几天都要小心。右转缴费，然后去注射科输液。"

输液的时候宋煜坐在乐知时的旁边，让乐知时靠在他肩上。他什么也做不了，也不想做，就这样静静地看着医院白色墙壁上的一块污渍。乐知时好像模模糊糊恢复了一些神志，他开口说话，说想喝水，宋煜就拿出备好的矿泉水，拧开盖子递到他嘴边，倾斜着喂进去。

但乐知时吞咽很费力，哪怕宋煜倾斜得足够慢，还是有很多水从嘴角淌下来。他拿了纸巾，替乐知时擦干。

他听见乐知时声音艰涩地喊他哥哥。没来由地，宋煜忽然有些生气。"生病了为什么不说？"

乐知时因病痛变得迟钝，他的脸都烧红了，说话的时候气也不足，但他还是下意识去摸宋煜的手臂，不说话，用这种方式认错和求饶。

他的手很苍白，血管明显，手背上插着一根细而短的注射针，宋煜想，这里明天就会有很明显的淤青。

乐知时是很容易受伤的人。

想到这里，他对乐知时的心疼又战胜了他的气恼，于是摸了摸乐知时的手腕，当作无言的安慰。

"下次生病了，要第一时间告诉我。"

他不知道乐知时有没有听到这句话，因为乐知时什么都没做，似乎又因精神不济而闭上了眼。宋煜翻开手里乐知时的病历，看到过敏两个字，思绪开始延伸。

他发觉自己很多时候也像是过敏，犯忌就会发作，发作之后才会警醒。可偏偏越不能碰的就越想碰，禁忌本该克制欲望，反而催生出更大的欲望，将他吞噬。

乐知时是宋煜唯一的过敏原。

窗外的夜色越来越沉，医院的走廊还是那么吵。输完两瓶液，宋煜带着乐知时离开了医院。

医院给乐知时的印象总是很坏，每一次他都是在最不舒服的时候被送进医院，任别人摆布着做各种检查，小时候总会哭闹，因为他觉得这样是有用的，但事实证明并不是。再哭再闹，该看的病都要看。

从洗完澡睡着，一直到在医院辗转，到半夜从陌生的地方醒过来，这中间的时间，乐知时一直都是神志不清的，他就像块自燃的木头，缺乏意识，呆滞又危险。这一次他再醒过来，发现周围的一切他都不熟悉。乳白色的天花板很低，像厚厚的云层压下来，他身上的被子床褥都是宋煜爱用的深色，但没有一丝宋煜的气息，是全新的。

床头开着微弱的顶灯，借着这光，乐知时支起身子看了看，房间不大，虽然不曾来过，但摆设有些像宋煜的卧室。

他摸了摸自己的额头，觉得烧大概是退了，但他还是没有力气，想下床，但动作迟缓。

门开了，掀开被子的乐知时和端着粥进来的宋煜视线相对，有些尴尬，乐知时不知道自己是应该继续下床，还是躺回被子里，就这么愣着。

"躺好，你还想再烧一次吗？"宋煜将粥放在床头柜上，强行将被子拉过来盖在乐知时身上。

乐知时没有说话，看似很顺从地倚靠着床头，看着宋煜居高临下地站着，拿着一个不锈钢勺子，动作很轻地搅着碗里的白粥。

他从来不会用不锈钢的餐具，这个碗看起来也是毫无准备。

一切都新得很仓促。

"吃点东西再吃药，睡一觉起来应该会好一点。医生说了，不是很严重。"他坐到床边，伸出手，像是要喂乐知时。

但乐知时没有像以往那样，很听话地自动凑过去，他不想吃，没有什么原因。他的胃很难受，和胃痛的时候又不一样，是沉闷的疼，好像里面有什么被扯住了。

宋煜大概看出他的抵触了。"多少吃几口。"

"好。"乐知时的声音很轻，然后伸出手要把宋煜手里的碗接过来，但宋煜把碗放下了，他看出乐知时不想让他喂。

"不想吃凉一会儿再吃吧。"

乐知时垂下眼，嘴唇紧闭，他盯着自己盖着的这床被子，很费力地止住了一个咳嗽。宋煜又摸了一下他的额头，短暂地感受了一下温度，又收回手。

已经没有在烧了，宋煜放下心来，他把所有要吃的药都拿出来，按照剂量放在桌上，一抬头，听见乐知时问道："这里是哪儿？"

他的脸色很苍白，语气还算轻松，听起来也像是随口一问。

"我租的房子。"宋煜又数了数药片，少了一颗。

乐知时先是很轻地"嗯"了一声，然后深吸了一口气，又忍不住咳嗽起来，在宋煜抬头去看他的时候，他别过了脸。他不知道在自己神志不清的时候，宋煜说他生病脾气会变差的话，如果他当时听到了，一定会急着否认，他其实是很听话的，他会闹只是因为害怕。

宋煜叫着乐知时的名字，拿出药雾喷剂备着，但乐知时最后还是自己缓过来了，他扭头看向宋煜，目光有些空。

"为什么要租房啊？"

等了好一会儿，宋煜都没有给他回复。乐知时没有像之前那样，问题只问一遍，不让宋煜烦恼。他很不识相地又问了一次："你为什么要出来住？"说完他低头看着被子。

宋煜的手心出了一层汗，他没看乐知时，简短给出理由："一个人住会方便点。"

"这样啊。"乐知时一开始还是笑着的，他又继续问，"那这个床，你是想留给谁睡的？没有来得及买的那些餐具，你想跟谁一起去买？然后和谁一起在这个房子里做饭，吃饭，一起睡觉？"

他的问题一个接着一个抛出来，情绪也变得激动，甚至有些崩溃，声音都在发抖。宋煜没有想到，也不太明白乐知时为什么会因为租房这么小的一件事而生气，明明在医院的时候还是好好的，宋煜很难受，于是伸手抓住乐知时攥紧被子的手，试图安抚。

"乖，不要这样。"

"我怎么样了？"乐知时的眼圈红了，里面很倔地蓄着眼泪，就是不落下，"我还不够乖吗？"

"我问过你，我这样是不是很奇怪？你说不是，你说我只是怕和你分开。"乐知时的声音有点颤，他稍稍停了停，"无论你说什么，我都听，我都照做。哪怕你把我当成小孩去哄，我也信。"

他发现从宋煜的脸上得不到什么想要的，就低下了头，十分意外地看见自己的手臂内侧起了红疹。他表情麻木地用手指搓了搓，红疹变得更红，于是喃喃道："又过敏了，还是过敏了。"

乐知时没有预兆地崩溃了，轻微的过敏反应成了真正的最后一根稻草，压垮了他，让他像个小孩子一样痛哭起来。"为什么还是过敏了……你不是在医院吗？你没有告诉医生我过敏？这么小心翼翼地替我避开，起作用了吗？"

南嘉说得没错，他真的很痛苦。他抽泣着，艰难地呼吸着，但还是抬头盯着宋煜。泪水让他的视线变得很模糊，所以乐知时看不清宋煜是什么样的表情。他很希望自己能看清，于是更加气恼，不想再看了。

乐知时的样子很脆弱，可又不像小时候生病时那样任性地让人抱他。

乐知时抱住自己的膝盖，蜷缩着，头埋进臂弯里，无法克制的痛苦在崩溃中蔓延，像是打翻的苦药。

"一点用都没有。"

未完待续

图书在版编目（CIP）数据

可爱过敏原 / 稚楚著 . -- 长沙：湖南文艺出版社，2021.9（2024.6 重印）

ISBN 978-7-5726-0305-1

Ⅰ. ①可… Ⅱ. ①稚… Ⅲ. ①长篇小说—中国—当代 Ⅳ. ①I247.5

中国版本图书馆 CIP 数据核字（2021）第 151189 号

上架建议：畅销·小说

KE'AI GUOMINYUAN
可爱过敏原

作　　者：稚楚
出 版 人：陈新文
责任编辑：吕苗莉
监　　制：毛闽峰
策划编辑：张园园
特约编辑：孙　鹤
营销编辑：刘　珣　焦亚楠
封面设计：有态度设计工作室
版式设计：潘雪琴
插图绘制：踏月锦　闷　九　大咩鸭　赵悦琪
出　　版：湖南文艺出版社
　　　　　（长沙市雨花区东二环一段 508 号　邮编：410014）
网　　址：www.hnwy.net
印　　刷：三河市兴博印务有限公司
经　　销：新华书店
开　　本：680mm × 955mm　1/16
字　　数：409 千字
印　　张：23.5
版　　次：2021 年 9 月第 1 版
印　　次：2024 年 6 月第 8 次印刷
书　　号：ISBN 978-7-5726-0305-1
定　　价：52.80 元

若有质量问题，请致电质量监督电话：010-59096394
团购电话：010-59320018